그 어두운 밤의 우수

이충호 소설집

그 어두운 밤의 우수

이충호

11개 유명 문학상 수상 작품집

좋은땅

| 작가의 말 |

한 시대의 번민이 스민 글

　위선과 선동의 시대에 글을 쓴다는 것이 착잡하게 느껴질 때가 많았다. 광기 어린 말들이 떼구름을 이루어 설쳐 대는 이 시대에 나의 지순한 말들은 외진 어느 한 곳에서 왜소하고 초라하게 몸을 낮추어 있어야 했는지도 모른다.
　그러한 나의 말과 글이 누구를 위한 것이며 무엇을 위한 것인가를 반문해 보기도 했지만, 집단의 광기와 위력 앞에 의기소침하고 왜소해진 나의 말과 글들에게 쓰러지더라도 의연하고 당당해 주기를 바랐다.
　그러나 분명한 것은 나의 말과 글은 진실을 잃지 않으려 노력했다는 것이다. 진실은 외롭다는 말 한마디로 허위와 소외의 시간을 견뎌 왔다. 나의 글들은 진실과 외로움의 실체는 다르지 않다는 것을 믿고 있었기 때문이다.
　글을 쓰는 시간은 외로웠지만 위안의 시간이었다.
　허위의 말은 현란하지만 진실의 말은 단순하다. 허위는 그럴듯한 논리로 위장하지만 진실은 어떤 논리적 위장 없이 단순히 존재한다. 진실은 본연의 모습이지만 허위는 아름답게 치장된다. 진실의 말은 단백하지면 허위의 말은 요란하고 기술적이기 때문에 어리석은 군중은 곧잘 속게 되고 그 허위의 요설을 진실보다 더 믿게 된다는 것을 나의 말과 글은 잘 알고 있었다. 그러기에 나의 말과 글은 혼자 있어도 힘을 잃지 않았을 것이다.

소설과 함께 했던 시간들은 시대에 대한 번민과, 역행과 모순의 사회적 상황들을 지켜보면서 안타까운 마음으로 한 자 한 자 행간을 메우고, 묵묵히 순리의 길을 지키려 노력했던 시간이었다. 비뚤거림이 있었을지라도 사특함이 없었다면, 비록 화려하지 않았더라도 의미 있는 길이었을 것이다.

소설은 지나온 길의 동반자였고 삶을 가르친 스승과 같은 것이었다. 인간 앞에 겸손함과 일 앞에 성실하려 했던 소설의 시간은 성찰과 깨달음의 시간이었고 축복과 같은 시간이었다. 그 시간의 결과물이 이 책이다.

다 가 버리고 바람뿐인 텅 빈 광장에 홀로 서서 외로웠던 시간에도 보이지 않는 곳에서 손을 흔들어 나의 글의 진정성을 이해하고 격려해 주었던 분들에게 이 책을 바친다.

2025년 겨울 저자

-차례-

작가의 말 ··· 4

-제1부-

그 어두운 밤의 우수 ··· 11

사하라 ··· 36

어머니 그 바다 ··· 62

종소리를 찾아서 ··· 90

말도, 아버지의 그 섬으로 ··· 111

등대, 내 마음에 아버지 ··· 136

타인의 손 ··· 157

칼을 향하여 ··· 179

-제2부-

아버지의 산	… 205
기타 줄을 매다	… 232
메콩강에 지다	… 260
풍파	… 289
그 겨울의 비	… 317
길은 영원하다	… 327
바다의 전설	… 336
작품 세계	… 355

-제1부-

그 어두운 밤의 우수

'솔빈'은 우수리스크시에서 알 만한 사람은 다 아는 식당이었다. 고려인문화센터에서 남쪽으로 두 블록을 곧장 내려와서 길을 건너면 오른쪽에 농산물 저장 창고와 대형 유통센터 창고가 있고 거기서 왼쪽으로 반 블록쯤 올라가면 눈에 들어오는 고려인 식당이었다. 진회색 시멘트 외벽이 투박해 보였으나 실내는 깨끗하고 아늑했다. 전날 그녀는 이 식당의 위치를 알려 주며 그리로 오겠다고 했다. 그러나 약속한 시간을 두 시간이나 넘기고도 그녀는 나타나지 않았다.

처음 그녀를 찾아가서 만났을 때 그녀는 어딘지 모르게 경계하고 불안해하는 표정이었다. 말엔 망설임이 섞여 있었다. 그러나 동행한 '순야센 마을' 조블라디미르 회장이 조곤조곤 설명하는 말을 듣고는 표정이 많이 밝아졌다. 끝에는 차가버섯으로 달인 차까지 내어 주면서 그 식당으로 오겠다고 했다.

우리가 그녀를 다시 만나기로 한 것은 그녀의 어머니가 모셔져 있는 묘소에 함께 가 보기 위해서였다. 그녀의 말엔 아직 망설임이 섞여 있는 것 같았지만 묘석을 찍은 사진까지 한 장 내어 주며 약속한 장소에 오겠다고 했기 때문에 그녀가 나타나지 않으리라고는 생각하지 않았다. 그러나 그녀는 밤새 생각이 바뀐 것인지 나타나지 않았다. 생각해 보니 그랬다. 고려인 재이주 마을인 순야센 마을 회장이 동행하고 있긴 하였지만 정체불명의 이방인이 불쑥 나타나서 자기 어머니의 묘소를 찾아가 보자는 말에 그녀로선 당혹스러웠을 수도 있을 것 같았다. 더구나 자신이 잘 알지도 못하는 가족사의 내력을 들춰내려는 일에 선뜻 동행하기가 어려웠으리란 것을 쉽게 짐작할 수 있었다.

안내를 맡은 조블라디미르 씨는 미안해하는 표정으로 몇 번이나 문을 열고 밖을 내다보았다. 카운터에서 전화를 받던 여종업원이 조 씨에게 다가와서 무슨 말인가를 했다. 표정으로 보아 그녀가 오지 못한다는 말을 전해 달라고 한 것 같았다.

"아마 러시아 남편이 그 말을 듣고 못 가게 한 것 같습니다."

조 씨는 난처한 표정을 지었다. 아쉽긴 했지만 이해할 수 있는 말이었다. 여기는 러시아 땅이니까 러시아 남편이 못 나가게 했다는 말이 공허하게 들리지는 않았다.

하긴 그녀를 만나 묘역으로 가 본다고 하더라도 그 자리에서 내가 원하는 것을 확인할 수 있는 것은 아닌 듯해 보였다.

"그런 사람은 모릅니다."

그녀의 집에서 조 씨와 내가 '김분례'란 이름을 들어 본 적이 있느냐고 물었을 때 그녀는 고개를 갸우뚱하더니 그렇게 말했다. 다만 어렸을 적에 아버지가 어머니를 조선인 이름으로 부르곤 하던 기억은 나는데 그것이 무엇인지는 모른다고 했다.

"어머니의 이름은 김햔슈라입니다. 아버지를 먼저 여의고 20년 전에 우즈베키스탄 타슈켄트에서 이곳으로 재이주해 왔습니다."

서툰 우리말이었지만 발음은 분명했다. 아버지가 할머니의 이름이라며 적어 준 '장복이'라는 이름을 물었을 때도 자신은 우즈베키스탄에서 태어나서 가족과 함께 이곳으로 왔기 때문에 그런 할머니에 대해선 아는 것이 없다고 했다.

우수리스크에 도착해서 맨 먼저 '순야센 마을' 회장인 조블라디미르 씨를 찾아가서 아버지가 남긴 기록과 중앙아시아로 이주 전에 살았던 지역 등의 자료를 보이며 도움을 청했을 때, 조 씨는 낙관하듯이 쾌히 승낙했다. 조블라디미르가 행정당국을 찾아가서 중앙아시아 강제이주자 명단과 재이주자 명단을 확인하고 사흘 밤낮 동안 나이든 사람들을 찾아다니며 수소문한 끝에 찾아낸 결론은 '고타냐'라는 여인이 내가 찾는 김분례 할머니의 딸로 여겨진다는 것이었다. 그래서 조 씨와 나는 아게예바 거리 79번지에 있는 고타냐 여인의 집을 방문하게 되었다.

그녀의 집을 방문하는 데는 고려신문편집장 마가리따 씨의 도움이 컸다. 그녀는 자기 어머니에 대한 기록을 별로 갖고 있지 않았다. 생전의 사진 몇 장과 김한슈라라는 이름이 전부나 마찬가지였다. 이야기 끝에 그녀의 어머니 묘소를 찾아가 보고 싶은데 동행해 줄 수 있느냐고 했을 때 묘석이 찍힌 사진까지 내주며 그러겠다고 했다.

그러나 그녀는 약속 장소에 나타나지 않았다. 이제 그녀가 준 사진을 들고라도 그녀 어머니의 묘소를 찾아가는 수밖에 없었다. 우리는 구이의 일종인 닭고기 샤쉴릭과 스프인 슈르파, 그리고 버섯과 양고기 덮밥을 점심으로 시켜 먹고 밖으로 나왔다.

갑자기 몸에 한기가 느껴졌다. 영하의 찬 공기가 두꺼운 외투 안으로 파고들었다. 몸이 떨려 왔다.

묘지는 그리 멀지 않았다. 시 중심부에서 서북쪽으로 20키로 떨어진 언덕배기에 우수리스크 클라드비쉬가 있었다. 묘지는 대체로 잘 정돈되어 있었다. 입구에 이름 모를 기념비가 있는 자작나무 숲길을 지나자 묘역이 눈에 들어왔다.

"저쪽은 4월 참변 희생자들의 묘역이고 이쪽은 그 이후에 조성된 묘역입니다."

조블라디미르 씨가 손으로 가리키며 말했다.

"일본군들에 의해서 저질러진 4월 참변은 조용한 마을을 하루 밤낮 사이에 참혹한 살육의 현장으로 만들어 놓았지요. 그때 희생된 사람들 중 일부가 저 묘역에 묻혀 있습니다."

추위 때문인지 조 씨의 목소리가 떨렸다.

우리는 먼저 4월 참변 희생자 묘역을 둘러보고 나서 산 우측의 묘역으로 갔다. 고타냐 여인의 말을 참고해서 묘역 가장 뒤쪽에서부터 묘석을 하나씩 확인하며 묘비명을 읽어 나갔다. 4월 참변 희생자 묘역은 김성석, 박작달, 신순여와 같은 우리식 이름들인 반면 이곳은 최마가리따, 황나타샤, 아나톨리박, 강피트로비치와 같은 고려인 이름과 러시아인들의 이름의 묘석이 뒤섞여 있었다. 세세히 두 번이나 살펴봤는데도 장덕이라는 할머니 이름도 김분례란 여인의 이름은 없었다.

고타냐 여인의 어머니 김한슈라 묘석은 어렵지 않게 찾을 수 있었다. 내가 러시아어 키릴 문자를 제대로 읽을 줄 몰라 더듬거리고 있는데 몇 발을 앞서 있던 조 씨가 뒤를 돌아보며 손짓을 했다. 조 씨가 손으로 묘석을 가리키며 사진을 꺼냈다. 그녀가 내준 사진과 정확히 일치하는 묘석을 찾아냈다. 사진에서와 마찬가지로 러시아로 Ким Один Один Ла(김한슈라)라는 이름과 생몰연도가 적혀 있었다. 혹시 묘석 뒷부분에 어떤 것이 더 기록되어 있나 해서 살펴보았지만 어떤 문구도 찾을 수 없었다. 묘석에 새겨진 출생 연도가 아버지가 적어 준 연도와 일치했다. 그러나 그것만으로 김한슈라와 김분례가 동일인이라고 단정 지을 수는 없었다. 어딘지 모르게 동일인이 아닐 것 같은 예감이 여러 가지 생각과 얽혀 머리가 복잡해졌다.

"출생 연도와 성이 이렇게 일치하기가 어렵습니다. 동일인이 분명해 보입니다."

중앙아시아로 강제 이주되면서 이름도 러시아식으로 강제 개명되었기 때문에 자신의 본 이름을 잊어버린 경우가 많다고 했다. 나는 난처한 표정을 지으며 묘석을 다시 둘러보았다. 판단해야 할 사람은 결국 나였기 때문에 조 씨도 자신의 생각을 더 내세우지는 않았다. 나는 그 무덤 앞에 고개를 숙여 묵념을 하며 정중히 예를 표했지만 더 이상의 어떤 말을 할 수 없었다.

조 씨와 나는 차를 돌려 육성촌 한인 묘지로 향했다. 육성촌은 러시아 말로 쁘질로프카로 불리는 마을이었다. 수이펀강 여섯 개 지류 중의 하나인 서쪽 라즈돌리라야강 유역에 있는 대표적인 한인 마을이었다. 쁘질로프카란 이름은 처음 이곳에 이주해 온 한인들에게 많은 도움을 주었던 러시아 행정관 쁘질로프의 이름을 따서 지은 것이라고 했다.

"멀리 들판이 내려다보이는 마을 뒷산에 공동묘지가 있었다. 어마이가 거기에 묻혔을지도 모른다."

아버지는 그렇게 말했다. 할머니는 이미 노약했기 때문에 강제 이주 대상에서 제외되어 그곳에 홀로 버려졌을 것 같다고 했다. 그럴 가능성이 있어 보였다. 이참에 혹시 할머니의 묘석을 찾는다면 나에게도 큰 위안이 될 것 같은 생각을 가지고 왔었다. 그러나 현장에 도착하는 순간 그러한 생각은 한낱 망상에 지나지 않는다는 것을 깨닫게 되었다.

묘역은 황폐화되어 있었다. 이곳이 묘역인가 싶을 정도로 온갖 잡목과 시든 풀이 얽히고설켜 발을 옮겨 놓기가 어려웠다. 겨우 발견한 묘 중에서도 묘석이 있는 것은 몇 기에 지나지 않았다. 하지만 우리는 눈에 보이는 반듯한 돌이란 돌은 하나도 빠뜨리지 않고 샅샅이 뒤지며 묘석인지를 확인했다. 혹시나 해서 우리는 산 중턱까지 올라가서 찾아보았지만 할머니의 이름이 새겨진 묘석은 찾을 수 없었다.

해가 거의 벌판 끝에 닿을 무렵에 우리는 산을 내려왔다. 주변은 고적했다. 우거진 나무들이 어두운 기운 속으로 빠져들어 주변이 음산하게 느껴졌다. 허탈한 마음으로 다시 한번 뒤를 돌아보았다. 바람 소리 이외엔 들리는 것이 없었다. 멀리 들녘 가운데로 흐르는 라즈돌리라야강에 깔린 노을의 붉은 빛도 어두워지고 있었다.

"저 마을엔 이제 고려인은 한 사람도 살고 있지 않습니다. 얼마 전까지 남아 있던 한 분의 할아버지마저 세상을 떠나고….”

조 씨의 그 말에 마을이 더 황량해 보였다. 조 씨의 표정이 쓸쓸해 보였다. 조 씨가 손으로 가리키던 그 마을이 바로 아버지가 돌아가고 싶어 했던 고향 마을이었다. 아버지의 할아버지가 140년 전 함경도 온성에서 봇짐을 싸 들고 이주하여 가정을 이루었던 곳이라고 했다. 마을 곳곳에 우거진 미루나무 숲이 있고 그 사이에 가옥들이 띄엄띄엄 흩어져 있으며, 여름철이면 코스모스, 해바라기가 아름답게 피는 곳이라고 회상하곤 했던 곳이다. 그러나 아버지는 고향땅에 발을 디뎌 보지 못하고 세상을 떠났다.

만약 아버지가 살아서 이 마을로 돌아올 수 있었더라면, 그래서 저 처량한 마을을 보았다면 어떤 기분이 들었을까. 그래도 만족스러웠을까. 아니면 황폐화된 묘역만큼이나 황량한 마을을 보는 마음이 허탈했을까. 어쩌면 지나간 흔적의 그 공허함 때문에 발걸음을 옮기지 못했을지도 모른다는 생각이 마음을 무겁게 했다. 마치 내가 아버지가 된 것처럼, 마치 아버지의 마음이 나에게 빙의되기라도 한 것처럼 공허함에 다리가 휘청거렸다.

초조하고 긴장된 시간이 지났기 때문인지 갑자기 기온이 더 차갑게 느껴졌다. 영하 15도라던 그 기온이 비로소 몸속에 파고들어 살점을 도려내고 있는 것 같았다. 조 씨도 옷깃을 세우고 장갑 낀 손으로 귀를 감쌌다.

허허한 벌판 끝으로 붉게 타던 노을이 지고 곧 어두워졌다. 벌판을 가로질러 얼마를 달리자 또 하나의 마을이 나타났다. 제식훈련을 하듯 일직선상에 지어진 몇 채의 농가에서 흘러나오는 불빛이 멀리서 깜박거렸다. 사람이 산다는 표시등처럼 벌판 속에서 명멸하는 불빛이 외로워 보였다. 운전대를 잡은 조 씨는 마치 초행길을 가는 사람처럼 앞만 주시한 채 입을 열지 않았다.

'아버지의 추측대로라면 할머니는 홀로 마을에 남겨져서 숨을 거두었을 것이다. 아버지의 아내와 누이는 중앙아시아로 이주되었을 것이 뻔하다. 거기에서 새로운 남자를 만나 가정을 이루고 아이를 낳았는데, 그 아이가 바로 고탄야 여인이란 말이 된다. 연도나 여러 정황을 분석해 볼 때 그랬을 가능성이 충분해 보인다. 그러나 그것은 어설픈 추측일지도 모른다. 믿을만한 단 한 줄의 기록이나 흔적도 확인하지 못한 상황에서 그런 추측을 믿어 버린다면 저승의 아버지는 어떻게 생각하실까….'

나는 아무리 생각해 보아도 고탄야의 어머니인 김햔슈라가 아버지의 첫 아내인 김분례와 동일인이라는 확신이 서지 않았다. 주변의 말과 추측만으로 단정하기엔 내 마음이 허락하지 않았다. 생각이 꼬리를 물고 이어졌다. 시내로 돌아오는 차 안은 마치 미몽 속에 빠져 혼자 헤매는 시간과 같았다.

숙소로 돌아와서 일찍 자리에 누웠으나 잠이 오지 않았다. 날이 새면 블라디보스토크를 거쳐 하바롭스크로 가야 하는 일정이 있었지만 잠이 오지 않았다. 눈을 감으면 아버지의 얼굴 위에 김분례란 연인과 김한슈라의 얼굴이 겹쳐졌다. 전혀 상상해 본 적이 없는 낯선 얼굴들이, 한 사람인 것 같기도 하고 두 사람인 것 같기도 한 낯선 얼굴들이 아버지의 얼굴 위에 겹쳐졌다.

이리저리 뒤척이며 비몽사몽간에 밤을 보내고 늦게 일어나 블라디보스토크로 가는 버스를 탔다. 신한촌을 거쳐 하바롭스크로 가기 위해서였다. 몸집이 크고 무뚝뚝한 기사가 모는 버스를 타고 두 시간은 좋게 달려 목적지에 도착했을 때는 오후 3시에 가까운 시간이었다. 마을엔 기념비만 외롭게 서 있을 뿐 한인들이 살았던 흔적은 눈에 띄지 않았다. 최대의 한인 집단 이주 마을이었던 이곳에 일본군들이 쳐들어와서 수많은 조선인들 하루 밤낮 사이에 무참히 살육한 뼈아픈 역사가 있기 때문에 한인들에 대한 흔적이 남아 있으리라고 생각했는데 몇 자의 비문 이외엔 어떤 흔적도 찾을 수 없었다. 돌아서 나오는 마음은 오지 말아야 할 곳을 온 것처럼 편치 않았다.

무슨 선동이라도 하듯 레닌동상이 깃발을 들고 서 있는 혁명광장을 지나고 얼마를 더 달려 역에 도착했다. 블라디보스토크 역은 시베리아 횡단 열차의 시발점이자 종착지다. 겨울인데도 역사는 붐볐다. 털모자와 두툼한 외투로 무장한 사람들이 차를 타기 위해 대합실 여기저기 모여 있었다.

보안검색대 직원의 태도가 선잠을 깬 사람처럼 불친절했다. 창밖으로 보이는 항구는 철길과 맞닿아 있었다. 러시아 정부의 동진정책을 상징하듯 항구엔 많은 화물선들이 정박해 있었다. 그 앞쪽으로 C-56잠수함 박물관과 추모공원, 개선문이 보이고 그 뒤 언덕에 독수리 전망대가 한눈에 들어왔다. 끝이 보이지 않을 정도로 긴 열차는 5시 10분을 넘기고 출발했다.

창밖으로 멀리 신한촌의 언덕이 보이고 그곳 기념비에 새겨진 비문들이 차창에 떠오르다 지워졌다. 객실 내부는 따뜻했지만 신한촌에서의 실망스러움이 아직 지워지지 않았다. 사실 아버지는 신한촌에 대한 언급은 하지 않았다. 우수리스크에서 할머니와 첫 아내의 흔적을, 하바롭스크에선 할아버지의 기록을 찾아보라고만 했다.

"하바롭스크 기록보관소에 가면 아바이의 기록이 있을지 모른다."

소련연방이 해체되던 그 시점부터 아버지는 무슨 주문을 외듯 그렇게 말하곤 했다. 아버지가 말하는 기록보관소란 시베리아 희생자의 추모관인 기억의 사원을 말하는 것이었다.

열차는 블라디보스토크 주청사와 붉은 광장을 지나서 왼쪽으로 해양공원을 끼고 있는 정교회사원과 요새박물관을 지났다. 양옆으로 유럽식 건물들이 흩어져 있는 언덕을 넘어서 얼마를 더 달리더니 아무르만 해안으로 접어들었다. 아무르만은 넓고도 깊었다. 거대한 호수 같은 아무르만의 물결은 잔잔했다. 바람의 도시라는 이 도시의 겨울, 바람의 계절인데도 잔잔하기만 했다.

노을이 지고 있었다. 세상의 모든 붉은 색을 다 여기에 가져와서 풀어 놓은 듯 바다는 붉게 물들어 있었다. 피울음을 토하듯 일몰은 슬픈 빛이었다. 허허한 바다 끝 어디에선가 메아리치는 물소리가 들리고, 하루의 온갖 상처와 광기가 거기에 몸을 접으며 허무가 되기 위해서 그렇게 타고 있는 것 같았다.

승객들이 노을을 보기 위해 객실 문을 열고 나와 통로에서 탄성을 질렀다. 마치 생에서 다시는 볼 수 없는 풍경을 보는 사람들처럼 눈을 떼지 않은 채 소리를 질렀다. 하지만 내 마음은 그 아름다움에 빠져들 정도로 넉넉하지 못했다. 카메라를 꺼내 그 풍경을 담아야겠다는 생각이 들지도 않았다. 아버지와 아버지의 아버지가 살아왔던 그 세월의 질곡이 저 붉은 바다 어느 한 편에서 출렁이고 있는 것 같아서 내 마음은 그저 막막하기만 했다.

아무르만을 벗어나서 들판을 지날 때 사방에 어둠이 깔렸다. 우골나야역에서 몇 명의 사람들이 탔다. 객실에 불이 켜지고 주변에 분위기도 조용해졌다. 객실은 4인 1실 쿠페였다. 2층으로 된 네 개의 침대가 마련되어 있었지만 아직 세 사람은 타지 않았다. 가는 중에 어느 역에서 어떤 사람이 타게 될지는 모르지만 3명의 자리는 비어져 있었다. 혼자서 소리를 지르거나 중얼거려도 어떤 제약을 받지 않을 수 있는 것만으로도 적은 위안이 되었다.

여승무원이 객실의 상태를 점검하려는 듯 문을 열고 이것저것을 살펴보고는 무슨 말을 했지만 나는 알아들을 수 없어서 그저 고개만 끄덕였다. 나는 승무원이 닫으려는 문을 도로 열고 통로로 나왔다. 점심을 걸렀는데도 공복감은 느껴지지 않았다. 하지만 시간이 되었으니 무엇인가를 먹어야겠다는 생각에서 식당 칸으로 발을 옮겼다.

토스트 몇 조각과 우유를 한 잔 시켜서 들고 있을 때 열차는 우수리스크 라즈돌노예역에 들어섰다. 역은 마치 시골의 간이역처럼 작고 조용했다. 차가 섰을 때 역사 옆에서 노점을 하는 늙은 할머니가 무

그 어두운 밤의 우수 21

어라고 외치면서 차창을 향해 손을 흔들었다. 영하 20도는 좋게 될 것 같은 혹한 속에서 생계를 위해 무엇인가를 팔고 있는 할머니의 모습이 얼음 가시처럼 마음을 찔렀다. 식탁 위에 놓은 우유 잔을 집어 드는 손이 떨렸다. 내가 그 할머니를 더 가까이서 보기 위해 통로로 나갔을 때 차가 다시 움직이기 시작했다.

'할머니의 모습이 저랬을까?'

그날 다들 떠나고 홀로 역두에 버려졌던 할머니의 모습이 그러했을 것 같았다. 홀로 울고 있는 모습 같기도 하고, 강제로 차에 태워지기 위해서 서 있던 모습 같기도 해서 눈을 뗄 수 없었다.

다시 기적소리가 들렸다. 농가의 불빛조차 보이지 않는 숲속으로 접어들면서 열차는 무슨 의미인지 다시 한번 기적을 울렸다. 혁명에 성공한 붉은 정부에 의해서 20만 명의 한인들이 중앙아시아로 강제 이주당했던 통곡의 역, 라즈돌노예역을 출발한 그 열차가 울렸던 기적도 이와 같은 기적이 아니었을까 하는 생각이 들어 고개를 들 수 없었다.

'과연 할머니는 어떻게 되었을까, 그 딸은 어떻게 되었을까, 설령 딸과 함께 차에 태워졌다 하더라도 가는 길에 죽었을 것이 뻔하다. 노약한 할머니가 화물열차에 실려 그 혹한의 시베리아로 끌려갔다면, 장장 40일에 걸쳐 달려갔던 그 아비규환 속에서 살아남았다는 것은 기적이 아니고는 있을 수 없는 일이다. 가는 길에 추위와 배고픔을 이기지 못하고 죽어서 어딘가에 버려졌을 것이다.'

차 안에서 수없이 죽고, 목적지에 도착해서도 허허벌판의 황무지에 버려져서 7천 명이나 되는 사람들이 추위와 배고픔으로 죽고, 그 다음 해에 다시 4천 8백 명이 더 죽었다던 그 참혹한 시간 속에 할머니가 죽었을 것이 뻔해 보였다. 생각에 잠긴 마음이 차창 밖의 어둠만큼이나 무거웠다. 차가 흔들렸다. 막막한 벌판을 달려가는 열차도 숨이 찬지 흔들리며 거친 숨소리를 냈다.

 북으로 북으로 달려가는 길, 북국의 밤은 어둡기만 했다. 기차는 벌써 얼마를 달려왔는지 주변이 고요하다. 시비르체보를 지나고 저 멀리 서쪽으로 거대한 한까호수가 있는 스파스크달니역을 지나서 달려왔다. 여정에 지친 사람들은 이미 곤히 잠에 떨어졌는지 통로를 오고 가는 사람도 보이지 않는다. 자정에 가까워 오는 시간인데 잠이 오지 않는다. 달리고 달려도 온통 어둠뿐인 대지, 수많은 얼굴들이 수없이 떠올랐다가 지워진다. 할머니의 얼굴, 아버지가 사랑했던 첫 아내. 누구 하나 구체적으로 그릴 수 없는 그 얼굴들을 그려보는 마음이 어둡기도 하지만, 그 발자취 하나도 확신할 수 없는 그 땅으로 찾아가는 마음이 더 막막하다. 그 끝이 어디인지 알 수 없는 공허함을 떨치려 고개를 저어 보지만 그 공허함은 더 커져 왔다.

 어둠 속에 옷을 벗어버린 여인처럼 허연 살갗을 드러낸 자작나무들만이 차창의 불빛을 향해 거수경례를 하듯 줄줄이 지나간다. 지나간 역사의 상처는 상처로 이어지는 것이었을까. 칠흑 같은 밤 장장 수만 리 철길에 깔린 받침목 하나하나의 아픔처럼 슬픈 역사의 상처들이 그 길에 깔려 있는 것만 같아서 길게 한숨이 나왔다.

 자정이 지나고도 두 시간은 좋게 차는 달렸다. 구베로보역을 지나고 우수리 강과 같은 방향으로 열차는 달려가고 있었다. 저 멀리 어둠 속에서 강의 위치를 가늠해 볼 수 있을 것 같아서 창밖으로 눈을 던졌다. 빙판을 이룬 강을 건너 벌판을 들쑤시고 지나가는 바람 소리가 귀에 들리는 것 같았다.

"제야강을 건넜다면 우수리강도 건넜을 것이다."

자유시 독립군 참변의 역사를 더듬으며 아버지가 했던 말이다. 아버지가 했던 그 말이 먼 대륙의 강 쪽에서 환청처럼 들려왔다.

"자유시 참변은 흔히 우리가 자유시라고 부르는 스보보드니에서 러시아 혁명군인 붉은 군대가 자신들을 도왔던 대한독립군단 소속 독립군들을 무장해제하고 사살한 사건입니다. 독립군 간의 대립투쟁이 불러일으킨 사건이었습니다. 이 전투에서 전사자, 도망자를 제외한 8백 7십여 명 전원이 포로가 되었습니다. 참변 현장에서 빠져나온 독립군도 대부분 아무르 강의 지류인 제야강을 건너다 빠른 물살에 휩쓸려 숨겼습니다. 독립군이 전멸된 참변이었지요."

내가 자유시 참변에 대해 물었을 때 고려문화 자치회장인 김니꼴라이 씨가 했던 말이 다시 떠올랐다. 김 씨의 격한 어조의 말이 마치 멀리 어둠 속에서 아버지의 말과 뒤섞여 강바람을 타고 들려오는 것 같기도 하고, 볼셰비키군의 살육 작전을 피해 자유시의 제야강을 건너다 급류에 휩쓸린 영혼의 피맺힌 절규가 돌고 돌아 이곳 우수리 강 쪽으로 흘러와서 들리는 것 같기도 했다.

아버지는 이 참변 이후에 할아버지에 대한 행적은 모른다고 했다. 자신이 젊은 아내를 남겨 두고 하얼빈으로 갔던 것도 할아버지의 생사를 확인하기 위해서였다고 했다.

 만주에서 독립군에 가담했던 할아버지가 자유시로 간 것은 어떤 이유 때문이었을까. 아버지는 그 이유가 궁금했다고 한다. 아버지가 할아버지의 생사를 확인하기 위해서 하얼빈까지 갔다면 그 연유를 전해 들었을 것이다. 그러나 아버지는 무슨 이유 때문인지 그것을 나에게 말하지 않았다.

 아버지가 의중을 드러내지는 않았지만 그 이유는 분명해 보였다. 김니꼴라이 씨가 말했듯이 독립군이 볼셰비키군의 감언이설에 속아 이용당하고 사살된 것이었다. 그것도 붉은 군대의 앞잡이가 된 소수파인 우리 독립군에 의해 잔인하게 학살된 것이었다. 자유 진영에서 살면서도 평생 사회주의를 숭모했던 아버지는 그 붉은 독립군의 그 만행을 숨기고 싶었을지 모르는 일이었다.

 마음이 무거웠다. 창밖의 영하 20도 기온만큼이나 마음이 차갑고 무거웠다. 독립군이 남의 나라 내전에 휘말려서 둘로 분열되어 반대파를 무참히 학살한 참극을 어떻게 말해야 하는가. 그 참담한 역사도 강물처럼 흘러가서 어둠에 묻히고 시간이 지나고 겹쳐서 망각의 때가 되면 저 차가운 밤하늘에 떠 있는 은하의 자태처럼 미화될 수 있다는 말인가. 아버지는 그 참극의 실상을 세월이 둔화시켜 주기를 바랐는지도 모른다는 생각이 마음을 더 무겁게 했다.

 이제 열차는 루체고르스크역을 지났다. 얼마를 더 가서 비킨, 뱌젬스카야를 지나고 하바롭스크역에 닿을 것이다. 그러나 나는 그 먼 길을 생각에 젖어 달려왔는데도 아직 아버지의 마음을 이해할 수 없었다. 그래서 밤이 더 무겁게 느껴지는 것이었다.

'그때도 그랬을까. 아버지가, 자신의 어머니를 누이동생에게 맡기고, 젊은 아내를 남겨 둔 채 만주로 가던 그날 밤에도 어둠은 이렇게 짙었을까?'

나는 고개를 숙였다. 눈을 감아도 차창의 풍경은 그대로다. 달리고 달려도 어두운 철로 변엔 짙은 숲들이 있고 가끔은 그 어둠 속에서도 차창으로 스며나간 불빛에 희끗희끗한 속살을 드러내고 서 있던 자작나무들이 바람에 몸을 날린다. 세 개의 침상은 아직도 비어 있다. 그 빈 공간으로 해서 마음이 더 공허한지 모른다. 다른 쿠페의 사람들은 다들 잠이 들었는지 조용하다. 통로를 오가던 승무원의 발걸음도 들리지 않는다.

북으로 간다고 한 것이 남으로 오고 말았다는 아버지다. 아버지는 전쟁이 끝나고 서둘러 북으로 가지 못한 것을 후회하였을까. 자유와 번영을 이룬 자본진영의 그 놀라움을 보고도, 스스로 사회주의의 압제 속으로 돌아가지 못한 것을 아버지는 왜 원한처럼 가슴에 품고 살았을까. 그것이 분명 이 사회의 잘못이 아닌데도 이 사회를 적대시하며 살았을까.

그렇게 말하지는 않았지만 지난날 아버지의 행적이 그것을 대변해 주고도 남는다고 해도 지나친 말은 아닐 것 같았다. 전쟁이 끝나고 갈 곳 없이 떠돌던 아버지가 같은 처지의 여자를 만나 살다가 헤어지고, 마흔이 넘어서 다시 새 여자를 만나서 가정을 이루고 아이까지 낳았다. 그런데도 아버지는 자신이 북으로 가지 못한 것을 이 사회

탓으로 돌리며, 어머니를 팽개치듯 내버려두고 밖으로 나돌았다.

나는 어머니에 대한 아버지의 행동 때문에 너무나 많이 방황하고 자괴지심에 빠져서 젊은 시절을 보냈다. 아버지의 행동은 이해할 수 없었다. 무엇 하나 볼 것 없는 그를 온갖 애정으로 보듬어 준 어머니의 가슴에 허구한 날 상처를 주고, 때로는 폭언과 주정으로 고통의 밤을 지새우게 했던 일들을 보며 치를 떤 적이 한두 번이 아니었다.

노령에 접어들어서도 처지에 어울리지 않게 무슨 무슨 반정부 단체의 회원이 되어 이곳저곳을 쏘다니며 집안일은 돌아보지도 않던 아버지의 이중성에 치를 떨었다. 어머니가 돌아가신 그날도 아버지는 숨소리만 겨우 들리는 어머니를 홀로 내버려두고 행동하는 시민단체 모임에 나가 쏘다니느라고 임종도 하지 않았다.

저 밤의 깊이를 가늠할 수 없는 것만큼이나 그 속을 가늠할 수 없는 것이 아버지이었다. 밤과 낮, 이승과 저승의 그 경계를 지나 적멸의 세계로 흘러가듯 강은 어둠 속에서 말이 없다. 바람이 속살을 헤집고 가는 막막한 평원에 가슴을 누이고 슬프도록 깊고 어둡게 흐르는 그 중심을 기차는 달려간다. 서울에서 블라디보스토크를 거쳐 여기까지 왔던 길고도 먼 시간들이 복기되듯 머리에 스쳐 간다. 그러나 지워지지 않고 생각의 중심에 줄곧 따라오는 것은 두 여인 사이에서, 고향과 타향의 사이에서 엉거주춤 서 있는 아버지의 모습이었다.

새벽이 된 것 같다. 멀리 별빛이 희미해지면서 차장 밖으로 미명이 번져 온다. 세상은 다시 자신을 감추었던 어둠의 베일을 벗고 하나씩 일어서서 벌거벗은 진실의 몸을 드러낸다. 수천 길 낭떠러지에 비명과 같았던 역사의 기억들을 더듬으며 달려왔던 그 긴 여정의 시간 속에 부침을 거듭하던 나의 마음도 희붐하게 밝아 오고 있었다.

　하바롭스크역에 도착했다. 오고 가는 차량들이 서로 등을 맞대고 선 긴 플랫폼엔 이른 시간인데도 많은 사람들이 분주히 움직였다. 털모자를 눌러 쓰고 두툼한 옷으로 몸을 감싼 사람들이 나무토막처럼 투박하게 움직였다. 역사를 빠져나와 광장에 섰을 때 나를 맞는 것은 역시 레닌동상이었다. 광장에 줄지어 대기하고 있던 차량들은 기다리던 승객을 싣고 하나둘씩 움직였다. 이 나라 어디를 가도 서 있는 레닌동상, 그곳도 예외는 아니었다. 역두를 굽어보고 선 레닌을 향해 당신은 무엇을 말하려 이 새벽 광장에 서 있는가라고 묻고 싶었지만 그는 이미 현실의 시간에서 말을 걸 수 있는 사람이 아니었다. 멍하니 동상을 쳐다보다가 역사 쪽으로 발걸음을 옮겼다.
　너무 이른 시간이었다. 나를 안내해 줄 사람을 만나기로 한 시간이 아직 세 시간이나 남아 있어서 어떻게든 시간을 보내야 했다. 좁은 따뜻한 곳에서 기다려야겠다는 생각으로 다시 역사 안으로 들어갔다. 방금 도착한 열차에서 많은 사람들이 쏟아져 나오고 있었다. 러시아인들의 표정은 어떤 깊은 생각에 빠진 사람처럼 시무룩하고 냉랭해 보였다. 대합실은 어수선하였지만 몸을 녹이기엔 충분했다. 간이식당에 들러 삐로그와 우유를 샀다. 삐로그는 고기 버섯과 야채, 연어를 넣어서 만든 러시아식 파이인데 부드러우면서도 단맛이 났다. 따뜻한 음료를 한 잔 더 시켜 몸을 녹이고 세 시간은 좋게 더 기다렸다. 안내인 최알레그 씨가 종이에 이름을 써 들고 나를 찾았다. 조블라디미르 씨가 아는 사람을 통해서 부탁한 고려인 안내인이었다.

몇백 미터도 되지 않은 거리에 아무르강이 있었다. 강은 거대한 얼음판에 지나지 않았다. 흘러가는 시간마저 얼어붙은 것 같은 강을 따라 얼마를 가다가 오른쪽으로 차를 돌려 30분을 더 달렸다. 언덕길이 나왔다. 우조스 언덕의 경사는 완만했다. 마침내 우리는 그 언덕 위에 있는 바로스크 시립묘지에 도착했다. 아버지가 일어 준 할아버지의 이름을 찾기 위해서였다. 묘역은 잘 조성되어 있었다. 이곳은 극동아시아에서 스탈린에 의해 처형된 사람들을 기리는 묘지였다.

"현장을 탈출했다면 강을 건너 만주로 갔겠지만, 그 현장에서 희생되었다면 그 흔적이 그곳 기록보관소에 남아 있을 것이다."

아버지는 세상을 떠나기 얼마 전에도 그렇게 말하였다.

나는 떨리는 가슴을 진정시키며 안내인 최 씨의 뒤를 따라 안으로 들어갔다. 조블라디미르 씨로부터 특별한 부탁을 받아서 그런지 최 씨의 태도는 매우 친절하고 신중해 보였다. 최 씨와 나는 먼저 추모관인 기억의 사원 벽판에 부착된 명단을 조심스럽게 하나하나씩 확인해 나갔다.

한인들의 이름들이 많았다. 희생된 사람들의 이름이 새겨진 둥근 석판 명패들엔 박알렉산드르 미하일로비치, 허득만, 이시주, 강고간과 같은 이름이 새겨져 있었다. 한인들의 이름이 많다는 것은 한인들이 주로 희생되었다는 말과 다르지 않았다. 기념비에 새겨진 허장의 말들 앞에서도 희생자들의 죽음은 허망하기만 느껴졌다. 차갑게

만 느껴지는 명패 하나하나를 확인하고 읽어가는 최 씨의 태도가 매우 진중해 보였다.

4,302개의 명패 중에 김복술이란 할아버지의 이름이 없었다. 최 씨와 나는 다시 관리사무소로 들어가서 그곳에 보관된 희생자 명단을 확인하였으나 할아버지의 이름은 없었다. 어떻게 더 할 수 있는 일이 없었다. 공허한 마음으로 묘원을 다시 한번 훑어 보고 발을 돌렸다. 언덕을 내려오는 길은 기온이 더 차갑게 느껴졌다. 온통 빙판을 이룬 아무르강 쪽에서 휘몰아쳐 온 차가운 바람이 채찍질을 하듯 온몸을 세차게 때렸다.

그 먼 곳까지 와서 아무런 성과 없이 돌아서는 내 처지가 딱해 보였든지 최 씨는 소액의 수고비마저도 사양한 채 나를 역 앞 광장에 내려 주고 떠났다.

하바롭스크역에서 돌아오는 하행선 열차를 타기 위해 플랫폼에 나섰을 때 눈이 내리기 시작했다. 시간이 지날수록 눈발은 심해졌다. 뱌젬스카야역에 정차했을 때 역사도 플랫폼도 온통 눈을 뒤집어쓰고 있었다. 그곳에서 몇 명이 타고 내렸다. 내리는 사람보다 타는 사람의 수가 적었다. 봉부난발이라 해야 할 것 같았다. 여정의 심사만큼이나 눈발이 산란하게 휘날렸다. 기차는 눈발을 헤치며 다시 움직였다. 마주 앉은 젊은 러시아인 부부가 무슨 이야기인가를 심각하게 나누고 있었지만 나는 자꾸 눈이 감겼다. 간밤에 뜬눈으로 새우다시피 했기 때문이었다. 쿠페 2층 침상에 올라가서 눈을 붙였다 뜨니 밤이었다. 러시아인 부부는 어느 역에서 내렸는지 보이지 않고 차는 벌써 시비르체보역에 들어서고 있었다. 꽤 긴 거리를 잠속에 빠져 있었던 모양이었다. 새벽 1시가 넘어서 우수리스크역에 도착했을 때 쌓인 눈이 발목을 덮었다.

아침에 시청 기록보관소에 갔다가 오후 한나절은 고려인문화센터에서 한인 러시아 이주 140여 년의 역사가 담긴 기록과 사진들을 보면서 보냈다. 한인들의 애환이 서린 사진을 보면서도 아버지에 대한 생각에서 벗어나지 못했다. 반야 체험을 하면서도 마찬가지였다. 불과 얼음의 극한적 대치, 불의 속살이 이글거리는 아궁이 앞에서도 혹한에 쓰러져 간 사람들의 절규가 마음에 꽁꽁 얼어서 녹지 않았다.

아버지의 얼굴이 떠오르고, 아버지의 첫 여인의 얼굴이 겹쳐졌다.

"아마 그녀는 나를 기다리고 있었을 것이다."

아버지는 자초지종도, 전후 사정도 없는 말을 불쑥 내뱉었다. 그리고 굳은 표정으로 나를 쳐다보았다.

"전쟁이 끝나면 곧장 북으로 가는 기차를 타려고 했다. 그러나 나는 그 차를 타지 못했다."

아버지는 말을 덧붙였다.

소련연방의 몰락과 해체의 소식이 텔레비전 화면을 통해 전해지던 1991년 어느 날 아버지는 밤늦게까지 잠을 이루지 못했다. 아파트 베란다에 나가서 한 시간은 좋게 서성거리던 아버지가 방으로 들어와서 나에게 한 말이었다.

그해는 아버지의 나이가 77세 되는 해였다. 정확히 고향을 떠나온 지 54년이 되는 해였다. 아버지의 그 말은 마치 이제는 고향으로 갈 수 있겠구나 하는 말과 같게 들렸다.

충격적이었지만 그 말은 아버지의 내면을 그대로 보여 주는 말이었다. 나는 그 말에서 아버지의 가슴 속에 숨겨져 있던 마음의 일부를 더듬어 낼 수 있었다.

아버지는 자신이 살고 있는 나라의 체제가 무너진다면, 그래서 철책이 없어진다면 북으로 가서 자신의 고향으로 갈 수 있을 것으로 생각하고 있었던 것 같았다. 허구한 날 옷에 찬바람을 날리며 밤거리를 헤매고 다녔던 이유도 거기에 있었던 것 같았다. 이 땅에 와서 이룬 따뜻한 가정이 있고, 아이를 낳아서 길러 준 온화한 성품의 아내가 있는데도 늘 그렇게 스스로 이방인이 되어 떠돌았던 이유를, 나와 함께 살아왔던 사십 몇 년의 세월 동안 말이 적고 늘 눈이 텅 비어 있었던 이유를 그때서야 알 수 있었다.

그러나 아버지는 그 이후 10년을 더 살다가 돌아가셨지만 고향 땅에 발을 디뎌보지 못했다. 올해는 가 보아야지, 내년에는 꼭 가 보아야지 말만 되뇌다가 몸이 불편해져서 움직이지 못하게 되었다. 그래서 평생의 한을 풀지 못했다.

"무덤을 찾으면 이 반지를 돌려주어라."

아버지의 손이 떨렸다.

"내가 만주로 갈 때 가져간 반지다. 혹시나 위급한 일이 생기면 쓰려고 가져간 것이다."

아버지는 이 말을 유언으로 남기고 며칠 만에 눈을 감았다.

나는 아버지를 땅에 묻고 산 아래를 내려다보았다. 동지를 며칠 앞둔 겨울 산등성이에 철 지난 억새꽃들이 내 마음처럼 분분히 날리고 있었다.

나는 아버지를 보내야 하는 슬픔보다는 온통 산 아래로 보이는 세상 어디로든 갈 수 있을 것 같은 자유로움과 외로움에 몸을 떨었다. 그것은 마치 한 판의 어지러운 굿이 끝나고 찾아온 외로움과 같았다. 그러나 나는 정확히 그 외로움이 어디에서 연유되는지는 알 수 없었다.

며칠 동안 아버지의 얼굴을 지울 수 없었다. 자신이 거의 평생을 살았던 나라보다 태어난 나라를 더 사랑했던 사람, 자신을 지켜 준 아내보다 첫 아내를 더 못 잊어 했던 아버지였다. 나의 눈에 늘 가족과 타인, 그 중간쯤에 서 있었던 아버지, 그 아버지의 눈물 어린 모습이 좀처럼 머리를 떠나지 않았다.

몸이 노약해졌던 어느 해 아버지와 심하게 다투었을 때였다. 내가, 자신을 지켜 준 아내보다 두고 온 아내를 더 사랑했느냐고, 아버지의 사랑은 껍데기에 지나지 않았느냐고 악을 쓰듯 대들었을 때 곤혹스러워하던 그 모습, 그리고 눈물을 거두지 못하고 고개를 떨어뜨리던 아버지의 모습이 좀처럼 머리에서 지워지지 않았다. 지난날 자신의 행동에 대한 미안함 때문이었는지, 아버지는 고개를 들지 못하고 말없이 눈물만 흘렸다. 마치 무릎을 꿇고 용서를 비는 패장의 모습과도 같아 보였다. 그것은 내가 처음으로 본 아버지의 눈물이었다.

"그래, 나도 그것이 그릇된 믿음이고 행동이란 것을 알고 있었다. 그러나 내 마음이 그것을 따라 주지 않았다."

한참 만에 아버지는 다시 입을 열었다. 그리고 나를 바라보았다.
"미안하다, 애비야."
나는 그렇게 허물어지는 아버지의 모습이 안쓰러워서 해야 할 말을 찾지 못했다. 그것이 아버지와 첫 화해이자 마지막 화해였다. 그날 밤 나는 베갯잇이 흠뻑 젖도록 울었다. 자꾸 눈물이 났다. 아버지에 대한 연민 때문인지, 나에 대한 연민 때문인지는 알 수 없었지만 자꾸 눈물이 났다.

고려인문화센터에서 숙소로 돌아오는 길에 혹시나 하는 마음에서 고타냐 여인의 집을 찾아가 보았지만 인기척이 없었다. 한 시간은 좋게 눈 속에서 서서 기다리다가 아무런 기척이 없어서 숙소로 돌아왔다.
낮 동안 잠시 그쳤던 눈이 밤이 되면서 다시 내렸다. 밤이 깊어 갈수록 더 맹렬한 기세로 쏟아졌다. 마치 온 세상을 눈 속에 파묻어 낮과 밤의 구분조차도 지워 버리려는 듯 어둠을 뚫고 쏟아져 내렸다. 나는 아버지가 사랑과 미움의 그 경계마저도 눈으로 덮여 허물어져 버린 그 길을 지나 그리던 아내에게로 더 가까이 다가갈 수 있기를 바라는 마음으로 창밖을 내다보았다.
눈은 마음의 눈물처럼, 속죄의 눈물처럼 쏟아져 내렸다. 마음 깊은 곳 어딘가에 기억이 얼어붙는 빙점이 있다면 그 눈물도 얼어붙었겠지만 그 밤 아버지의 회한이 눈물이 되어 휘날리는 것은 아닌가 하는 생각 때문에 눈을 뗄 수 없었다.

날이 밝고도 눈은 그칠 줄 몰랐다. 나는 우산을 쓰고 밖으로 나갔다. 거리엔 차들이 끊기고 사람들도 보이지 않았다. 거의 무릎까지 쌓인 눈을 헤치며 수이펀강가로 갔다. 강은 마치 빙하의 세계에 잠들어 있는 것처럼 고요했다. 백설에 뒤덮여 빙판을 이룬 그 밑으로 물은 흘러가고 있었겠지만 천지는 정지된 듯 고요하기만 했다. 강가에 서니 더 갈 곳이 없었다. 나는 기도하는 사람처럼 얼마 동안 그렇게 서 있다가 반지를 꺼냈다.

고개를 돌려 걸어왔던 길을 한번 굽어보고는 아버지가 준 그 반지를 꺼내어 손에 들었다. 칠십여 년이란 그 긴 세월을 건너와서 내 손에 쥐어진 누런 반지는 아버지가 첫 아내에게 그렇게도 돌려주고 싶어 했던 그 반지였다. 영원 속에 존재하는 것이 죽음의 시간이라면, 일백 년 전의 그 죽음이 어제일 수도, 오늘일 수도 있을 것이기에 아버지는 참혹했던 기다림의 먼 세월을 건너 그 반지를 돌려주고 싶었을지 모른다. 그러나 나는 아버지가 말한 그 무덤을 찾지 못했다.

생각해 보니 다시는 이곳을 오지 못할 것 같았다. 설령 다시 온다고 하더라도 그곳을 찾지 못할 것이란 생각이 들었다. 나는 다시 한 번 눈을 감았다 뜨며 강의 중심부에 반지를 던졌다. 어디론가 흘러가는 강물이 그것을 아버지의 첫 아내에게 가져다주기를 바라며 세차게 던졌다. 꼭 가져다 달라는 말과 함께.

(『한국소설』 2020년 7월호, 2023년 한국문학우수작품상 수상작품)

사하라

 사막은 태양의 위치에 따라 시시각각으로 색깔이 바뀌지만 거친 모래바람에 거저 앞이 막막하기만 하다. 해 뜰 무렵에 황홀할 정도로 아름답던 그 사구가 지금은 숨을 멎게 하는 절망처럼 앞에 섰다.
 이집트 스핑크스공항을 출발하여 리비아를 거쳐 알제리 베사르까지 오는 데 12일이 걸렸다. 하시메시우드를 거쳐 메틀릴리 인근 마을에서 낙타를 구해서 타고 알제리사막을 건너온 것이 열흘째다. 5일은 낙타를 타고 이동했고 5일은 낙타를 몰고 걸었다.
 낙타 주인인 아부 하자르의 말에 의하면 모로코 국경은 가까웠지만 아직도 열흘은 더 가야 아프란에 닿을 수 있을 거라고 한다. 그곳은 이번 여정의 종착지다.
 그곳에 아내가 있다. 아내는 자신이 전념하고 있는 미국 유타주의 한 교회에서 1년간의 해외 선교활동을 위해 모로코에 가 있다. 그러나 아내를 만나기 위해서 내가 이 길을 가고 있는 것만은 아니다. 그곳으로 가는 힘든 길을 통해 삶의 의미를 다시 느껴 보고 싶었기 때문이다.
 이곳은 사하라 중에서 가장 힘든 구간이다. 오아시스 마을도 적고 모래바람도 심하다.
 어젯밤에는 베르베르인 유목인의 천막집에서 잠을 잤다. 주인이 구워 주는 양고기를 먹고 천막 밖으로 나오니 하늘의 별빛이 장관이었다. 모래알보다 많은 별들이 손에 잡힐 듯 내려앉은 밤하늘은 고요하고 신비스러웠다. 한 시간은 좋게 눈앞에 쏟아져 내리는 별을 쳐다보며 취해 있다가 잠이 들었다. 지친 몸을 가누지 못하고 잠에 빠졌는데, 자다가 깨어 보니 전갈 한 마리가 왼팔 위에 기어다니고 있었다. 소스라치게 놀아 팔을 흔들어 털어 내었지만 소름이 돋았다. 다행히 물린 데는 없었다.

지금 가고 있는 이 길은 사방이 하늘과 땅이 맞붙어 구별이 안 되는 황량한 모래 평원이다. 낙타몰이꾼이 준비해 온 파란색 다라를 입고 타젤무스트를 머리에 둘러썼지만 열기를 견디기가 너무 힘겹다. 가끔 가슴이 답답하면서 숨이 멎을 것 같은 기분이 들기도 한다.

이 길은 어쩌면 내가 어느 사구에 쓰러져 집으로 돌아가지 못할지도 모른다는 비장한 마음으로 시작한 여정이었다. 언제부턴가 마음속에 스며드는 서늘한 기운, 삶의 무상함에서 오는 좌절감과 무력감에 시달리다가 생각 끝에 감행한 여정이었지만 늙은 나이에 무모한 도발이었는지도 모른다.

떠나기에 앞서 사막의 끝 모로코에 있는 아내에게 전화로 이번 여정을 알렸을 때 아내는 냉소적이었다.

"마치 못 죽어 환장한 사람 같아요. 도대체 제정신인지 모르겠어."

평소 같으면 "그 돈이 어디서 났어? 숨겨 둔 자금이라도 있는 모양이지?" 이렇게 말했을 아내이지만 이번에 악담 같은 말을 했다.

자신이 있는 곳으로 간다는데도 반가워하는 기색은 전혀 없었다. 어쩌면 아내의 말은 매우 현실적인 것이었는지도 모른다. 사실 내가 이 나이에 사막을 건너간다는 것은 스스로 죽음의 길을 찾아가는 것이나 마찬가지 일인지도 모르기 때문이다.

오랜 생각 끝에 사하라로 가기로 마음을 굳히고, 먼저 리비아 대수로 공사에서 오랫동안 함께 일했던 아델 모하매드에게 연락을 했다. 전화로는 연락이 되지 않았다. 수첩을 뒤져 옛 주소로 서신을 보냈는데 거의 한 달이 다 되어 갈 무렵에 답신이 왔다. 그의 바뀐 전화번호도 들어 있었다.

그의 집은 리비아 동부 캄부트에 있었는데 그도 직장에서 나와 집에서 놀고 있었다. 인천을 출발해서 이스탄불공항을 거쳐 트리폴리공항으로 입국하면 편한 일이겠지만, 내전의 상황이 끝나지 않아 트리폴리공항으로는 입국하기가 어려웠다. 나는 몇 가지 구급약과 몇 벌의 옷들을 챙겨 집을 나섰다. 아랍에미리트 아부다비공항을 거쳐 이집트 카이로로 날아갔다. 내가 리비아 대수로 공사장에 근로자로 처음 출국할 때가 5월이었는데, 이번 길도 5월의 끝자락이어서 항공기를 타고 가는 내내 만감이 교차했다.

카이로 교외 스핑크스공항은 고대 신전을 연상케 하는 건물 기둥이 인상적이었다. 북아프리카의 허브 공항으로 손색이 없을 정도로 시설물이 잘 갖추어져 있었다. 왁자지껄한 아랍인 음성으로 가득 찬 로비로 나올 때, 30년 전 트리폴리공항에 첫발을 딛던 때와 마찬가지로 마음이 설렜다.

이 머나먼 낯선 곳에 나를 기다리는 사람이 있다는 것만으로도 많은 위안이 되었다. 아델 모하매드가 나의 이름을 큼직한 종이에 써서 들고 있지 않았더라면 나는 그를 알아보지 못했을지도 모른다. 그도 많이 늙고 변해 있었다. 나보다 두 살 손위였으니 늙을 나이도 되었다. 그는 리비아 캄부트에서 이곳까지 사막 길을 꼬박 하루를 달려 나를 태우러 와 주었다.

그는 환하게 웃으며 나에게 뛰어와서 두 팔을 벌렸다. 아랍식의 인사였다. 옅게 홍조를 띈 그의 얼굴에 젊은 시절의 표정이 그대로 남아 있었다.

그가 모는 미국산 구형 체로키 지프차를 타고 공항을 벗어나서 알지자 사막을 관통하는 카이로 알렉산드리아 간 고속도로에 올랐다. 그간의 안부도 묻고 대수로 공사에서 함께 일했던 추억들을 말로 나누며 사막 길을 달렸다. 이곳의 사막은 크고 작은 돌들이 많고 군데군데 나무들도 자란다. 몇 차례의 분지와 계곡, 그리고 망망한 모랫길을 4시간을 넘게 달려 베헤이라주 나트룬 밸리 분기점에서 길을 갈아탔다. 그리고 다시 알렉산드리아 사막을 북서쪽으로 달려 엘 알라메인에 도착했다. 지중해에 접해 있는 이집트의 휴양도시이다. 호텔이 즐비하고 고풍스런 아랍풍의 건물이 바다를 배경으로 서 있었다. 우린 야자수가 듬성듬성 서 있는 허름한 여행자용 게스트 하우스에서 이집트에서 첫 밤이자 마지막 밤을 보냈다.

피곤하였으나 잠이 오지 않았다. 이제 망망한 끝이 보이지 않는 사막 속으로 들어갈 여정을 생각하니 바다를 보고 있다는 것이 무척 생소한 기억이 될 것 같아서, 그 바다를 의미 깊게 가슴에 담았다. 새벽에 잠시 눈을 붙였는데 곧 잠을 깼다. 모하매드는 벌써 일어나서 떠날 준비를 하고 있었다.

해 뜨기 전에 그곳을 떠나서 중무장한 군인들이 지키는 게이트웨이 국경검문소를 통과했다. 리비아 동부 출신 모하매드가 나의 신분을 보증해 주었기 때문에 비자만으로 무사히 통과할 수 있었다. 금속 탐지기로 차량 내부와 트렁크를 조사하고는 바를 올려 주었다. 숨 막힐 것 같이 모래뿐인 평원을 쉬지 않고 3시간을 달렸다. 평원이 끝나고 나지막한 사구가 굽이치는 지대를 지나니 이번엔 수천 개의 백색 돌기둥들이 열병식을 하듯 묵묵히 서 있는 지대가 나왔다.

마디낫 바야드 분기점에서 남서 방향으로 길을 갈아타니 바로 옆으로 2차 세계대전 전몰자의 세미테리가 보였다. 2차 대전 투부르크 전투에서 희생된 영국군 묘지, 그다음에 프랑스군 묘지가 있고 그 아래에 연합군 묘지였다. 승자의 영광도 패자의 슬픔도 죽음의 묘표 앞에선 다 같아 보였다.

아담에서 아즈다비아까지는 장장 600킬로 망망한 사막길이다. 달리고 달려도 보이는 것은 끝없는 모래 바다뿐이다. 이곳은 남부 사하라 대수층 타저보에서 취수된 물이 벵가지까지 가기 위해 900킬로의 송수관을 흘러와서 거대한 저수장에 저수되는 곳이다.

"지금 전투 상황은 어떻게 되어 갑니까?"

나는 조심스럽게 입을 열었다. 20년 동안 이곳 리비아에서 근무하며 어설프게 습득한 아랍어가 친근감을 주는지 그가 웃었다. 그도 한국인 회사에서 20년 가까이 일을 했으니 한국어를 상당히 구사할 수 있었다. 우리는 아랍어에 한국어를 섞여가며 말을 나누었다.

"지금은 잠정적으로 휴전 중이지만 트리폴리를 중심으로 휴전을 반대하는 민병대의 반정부 투쟁은 계속되고 있는 실정입니다."

"시르테도 마찬가지입니까?"

"시르테는 서쪽의 정부군과 동쪽의 반군이 첨예하게 대립하고 있던 곳이긴 합니다만, 트리폴리보다 상황이 심각하지는 않습니다."

내전을 이야기하는 동안 모하매드는 표정이 어두워 보였다.

"시르테엔 그녀의 집이 있는 곳이잖아요?"

그녀란 도니아 사미르를 말한다. 같은 회사에 일했던 여자다.

"아, 그렇지요. 시르테 동부지역이었지요."

그곳은 도니아 사미르와 함께 했던 추억이 묻어 있는 곳이다.

내가 대수로 공사장에 근무했던 것은 2단계 공사로 서부지역 자발 하소나 취수장에서 트리폴리까지의 1천 7백여 킬로의 송수관 라인을 연결하는 공사였다. 나는 90년대 후반 그 송수관이 부분 완공되기 2년 전에 그곳에 파견되었다. 내가 맡은 일은 송수관을 조립하여 매립하는 작업이었다. 여러 파트의 일 중에서 가장 힘 드는 일이었다. 파이프 생산공장에서 대형트럭으로 운반되어 오는, 직경이 사람 키의 두 배 반이나 되고 길이가 7.5m 무게가 75톤이나 되는 거대한 송수관을 연결하고 매설하는 일이었다. 낮 시간의 기온이 40도를 오르내리는 고온에서 작업은 계속되었다. 때로는 야간작업이 이루어지기도 했다.

도니아 사미르는 작업장 식당에서 일을 도와주는 현지인이었다. 사막의 여우처럼 예쁘고 상냥한 여자로 나보다 세 살 어렸다. 회사 일로 트리폴리로 나갈 때 그녀의 업무도 있어서 같은 차를 타고 나갈 기회가 있었다. 그래서 친해지게 되었다.

그녀와 함께 처음 트리폴리에 들렀을 때 첫인상이 놀라웠다. 청바지를 입은 젊은이와 전통의상 차도르를 걸친 여인이 뒤섞여 지나가고, 지도자 카다피의 대형 사진이 곳곳에 걸려 있는 거리에서 스스게밥이란 양고기를 먹으며 밤을 보냈다. 그녀가 먼저 팔을 벌려 나를 안았다. 그것은 친밀함을 나타내는 아랍식 인사인 투아르족(포옹)이라며 웃었다. 이국의 여인의 몸에서 풍겨 나던 매혹적인 체취와 마음을 녹이는 아름다운 미소에 취했을까, 술을 팔지 않는 도시에서 나는 술에 취한 듯 북아프리카의 밤 분위기에 취해서 노상 카페에 앉아서 밤을 새웠다. 그때도 IS 패당들이 도심 곳곳에서 납치와 암살을 일삼고 있어서 아랍 세계가 요동치고 있을 때였다.

그 후에도 몇 차례나 회사 일로 그녀와 함께 트리폴리로 가야 했다. 남편이 과격 이슬람 단체 대원으로 활동하다 죽었다고 했다.

그 말을 하는 그녀의 모습이 외로워 보였다. 외로움은 외로움을 알았을까. 나도 그때는 마음이 외로운 때였다. 그때 아내는 유타주에 있었다. 내가 리비아로 오고 일 년이 채 안 되어 아내는 아이 둘을 데리고 미국으로 건너갔다. 아이들에게 최고의 교육 수준에서 글로벌 인재를 키우기 위해서라며 조기유학을 단행했다. 하지만 사실은 자신이 빠져 있는 종교에 대한 믿음과 한국에 와 있던 선교사가 미국행을 권유했기 때문이란 것을 나는 잘 알고 있었다. 아내는 독실한 신도였다. 어쩌다 전화를 하면 나에 대한 물음보다는 자신의 종교 생활에 대한 이야기만 하다가 전화를 끊었다.

전화가 끝나면 왠지 마음이 공허했다. 아이들이 열심히 공부하고 있다는데도 어떤 보이지 않은 데서 오는 서운함이 나를 떠나지 않았다. 그런 날이면 나는 숙소에서 잠을 이루지 못하고 밖으로 나가 멍하니 밤하늘을 바라보곤 했다.

나는 2년 만에 처음으로 얻은 휴가 동안 아내가 있는 유타로 가지 않고 한국으로 왔다. 아내가 두고 간 살던 집과 어머니가 살던 고향 집의 일이 궁금했기 때문이다. 공항에도 집에도 나를 반겨 주는 사람은 없었다. 어머니마저 돌아가시고 비워져 있던 시골집으로 가서 며칠을 보냈다. 산소를 둘러보고 성묘를 하고 한나절을 부모님 산소 앞에 우두커니 앉아 있을 때, 지난날 지난했던 아버지와 어머니의 삶이 떠올랐다. 고단했던 부모님들의 모습. 초라한 모습으로 꼴을 베어 지고 집으로 돌아오던 아버지의 모습이 보였다. 오직 일하는 것이 종교였던 부모님의 모습에 나의 모습이 겹쳐져서 눈에 물방울이 맺혔다. 일을 하지 않으면 죽는 것으로 생각하며 살아왔던 부모님의 방식이 나에게도 종교가 되어 버린 듯했다.

나는 나만의 외로운 휴가를 보내고 다시 리비아로 돌아왔다. 그 무렵 아내는 미국 어디 교회에서 출판한 한글판 몰몬경을 보내왔다. 읽고 또 읽으라고 했다.

나의 숙소 침상 옆에 놓여 있던 그 책을 보고 부장은 심하게 면박을 했다. 만약 당국에 적발되면 감옥 아니면 당장 추방이라고 했다. 이슬람 세계에서 타종교는 어떤 이유에서도 용납되지 않는다는 것을 잠시 잊고 있었던 것이다. 나는 그것을 버릴 수도 가지고 있기도 부담스러워 며칠을 전전긍긍해야만 했다.

며칠 뒤 나는 무슨 저주처럼 작업 중에 부상을 입어 병원 신세를 져야 했다. 사막 가운데 있는 작은 병원 미즈다 종합병원으로 실려 가서 있을 때, 그녀가 찾아와 주었다. 며칠 만에 회사로 돌아왔을 때도 그녀가 누구보다 반가워했다.

라마단도 지나고 여름이 지나고 며칠의 휴가가 주어졌을 때 나는 그녀를 따라 트리폴리로 나갔다. 바지에 블라우스를 입고 히잡을 두른 그녀는 그 도시의 풍경에 잘 어울리는 모습이었다. 늦어 가는 밤 카페의 의자에 앉은 그녀의 표정이 쓸쓸해 보였다. 나에게 몸을 기대던 그녀의 체취가 향긋했다. 그날 밤 나는 지중해가 보이는 어느 게스트하우스로 가서 밤을 새우다 그녀를 안고 말았다. 그녀의 몸은 뜨거웠고 나는 마치 꿈을 꾸듯 그녀의 품에서 위안과 희열을 느꼈다. 그녀는 울었고 그녀의 눈물을 닦아 주다가 나도 울고 말았다. 그 울음의 근원은 묘하게도 둘 다 외로움인 것 같았다. 그녀는 남편과의 이별, 그 긴 시간의 고통과 외로움이 한 이국인 남자의 품에서 눈물이 되어 흐르고 있는 것 같았다.

나의 외로움도 마찬가지였다. 회사가 국내 사정으로 부도가 나서 나의 앞길도 막막해 보이는데, 사정도 모르는 아내는 아내대로 생활비와 학비가 부족하다고 다그치니 내 마음이 외로울 수밖에 없었다.

그 외로움이 내 마음속에서 눈물이 되어 흐르는 것 같았다.

반정부 운동을 하던 하나뿐인 오빠마저 감옥에 있다가 일 년 전에 처형되었다는 말을 할 때 그녀의 얼굴은 이미 흥건히 눈물에 젖어 있었다. 그녀도 감시를 받고 있었는데, 우린 그것을 알지 못했다. 그녀가 경찰의 감시 대상이 되어 있다는 것을 모르고 그녀와 밤을 새우고, 다음날 멀지 않는 거리에 있는 고대 로마 유적지 랩티스 마그나로 간 것이 화근이 되고 말았다. 그곳 인근에 반군의 근거지가 있었던 것이다. 그녀와 그곳으로 간 것이 반군들과 연결된 것으로 의심을 받고 3일 만에 현지 경찰에 체포되어 6개월 동안 옥살이를 해야 했다.

감옥의 시설은 열악했다. 사막의 기온보다 열기가 더 높은 밀폐된 공간에서 생활은 사는 것이 아니라 지옥에서의 형벌이나 다름없었다. 모래알 같은 음식들을 씹어 넘기고 물마저 제대로 마실 수 없는 상황에서 반정부 범인들의 취급은 포로보다 더 잔혹했다. 그러나 그보다 더 견디기 어려웠던 것은 언제 끌려가서 처형당할지 모른다는 두려움이었다.

나는 독해지지 않으면 살아서 밖으로 나갈 수 없다는 것을 알았다. 내가 살아남기 위해서는 치명적이 독소를 가슴에 품어야 한다고 생각했다. 사막에서 보아 왔던 작은 생명체들의 처절한 생존방식들을 떠올리며 마음에 생존을 위한 독기를 품어야 한다고 이를 악물었다.

공사 현장에서 수없이 보아 왔던 사막 생명체들의 처절한 생존방식을 마음에 떠올리며 절망에 기울어져 있는 나의 심신을 일으켜 세워야 했다. 날마다 반복했던 그 생각, 나는 그만큼 독해져야 했다. 그것은 내가 살아야 한다는, 살아서 밖으로 나가야 한다는 처절한 마음의 다짐이었다.

모하매드가 회사로 온 아내의 편지를 들고 감옥에까지 왔다. 아내의 성화는 절정에 달해 있었다. 그러나 나는 나의 상황을 사실대로 알릴 수 없었다. 그것이 아내에게나 누구에게도 도움이 될 것 같지 않았기 때문이다. 내 하나의 고통으로 끝나야 한다는 생각 때문이기도 했다.

도니아 사미르, 그녀는 나에게 죄책감을 감추지 못했다. 자신으로 인해서 겪고 있는 그 고통을 감내하기 어려운 듯 감옥에 올 때마다 눈물을 흘렸고, 눈물이 마르면 애처로운 눈으로 나를 쳐다보다가 돌아가곤 했다. 그녀가 돌아가고 나면 나는 아내에 대한 미안함과 죄스러운 마음이 몰려왔다. 캄캄한 감방에서 아내의 얼굴과 아이들에 대한 생각으로 뜬눈으로 밤을 새우는 일이 거의 날마다 반복되었다.

내가 그 열사의 공사 현장으로 자원해 왔던 것은 가족의 힘이었다. 아내와 아이들은 나를 움직이는 동력이었고, 내가 살아가는 가장 큰 기쁨의 근원이었다. 아내를 처음 만나고 얼마 뒤 설악산이 깊은 눈에 묻혀 버렸던 날 뜨겁게 그녀를 안았다. 길이 막히고 산천이 하얗게 덮여 버린 여행자 숙소에서 창밖에 눈 내리는 산천을 바라보면서 한 삼 일쯤, 아니면 한 달쯤 갇혀 버리고 싶었던 그때를 생각하며, 40도를 오르내리는 사막에서 온몸이 땀으로 범벅이 되었을 때도 일에 즐거움을 느꼈다. 산다는 것은 사랑의 힘이었다. 때로는 아이들이 커가고 있다는 생각에 어떠한 작업도 힘들지 않았다.

그러나 아내가 변해 버렸을 때 나는 외로웠다. 아내가 나를 버린 것도 아니며 다른 사람과 사랑에 빠진 것도 아니었다. 그러나 아내는 변해 있었다. 아내의 마음속에 내가 없다는 것을 알았을 때 찾아온 외로움은 컸다. 관심 밖의 사람이 되어 있다는 데서 오는 외로움은 상실의 외로움보다 더 컸다.

사랑이란 것은 자기희생이 아니었다. 따지고 보면 사랑만큼 철저하게 이기적인 것은 없었다. 인간의 사랑이란 것도 모래밭 속 미물들의 사랑이나 다를 것이 없었다. 끓어오르는 모랫바닥에서 그 바닥보다 더 뜨거운 정사를 나누고 그 정사의 신음소리도 사라지기도 전에 암컷이 수컷을 잡아먹는 사막 전갈의 사랑법과 다를 것이 없었다. 그 미물들의 사랑도 한 순간은 분명 뜨거운 것이었으리라. 몸이 타도록 뜨겁고 황홀한 것이었을 것이다. 그러나 그 정사의 끝은 얼마나 쓸쓸하고 처절했던가.

국내 정치 사정으로 쓰러졌던 회사가 다른 회사에 통합되면서 다행스럽게도 우린 계속해서 일을 할 수 있었다. 그 뒤 7년을 더 일하고 나는 회사를 떠나 귀국했다.

나는 아내가 있는 유타로 가지 않고 고향의 빈집으로 돌아왔다. 폐허가 되다시피 비워져 있던 집으로 와서 논밭들을 다시 일구며 보낸 날들이 세월이 되어 버렸다. 아내는 다 팔아서 자기에게로 오라고 수없이 채근했지만 나는 가고 싶지 않았다. 종교 지도자가 되어 있는 아내에게 어쩌면 짐이 될 것 같기도 하고, 다시는 돌아올 수 없는 유형의 길이 될 것 같은 생각이 들었기 때문이다. 그렇게 보낸 세월에 나이가 들어 버렸다.

언제부턴가 찾아온 늙었다는 생각이 나를 놓아 주지 않았다. 한때 내가 매달리며 혼신을 다했던 일들이 없어지고 마음에 찾아온 공허함에 스스로 허물어져 가는 내 자신을 볼 수 있었다. 시도 때도 없이 몸을 덮쳐 오는 나른함, 무력감과 늙었다는 생각에서 오는 허무감이 나를 떠나지 않았다. 늙음은 몸보다는 마음에서 먼저 왔다. 마음에 힘을 잃으니 몸이 나른해지고 쇠약해지는 것 같았다.

청춘은 몸만이 아니라 마음에 있었던 것 같았다. 마음의 뜨거움으로 인해서 나의 청춘 또한 뜨거웠던 것 같았다. 마음에 열기가 식어 버린 나에게 간절한 것이 필요했다. 고통을 통해서 살아있다는 것을 확인하고, 그 고통이 삶을 이겨가는 동력이 되었던 그 시절을 다시 한번 경험해 보고 싶었다. 사막의 막막함과 모래바람의 위협 속에서, 살아가는 의미로 가득 찼던 지난 그 시절을 다시 한번 반추해 보고 싶었다. 그래서 아직은 살아남아야 한다는 그 의지를 확인하고 싶었던 것이다.

나는 그 길을 밟아 보고 싶었다. 신혼에 꽃 같은 아내와 아이들을 두고 열사의 공사장으로 떠나갔던, 일 년이 될지 몇 년이 될지 모르는 기약 없는 그 기간을 떠나갔던 리비아 사막, 그때 아내와 아이들을 생각했던 그 열렬한 마음을 다시 한번 느껴 보고 싶었다.

'다시 한번 가 보자, 사하라 그 사막으로.'

나는 입술을 깨물며 마음을 다져 먹었다.

태양이 작열하는 사구나 모래 황원을 걸어가다 어쩌면 내가 쓰러져 죽을 수도 있겠지만, 그 고통을 통해 삶의 의미를, 삶의 기력을 다시 찾을 수 있다면 기꺼이 그 길을 걸어가고 싶었다. 절망이 있어서 희망이 있었던 그 불모의 땅에서, 젊은 날 그때처럼 숨 막히는 절망 속에서 희망을 찾고 싶었던 것이다.

잠을 쫓기 위해 큰 식기로 커피를 벌컥벌컥 마시고 야간작업을 자원하곤 했던 그 시절, 나는 아내의 몸이 그립고 목소리가 듣고 싶어서 휴식 시간이면 어두워진 사막 길에 우두커니 서서 하늘을 보곤 했다. 아내가 울고 있는 것 같기도 하고 다른 남자와 웃고 있는 것 같기도 했던 그때 아내에 대해 느꼈던 그 간절한 마음을 다시 한번 추억해 보고 싶기도 했다. 그래서 찾아온 이 사막이다.

시르테로 들어가는 길은 야자수가 인상적이다. 시르테는 십여 년 전 아랍의 봄 혁명 여파로 무아마르 카다피 대통령이 최후의 거점지역으로 삼았다가 무너진 곳이다. 잘 가꾸어진 공원이 있고 아랍풍의 낮은 건물과 현대식 빌딩이 어우러진 도시다.

도심은 한산한 편이었으나 대로변 곳곳에 무장한 군인들이 삼삼오오 무리를 지어 서 있는 길을 지나가면서도 모하매드는 그들에게 눈길을 주지 않았다. 녹지 공원이 있고 모스크가 있는 해변 길을 지나가면서 그는 불쑥 그녀의 집으로 가 보자고 했다. 나를 위한 배려인 것 같기도 하고, 자신도 그녀의 근황을 알고 싶은 생각이 있는 것 같기도 했다.

무슨 심령술사와도 같이 나의 마음을 읽은 것일까. 내가 여기에 온 것은 사실 그녀를 만나보고 싶은 마음이 있었기 때문이란 것을 부인할 수는 없었다. 사막을 건너가서 아내를 만나야겠다는 생각 못지않게 그녀를 만나 보아야겠다는 생각이 마음속에 자리하고 있었다. 곁에 있는 자와 떨어져 있는 자의 차이 같기도 했다. 내가 먼저 그녀의 안부를 묻고, 그녀의 집을 찾아가 보자는 말을 하기도 전에 그가 먼저 내 마음을 읽기라도 한 듯 먼저 말을 꺼냈다. 같은 민족에 수니파 무슬림으로 한 회사에 일했던 관계로 그는 나보다는 그녀에 대서 아는 것이 많았다.

그녀의 집은 구시가지를 지나 동부로 나가는 변두리 지역에 있었다. 마을에 들어서니 낯익은 길들이 나타났다. 거리는 바뀐 것이 없었다. 그녀가 그 집에 아직도 살고 있다면 만날 수 있을 것 같은 기대감에 잠시 묘한 기분이 들었다. 그녀의 집은 그 도시의 빈민가에 속하는 단층집으로, 그땐 노모와 함께 살고 있었다. 시멘트를 쌓아 올린 육면체의 골조에 정면에 아치형 현관이 있고 양옆에 창문을 낸 황토색 집이었던 것으로 기억되는데 그대로였다.

벽면이 균열되고 군데군데 칠이 벗겨져 마치 버려진 집 같았다. 녹이 슨 손잡이 위에 사슬 자물쇠가 굳게 잠겨 있었다. 문 앞에 풀까지 무성하게 자란 것으로 보아 오랫동안 집을 비워 둔 것 같았다. 우리는 주변을 둘러보며 집안의 사정을 살펴보았으나, 어수선한 정세에 자칫 오해받을 수 있을 것 같아서 누구에게 물어보는 것도 조심스러웠다. 모하매드가 이웃집 문을 두드려 물어보았으나 그들은 하나같이 경계하는 눈빛으로 대답을 회피했다.

트리폴리도 상황은 마찬가지였다. 서부 트리폴리를 중심으로 한 정부군은 이슬람 원리주의자들의 형제단에 바탕을 두고 있었고, 동부 반란군은 거기에 반기를 둔 세력으로, 주변 국가들이 자국의 이익에 따라 정부군이나 반군을 각각 지원하고 있는 상황이었기 때문에 대결 구도가 더 치열하게 전개되어 왔던 것이다.

모하매드는 도심의 교통이 통제될지 모른다며 빨리 도심을 벗어나자고 했다. 도심에 머무는 것이 위험을 자초하는 일이 될 것 같아서 우린 가던 길에서 좌회전해서 남쪽으로 난 4차선 도로로 빠져나왔다.

2차 대수로 공사가 이루어졌던 현장을 둘러보고 알제리 국경을 넘기로 했다. 사하라 남부 자발 하소우나로 취수장 중간 지점이 그와 함께 일했던 곳이다. 그곳의 건설 본부에도 관을 생산하던 공장에도 인원들은 다 철수하고 모래바람에 반파된 빈 건물만이 기념비처럼 서 있었다. 공사장에 대형 차량들이 오가던 길들은 모래에 묻히고 송수관은 땅속에 묻혀 그 흔적을 드러내 보이지 않았다.

나는 마치 한때 목숨을 걸고 싸웠던 전쟁터를 다시 찾아온 것 기분이 들어 말이 나오지 않았다. 작업 중에 일사병으로 쓰러져서 한 달에도 몇 명씩 병원으로 실려 가고, 직장 동료가 외출 중에 대수로 공사를 반대하는 반정부 테러분자들에게 잡혀 사지가 절단당한 채 살해되어 모래 구덩이에 버려져 있던 광경은 처참했다. 몇 개월이 지나서 또 사고가 있었다. 동료와 함께 자재를 싣고 가던 사막 길 한 가운데서 이슬람 무장단체의 습격을 받고 차가 언덕 아래로 굴러서 일어난 사고였다. 얼마의 시간이 지났는지 알 수 없었지만, 동료는 모래에 묻히고 나는 반쯤 묻혀갈 때 지나는 차량에 의해서 구조되었다.

그때의 일을 두고 아내는 수없이 같은 말을 반복해 왔다. "아무리 그렇다고 해도 당신에게 책임이 있어요. 어떻게 당신만 살 수 있단 말이오? 그 사람을 먼저 살려야지." 하는 말을 할 때면 화가 나고 정신이 아찔해졌다. 아내는 마치 내가 고의성을 가지고 그를 구하지 않은 것쯤으로 여기고 말했다. 그곳에서 경찰에 불려 가서 조사를 받을 때도 경찰은 내가 마치 테러단체와 관련이라도 있는 사람처럼 의심하며 비슷한 말을 했다. 나는 억울하고 아내의 마음이 이해되지 않았지만, 그 말에 내가 화라도 내면 아내는 마치 내가 하나님에게 대드는 것쯤으로 여겼다.

나만 살아남은 것이 죄스럽고 마치 내가 그를 구하지 못했던 것 같은 마음이 들 때는 우울해지곤 했다. 그것이 늘 마음에 따라다니는 어두운 그림자가 되고 말았다. 그런데도 아내는 나의 무거운 마음을 구원해 주려는 노력보다 나에게 죄의식을 덧씌워 놓는 것 같았다.

그때의 기억이 떠올라 가슴이 먹먹해지면서 핑 눈물이 돌았다. 나는 잠시 고개를 숙여 그 사람들의 영혼을 위로하며, 모래 한 줌을 집어 허공에 뿌렸다. 그리고 그곳을 떠났다.

우리는 북부 사막 루트를 택해 340여 킬로를 달려 국경 지역 가

다메스에 도착해서 잠시 휴식을 취하고, 국경을 넘어 알제리 남동부에 위치한 마을 하시메사우드에 밤늦은 시간에 도착했다. 모하매드가 가져온 스프링바 텐트를 쳐서 밤을 보내고 새벽에 다시 출발해서, 다음 날 오후 메틀릴리 인근 유목민 마을 농가에 도착해서 밤을 맞았다. 그와의 마지막 밤이었다.

이곳은 베르베르인 생활유적이 남아 있는 오아시스 마을이다. 북부 사라하 모래바다 중에 한 곳이다. 날이 밝으면 그는 이제 자신의 집으로 돌아가고 나는 낙타와 함께 모로코로 건너가야 했다. 유목민 천막집 밖에 나가 주인이 주는 차를 나누어 마시며 밤늦게까지 지나온 여정을 이야기했다.

베르베르인 아내는 눈치가 빠르고 영민해 보였다. 그녀는 나에게 이렇게 힘들여 여행하는 이유가 무엇이냐고 물었다. 별을 보고 점을 쳐서 내일은 날씨가 바람도 없이 좋을 것이라 했다. 그녀는 우리의 여정이 신기한 듯 지나온 마을들에 대해 물으며 가끔씩 우리를 기웃거렸다.

"오래전에 저곳에 강이 있었다고 합니다. 바람의 강이라고 합니다."
그녀가 말했다.

그것이 실물의 강이었는지 환영의 강이었는지는 묻고 싶지 않았다. 그들 부부가 사는 이 땅에도 모래알 같은 많은 전설과 신화들이 묻혀 있을 것 같았기 때문이다. 그것이 세상의 이야기였던 신의 이야기였던 바람에 날리고 모래 속에 묻혀서 전설이 되고 신화가 된 것은 까마득한 세월 이전서부터 여기에 사람들이 살았다는 말과 다르지 않았다.

 농부가 주선해 준 낙타몰이꾼은 이웃 마을에 사는 베르베르인 유목민이었다. 50대 중반쯤 되어 보이는 그 사람은 새벽 일찍 두 마리 낙타를 몰고 나타났다. 자신의 이름을 알 쿠르디야라고 했다. 그는 내가 입을 파란색 다라와 머리에 둘러쓸 타겔무스트를 준비해서 왔다. 그는 어린 시절부터 이 길을 오가며 사람을 실어 나르고 물건을 교역하는 일을 해 왔다고 한다.

 모하매드가 낙타몰이꾼에게 몇 가지 당부를 하고 길을 잘 안내해 주어야 한다는 말을 했다. 헤어지기 아쉬워하는 모하매드에게 감사의 표시로 얼마 되지 않는 돈을 건넸을 때 그는 놀란 표정으로 고마워했다.

 나는 팔을 벌려 힘주어 그를 안고는 낙타 등에 올랐다. 그는 우두커니 제 자리에 서서 우리가 떠나가는 것을 지켜보면서 오랫동안 움직이지 않았다. 서로의 모습이 가물가물해질 때쯤 그는 차를 돌려 왔던 길을 돌아갔다.

 이틀이 지나고 가축을 사육하는 농가에서 잠을 잤다. 낙타몰이꾼도 지친 모습이었고 나도 지쳐서 일찍 잠을 잤다. 새벽에 일어나 보니 낙타몰이꾼이 달아나고 없었다. 그가 돈만 챙기고 밤새 사라진 것이었다. 막막했다. 갑자기 거대한 모래바람에 갇힌 것처럼 아찔하고 숨이 막힐 것 같았다. 당황해하는 나를 보고 집주인은 선불을 많이 하는 경우에 간혹 이런 일이 일어난다고 했다. 사막에서 사라진 사람을 쫓아가서 찾기란 어렵다는 말로 나를 위로했다. 어디로 갔는지 알 수도 없고, 설령 내가 탔던 바로 그 낙타를 다른 사람이 몰고 나타나고 알 수 없다고 했다. 주인은 나에게 위로하는 말을 하고 자신이 믿을 수 있는 사람을 불러 주겠다고 했다. 어쩌면 그들끼리 짜고 하는 일인지도 모른다는 생각이 들었지만 주인의 얼굴이 선하게 보였다.

걷고 또 걸었다. 살려고 발버둥치다가 쓰러진 동물들의 사체가 탈육되어 군데군데 앙상히 남아 있는 사구도 지나고, 암갈색의 바위와 돌들만 있는 협곡도 지나고, 키 작은 나무들이 듬성듬성 서 있는 사이에 회전초가 굴러다니는 언덕도 지나서 묵묵히 걸었다. 10일 동안의 여정은 혹독했다. 5일 동안 낙타를 타는 것도 어려운 일이었지만, 낙타를 몰고 5일 동안 걸어왔던 길은 사투에 가까웠다. 죽을 각오가 없었다면 불가능한 일이었을 것이다.

지금 같이 길을 가고 있는 낙타몰이꾼 아부 하자르조차 나의 행동을 이해하지 못한다. 이곳의 사막은 낮엔 온몸을 태울 듯 뜨겁고 밤이 되면 오한이 들듯 춥다. 열렬함이 지나고 난 대지는 곧 차가워진다. 열정과 냉각의 사이를 오가는 기온의 변화에 살아있는 것들의 껍질은 싸늘해진다.

아부 하자르는 우리가 베사르 인근에 와 있다고 한다. 베사르는 사하라 북단의 오아시스 도시다. 그들 조상들이 낙타를 몰고 사헬지역을 통한 중개교역을 하던 거점이다. 하루만 지나면 모로코 국경을 넘을 것이라 한다. 신기하게도 저녁 무렵 휴대전화에 신호가 왔다. 모로코 국경에 인접한 오아시스 마을에 가까워지면서 통신시설의 영역에 들어왔기 때문에 휴대전화기의 사용이 가능해졌다는 신호였다.

모하매드가 보낸 문자엔 시민군의 복장을 한 여자 사진 한 장이 들어 있었다. 짧게 깎은 머리에 모자를 쓴 왼쪽 팔이 없는 여자였다. 자세히 보니 도니아 사미르, 그녀였다. 얼굴에 나이든 흔적은 있었으나 얼굴의 윤곽은 그대로여서 그녀임을 알 수 있었다. 내가 신호를 보내자 모하매드에게서 전화가 왔다.

도니아 사미르가 트리폴리 감옥에 갇혀 있다가 휴전을 앞두고 풀려나서 시르테의 여동생 집에 있다고 했다. 그의 음성은 다소 고조되어 있었다. 트리폴리 감옥이라면 내가 6개월 동안 갇혀 있던 그 감옥이다. 참 묘하게도 그녀가 그 감옥에 갇혀 있었다니 갑자기 마음이 착잡해졌다.

"내가 차를 몰고 그곳으로 다시 갈 테니 돌아와서 그녀를 만나 보시겠습니까? 그녀가 만나 보고 싶다는 말을 꼭 전해 달라고 했어요."

숨을 몰아쉬며 말하는 그의 음성이 떨렸다. 그의 말에서 그녀의 음성이 들리는 것 같아서 가슴이 뭉클해졌다. 모하매드는 돌아가는 길에 다시 시르테 그녀의 집에 들러 수소문한 끝에, 그녀가 당분간 그녀의 동생 집에 있다는 것을 알고 찾아가서 만났다고 했다.

"시르테 시가전에서 정부군의 총을 맞고 팔 하나를 잃었다고 해요."

어두운 음성이었다. 사진은 그녀가 감옥에 잡혀가기 전에 신분 확인 용으로 찍은 것이라고 했다.

그날 밤 잠이 오지 않았다. 온종일 뜨거운 사막의 열기 속을 걸어와서 지칠 대로 지친 몸이었지만 그녀에 대한 생각이 머리에 차서 잠이 오지 않았다. 수없이 몸을 뒤척이며 그녀와의 지난 일들을 그려 보았다.

그녀는 죽은 남편의 사진을 가슴에 품고 다녔다. 죽었지만 남편을 사랑한다고 했다. 사랑은 그런 것이었을까. 자신을 버리고 테러분자가 되어 광란의 짓을 하고 다니던 남편이었지만 그 사람을 믿고 싶었다고 했다. 미워할수록 더 진하게 반향되는 사랑의 감정을 자신도 알 수 없다고 했다. 죽이고 싶을 정도의 미운 감정 뒤에 사랑하는 마음이 있고 그리운 마음이 있다고 했다. 자신의 마음을 알 수 있으면 세상의 비밀을, 살아가는 비법을 알 수 있을 것 같다고 했다.

그녀의 말은 마치 내 마음을 읽고 하는 말 같기도 했다. 누구에게나 눈물은 다 같고 사랑의 감정도 다 같아 보였다.

생각할수록 그녀를 만나 보고 싶었지만, 나는 돌아갈 수 없었다. 이미 너무 먼 길을 걸어왔기 때문이었다. 그 절반은 낙타를 타고 또 절반은 낙타를 몰고 열흘이 넘도록 걸어왔기 때문이었다. 그것이 나의 생애에 가능한 일이 될지 모르지만 "다음에 다시 오겠다."는 애매한 말로써 돌아갈 수 없다는 나의 뜻을 전했다.

지난 열흘의 여정은 나에게 가장 힘들고 혹독한 것이었다. 뜨거운 열기에 숨이 막히고 모래바람에 몸이 휘청거리는 시간의 연속이었다. 나는 힘겹게 걸어왔다. 아내나 아이들이 보았다면 무모하고 미친 짓이라고 했겠지만 나로서는 비장한 마음으로 스스로 자초한 고행이었다.

이미 지나온 길의 시간은 나의 시간이 아닐 것이다. 내가 지나간 뒤의 시간은 그 길을 걸어오는 자의 것일 것이다. 나는 돌아가서 그녀를 만나기엔 너무 먼 길을 와 버린 것 같았다. 그녀를 그때까지 잊을 수 없었던 것은 기억 속의 시간이 소중했기 때문이다. 사련의 추억조차 내가 살아온 소중한 시간의 일부였기에 나는 그녀를 잊을 수 없었을 것이다.

나는 낙타 고삐를 잡은 나의 사진을 그에게 보냈다. 그녀를 만나면 전해달라는 말과 함께.

다시 길을 떠나는 망망한 모랫길 그 너머에서 그녀와 아내의 모습이 번갈아 떠올라 머리에서 떠나지 않았다. 신기루의 환상을 본 것처럼 아내의 얼굴이 지평선 저 멀리서 하늘 높이 떠오르는 것 같더니 그 모습에 도니아 사미르의 모습이 겹쳐졌다.

생각해 보니 아내나 그녀는 종교에 독실하다는 것이 같아 보였다. 아내는 자신의 전부나 마찬가지인 종교에서 무엇을 얻고 무엇을 잃었는지 알 수 없지만, 도니아 사미르, 그녀는 종교에서 모든 것을 얻고 모든 것을 잃어버리고 있는 것 같았다. 그들은 천년에 가까운 세월 동안 싸우고 있다. 이교도와 싸웠고 지금은 같은 종교의 민족끼리 믿음의 방식을 놓고 싸우고 있다. 총을 쏘고 폭탄을 터뜨려 서로를 죽이고 있다. 그 와중에 그녀가 있다.

아내와 나는 살아가는 방식의 차이로 서로 반목하며 태평양을 사이에 두고 떨어져 있다. 아내는 자신의 종교를 위해 유타로 갔다. 위대한 지도자 브리검 영이 종교적 박해를 피해 수천 명의 난민을 이끌고 아메리카 동부에서 서부 변방 불모지 솔트레이크까지 수천 킬로를 걸어와서 종교의 신세계를 개척했다는 그곳에서 그 종교를 위해 헌신하고 있다. 삼십 년이 넘는 세월 동안 아내는 그 종교에 혼신을 다하며 교회 지도자가 되어 있다. 세계 전역을 돌며 봉사활동과 함께 선교활동을 하였고, 지금은 이슬람국가인 모로코에 가서 자신의 종교를 선교하고 있다. 그것은 아내가 살아온 방식이고 믿음이다.

나는 아내와 믿음의 대상이 다르기 때문에 아내의 길을 따라가지 못한 채 분리되어 살아오고 있다. 이곳 무슬림들은 믿음의 대상은 같으나 믿음의 방식이 달라서 싸우고 있다. 신을 위한다는 명분으로, 형제들을 구한다는 명분으로 형제들을 죽이는 살육전을 벌이고 있다. 사막 동물들의 약육강식 생존방식과 다르지 않다.

사막에 사는 동물들에게 산다는 것은 서로를 잡아먹는 과정에 지나지 않는다. 이 극한 상황에서 그들의 생존경쟁은 다른 어느 곳보다 치열하다. 그들에겐 선택이 없다. 죽기 아니면 살기다. 그들의 삶은 공존이 아니다. 상대를 잡아 삼켜야 자신이 살아남는 독자생존이다.

아침부터 모래바람이 몰아쳐서 출발할 수가 없었다. 하늘을 뒤덮고 몰아치는 폭풍의 위력은 대단했다. 유목민 천막 가옥 하나가 날아가고 우린 곧 날아갈 것 같은 다른 천막 안에 갇혀 바람이 휘몰아치는 광경을 망연히 바라보았다. 낙타 주인 아부 하자르의 말처럼 이곳의 신이 노한 것일까, 모래바람에 덮여 하늘이 보이지 않았다. 우린 하루를 더 농가에서 머물다가 바람이 멎은 다음 날 아침 낙타 등에 올랐다. 이제 다시 며칠은 낙타를 타고 또 며칠은 걸어서 모로코 국경을 넘고 그곳의 사막을 건너 목적지 아프란에 가닿을 것이다.

사하라 59

오른쪽 발바닥에 물집이 생겼고 왼쪽 발은 갈라 터진 지 벌써 며칠째다. 모래를 너무 많이 마셨기 때문인지 가끔씩 가슴이 답답해진다. 그러나 나는 이 길을 가야만 한다. 가지 않으면 이 사막에 쓰러져 죽을 수밖에 없기 때문이다.

이 길에는 오랜 세월의 표석처럼 선 암석들이 많다. 암석들이 부서져서 작은 돌이 되고 그것은 다시 삭고 삭아 모래가 되었을 것이다. 암석들도 한 때의 나무들도 적막처럼 곳곳에 쓰러져 있다. 지나온 길의 시간은 바람에 날리는 저 모래알처럼, 허옇게 죽어서 날리는 잔해의 시간이다. 사막은 이렇게 죽어서 말한다. 시간도 죽어서 말한다. 살아있던 한 시대가 껍질이 되어 말한다. 망망하기만 한 사막 속을 걸어가는 나의 육신과 시간도 앙상하게 선 저 암석들처럼 풍화되어 가는 것에 지나지 않는다는 것을 나는 안다. 그러나 그 표토 속에 감추어진 시간과 존재의 진실은 알 수 없다.

오늘 새벽에도 여우는 찾아왔다. 귀가 크고 눈빛이 맑아 인형 같은 여우의 모습은 애상적이다. 우리를 따라왔는지 새벽이 되면 먹이를 찾아 천막 주변에 와서 맴도는 그들의 생존을 위한 노력이 처절해 보였다.

가도 가도 끝없는 모랫길, 자신의 피 안으로 삼켜 굳어진 회전초 가시처럼 돌도 바람도 될 수 없어 어두운 마음에 피 흘리며 나는 이 길을 걸어가지만, 저기 모래 먼지를 먹고 사는 마을의 사람들, 그들의 가슴에도 하루의 붉은 저녁은 오고 있으리라. 길은 모래에 묻히어 시작도 끝도 알 수 없다. 하지만 저 사구의 끝으로 더 깊은 하루의 밤이 와서 우리가 가야 할 길도 곧 어둠에 묻히게 될 것이다.

 이 사막길이 끝나는 모로코에서 내가 아내를 만날 수 있을지는 알 수 없다. 그녀는 그녀의 시간과 일이 있기 때문이다.

 피를 말리고 살을 태우던 그 태양 빛도 노을이 되니 아름답다. 갈증과 숨막힘 뒤에 오는 노을은 더 아름답다. 피를 토해놓은 듯 애절한 빛이다. 아름다워서 슬프다. 사막의 빛은 저렇게 노을을 통해서 사라진다. 산다는 것은 저렇게 쓸쓸히 세월에 풍화되어 노을 속에 사라지는 길이라고 말하듯이.

 (『한국소설』 2025년 8월호)

어머니 그 바다

오늘도 나는 돌탑을 쌓는다. 평평하고 보기 좋은 작은 돌들을 주워다가 하나씩 쌓는 일을 한다. 인도 어느 사찰의 백 년에 걸쳐 쌓았다는 그 돌탑처럼, 지리산 어느 자락에 뭇사람들이 쌓아 놓은 그 소망의 돌탑처럼, 그렇게 탑을 쌓아 가는 중이다. 하루에 한두 개씩, 때로는 서너 개씩 쌓아온 지 벌써 일 년의 세월이 흘렀다.

금오산 자락에 어머니가 호미와 괭이로 한 뼘 한 뼘 일구었던 밭떼기다. 물결이 높거나 바람이 거칠어서 물질을 할 수 없는 날에는 이 비탈에 와서 밭을 일구었다. 맨손으로 크고 작은 돌을 주워 내고 풀뿌리를 뽑아 내어 일군 것이 한 뙈기가 되고, 두 뙈기가 되어 세월이 지나면서 너른 밭이 되었다. 어머니는 평생 동안 바다와 이 밭에서 몸이 부서지도록 일을 하다가 생을 마쳤다. 바다에서 물질을 하거니 밭에서 일을 하던 어머니의 모습은 마치 구도자의 모습과 다르지 않았다. 내가 어머니의 그 밭에 와서 바다를 보며 돌을 쌓는 것은 어머니와 바다에 바치는 내 마음이고 은혜에 대한 보답이다.

내가 이곳 돌산도의 끝자락 성두리로 돌아오고 나서부터 시작한 일이었다. 내가 태어나서 자란 성두리는 몇십 년 전까지만 해도 너덧 집이 모여 사는 작은 어촌으로, 세상 밖에 엎드려 있는 작은 외딴 마을이었다. 그러나 아버지와 어머니가 삶의 꿈과 희망을 심어 키운 마을이다.

 내가 이 마을 떠난 지 삼십오 년 만에 돌아왔을 때 마음 사람들은 혀를 끌끌 차면서 못마땅하게 생각했다. 이제 어촌이 좀 살만하니 부모가 남겨놓은 밭뙈기를 이용해서 눈먼 돈이나 한몫 잡아보려는 속셈으로 귀촌 행세를 하려는 것은 아닐까 하는 눈치였다. 전혀 그런 것은 아니었지만 입장을 바꾸어 생각해 보니 마을 사람들이 그렇게 생각하는 것도 무리는 아닐 것 같았다. 어느 해양대학인가를 나오고 이름 있는 수산회사의 수천 톤 급 어선을 몰고 다니는 선장으로 일 년에 수억 원을 번다더니, 그때는 코빼기도 내밀지 않던 인간이 한적한 어촌에 살겠다고 돌아왔다니 믿어지지 않는 것은 어쩌면 당연한 일이었는지도 모른다.

 하긴 내가 고향으로 내려온 것에는 어려움이 많았다. 아내가 극구 반대했기 때문이다.

 "제발, 꿈 좀 깨세요. 그동안 벌 만큼 벌었고 고생도 했으니, 이제 돈이나 좀 쓰며 편안하게 사세요. 왜 사서 고생을 하려는지 이해되지 않아요."

 처음엔 내 말을 반신반의하며 나를 설득하려 들던 아내는 나의 의사가 분명해 보이자 반대의 목소리를 높였다.

 "세상일이란 게 그렇게 쉽지 않고, 기발한 아이디어에 날고뛰는 사람들이 얼마나 많은데 헛된 공상을 하고 있어요. 이제 나이도 좀 생각하세요."

 나의 생각에 찬물을 끼얹는 말도 자주 했다.

그러나 나는 아내의 반대에도 불구하고 내가 태어나서 자란 어촌마을 성두리 옛집으로 돌아왔다. 아내에게는 꼴불견의 고집불통, 구제불능의 인간으로 욕을 먹으면서도 거의 엎드려 빌다시피 하여 반승낙을 받고 서울을 떠났다. 어머니가 돌아가시고 비워져 있던 집을 손질하여 생활하되, 바다와 관련된 일 외에는 하지 말라는 조건을 달아 나를 놓아 주었다.

저녁 무렵 돌산대교를 지나서 향일대로를 따라 산허리 길을 돌아올 때 서쪽 하늘엔 벌써 노을이 타고 물결은 잔잔하였다. 넘실대는 푸른 물결을 붉게 물들이며 서서히 사위어 가는 노을의 광채가 장엄하였다. 마치 군데군데 붉은 꽃잎을 뿌려 놓은 화엄의 꽃밭처럼 바다는 안온하였다. 거기 황혼을 배경으로 가슴에 흘러와 떠다니는 섬들을 안고 있는 바다의 모습이 어느 성자의 어머니처럼 보였다.

옛집에 들어설 때 가슴이 뭉클해지면서 눈 밑이 젖어 왔다. 바다도 그대로고 집도 그대로였다. 거기에 어머니가 계시고 아버지가 계시는 것 같았다. 아직도 어머니와 아버지가 이승에 살아서 물질을 하고 고기를 잡는 그 바다로 출렁이고 있었다. 그러했다. 그때나 지금이나 바다는 나에게 어머니고 아버지였다.

내가 다시 이곳으로 내려온 것은 내 마음에 어머니와 아버지가 계셨기 때문이다. 금오산 기슭에 잠들어 계시지만 내 눈에는 아직도 생생히 바다에 살아 계신다. 삶의 시간이 모여 눈물이 되고, 그 눈물이 다시 물결이 되어 흥건히 돌아오는 저 파도 속에 계시는 것이기에 나는 그 바다에 나의 삶을 바쳐야 한다고 생각했다. 말했듯이, 고향으로 돌아오는 일이 쉽지는 않았다. 아내가 반대하고 친구들도 말리고, 자잘한 세속적인 계산들도 나의 발을 잡았지만 나는 돌아와야 했다. 여기에 내 삶의 마지막 해야 할 일이 있다고 믿었기 때문이다.

어쩌면 어머니는 바다와 한 몸이었는지도 모른다. 바다와 함께 잠들고 바다와 함께 잠 깨며 본연천심의 그 청정함으로 거기에 있었는지 모른다.

어머니는 열일곱의 꽃 같은 나이에 제주에서 이곳 성두리로 왔다고 한다. 서귀포 해녀들은 해마다 11월이 되면 무리를 지어 함께 배를 타고 육지로 나와서 이듬해 8월이 되면 제주로 돌아갔다고 한다. 이른바 '출가물질'을 위해서였다. 일부는 거제도나 완도, 천산도 같은 곳으로 가고, 멀리는 울릉도, 일본 나가사키나 중국 다롄 칭다오까지 가는 경우도 있었다고 한다. 나의 어머니가 될 처녀 해녀 분순이를 포함한 일곱 명은 돌산도 바닷가 마을에 와서 해조류를 채취했다고 한다. 여기서 55년 여수수산고등학교를 갓 졸업한 청년 김성도를 만나 결혼하고 다음해 나를 낳았다고 한다.

어머니는 마을에 남아 물질을 하고, 여수항 작은 수산회사에서 일하던 아버지는 상사의 추천으로 부산으로 가서 어로 순시선을 타게 되었는데, 그 선박이 '지남호'라는 한국 최초의 원항어선으로 바뀌어 인도양으로 첫 출어할 때, 승선하게 되었다고 했다.

"그날은, 니가 태어난 날을 제외하고는, 내 생애에서 최고의 날이었다."

아버지가 그날을 회상할 때마다 하시던 말이다. 그날은 57년 6월 27일을 말한다.

"그날은 우리나라도, 나도 바다에서 다시 태어나는 날이었다."

원양어선 승선은 아버지의 삶에서 가장 자랑스러운 순간이었다고 했다. 아버지가 승선했던 그 원양어선은 원래 미국연방정부의 종합시험조업선이었던 230톤급 'SS 워싱턴' 호였는데, 그 선박을 한국이 미국 ECA 원조자금으로 구입하여 화물선과 어로 순시선으로 쓰다가 최초의 원양어선으로 전환했다고 한다.

아버지 말대로라면, 그 선박은 트롤이나 연승, 선망 등이 모두 가능한 다기능을 갖추었고, 시설도 최신식으로 냉동과 냉장, 무선 방향탐지기, 그리고 어군 탐지기 등의 전자장비까지 갖추고 있었다고 한다.

"전쟁으로 폐허가 된 나라의 국민들에게 꿈과 희망을 안겨 준 것이 원양어선의 첫 출항이었다. 나는 그날을 생각하면 감격해서 아직도 눈에 눈물이 고인다."

나는 아버지의 이 말을 수없이 듣고 자랐다.

피폐한 나라에서 나아갈 방향을 잃어버린 사람들의 가슴에 희망을 심어 준 큰 출발점으로, 우리도 잘살 수 있다는 꿈은 그렇게 심어졌다는 것이었다.

"제동산업의 심상준 사장의 원대한 꿈과 뚝심이 없었다면 어떻게 우리가 원양어업을 꿈이라도 꿀 수 있었겠는가? 인도양, 그 대망의 바다로 출항은 나라의 쾌거였고, 바다를 향한 위대한 도전이었다."

원양이란 뜻도 잘 모르던 어린 나에게 아버지는 가끔씩 마치 동화 속의 이야기를 들려주듯, 원양어선을 첫 승선했을 때의 이야기를 해주곤 했다.

"첫 출어도 하기 전에, 잡은 참치를 사줄 미국 회사를 찾아가서 거래부터 들어갔으니 말이다. 정말 대단하신 분이었어. 당시 선교사의 아들로 한국에서 태어나서 하버드대학을 졸업한 웜스 씨가 대리인으로 활약해서, 미국의 거대 참치캔 회사인 밴 캠프사의 도움을 받은 것은 한국원양어업에 천운이었다고 할 수 있다."

밴 캠프사는, 참치 잡은 실적이 전무하면서 참치부터 사달라고 조르는 사람들을 보고 허무맹랑하게 여겼다고 했다.

"첫 출어에선 십여 톤이라는 미미한 실적을 올렸지만 할 수 있다는 자신감을 가지게 된 것이 더 큰 수확이었다. 윤정구 선장은 담력이 대단했던 분으로, 참으로 존경했던 분이었다. 그리고 말이야, 그 배엔 뒷날 한국 참치 산업의 대부가 된 이십 대 청년도 한 사람 타고 있었어. 그 사람은 나보다 두 살 손위로 수산대학교 어로과를 졸업하고 24세에 '3등 항해사'가 되어 그 배에 탔던 김재철이란 분이었어."

첫 조업을 했던 곳은 인도양 니코발 아일랜드 해역이었는데, 가느다란 줄에 일정한 간격으로 가짓줄을 달고 그 가짓줄 끝에 낚싯바늘을 매단 어구를 사용하는 연승어법으로 참치를 잡았는데 성과는 미미했지만, 2차 출어에선 100여 톤의 참치를 어획하는 성과를 올렸다고 했다. 그것을 계기로 밴 캠프 회사와 협상을 벌여 연간 9,000톤의 참치를 납품하기로 하고, 참치잡이 어선 11척을 도입할 수 있는 금융 지원을 받게 됨으로써 도약의 발판을 마련했다는 말을 자주 하곤 했다.

　태동기 원양어업에 대한 아버지의 자부심은 대단했다. 내가 대학에 들어간 이후에도 원양어업 태동기의 이야기를 여러 차례나 들려주었다. 마치 국민교육헌장을 외우듯이 아버지의 이야기를 듣고 들어서 외울 수 있을 정도가 되었지만 그 이야기가 싫증 나지 않았다.

　"바다는 내 삶에 등대였고 삶의 희망이었다. 먹을 것도 제대로 먹지 못하고 자랐고, 논도 밭도 한 뙈기 제대로 없었던 나에게 바다는 난파 직전에 보이는 등대 불과 같았다. 그래, 나에겐 바다가 바로 등대였다. 내가 살아가야 할 길을 열어 주고 가난에서 벗어나게 해 준 구세주와 같은 등대 말이다. 비록 바다란 곳은 찬바람에 손발이 갈라지고 파도와 사투를 벌려야 하는 시간들이 시시각각으로 이어지는 곳이지만, 너희들을 먹이고 학교에 보낼 수 있는 여유를 나에게 가져다주었다."

　이 말은 아버지가 원양어선에서 일을 끝내고 이곳 집으로 돌아와서 한 말이었다. 지그시 눈을 감고 혼잣말처럼 했던 말이다. 내가 아버지의 그 말을 이해하는 데는 오랜 시간이 걸려야 했다. 아버지의 말을 이해하기엔 내가 아직은 세상에 대해서 아는 것이 너무 없었기 때문이다.

　아버지가 원양어선을 타고 남태평양에 나가 있을 때 어머니는 혼자서 집을 지키며 물질을 했다. 어린 나는 바닷가에서 놀면서 어머니의 물질을 신기하게 지켜보았다. 물속에 들어갔던 어머니가 물 위로 고개를 내밀어 숨비를 할 때마다 나를 보고는 다시 물속으로 들어가는 일을 반복했다.

어머니는 제주도 이야기를 많이 해 주었다. 다른 아이들이 외갓집에 간다고 자랑을 할 때 나는 이야기를 듣는 것으로 외갓집에 갔다. 그 외갓집 이야기도 온통 바다밖에 없었다. 바다는 그렇게 눈으로, 말로 내 앞에 현실이 되어 나와 하나가 되어 갔다.

"외할아버지는 어부이면서 전복을 따는 포작인이었단다."

포작인은 전복을 따는 남자를 가리키는 말이라고 했다. 미역을 따는 일을 하는 여자를 잠녀라고 하고, 전복 따는 일은 남자가 하는데, 그 사람들을 부르는 말이라고 했다.

제주 서귀포 하도리란 곳은 외갓집이 있는 곳인데 그곳에 가면 많은 해녀들이 모여 있고, 사람 키의 열 배가 넘는 바닷속으로 들어가는 해녀들이 많다고 했다.

마을 앞에 갯바위가 두세 개 솟아 있고 그 사이에 조그만 모래톱이 있는 곳이 어머니의 터전이었다. 작금 해안으로 넘어가는 끝등 바로 아래 갯바위 사이 모래톱은 크기가 우리 집 마당만 했다. 자갈과 모래가 반반씩 갈려 있는 이곳에 어머니는 작은 방만한 크기로 돌을 쌓아 바람을 피하는 불턱을 쌓았다. 가슴 높이로 둥글게 돌담을 쌓아 올려 바람을 막아 주는 이곳에서 옷을 갈아입고 불을 피워 몸을 말리며 휴식을 취했다. 내가 물질하는 어머니를 바라보며 노는 곳이기도 했다. 가끔씩 물에서 나와 돌담에 등을 기대고 앉은 어머니의 모습이 그렇게 편안해 보일 수 없었다. 전복과 해삼 그리고 성게, 소라, 멍게, 때로는 문어를 잡아 올려 이곳으로 가져왔다.

잠시 휴식이 끝나면 물에 뜨는 테왁에 가슴을 얹고 다시 바닷물로 나갔다. 그리고 몇 분 뒤 숨비소리를 내며 물 위로 올라왔다가 다시 물속으로 들어가는 것을 수십 차례 거듭하고 나서, 한 시간 가량 지나면 테왁에 부착된 명사리에 채취한 해산물을 가득 넣어서 불막으로 나왔다.

어머니는 늘 그렇게 물질을 했다. 아버지가 원양어선을 타고 대양에 나가 있는 동안 어머니는 혼자서 집을 지키고 날마다 이곳에 나와 물질을 했다. 나는, 기억이 남아 있는 그 시절부터 물속의 어머니를 보면서 자랐다. 어머니를 따라가서 바닷가에서 놀든가, 어머니가 옷을 벗어 두고 간 불막에서 놀면서 어머니의 물질을 지켜보았다.

무슨 정해진 법칙이라도 있는 것처럼 어머니는 한 달에 두 번씩, 음력 초하루와 보름에는 향일암으로 가서 불공을 드렸다. 고운 옷을 입은 것을 볼 수 있는 날은 바로 그때였다. 집 뒤 언덕길을 돌아 금오산 자락을 오르면 바다는 더 크고 장엄한 모습으로 펼쳐져 있었다.

마치 누군가를 기다리듯 망망한 바다 너머를 바라보며 서 있는 암자. 바다를 가슴에 품은 듯, 바다의 가슴에 안긴 듯 서 있는 암자에선 바닷물도 경건하게 묵도를 하듯 잔잔하기만 했다. 어머니는 불전에 낮게 엎드렸다. 온몸을 부처님 앞에 내려놓은 듯 경배를 올리는 어머니는 마치 한 포기 수초처럼 고요하고, 마음의 번뇌와 욕망의 티끌조차 몸 밖으로 내려놓은 채 부처님께 자신을 바쳤다. 백여덟 번 일어섰다가 다시 엎드려 드리는 그 기도는 아버지를 위한 기도였고 어린 나를 위한 기도였다는 것을 많은 세월이 지나고서야 나는 알았다.

세월의 물결 속에 부대끼며 부대끼며 회한과 눈물로 뜨거웠던 순간도, 매서운 해풍 속에서 견뎌 왔던 그 시간마저도 어머니는 그렇게 부처님 앞에 바치며 스스로를 낮추어 빌었던 것이다.

어머니의 그 기다림과 염원이 얼마나 눈물겨운 것이었는지를 나는 어른이 되어서야 비로소 알았다. 내가 배를 타고 비바람과 사투를 벌릴 때 어머니의 그 기도를 떠올리며 용기와 힘을 얻곤 했다.

나는 아버지의 뜻을 따라, 아버지가 그렇게 소망했던 해양대학에 입학했다. 내가 목포로 가서 해양대학 교정에서 제복을 입고 입학식을 하던 날 아버지는 이 세상에 모든 것을 얻은 듯 기뻐했다. 자신이 그렇게 꿈꾸었던 항해사의 꿈을 내가 이루어 줄 것으로 믿었기 때문이다.

아버지는 서사모아 해역에서의 조업을 마지막으로 27년 동안 선상생활을 접고 고향으로 돌아왔다. 내가 해양대학을 졸업하던 해였다. 나는 운 좋게도 졸업과 동시에 3급 항해사가 되어 원양어선인 금영호를 탔다.

나는 아버지가 거의 반생을 바쳤던 그 바다의 길을 따라가 보고 싶었다. 나의 선택이었다. 회사 사무실에 앉아서 어족에 대한 연구를 하고 새로운 어장 개척과 같은 일을 할 수도 있었지만, 나는 바다의 전선에 나가고 싶었다. 책상에 앉아서 작전을 세우는 일도 중요하겠지만 군인은 전장에 나가서 싸워야 한다는 것이 나의 생각이었다. 바다도 마찬가지였다. 아버지는 바다에 대한 일은 어떤 것이든 다 같다고 말했지만, 그래도 나는 아버지의 아들이 되고 싶었다.

금영호는 공모선 유진호의 자선이었다. 원양어선이었던 유진호는 대양원양의 2만 6천 톤 급 주력선박으로, 자체 가공시설을 갖추고 130톤급 자선 19척을 거느린 거대한 선단의 공모선이었다. 겨울철에는 북태평양에서 명태와 꽁치를 주로 잡아 평균적으로 3개월에 30만 톤의 어획고를 올리고 있었다.

유진호 선단의 선박들은 봉수망어선이었다. 선박의 우현에 그물을 띄우는 여러 개의 막대기를 달고 반대편엔 추를 달아 오목한 보자기 같은 그물을 가라앉히고, 불빛을 좋아하는 물고기의 습성을 이용해서 집어등 불빛으로 어군을 모아 고기를 잡았다. 집어등을 이용해야 하기 때문에 작업은 주로 밤에 이루어졌다.

6월에서 12월 사이에 북양에서 꽁치와 명태를 잡고, 크리스마스 전후에 대서양으로 가서 포클랜드에서 오징어를 잡았다. 이곳에선 한 개의 낚싯줄에 여러 개의 바늘이 연직으로 달린 어구인 채낚기를 사용하여 오징어를 잡았다.

내가 배를 타고 나서 1년 동안에 많은 일들이 일어났다. 북양에서 꽁치를 잡던 두 척의 배가 풍랑에 침몰하는 사고가 있었다. 두 척의 배는 모두가 독항선이었고 주변 해역에 도움을 줄 어선도 없었다. 사고 소식은 우리가 탄 금영호에도 알려졌고 선원들은 의기소침해하는 분위기였다.

우리도 그때 홋가이도 북단 공해에서 조업 중이었다. 북태평양의 겨울은 바람이 거세고 파도가 거칠었다. 특히 이곳에선 집어등을 이용한 야간 조업을 해야 하기 때문에 그만큼 더 힘들고 위험했다. 기상이 나쁜 날에는 거대한 어선을 덮치는 파도를 하루에도 몇 번씩 만나게 되었는데, 삼수 302호와 308호도 바로 그런 풍랑을 만나 침몰하였다.

그러나 선원들은 그 소식에 신경 쓰고 있을 시간은 없었다. 눈앞의 1분 1초가 바로 현실이며 놓칠 수 없는 순간이었기 때문이다. 우리는 하나같이 적을 향해 나아가는 전장의 군인들과 같은 마음이었다.

우리의 조업 과정은 보통 낮 시간엔 모선과 연락하면서 소나로 어군을 탐지하고 어군을 추적하여 이동했다. 그러다가 바다에 어둠이 내리면 선원들은 모두가 전투에 들어가는 시간이 되었다. 거센 바람과 파도와의 싸움이기도 하지만 꽁치를 잡아 올려야 하는 시간이 숨막히게 전개되었다. 서취라이트처럼 생긴 집어등이 불을 밝혀 멀리까지 불빛을 비추며 어군을 불러 모으게 된다. 어둠을 뚫고 퍼져나간 불빛이 멀리까지 퍼져 나가면 고기떼들이 서서히 모여들기 시작했다. 주변의 고기떼들이 모여들면 배를 멈추고 투망현이 아래로 가도록 하여 긴 막대로 그물을 펼쳤다. 그물을 완전히 펼치고 기다렸다가, 고기떼들이 거의 모였다 싶으면 선체 밑에서부터 위쪽으로 차례대로 집어등을 끄고 유도등을 켜서 어군을 그물 위로 오게 하여, 돋음줄과 조임줄을 윈치로 감아 들였다. 그리고 고기받이에 모아 쪽대 그물로 건져 올려야 했다. 갑판에 올려진 것들은 14킬로그램짜리 상자에 담아 컨베이어로 냉동실로 옮겨 냉동했다가 공모선에 넘겼다. 계속해서 올려지는 고기들을 처리하기 위해선 잠시도 손을 멈출 수 없이 숨 가쁘게 작업이 이어지게 되었다.

최악의 풍랑을 만났던 그날 밤에도 이와 같이 정해진 조업방식에 따라 선원들은 분주히 작업을 계속하고 있었다. 낮부터 기상 상황이 좋지 않았다. 먹구름이 끼고 바람이 거칠었다. 그러나 우리는 악천후에도 모선과 정해진 거리로 떨어져서 조업을 계속하고 있었다. 한 차례의 양망에 성공하고 2차 입망을 하고 나서였다. 파도가 선수루를 넘어오기 시작했다.

시간이 지나면서 바람은 더 거칠어졌고 얼마 뒤에서 비까지 뿌리기 시작했다. 선원들은 모두 방한화와 헬멧을 착용하고, 그리고 두툼한 방한복을 입고 있었지만 비바람은 온몸을 날려버릴 정도로 거세고 차가웠다. 갑판에 걸어가는 방한화가 쩍쩍 얼어붙는 혹독한 추위였다.

그러나 작업은 평시대로 계속되었다. 집어등을 켜고 어군을 모았으나 풍파가 거칠어 그물을 들어 올릴 수 없었다. 우린 잡은 고기를 포기하고 그물을 감아 올렸다. 윈치 하나가 고장이 났는지 움직이지 않았다. 할 수 없이 그 윈치에 걸린 그물을 칼로 잘라 내고 갑판을 정리했다. 파도가 넘어와서 갑판에 물이 찬 상태에서 높은 파도가 덮치면 배가 전복되거나 침몰할지도 모르는 일이었다. 우린 모선과 연락을 취하면서 모든 선원들은 만약의 경우를 대비해서 마음의 태세를 갖추었다.

시간은 3시 5분을 지나고 있었다. 바람은 점점 더 세어져서 풍속

계의 바늘이 초속 40미터를 넘어서고 있었다. 어둠 속으로 거세게 밀려오는 파도가 보였다. 몰아치는 비바람이 브리지 창문을 때리며 총탄 같은 소리를 내었다. 선체는 마치 롤러코스터를 타듯 선수가 파도에 치솟았다가 다시 아래로 떨어졌다.

선회창이 돌아가고 있었지만 빗줄기가 너무나 거세게 몰아치고 있었기 때문에 무용지물이 되어 앞이 잘 보이지 않았다. 갑판 위에 선원들은 배가 흔들릴 때마다 중심을 잡지 못하여 불안해 보였다.

"위험하다! 모두가 현측 레일을 잡고 움직여라!"

선장이 다시 갑판으로 내려가고 나서 배는 좌우로 흔들리기 시작했다. 모선까지 거리도 3해리 이상 떨어져 있었다. 모선에 가까이 있다고 해도 도움을 청할 수 있는 것은 아니었다. 난파되어 구조되는 경우를 제외하고는 모든 자선들은 자체적으로 상황을 극복하지 않으면 안 되었기 때문이다.

잠시 갑판의 상황을 살피는 동안 연이은 큰 파도가 배의 옆구리를 덮쳐서 나는 중심을 잃고 선미 구석에 가서 처박히고 말았다. 앞이 캄캄해지면서 정신을 차릴 수 없었다. 다른 해기사들도 초조하고 불안한 표정을 감추지 못하고 있었다. 순간순간 상황이 더 악화되어 갔다.

"이런 상황에선 눈에 보이는 무엇이든 단단히 잡아야 한다."

나는 정신을 차리고 마음을 다잡았다. 내가 몸의 중심을 잡고 일어서는데 눈앞에 다시 집채만한 파도가 몰려왔다. 이번엔 선미를 강타했다. 선수가 높이 솟구쳤다가 다시 물마루를 넘어 앞으로 떨어졌다. 선수가 물속에 박히는가 싶더니 다시 고개를 들면서 겨우 중심을 잡았다. 그러나 선체는 연이어 전후좌우로 종잡을 수 없이 흔들렸다.

문을 닫아 두었지만 어창 안으로 물이 흘러들었다. 방수포를 들고 와서 해치의 벌어진 틈을 막느라 안간힘을 쓰고 있는 선원들의 자세가 위태로워 보였다. 기관실 안에 기계들에까지 물이 차면 상황은 끝장이 될 것이다. 그래서 선원들은 필사적으로 물을 막고 있었다. 물이 많이 들어가면 안 된다. 기관이 손상될 것이기 때문이다. 기관이 멎는다면 조난당할 수밖에 없다. 기관에 이상이 생겨 항진하지 못한다면 그 결과는 뻔하다. 단 몇 차례의 파도에도 파선되거나 전복될 것이다.

이런 상황에서도 선장은 동요하지 않았다. 오랜 경험을 가진 선장은 밀려오는 파도를 보고도 표정을 바꾸지 않았다. 선장은 파도를 피하지 않고 정면으로 맞서며 넘어서기를 계속했다.

사투를 벌린 지 두 시간 반이 지나자 바람의 세기가 누그러지기 시작했다. 새벽이 오고 있는 시간이었다. 여기저기서 해기사들의 안도의 숨소리가 들렸다. 나의 눈에도 희붐하게 밝아 오는 바다가 보였다. 나도 몰래 길게 숨을 내쉬며 긴장됐던 가슴에 힘을 뺐다.

아버지의 모습이 보이고 어머니의 모습이 보였다.

그래, 아버지는 27여 년이란 긴 세월 동안 원양선을 타면서 오늘과 같은 이런 상황을 얼마나 많이 경험했겠는가. 이와 같은 상황을 수없이 이겨 내었을 아버지가 더 큰 모습으로 다가왔다. 그래서 아버지는 늘 "바다에서는 담대해야 한다. 그리고 바다 앞에 겸손해야 한다."라고 말했을 것 같았다.

성두리 바닷가 한 켠에서 혼자서 물질을 하던 어머니의 모습도 생생하게 떠올랐다. 마을 앞 바닷가 벼랑 아래에 서 있는 성황당이 보였다. 수령 4백 년이 넘는 느티나무가 지키는 성황당 앞길을 지나면 작은 골짜기가 있고, 그 양옆으로 야트막한 언덕에 서면 바다와 마을이 한눈에 들어왔다. 거기서 산길을 따라 이십여 분을 걸어가면 향일암이 망망한 바다를 바라보고 서 있다.

남으로는 대횡간도와 소횡간도, 그리고 금오도가 의좋은 형제, 오누이처럼 떠 있다. 남서로는 대두라도와 두라도, 서로는 화태도와 월호도가 마치 바다를 호위하듯 떠 있는 그 바닷가의 작은 집이 보였다. 아늑하고 포근한 솜이불 같은 고향의 모습이 망막 가득 고여 왔다. 가슴 저 깊은 곳에서 아득히 밀려오는 막막한 그 느낌, 나는 막연히 무엇인가 그리워짐을 느꼈다. 무엇인가 확실히 형언할 수 없으면서도 친친 목을 감고 있는, 그래서 결코 떨쳐버릴 수 없는 희미한 잔영들이 가슴을 적시는 그리움을 느꼈다. 방한복 안에서 한기를 느꼈다. 몸이 축축이 젖어 있음을 그때서야 느꼈다.

구름이 걷히면서 군데군데 드러난 북양 하늘의 별들이 얼마는 수평 너머에 잠기고, 또 얼마는 내 가슴에 들어와서 고향 마을의 물결과 함께 찰랑거렸다.

그랬을 것 같았다. 그때 어머니는 바로 그 바닷가에서 나에게 바다를 가르쳤을 것이다. 바다의 모성과 바다의 위엄을, 그리고 '저 바다가 바로 너가 헤쳐가야 할 세상이고 그 세상의 길이다.'고 가르쳤는지 모른다. 그땐 아직 나에겐 세상을 읽을 눈이 없었지만 언젠가 알게 될 그 세상을, 때로는 진진하게 때로는 매섭게 바다를 통해 나를 가르치려 했을 것이다. 그 망망한 해원 너머서 불어오는 바람과 거친 물결 속에 인간이 살아가는 방법을 가르치고 싶었을 것이다.

배운 것 없는 어머니였지만 어머니는 바다에서 이 세상의 지고지순한 삶의 가르침을 익힌 것이 분명해 보였다. 산다는 것은 물을 지나서 더 깊은 물로 가고, 고통을 통하여 더 큰 고통에 이르는 길이란 것을 수천 번의 물질을 하면서 온몸으로 알게 되었을 것이다. 어머니는 나에게 자신의 전신을 바쳐 배운 그것을 말하려 했을 것이다. 그랬을 것이다. 분명 그랬을 것이다. 인간이 살아가는 세상이란 것이 물속에 드리워진 그물코처럼 촘촘히 덫으로 엮여 있는 곳이란 것을, 곳곳에 입 벌리고 있는 그물을 지나서 강자만 살아남는 바다의 그 질서를 분명 나에게 가르치려 했을 것 같았다.

분명 그랬다. 성두리의 그 바다가 떠오르면 어머니는 아직도 그 바닷가에 있었고, 향일암 불전에 엎으려 있었다. 폭풍우가 지나간 그 날 새벽에도 고향의 바다와 어머니는 그렇게 내 마음에 그리운 별이 되어 망막에 가득 고여 왔다.

아버지는 수십 차례 오츠크해에서 명태잡이를 했다고 했지만, 나는 다섯 차례 그곳에서 겨울 명태잡이를 했다. 1급 항해사가 되고 나서였다. 오츠크해에서 명태잡이는 혹한과의 싸움이었다. 겨울 내내 몹시 강한 저기압 영향으로 계속 비바람 또는 눈보라가 몰아치며 파도가 높았다. 악천후의 연속이었다. 눈보라와 사투가 벌어지는 시간들이 이어졌다. 시시각각으로 갑판이 눈으로 덮이고 레이더마저 얼어서 작동이 되지 않는 시간이 반복되었다. 선원들은 눈을 치우고 그물에 얼어붙은 얼음을 해머로 깨어 내는 일을 몇 시간마다 반복해야 했다. 그 바다는 냉혹했다. 방한복과 방한화로 무장을 해도 동상에 걸리고 손가락이 얼어 마비되는 일이 비일비재 했다.

북양에 비하면 대서양에서 조업은 그나마 상황이 좋은 편이었다. 대서양 스페인령 카나리아제도 라스팔마스는 수백 척의 우리나라 어선들이 이곳을 거점으로 조업을 하는 대서양 원양어업의 전진기지였다. 나는 선장이 되어 이곳에서 조업을 시작했다. 그때 내가 맡은 선박은 1,300톤급 퍼시픽 오우션호로 주로 참치를 잡는 트롤선이었다.

"새 떼를 찾는 것이 바로 참치어군을 찾는 것이다."

처음 바다로 나가는 나에게 아버지가 했던 말이다.

아버지가 처음 참치를 잡던 시기에는 주로 주낙을 이용한 연승어법이었지만 이후 그물로 잡는 방식으로 바뀌게 되었다. 어선의 크기에 따라 그물의 크기도 다르지만 내가 탔던 퍼시픽 오우션호의 그물 길이는 2,500미터가 넘었다.

조업방식은 바뀌었지만 어군을 찾는 것은 다르지 않았다. 과연 그 말 그대로였다. 새 떼를 먼저 찾아야 어군을 발견할 수 있었다. 새 떼를 찾고 백파를 기다리는 시간은 초조함이 연속되는 시간이었다. 갈매기가 떼 지어 날고 그 아래 백파가 보이면 어군이 있었다. 이는 그들의 먹잇감인 멸치 떼가 물 위로 떠오르고 그것을 쫓아 참치 떼가 수면 가까이 올라오면서 생기는 현상이다. 수면에 하얗게 피어오르는 백파는 가슴을 뛰게 했다. 가히 장관이었다. 기다림 끝에 나타나는 그 백파를 보는 감격은 크다. 이 순간은 선장으로서 가장 긴장되는 순간이기도 했다.

　레이더에도 새 떼가 백파의 전령이었다. 레이더에는 먼 거리의 새 떼도 찍힌다. 화면에 새 떼가 구름처럼 빨갛게 찍혀서 나타나면 뱃머리를 돌려 그쪽으로 향하면서 헬리콥터를 날려 보내 어군을 확인해야 했다. 다랑어라고도 불리는 참치는 회유성 어족이라 이동하는 속도가 빠르기 때문에 어군이 발견되면 신속하게 움직이지 않으면 놓치게 된다.

　어군을 탐지하기 위해 소나를 작동하고, 헬기를 띄워 해상을 뒤지게 한 뒤 나는 코파에 올라가서, 거기에 장착되어 있는 망원경이나 쌍안경을 이용해서 멀리까지 바다를 관찰했다. 백파가 나타나기를 관찰하는 시간은 온 신경을 집중해야 하는 시간이었다. 온종일 바다를 샅샅이 훑고, 조마조마하게 기다려도 백파가 나타나지 않아 한 번의 투망도 하지 못하는 날도 많았다. 백파를 찾았다고 고기를 잡을 수 있는 것도 아니었다. 투망을 하고도 어설피 대처하면 놈들은 물속 깊이 내려가서 그물을 빠져 나기게 된다. 고기떼들이 빠져나가지 못하게 해머를 들고 깔아놓은 철판을 두드리며 고기떼들이 물 밑 깊이 내려가지 못하게 해야 한다. 하지만 그것도 도움이 되지 않는 경우가 많았다.

　물고기가 그물을 빠져나가고 빈 그물이 올라오는 '물방'이 되면 몸에 힘이 빠지게 된다. 아직 어창은 텅텅 비어 있고 하루를 공치고 망루 계단을 내려올 때는 기분이 매우 씁쓸하였다. 그럴 때는 늘 아버지의 말이 떠올랐다.

"바다에서는 일희일비하지 마라. 파도가 지나면 잔잔함이 있기 마련이다. 배에서는 사심을 버리고 고기 잡는 일에만 집중해라."

아버지가 했던 그 말은 나의 좌우명이 되었고 나에게 힘을 주었다.

날이 바뀌고 아침 일찍 백파를 발견하여 어군을 찾아가는 날은 해기사는 물론 모든 선원들이 일사분란하게 움직여야 한다. 나도 단호해지고 고성이 터져 나왔다.

나의 투망 명령이 스피커를 통해 전달되면 제일 먼저 선미에 얹혀 있던 보트가 그물을 물고 떨어져 나간다. 그리고 모선은 전속력으로 2,500미터가 넘는 길이의 그물로 원형으로 어군을 둘러싸서 고기떼의 퇴로를 차단했다.

나는 한 번 출어에서 1,000톤이 넘는 만선 기록을 네 번이나 올리는 것을 마지막으로 배에서 내렸다. 선장으로 1,300톤급 참치 잡이선 퍼시픽 오우션호를 타고 태평양에서 3년을 조업하고 나서였다.

나는 삼양수산 해양자원개발 연구원에서 원장의 직책을 맡아 5년을 더 근무하고 회사를 떠났다. 연구원에서는 해양에서 어류 자원의 감소와 갈수록 어려워지는 해양환경에서 수산자원 개발과 해양산업이 나아가야 할 길을 찾는 연구와 기획을 하는 일을 하고 관리하였다.

"그동안 연구원에서 연구하고 기획한 프로젝트를 실행에 옮기게 된다면, 그건 전적으로 김 원장의 공로가 될 것입니다."

내가 회사를 떠나는 날 금진달 회장은 내가 해 왔던 일을 치하하는 말을 했다. 내 인생의 모든 것을 바쳤던 회사를 떠나는 것이 바로 바다와의 이별인 것 같아서 허전해지는 마음을 감추기 어려웠다. 35년 만에 바다와의 이별이었다. 연구원 문을 나서며 돌이켜 보니 바다에서 이룬 나의 성취는 스스로 생각해도 놀라운 것이었다. 적게 잡아도 일 년에 네다섯 번의 만선. 크고 작은 선박으로, 차이는 있지만 평균으로 계산해도 한 차례 출어에서 8백 톤의 꽁치나 다랑어를 잡았으니, 그것을 합친다면 수십여만 톤을 잡아 올린 성과를 올린 것이었다. 바다에서 이룬 경이적인 성취였다. 그것에 따라 나에게 주어진 막대한 금전적인 보답은 내가 생각해도 엄청난 선물이었다.

나는 그 바다에 어떠한 경배를 보내도 부족하다고 생각했다. 아버지가 그러했고 어머니가 그러했듯이 바다에 대해 감사하는 나의 마음은 지울 수 없었다. 내 마음 깊은 곳에서 우러나는 것이었기 때문이다.

평생 바다와 함께 했던 내가 바다를 떠나 산다는 것이 마음에서 허용되지 않았다. 그 바다로 나는 다시 돌아가야 한다고 생각했다. 내 마음속엔 이미 남쪽 바다, 잔잔한 그 고향의 바다가 들어와서 출렁이고 있었다.

"이제 좀 쉬세요. 고향은 가시밭길이란 말도 있잖아요."

내가 고향에 돌아가고 싶다는 의사를 비쳤을 때 아내는 말렸다.

"시골에 빈집을 그냥 버려둘 수는 없지 않아? 집도 손보아 지킬 겸 내려가서 연구원에서 했던 과제들을 좀 더 연구해 보고 싶어."

나는 아내에게 조심스럽게 말했다.

"당신은 뜻은 알아요. 하지만 해양연구개발 분야에 날고뛰는 사람들이 어디 한두 사람인 줄 아세요?"

아내는 핀잔을 주었다.

따지고 보면 아내의 말도 맞는 말이었다. 나이도 있고 개인적으로 공부하고 연구한다는 것이 쉽지 않은 일이란 것은 분명했다. 뛰어난 연구 결과나 번쩍이는 좋은 아이디어가 있다고 하더라도 그것을 실행에 옮길 수 있는 주체가 없으면 의미가 없는 일이었다. 하지만 내 마음은 이미 고향 바다에 가 있어서 아무리 돌려 생각해도 마음은 원점으로 돌아갔다. 그렇게 몇 개월을 밀고 당기는 논쟁 끝에 아내는 포기하듯 내 뜻을 받아들였다.

"그래요. 당신은 바다를 떠나 살 수 없는 운명을 타고 났는지도 모르지요. 내가 말린다고 되겠어요."

그렇게 말을 하면서도 아내는 나의 행동에 서운함을 느끼는 눈치였다. 그러나 마치 바람난 남편을 포기하고 놓아 주듯 나를 놓아 주었다. 그렇게 아내의 동의를 얻어 고향으로 내려왔다. 비행기 편도 있고 승용차로 올 수도 있었지만 나는 기차를 타고 고향으로 내려왔다. 서울역에서 기차를 타고 천천히 내려왔다. 철길을 따라 기차가 달리는 그 시간은 마치 지난 세월을 돌아가는 시간의 여행인 것 같기도 했다. 대전과 익산을 지나고 전주와 남원, 구례를 거쳐서 기차가 달리는 동안 지난 세월의 많은 기억들이 떠올랐다.

아버지가 이 철길을 따라가고 왔을 그 시간들이 떠오르고, 지나온 나의 시간도 떠올랐다. 지난 일들을, 화면을 돌려 다시 보듯이 하나하나 되새겨 보았다. 회사 부설 해양자원개발 연구원에서 연구원들과 함께 밤을 새워 가며 개발했던 기술과 연구 결과들도 하나씩 되짚어 보았다.

  바다 밑에 유리 집을 지어 해저 생명체를 시시각각으로 관찰하는 연구시설로 삼고, 수면 부상 주택을 상용화하는 해상도시의 설계도를 작성한 일도 연구원들이 이룬 성과였다. 해상드론을 보다 고도화하여 수중 자원을 개발하고 수공양용의 드론이 물고기를 잡아 오는 기술을 개발하여 실용화를 추진 중에 있는 것은 연구원에서 이룬 큰 성과들이었다.

  그러나 내가 실현시키기를 원하는 국가적 프로젝트는 남해 연안에 해양 바이오산업 벨트를 만드는 것이다. 연구원에서 집중적으로 연구한 과제다. 연구원들도 모두가 해양바이오 산업의 최적지는 남해 연안이라는 데 의견이 일치했다. 세계 어느 해안에서도 찾아볼 수 없는 천혜의 조건을 남해안이 갖추고 있다는 것을 알아내었기 때문이다.

  놀랍게도 우리는 미국 나사에서도 주목하고 있는 곳이 우리의 남해 바다와 그 연안이란 것을 알아내었다. 나사에서도 지구의 자연재해를 막을 수 있는 최후의 보루는 바다이고, 그 모델이 되는 곳이 바로 한국 남해 바다와 그 연안이라는 보고서를 내놓았다. 미국 나사에서 인공위성을 통해 이곳 남해 바다를 주목하기 시작했던 결과였다. 남해 연안의 김과 미역과 같은 양식장과 개펄에서 습생식물들이 막대한 양의 탄소를 흡수하고 있다는 사실을 연구원들이 최근에 밝혀내었다. 바다 식물에 흡수된 탄소는 블루 카본으로, 해안생태계가 기후 변화를 완화시키는 핵심적인 역할을 하고 있다는 것이었다.

남해 바다의 해양생태계, 이를테면 갈대숲이나 염생습지, 그리고 널리 분포되어 있는 해저 식물들, 양식 해초류들이 고효율 탄소 배출구가 되어 흡수한 탄소, 즉 블루 카본을 지하 퇴적물과 지하 바이오매스를 통해 처리하는 큰 역할을 하고 있다는 것을 나사 연원들이 밝혀내었다는 것에 우리 연구원들은 큰 충격을 받았다. 마치 안방을 남에게 먼저 내어 준 것 같은 생각이 들었기 때문이다.

"해양식물은 탄소를 흡수하는 능력이 육상식물보다 50배나 더 높다는 것은 참으로 경이로운 일이 아닐 수 없습니다. 이런 연유로 세계적인 바이오 연구진들이 이곳으로 몰려들고 이곳을 연구기지로 만들려 할지도 모르는 일 아닙니까?"

어느 날 수석 연구원이 나의 사무실로 와서 진지한 표정으로 말을 했다. 그것은 마치 그가 내 마음을 들여다보고 하는 말 같았다. 그의 표정으로 보아서 그 말은 '회사에 제안해서 남해안에 우리가 먼저 연구원을 세우자'는 말로 들렸다. 나의 생각과 매우 일치하는 것이었지만 퇴직을 얼마 남겨 두지 않은 입장이었기 때문에 후임자가 생각해야 할 과제로 남겨 두었다. 그래서 나는 "남해 바다와 그 연안은 바이오매스를 이용한 신생에너지 개발에 가장 적합 곳이기도 합니다."라는 말로써 나의 뜻을 드러내 보였다.

내가 이곳으로 하루라도 빨리 돌아오고 싶었던 것은 바로 이런 생각들을 좀 더 구체화시켜 보고 싶었기 때문이다. 어차피 생각하는 사람과 실행자는 다를 수밖에 없으니 분위기를 만들어 실행할 수 있는 방법을 찾아보기 위해서였다.

그러나 아내는 "꿈 깨세요. 나이 들어가면서 무슨 공상소설 같은 이야기를 하고 있어요."란 말을 했고, 친하게 지내는 사람들도 '너무 앞서 나간다.'는 말로써 나의 생각에 찬물을 끼얹었다.

그러나 나는 그것이 먼 미래의 이야기가 아니라 시급한 현실의 문제며, 선점해서 리드해 나가야 할 과제라는 믿음을 바꿀 수 없었다. 경험도 기술도, 배 한 척 살 수 없는 전무에 가까운 상태에서 원양어업에 뛰어들어, 단기간에 세계 빅 쓰리의 원양어업 대국이란 기적을 이루어 낸 그 힘을 믿고 싶었다.

"세계 여러 선진국들은 해양 바이오산업은 이미 미래 신성장 산업으로 인식하기 시작했고 그것을 육성할 전략을 구체화시켜 가고 있습니다. 해양생물에서 바이오 소재를 개발하여 식량과 산업소재, 에너지를 생산해 내는 일은 시급한 과제입니다. 그중에서도 가장 중요한 것은 의료분야 소재를 개발해 내는 것입니다. 해수면의 증가가 이슈화되면서 물에 뜨는 해상도시 건설, 바다위의 빌딩 등 해양의 미래에 대한 생각들이 분출되고 있는 것도 사실이지만, 시급성의 문제나 그 효용성으로 볼 때 당장은 실행할 수 있는 과제는 아니라고 봅니다."

해양자원개발 연구원의 퇴임식에서 나는 이런 말을 했다. 전형적으로 하는, 직장을 떠나는 아쉬움이나 후배들에게 고마움을 전하는 말보다는 그동안 나의 생각들을 정리해서 말하는 것으로 퇴임사를 대신했다.

나는 퇴직 후 바로 덮친 코로나 팬데믹으로 혼란한 사회를 보면서 해양 바이오매스를 이용한 새로운 물질의 개발이 시급하다는 믿음이 확신으로 바뀌었다. 이제 인류의 질병, 코로나 바이러스와 같은 새로운 질병균을 극복할 수 있는 소재가 해상바이오 생태계 어딘가에 감추어져 있을 것이란 확신을 가지게 되었다. 인간은 바다생태계와 그 생존의 비밀에 대해서 알아낸 것이 아직은 미미한 정도에 지나지 않는다는 사실이 나를 이곳으로 오게 한 것이다.

"해양 바이오산업을 여수시의 중점사업으로 기획하여 국책사업의 일환으로 이어 가야 합니다."

나는 지역개발포럼이라는 단체가 주최한 한 행사에 나가서 나의 생각을 발언할 기회를 가질 수 있었다. 그 자리엔 시청 담당과 직원들도 참석하여 흥미롭게 이야기를 듣고 갔다. 그 뒤 시의회의 의원 한 사람이 자문을 요청해 와서 그 뜻을 더 소상히 밝힐 수 있는 기회도 있었다.

"좋은 제안입니다. 예산확보가 그리 만만하지 않습니다만 가장 절실하고 우리시에 가장 부합하는 사업이 될 것 같습니다. 적극 노력해 보겠습니다. 앞으로도 계속해서 좋은 의견을 주시면 고맙겠습니다."

그는 나의 생각을 매우 긍정적으로 받아들였다.

"지방자치단체의 중점사업으로 추진하면, 이후에 국책사업으로 선정되어 국비로 개발이 될 가능성이 매우 높은 프로젝트입니다. 정부에서도 이미 해양바이오 산업을 미래핵심 성장과제로 인식하고 있기 때문입니다."

나의 말에 그 의원은 상기된 표정을 지었다.

"아니면 해양 바이오매스를 이용한 신종 바이러스의 백신 개발과 같은 신약개발 사업은 민간 기업체에서도 할 수 있는 사업이니, 그런 업체를 유치해서 그 분야에 출발점으로 만들어 볼 수도 있을 것입니다."

그 말과 함께, 시간이 되면 수시로 만나 의견을 교환하기로 하고 돌아왔다.

나는 그런 일들이 곧 이루어질 수 있을 것으로 믿는다. 세계사에서 위대한 일들도 다 마음에서 시작되었기 때문이다. 어머니가 일군 언덕 위의 이 밭. 파도가 거칠어 물질을 쉬는 날에는 산비탈에 올라 한 뼘 한 뼘 손으로 일구었던 이 밭. 나는 지금 멀고 가까이에 섬과 섬들이, 마치 신의 작품처럼 기막힌 조화를 이룬 바다가 내려다보이는 이 밭에서 뿔을 뽑고 온갖 귀한 작물들을 키우며 그 한쪽에 내 마음을 담은 돌을 쌓고 있다. 마음의 탑, 소망의 탑을 쌓는 일이다.

내가 이곳에 내려오는 것을 반대하고 마지못해 동의해 주었던 아내도 이제는 나의 마음을 이해한다. 이 밭을 해양개발을 위한 유용한 계획이나 일에 바치는 것도 동의해 주었다. 이 밭은 어머니가 일구어 나라에서 불하받은 것이기에, 사회나 나라에 돌려주고 싶다. 그것은 나의 뜻이지만 어머니의 뜻인지 모른다고 생각했기 때문이다.

나는 바다에서 너무나 많은 것을 얻었다. 바다가 있어서 내가 얻을 수 있었던 그 성취와 경제적인 풍요에 감사하는 마음에서 이 땅을 바다에 바치려 하는 것이다. 그것은 결국 어머니에게 이 땅을 헌정하는 것이 될 것이다. 그것은 이 바다에 모든 것을 바쳤던 어머니의 뜻이고, 한국 원양어업의 첫 어선에 승선했던 아버지에게 헌정하는 것이 될 것이라 생각했기 때문이다.

향일암 불전에 엎드려 빌던 어머니의 그 염원과 대양에 꿈을 가지게 해 주었던 아버지를 생각하며, 나는 오늘도 정성을 담아 한두 개씩 돌을 쌓는다. 내가 바라는 이 바다, 해양의 미래가 바로 이 땅에서 시작되기를 바라는 마음을 이 작은 돌탑에 쌓아 올리고 있다.

바다는 언제 보아도 성자의 모습이고 부처님의 모습이다. 삼라만상 생멸의 진법을 물결마다에 얹어서 묵언으로 설법하시는 부처님의 모습이다. 안온한 혜율의 눈으로 온 세상을 굽어보며 손끝 마디마디에 파도 한 장씩을 경전처럼 펼쳐 드시고, 설법하듯 출렁이는 부처님의 모습이다.

어머니는 그 부처님을 닮으려 했을 것이다. 열 길의 물속에서 해조류를 따는 데 전신을 던졌던 그 마음은 바로 부처님의 보시, 헌신의 마음이었다는 것을 나는 이제야 비로소 알 것 같다. 이 돌탑을 쌓는 돌 하나하나에서 그것을 느끼기 때문이다. 이 돌 하나하나는 어머니의 뜻을 기억하는 나의 마음이고, 그 탑 또한 내 마음의 탑이다.

아, 저기 저 바다는 한 줄 한 줄 내 마음에 출렁이는 법문이다.

(2022년 24회 여수해양문학상 대상 수상작품)

종소리를 찾아서

봉길리 그의 집에 온 지 5일째다. 며칠을 쉬고 싶어 그의 펜션으로 왔다. 인근에 대종천가 산자락에 옹기종기 모여 앉은 알록달록한 집들이 정겹다. 그의 집은 대종천이 바다로 이어지는 끝나는 부분에 있다. 여름철이면 붐비던 주변 캠핑장도 텅텅 비어 있고 바닷가도 사람들의 인적이 끊어진 지 오래다.

그가 학교를 퇴직하고 집으로 들어오면서 대대로 살아온 헌 집을 헐고 펜션을 지었다. 그의 집은 명목은 펜션이지만 강변 전망대나 마찬가지다. 2층은 고객용 객실이고 1층은 생활공간이다. 여름 한철을 제외하고는 찾아오는 손님이 별로 없다고 한다. 텃밭 한 구석엔 공예품을 만들어 굽는 작은 가마까지 갖추어진 집이다.

내가 일 년에 한두 번씩 이 마을에 오기 시작한 것이 벌써 오륙 년이 되었다. 가을에 오기도 하고 겨울에 오기도 한다. 어떤 해는 여름과 겨울에 두 번이나 오기도 한다. 그가 퇴직하고 여기로 들어온 지도 십 년이 훨씬 넘었다. 간혹 바쁜 일정이 있어 내가 철을 조금 넘기면 그에게서 전화가 온다.

내가 김한도 선생을 알게 된 것은 경주의 한 역사동우회에서였다. 영천의 한 고등학교에서 물리 교사를 하다가 경주 시내의 학교로 전근하고 나서, 나는 서라벌 유적지에 대한 관심도 있고 해서 향토문화

연구회라는 모임에 나가게 되었는데, 그곳에서 김 선생을 만나게 되었다. 그는 나보다 여섯 살이나 연배였는데 묘하게도 내가 태어난 외갓집이 있는 구길리 바로 앞마을 봉길리 출신이었다.

이 모임에선 봄과 가을철에 달빛역사기행이란 행사를 정기적으로 열었다. 관심 있는 시민들을 모아 음력 5월과 10월 보름밤에 모여 유적지를 탐방하며 역사를 재음미하는 행사였다. 참가자들 중에는 머리가 희끗한 60대 향토사학자도 있었고 문화원 회원, 시인, 교사, 회사원 등 그 구성원이 다양했다. 참가자들은 반월성에 모여서 달이 뜨면 현장으로 걸어가면서 서라벌 곳곳의 문화재를 달빛 속에서 관찰하고 토론하는 시간을 가졌다. 이렇게 시작된 것이 15년이 넘었다.

달빛역사기행은 환상적이고 낭만적인 성격 때문에 청춘 남녀들이 쌍쌍으로 참여하는 일이 많았다. 남산 자락의 비탈길을 넘으면서 모두가 달을 보며 늑대 소리를 내며 웃던 기억도 있고, 또 한 번은 선도산 비탈길에서 내가 발을 헛디뎌 아래로 떨어져서 3개월 동안 휴직하는 일도 있었다.

그와 함께했던 기행 중에 가장 기억에 남는 것은 반월성에서 감은사까지의 옛길을 탐방하기 위해 마련한 추령 넘어 6십리 달빛역사기행이란 행사였다. 달빛 속에 토함산을 넘고 대종천을 따라 걸으며 그곳의 숨은 역사를 음미해 보는 행사였다.

달이 뜰 무렵 반월성에서 출발하여 황룡사지를 둘러보고, 북천을 따라 올라서 토함산 추령을 넘어 대종천을 따라가서 감은사까지 이르는 길이었다. 관해동재 계곡에서 내려오는 장항천의 물과, 기림천

물과 야부내 골짝 물이 모여 안동을 거쳐 내려오는 물이 와읍에서 시무내와 합쳐져서 어일 들판을 지나서 흐르는 물이 대종천이다.

우리가 장항사지 앞에 이르렀을 때 3층 석탑과 부도 인근의 어느 사찰에서 올리는 종소리가 은은히 들려왔다. 서른세 번이나 울려 퍼지는 그 소리는 산자락을 울리며 여울지듯 여운이 길었다.

달빛 속에 기암절벽과 강을 굽어 돌던 길은 환상적이어서 우리가 마치 수천 년의 세월을 건너뛰어 서라벌의 어느 산간마을이나, 아니면 그보다 더 오래된 어느 시대에 사람이 되어서 그 길을 걷고 있는 것 같은 기분이 들었다.

김한도 선생은 중학교에서 국어를 가르치는 사람이었지만 서라벌 역사에 대한 지식이 해박했다. 어느 산의 사찰이나 석탑 유적지는 말할 것도 없고, 석탈해 왕의 도래지나 바다를 건너와서 신라인이 되었던 사람들에 대해서도 아는 것이 많았고, 토함산 주변의 산과 들을 구석구석까지도 훤하게 알고 있었다. 정사에 밝혀진 것 이외에도 민간에 전해지는 설화나 전설까지도 훤하게 꿰고 있었다. 나는 그를 통해서 미처 알지 못했던 고대의 지명이나 역사적 사실들을 배울 수 있는 기회가 많았다.

그날 밤 우리는 달이 중천에 뜰 무렵 감은사 석탑 앞에 도착했다. 달빛 아래 석탑은 신비스러웠고 큰 능선에서 뻗어 내린 산자락들이 바다와 강에 발을 담그고 있는 것 같은 밤 풍경이 환상적이었다. 앞산 왼쪽에 있는 마을이 구길리였다. 그곳을 보는 것만으로도 묘한 감회에 젖어 들었다. 내가 태어난 외갓집이 있던 마을이기 때문이었다. 마을 앞으로 흐르는 대종천은 달빛 속에서 마치 살아서 꿈틀거리는 듯 그 줄기가 들녘 너머로 아스라이 펼쳐져 있었다.

그날 이야기 끝에 그의 생가가 있는 곳이 바로 이웃 마을 봉길리란 것은 알았다. 그가 손으로 가리키던 산자락 아랫마을이었다. 나는 죽마고우를 만난 것 같이 놀랍고 반가웠다. 바로 몇백 미터 간격을 두고 인접한 구길리 작은마을이 바로 내가 태어난 곳이기 때문이다.

그 마을은 어머니가 태어나신 곳으로 나도 외가에서 태어났다. 외삼촌이 돌아가시고 그곳에 살던 외사촌들이 도시로 나가면서 집이 팔리고 난 뒤에는 그 마을에 별로 관심을 가지지 않았다. 그러나 어머니는 달랐다. 자신이 태어나서 자란 친정집이 팔려 다른 사람의 손에 넘어갔다는 것을 늘 서운해했다.

어머니는 다른 사람들의 집이 되어 버린 친정집을 보기 위해 가끔씩 이 마을을 둘러보러 오시곤 했다. 일 년에 두 번씩은 울산에서 이곳으로 오곤 했다. 음력 4월 초파일과 동지 때였다. 그때는 한번도 빠짐없이 불공을 드리려 이곳으로 왔다. 이른 아침에 울산에서 완행버스를 타고 경주로 가서 다시 버스를 갈아타고 추령을 넘어 기림사와 골굴사에 들러 불공을 드리고 감은사석탑으로 가서 탑돌이를 했다. 그리고 마지막으로 구길리 옛 친정 마을을 둘러보고 왔다.

어머니가 가끔씩 고향 이야기를 할 때는 아득한 추억의 세계에 빠져 있는 듯 말소리가 애틋했다. 눈가에 이슬이 맺히면서 이야기하던 때도 한두 번이 아니었다.

어머니가 가장 자주했던 이야기는 강물 속에서 들리는 종소리에 대한 것이었다. 나의 뇌리에 외갓집에 대한 기억이 그리 많지는 않았지만 이곳에만 오면 어머니가 했던 이야기가 떠오르곤 한다.

내가 이곳에 오는 것은 바로 그런 기억이 있기 때문이다. 내가 태어난 집이 눈앞에 보이는 그의 펜션에서 시간을 보내면 어머니가 그곳에 계시는 것 같기도 하고, 외가에서 보낸 어린 시절이 생각나서 마음이 여유롭고 포근해지기 때문이다.

어머니는 대종천가 구길리에선 종소리가 들렸다고 했다. 처녀 때 그 종소리를 여러 차례 들었다고 했다. 어머니만 들은 것이 아니라 동네 사람들이 다 들었다고 했고, 그 소리에 대해 전해져 오는 이야기는 수도 없이 들었다고 한다.

동네 사람들은 모여서 "어젯밤 그 소리를 오랜만에 들었네."라든가, "그래요, 웬일인지 몇 번이나 그 소리가 들리더군요."하는 이야기를 자주 들었다고 했다. 그러면 어떤 사람은 덧붙여 "아이고, 종소리가 들렸으니 마을에 좋은 일이 있을 모양이재."라는 말을 하기도 했다고 한다.

우연의 일치인지는 몰라도 그 소리가 여러 번 들렸던 그해에 해방이 되었다고 한다. 그리고 어머니가 감은사 석탑에 소원을 빌고 기림사 법당에서 밤새 기도를 드릴 때는, 어디선가 그 소리가 들리는 듯 했다고 했다.

종소리에 대한 이야기는 할머니의 할머니 때부터 전해져 왔다고 한다. 어떤 사람들은 까마득한 옛날 어느 산사의 범종을 일본으로 가져가다가 물속에 가라앉아 슬프게 소리를 낸다고 하고, 또 어떤 사람들은 천 년 전 몽고군이 서라벌에서 약탈해 가던 범종이 물속에 가라앉아서, 아픈 가슴을 토해 내듯 비바람에 물결이 치면 딩-딩- 우는 소리를 낸다는 이야기를 했다고 한다.

"그 이야기는 나도 어려서부터 많이 들은 이야깁니다. 아마 이곳 사람치고 그 이야기를 들어보지 못한 사람은 없을 것입니다."

김 선생도 그런 말을 하곤 했다.

나는 어머니의 말을 믿지 않는 것은 아니었지만, 어쩌면 그것이 단지 마을에 전해져 오는 설화이거나, 아니면 사람의 기억이란 세월이 지나면서 왜곡 저장될 수도 있는 것이기 때문에, 전해 들은 이야기를 실제로 들은 것으로 잘못 기억하게 된 것은 아닐까 하는 생각을 해보기도 했다.

그날 밤 달빛기행의 야영지는 봉길리 해변이었다. 감은사지에서 1시간은 좋게 머물다가 대종천이 바다에 가닿는 하천변 모래밭에 텐트를 쳤다. 모래밭에 텐트를 치고 피워놓은 화톳불에 둘러앉아 휴식을 취하다가 나는 종소리에 대한 이야기를 다시 꺼냈다.

"김 선생님은 혹시 그 종소리를 들어 보셨나요?"

나도 몰래 불쑥 말을 꺼내며 그를 바라보았다.

"나는 들어 보지는 못했지만, 실제로 들은 사람들이 많았습니다."

"실제로 들었다는 사람들도 설화를 오래 전해 듣다 보니, 실제로 그 소리를 들은 것으로 왜곡 기억된 것은 아닐까요?"

"그 소리가 설화라고 하기엔 실증이 너무 구체적인 것 같아요."

"실증이라면 어떤 것을 말하는 것입니까?"

나는 의아한 표정을 감추기 어려웠다.

"그 소리를 들었다는 사람의 말은 그 정황이 너무 구체적이고 그 소리를 형용하는 말이 너무나 일치해요. 그리고 그 소리를 들었다는 시기가 동시적이기도 하고 말입니다."

그의 말은 다수가 동시에 같은 소리를 들었다면 그 자체가 과학적인 증거나 마찬가지라고 말하는 것 같았다.

하긴 그랬다. 어머니가 한 말도 그냥 설화라고 하기엔 그 정황이 너무 구체적이고 사실적으로 들렸다. 그 종소리가 들리고 마을에 연거푸 경사가 났다고 했던 말을 우연이라고 하기엔 참 묘한 일이었다. 그 소리의 실체에 대한 어머니의 믿음은 확고했고 동네 사람들 또한 마찬가지였다고 한다. 김 선생도 그 소리를 직접 들어보지는 못했으나 그 소리의 실체에 대한 믿음이 확고해 보였다.

"그것이 환청일 가능성도 있지 않을까요?"

잠시 그 소리에 대해 생각하다가 다시 그의 생각을 물었다.

"환청이란 청각신경의 이상이나 비정상적인 정신 상태에서 일어나는 것이라고 할 수 있는데, 한 사람의 경우라면 환청일 수도 있겠지만, 많은 사람들에게 집단적으로 환청이 일어날 수는 없는 일 아닙니까. 그것도 한두 번이 아니고 오랜 세월 동안 말입니다."

"집단최면의 효과란 것도 있지 않습니까?"

"거의 수백 년, 아니 천년이 넘는 기간 동안 그 많은 사람들이 집단

최면의 상태에 빠지기란 과학적으로 어려운 일 아닙니까?"
 그는 국어 교사답게 말에 조리가 있었다.
 "그렇다면 최근에 와서 그 소리가 왜 사라진 것일까요?"
 "소리가 사라진 것이 아니라, 귀를 잃어버린 거라고 봐야겠지요."
 묘한 뉘앙스가 느껴지는 말이었지만, 뭔가 깊은 뜻이 있는 말 같기도 했다. 그러고 보니 종소리에 대한 그의 생각은 어머니의 믿음과 다르지 않아 보였다.

 어머니의 말에는 실제 이상의 믿음이 깔려 있었다. 끊어질 듯 이어지는 그 은은한 종소리는 단지 귀에 들리는 소리가 아니라, 마음 깊은 곳을 울리는 안온하고 황홀한 소리가 아닐까 하는 생각이 들 때가 한두 번이 아니었다.
 "그 소리를 따라서 순심이가 가 버렸는지도 모른다…."
 으레 그랬듯 이야기 끝에는 꼭 순심이 이모에 대한 말을 했다.
 "어디에선가 그 종소리가 울려 그 아이의 마음을 불렀을 것이다."
 순심이 이모는 외할아버지가 북천변에 버려져 있는 아이를 주워 와서 양딸로 삼았다는 어머니의 여동생이다. 나이가 나보다 네 살밖에 많지 않아서 어릴 적에 외가에 가면 함께 강가에서 놀곤 했던 정이 많은 누나 같은 분이었다.
 어느 때인가 밤새 간간이 종소리가 들렸다는 그해 순심이 이모는 처녀의 몸으로 출가해서 법문에 귀의했다고 한다. 그 종소리가 순심이 이모의 귀에는 분명 자신을 부르는 소리로 들렸을 것이라고 어머니는 생각하고 있었다.

어머니는 그 종소리를 다시 한번 듣고 싶다고 했다. 나도 어머니가 그렇게 듣고 싶어 하는 그 소리를 듣고, 만나고 싶어 하는 순심이 이모를 만나기를 바랐다. 그러나 그것은 내가 어떻게 할 수 있는 일이 아니었다.

집이 팔리기 전에는 어머니는, 외할아버지나 할머니 제삿날이 되면 조카 내외가 대를 이어 살고 있는 친정집으로 갔다. 한 해도 빠진 적이 없었다. 나는 차로 구길리까지 모셔다드리며 어머니가 그렇게 듣고 싶어 하는 그 종소리를 한 번이라도 듣기를 바랐다. 어머니도 그런 마음이었겠지만 한 번도 그 소리를 들었다는 말을 하지 않았다. 젊은 시절에 들은 소리라면 나이가 드셨다고 그 환청 같은 소리를 못 들을 리는 없었다.

반월성 아래 남천변에 새 박물관이 건립되고 구 박물관에 보관되어 있던 봉덕사신종을 그리로 옮기던 날, 어머니는 그 신종에 연결된 긴 띠를 잡고 뒤를 따랐다. 그때 그 인근의 여인들은 말할 것 없고, 멀리 대구, 안동, 영덕에서까지 와서 거리를 가득 매운 인파들이 신종을 지켜보며, 염불을 외우고 무사히 옮겨지기를 빌면서 뒤를 따랐다. 어머니는 그날 밤 꿈에서 처녀 시절 들었던 그 종소리를 들었다고 했다.

"야야, 참으로 신통도 하재. 그 종소리가 어찌 그리 똑같이 들렸는지 모르겠다."

어머니는 비록 꿈에서지만 다시 들은 그 종소리가 예전 달밤에 들었던 그 소리와 너무나도 흡사하다고 감격스러워했다. 실제적인 경험보다 더 소중한 것으로 받아들이며 믿고 있었다. 어머니의 감동은 한 달이 지나고 일 년이 지나도 변하지 않았다.

"그래, 좋은 일이 있을 거다. 부처님의 은덕이 있을 거다."

종소리가 부처님의 소리와 다르지 않고, 부처님의 현신이라고 믿고 있는 어머니의 마음을 나는 비로소 알 수 있었다. 신기한 일이었다. 그해 나는 결혼을 했다. 몇 번이나 선을 보아도 배필을 찾지 못했는데, 어머니가 그런 말을 하고 몇 달이 지나지 않아서 외숙모가 중매한 처녀와 결혼을 하게 되었다. 그런 일이 있은 후로 나는 어머니의 믿음을 부정하고 싶지도 않았고 부정할 수도 없었다.

어머니의 믿음을 내가 따르지 않을 수 없었다. 어머니의 마음과 믿음이 그대로 배어나는 표정과 말을 믿지 않을 수 없었다. 그러나 어머니가 세상을 떠나시고 나도 세상사에 쫓기다 보니 차츰 어머니에게 가치로웠던 것들이 나의 관심에서 멀어져갔고, 어머니가 했던 말들에 대한 믿음도 희미해졌다.

이렇게 희미해진 관심을 다시 불러 준 것이 바로 김한도 선생이었다. 어머니의 믿음이 종교적이라면 김 선생, 그의 믿음은 분석이었다. 돌고 돌던 이야기는 다시 종소리로 돌아왔다.

"이곳으로 들어온 지도 몇 해가 되었는데, 혹시 한 번이라도 소리를 들어 본 적은 없습니까?"

"들은 것 같기도 하고, 못 들은 것 같기도 합니다. 그것이 지금 내가 그동안 노력해 오고 있는 이유입니다. 노력이라기보다는 정성이라고 해야겠지요. 정성이 없는데 소리가 들리겠습니까. 언젠가 듣게 될 것이라 믿고 있습니다."

"봉덕사 신종이든 황룡사 대종이든 소리는 같을 수밖에 없겠지요? 신종을 제작할 때 아이를 바쳤다는 인신공양 설화는 어떻게 보십니까?"

"박선생님, 신종을 만든 세분이 모두 박씨 성을 가진 분이라고 기록되어 있는 데 혹시 박 선생의 조상이신지도 모릅니다. 그 분들도 다 인명을 소중히 여긴 분들이지 않겠습니까."

그가 농담처럼 던진 말이었지만 의미 있게 들렸다.

"네? 박 씨 성이라뇨?"

나는 다소 의아스런 표정으로 그를 쳐다보았다.

"종신에 그 기록이 남아 있습니다."

"듣고 보니 놀랍네요."

"종(鐘)이란 말이 쇠 금(金) 변에 아이 동(童)자로 이루져 있다는 것이 어쩌면 설화의 출발선이 아닐까 하는 생각을 해 보게 됩니다. 글자를 보면 그 설화가 생겨날 수밖에 없는 것이 아니었을까요."

그의 말은 매우 논리적이고 분석적이었다.

"신종은 세계 어느 나라 종보다 여운이 깁니다. 그 긴 여운은 마치 마음에서 우러나는 소리와 같은 것입니다. 이렇게 여운이 긴 것은 저음에서의 맥놀이 현상 때문이지요. 대칭 속의 비대칭 구조에서 일어나게 되는 특이한 현상이지요. 외형상 완벽할 정도의 대칭을 이루고 있지만 음파가 비대칭을 이루는 묘한 특성 말입니다."

그의 말이 놀랍게 들렸다. 그의 말은 매우 체계적이고 설득력 있게 들렸다.

"종 위에 나 있는 구멍인 음관을 과학적으로 말하면 고주파가 빠져 나갈 수 있게 한 장치이지만, 그것은 빠져나간 소리가 천상으로까지 퍼져 나가게 하는 통로이며, 종신 아래에 있는 울림통은 울림을 길고 멀리 가게 하는 장치이지만 부처님의 소리가 땅 밑에까지 퍼져 나가는 염원이 담긴 장치입니다."

그는 오랫동안 종소리를 찾는 데 매달린 사람답게 종에 대한 지식이 해박했다.

"황룡사 대종이든 감은사의 종이든 이 바다에 수장된 것은 분명합니다."

그가 바다 쪽으로 눈을 돌렸다.

"그렇다면 몇 차례나 수중 탐사를 했는데도 그 흔적을 찾지 못했을까요?"

나는 이십여 년 전에 국립경주박물관과 문화재청에서 했던 탐사를 떠올리면 물었다.

"아, 그것 말이지요. 나도 잘 알고 있습니다. 그때 잠수부와 수중 스쿠터를 내려 보내 탐사하였으나 수심이 깊고 시야가 흐려 아무런 흔적을 찾지 못했던 것입니다."

그는 그때의 일을 상세히 알고 있었다.

"그 외에도 한두 차례 공식적인 수중 탐사가 있었지만 아쉽게도 아무런 흔적을 찾지 못했습니다. 아마 해저지형 때문이라고 보아야겠지요. 동해는 수심이 깊고 해류의 흐름이 빠를 뿐만 아니라 뭍으로부터 많은 토사 유출로 인한 해저환경의 변화도 많은 곳이니까요."

"그럴듯한 말이긴 합니다만…."

내가 말꼬리를 흐리자 말을 덧붙였다.

"우리가 서역에서 보았던 그 많은 유물들처럼 말입니다. 전날 보였던 그 유물들이 밤이 지나고 다시 가면 모래바람에 묻혀 찾을 수 없었던 것처럼 말입니다."

그의 말은 나의 의구심에 정곡을 찌르는 말이었다.

서역 탐방은 몇 해 전의 일이다. 향토문화연구회가 결성된 20주년 기념행사로 서역을 탐방하게 되었을 때 그와 동행했다. 겨울 한파가 지나고 곧 봄이 올 것 같은 2월 말이었다.

우리 탐방단은 타클라마칸 사막의 카슈카르에서 동쪽 호탄를 거쳐 쿠차까지 이동하는 경로를 택했다. 장정이었다. 호탄에서 누란까지, 그리고 다시 그곳에서 사막의 남쪽 타림분지에 위치한 쿠차까지 자동차로 이동하면서, 어떤 구간은 트레킹을 하며 7박8일을 모래바람 속을 헤매고 다녔다.

사막은 그 위용이 대단했고 길은 망망했다. 모래 속에서 수천 년 동안 잠들었다 깨어난 누란의 미녀는 살아있는 여인처럼 생동적이었지만, 모래가 운다는 명사산에선 나는 그 소리를 들을 수 없었다. 잠시 모습을 드러냈던 옛 왕국의 불상과 흔적들은 밤이 지나고 다시 가보면 모래바람에 묻혀 흔적을 감추고 없었다. 놀랍고도 신기했다.

종소리도 그런 것이었을까. 어머니와 마을 사람들이 다 들었다는 그 종소리도 사막의 그 불상들처럼 그렇게 흔적을 감추어 버린 것일까. 여정을 마치고 쿠차를 떠나오는 날 밤 나는 그 생각을 떨칠 수 없었다.

서역 탐방에서 돌아온 몇 개월 뒤 나는 마치 사막 속에 어떤 유적지를 찾아가듯이 다시 불성암을 찾아 나섰다. 순심이 이모를 찾기 위해서였다. 그때 김 선생은 나에게 경주 인근지역에 흩어져 있는 크고 작은 사찰들의 위치를 세세히 알려 주었다.

어머니의 여동생 순심이 이모를 보지 못한 것이 삼십 년이 넘었다. 이모가 불가에 출가하고는 보지 못했는데 그 세월이 그렇게 되었다. 혼기의 나이에 불가에 출가했으니 세월로 치면 삼십오륙 년이 된다. 그녀를 잊은 것은 아니었지만 만날 수 있는 기회가 없었고 적극적으로 찾아 나서지도 않았다. 그러나 어머니가 세상을 떠나고 나도 나이가 들면서 이모에 대한 궁금증이 커져 갔다. 이모를 만나고 싶었다.

사람들은 순심이 이모를 데려온 아이라고 했지만, 사실은 외할아버지가 밖에서 얻은 딸아이라는 것을 어머니는 알고 있었다. 나와는 네 살 차이밖에 나지 않아 누나 같은 분이었다. 처녀의 몸으로 가야산 도불사에 출가했다가 이후 어느 산에 들어가서 작은 암자를 세웠다는데, 순심이 이모가 세운 그 암자가 어디에 있는지 알 수 없었다. 이모는 왜 출가하였을까 하는 것은 나의 오랜 의문이었다. 마음에 어떤 내려놓지 못한 무거움이 있었기에 꽃다운 나이에 출가하여 법문에 귀의하였을까. 비구니가 된다는 것이 쉽지 않았을 턴데, 하는 생각이 들수록 이모를 더 찾아보고 싶었다.

어머니는 이모가 어린 시절 들었던 종소리에 이끌리어 출가하였을 것이라고 했는데, 암자의 이름을 불성암(佛聲庵)이라 한 것으로 보면 소리란 말에 어떤 비밀이 들어 있을 것 같기도 했다. 과연 이모의 출가는 종소리와 연관이 있는 것이었을까. 아니면 단지 불성의 본질을 좇아서 속세를 떠난 것일까. 알 수 없는 일이었다.

나는 오방산 부수산에서 단석산 운문산, 멀리는 보현산, 청량산에 이르기까지 산속을 헤매며 암자를 찾아다녔지만 불성암이란 암자를 찾지 못했다. 어느 날 나는 바다 가까운 산들에서 찾아볼 생각으로 감포 쪽으로 가다가 전동리 옥수골에 있는 옥수사에 들렀다가 후덕하게 생긴 비구니 한 분을 만났는데, 그분은 불성암에 대해 들은 적이 있다고 했다. 그곳에 잠시 있던 비구니 한 분이 옥수사에 머물다 다른 사찰로 갔다고 했다. 몇 개의 산줄기를 넘어 포항과 경계를 이루는 무장산 동쪽 기슭의 어디일 거라고 했다.

며칠이 지나고 나는 산을 올랐다. 함께 자랐던 순심이 이모가 산속 어딘가에 있을 거라는 생각을 하면서 험한 산을 올랐다. 온통 수풀로 덮인 산속의 계곡을 찾아 헤맨다는 것이 쉽지 않았다. 가던 길이 끊겨 다시 내려와야 했던 것이 몇 번인가 하면, 날이 저물어 길을 헤매다가 약초를 재배하는 산사람의 움막에서 잠을 자기도 하면서 며칠을 헤매고 다녔지만 불성암이란 암자는 찾을 수 없었다.

어느 날 빗줄기 속에 고개를 두 개나 넘어 헤매고 다니다가 비를 피해 들어간 산중 농막에서, 약초를 캐는 한 사람으로부터 "큰 능선을 하나 더 너머 큰골이란 계곡 어디에 암자가 하나 있었다."는 말을 들을 수 있었다.

다음날 찾아간 큰골 입구의 작은 마을은 산나물이나 약초를 재배하는 마을이었다. 집 앞에 앉아 약초를 다듬고 있는 한 할머니에게, 혹시 불성암이 어디 있는지 아느냐고 물어보았다. 머리에 수건을 두른 그 노파는 몇 번이나 나를 훑어보더니 입을 열었다.

"불성암은 뭣 하려 찾으시오? 암자는 허물어지고 홀로 살던 비구니마저 떠난 지 벌써 몇 해인데…."

"암자가 허물어졌다니요?"

나는 놀란 표정으로 할머니를 쳐다보았다.

"그해 여름 태풍이 잦고 홍수가 지고 산사태가 나면서, 계곡의 암자가 폭우에 유실되어 떠내려갔지요. 절은 터만 남았고, 삼일 밤낮을 빈 터에 앉아 불공을 드리던 스님은 그곳을 떠났다고 합니다."

할머니가 가리키는 곳은 무장산 정봉에 가까운 위치였다. 나는 노파의 말을 통해서 이모의 법명이 혜조 스님이란 것을 처음으로 알았다. 암자가 있던 산기슭 쪽을 가리키던 노파가 다시 입을 열었다.

"아마 산 아래 강변 마을에도 홍수가 나서 크게 피해를 당했다는 그해였던 것 같기도 해요. 어느 선사의 흔적을 좇아 숭산으로 간다는 말을 했다고 합니다."

나는 암자가 서 있었던 곳으로 찾아가 보았다. 산사태로 무너진 축대가 보이고 흙 속에 박힌 서까래도 보였다. 좀 더 위로 올라가니 두 개의 큰 계곡이 보이고, 산줄기가 뻗어 내린 저 멀리 바다가 눈에 들어왔다. 바닷가 이곳에 와서 암자를 지은 것 같았다. 암자가 무너진 빈터에 앉아 밤을 새우며 불공을 드렸을 이모의 모습이 선하게 눈에 떠올랐다.

해가 서쪽으로 기우는 것을 보고 나는 산을 내려왔다. 이모가 선종의 본산이 있는 중국 숭산으로 갔다면, 마음의 손끝이 가리키는 그곳으로 가겠지만 곧 돌아와서 이곳 가까운 어느 곳에서 종소리의 불성을 체득하려 수도 정진하고 있을 것 같은 생각이 들었다.

삼라만상이 부처님의 형상이듯이 순심이 이모에게 종소리는 부처님의 음성이었는지 모른다. 젊은 날 자신의 마음을 후려쳤던 그 종소리를 따라 법문에 귀의했다면 이모는 이곳 가까운 바닷가 어느 산사에서 그 소리를 들으려 수도하고 있을 것 같은 생각을 지울 수 없었다.

지금도 그렇다. 내가 이곳에 자주 오는 것은 이 근처 어딘가에서 이모의 자취를 찾을 수 있을 것 같은 생각이 들기 때문이기도 하다. 그러나 그 많은 시간 동안 나는 이모를 만나지 못했다.

그의 펜션에서 일주일이 다 되어 가는 날 저녁 무렵 그가 나를 불렀다. 그가 몇 개월 동안 만들어 온 작은 토종(土鐘)을 가마에 넣고 불을 지피는 것을 나에게 보여 주기 위해서였다. 그는 취미로 일 년에 한두 번씩 토종을 구워낸다고 했다. 그가 만든 토종은 일종의 이형 토기로 간장 종지 크기의 종 모양 토우였다. 그는 그것을 토종이라 불렀다.

가마 앞에 간단한 제수를 마련해서 고사까지 지내고 장작에 불을 붙였다. 그는 타오르는 장작불을 지켜보면서 이런저런 이야기를 했다. 그는 종에 대한 관심과 애정이 대단했다. 토종을 만드는 것을 시작하게 된 연유와 토종의 의미를 말하다가 이야기는 범종에까지 이어졌다.

그는 오랫동안 옛 신라의 토우와 토종을 재현하는 데 매달린 사람답게 종에 대한 지식이 해박했다.

"제 선친은 저 석탑의 신자였습니다. 자나 깨나 탑과 대왕암을 생각했으니까요."

그의 부친은 감은사 3층 석탑과 대왕암에 대한 숭배가 대단했다고 했다. 나라를 지켜 주고 마을을 지켜 주는 대왕의 혼령이 살아있는 석탑이고 바위라고 믿었다는 것이다.

그가 만든 토종이 토우의 일종이라 해야겠지만 그는 손수 만들어 구운 토종을 더 많은 사람들에게 나누어 주고 싶다고 했다.

"종을 만들고 있으면 마음이 평온해집니다. 세상의 잡다한 일들을 다 잊는 듯 고요해지기도 하고요."

그는 하던 말을 이었다.

"이렇게 하는 것이 탑을 지키던 선친의 뜻을 이어받는 길이 될 것 같기도 하고 말입니다."

표정이 매우 진지했다. 토종을 만들어 정성스레 가마에 불을 때는 조심스런 손길에 그의 마음이 배어나는 듯했다.

"봉길리 앞바다는 죽어서도 눈을 감지 못하고 용이 되어야 했던 부왕의 바다라고 해야겠지요. 기다림과 베풂의 바다, 그 은혜에 감사를 배우는 바다가 아니겠습니까. 그 기다림을 위해 탑은 천년을 하루같이 묵묵히 서 있으니 말입니다."

나는 바다 쪽을 바라보며 말했다.

"바로 그것입니다. 선친의 마음도 그와 같은 것이었습니다. 선친이 그랬듯이 나에겐 실체보다 더 중요한 것은 믿음입니다. 대종은 바닷속 어딘가에 있으리라는 믿음 말입니다."

그의 말은 마치 기다림이 없는 믿음이 어디에 있으며, 믿음이 없는 기다림이 어디 있겠느냐는 말처럼 들렸다.

그의 펜션에서 마지막 밤이다. 이곳에 온 지 일주일이 넘었는데도 찾아오는 손님은 없었다. 청량한 가을철이라 온산은 울긋불긋 옷을 갈아입고 강 건너 광활한 들은 온통 황금물결이었다. 낮 시간의 나직하던 물 위에 밤이 되니 달이 떴다. 대종천은 물보다 마음에 깊은 강이었다. 이곳에서 마지막 밤이라 생각하니 그 강변의 정경이 더 아름답게 보였다. 내 앞에 바다와 달, 그리고 천년 고찰의 석탑이 하나가 되어 밤은 고요하다. 그 풍경은 가히 선경이다. 만백성을 사랑했던 대왕의 마음처럼, 지순한 우리들 아버지의 얼굴처럼 달은 교교히 떠 있다. 교교한 달빛에 섞여 어디선가 어머니가 그렇게 듣고 싶어 하던 그 종소리가 들릴 것만 같았다.

달이 창 앞에 와 있을 무렵 그는 술 한 병 들고 나의 방으로 왔다. 몇 잔의 술에도 곧 취기가 올랐다. 우린 지난날에 대한 이야기를 많이 했다. 얼마는 회상에 젖은 이야기를, 그리고 덧없이 흘러간 세월에 대한 이야기도 하면서, 모처럼 허리끈을 풀어 놓고 술을 마시면서 간간이 창밖으로 달빛에 젖은 바다를 내다보곤 했다.

 자정이 넘어서 그는 자신의 방으로 돌아가고 나도 자리에 누웠으나 늦게까지 잠을 이룰 수 없었다. 그 교교한 달빛과 들판, 그리고 강물 소리가 들리는 그 분위기에 취해서 잠을 이룰 수 없었다.

 어머니가 말하던 종소리에 대한 생각이 머리에서 떠나지 않았다. 얼마 전 그로부터 들은 이야기이기도 하지만, 어린 시절부터 수없이 들었던 그 이야기가 내 몸속에 전이되어서 어쩌면 내 마음 깊은 곳에 자리잡고 있는 것 같기도 했다. 어머니가 말했던 그 종소리는 소리 속에 숨어 있는 소리 같았고, 바람 속에 숨어 있는 소리 같기도 했다. 수많은 생각들과 역사적 환상들이 머리에 떠올랐다가 물결 소리에 지워졌다.

 잔잔한 물결 곁에서 바위와 석탑은 기다림을 가르치며 천년을 하루같이 묵묵히 서 있다. 수많은 일출과 낙조를 지켜보며, 수많은 날들의 풍파를 가슴에 안으며 그렇게 서 있다.

 나는 자리에서 일어나 다시 창밖을 내다보았다. 강물도, 석탑도 달빛에 젖어 고요했다. 눈앞에 바다와 달, 그리고 언덕 위의 석탑이 하나가 된 밤 풍경이 선경에 가까웠다. 산허리를 감고 돌아 강둑을 따라 올라오는 그 물결 소리와 솔바람 소리가 달빛에 묻어와서 종소리가 된 듯, 수천 년을 건너온 서라벌의 피리 소리가 물소리가 된 듯 강물 소리가 은은하였다.

그가 했던 말의 여운이 머리를 떠나지 않았다. 그의 말에 어머니의 음성이 겹쳐서 들리는 것 같았다. 대종은 바다에 있다는 믿음과 다르지 않았기 때문이다.

어머니가 들었다는 그 종소리는 정말 어머니의 마음을 어루만져 주는 부처님의 소리와 다르지 않았던 것일까. 그래서 어머니는 그 소리를 다시 듣고 싶었던 것일까. 순심이 이모가 산속에 암자를 짓고 염불을 하면서 듣고 싶었던 것도 마음속의 그 종소리였을 것이다.

이리 뒤척 저리 뒤척 잠을 이루지 못하다가 새벽이 다 되어 설핏 잠이 들었는데, 꿈인지 현실인지 알 수 없는 어느 순간에 울리는 그 소리를 들은 것 같다. 비몽사몽간에 어디선가 은은히 그 소리가 딩- 딩- 들리는 것 같았다. 그러나 그 시간은 길지 않았다.

인근 어느 산사에서 새벽을 깨우는 스물여덟 번의 종소리가 멀리 강줄기를 따라와서 강물 소리에 섞여 들려온 것인지, 솔바람 소리가 강물에 섞여 나는 소리인지는 알 수 없었지만 그 소리는 나의 귀에 들리는 것 같았다.

환청인지 실제인지 알 수 없는 일이었다. 그것은 들으려는 사람의 귀에만 들리는 믿음에서 오는 소리였는지도 모르는 일이지만, 그 소리는 어머니가 듣고 싶어 했던 그 소리 같았다. 천년의 세월 저편에서 들려오는 것 같이 은은한 소리였다.

(『월간문학』 2025년 6월호)

말도, 아버지의 그 섬으로

2년 전 내가 섬으로 내려오겠다고 삼구 집을 찾아갔을 때 그도 늙은이가 다 되어 있었다. 머리가 대부분 새고 앞니마저 몇 개나 빠져, 얼굴이 많이 일그러져 있었다. 그는 오랜만에 나를 보고도 별로 반가워하지 않았다.

"뭣 하러 섬으로 돌아오려는 거야? 귀양살이나 마찬가지인 이곳에."

그의 말은 짤막했다.

"그 집은 팔아. 가지고 있다고 더 올라가진 않아."

삼구는 내가 집값이 더 올라가기를 기다리며 잠시 내려와서 있다가 가려는 사람으로 단정하고 있었다.

"아니야, 그러려는 건 아니야."

나는 손사래를 치며 극구 부인했으나 그의 뚱한 표정은 변하지 않았다.

"큰 도시에 나가서 그만큼 이루었으면 됐지, 뭔 망상스런 생각을 가지고 섬으로 오려는 거야? 섬 생활은 환상이 아니야, 현실이야."

그의 말이 가볍지 않게 들렸다.

삼구는 못마땅해하는 표정으로 나를 믿으려 하지 않았다.

내 말을 시답잖게 생각했다. 군대 생활을 한 것을 제외하고는 태어나서 한 번도 섬을 떠나 본 적이 없는 그가 보기엔 내가 섬으로 오겠다는 말이 액면 그대로 받아들여지지 않는 모양이었다.
 몇 개월 뒤 내가 섬으로 내려왔을 때 삼구는 덤덤하게 나를 대할 뿐 별다른 반응은 보이지 않았다. 하지만 그렇게 반가워하는 눈치는 아니었다.
 내가 제일 먼저 해야 할 일은 어머니가 돌아가시고 나서 몇 해째 빈집으로 방치되어 있던 집을 손보는 일이었다. 장비도 제대로 없이 집을 손보고 있는 내가 보기 딱했던지 삼구는 이틀이나 배를 묶어 두고 나의 일을 도와주었다. 그리고 섬 생활에 필요한 자질구레한 것들도 챙겨 주었다.
 어구를 마련하고 작은 목선 한 척을 마련하는 일까지도 도와주었다. 소형 발동기가 달린 목선은 통발이나 낚시로 물고기를 잡는 배이다. 선박 명의를 변경하여 등록하고 어촌계에 가입하는 데 근 열흘이 걸렸는데도 삼구는 별말 없이 나를 도와주었다.
 오비이락이라더니, 내가 섬으로 내려오고 몇 개월 만에 섬마을 경관 보존지구 추진계획이 알려졌다. 마을의 아름다운 해변 암석들과 오래된 수목 등을 모아 자연경관 보존지구로 지정한다는 계획이었다. 하지만 이를 놓고 마을 사람들의 의견이 갈렸다.
 섬사람들은 나의 정체를 반신반의하는 눈치였다. 삼구도 나를 의아해하긴 마찬가지였다. 자연경관 보존지구 지정을 놓고 의견이 갈리자 분명한 뜻을 밝히지 않은 나를 못마땅해하는 눈치였다. 그러나 삼구는 자신이 자연경관 보존지구 지정을 찬성하는 뜻을 나에게 설득하거나 강요하지 않았다. 남에게 자신의 뜻을 강권하지 않는 그의 온

화한 성품 때문이었다.

그러나 나는 삼구가 왜 대부분의 사람들과는 달리, 생활이나 경제적인 면에서 별 도움이 되지 않는 경관 보존지구 지정을 찬성하는지는 알 수 없었다.

나는 아직 바다에서의 일이 서툴고 또 익혀야 하는 일이 많았기 때문에 가끔씩 삼구의 배를 타고 바다로 나가서 일을 도와 주기도 하고, 인근 섬 근처에서 통발을 이용해 고기를 잡는 일을 해 왔다.

일주일 전에도 삼구를 따라 십이동파도 부근으로 나가서 홍어를 잡았다. 음력설이 지나면 이 부근에 홍어가 몰려들기 때문이다. 큰 것으로 두 마리를 잡고 작은 것도 몇 마리 더 잡았다.

그날 잡은 잘생긴 암컷 한 마리를 휴대폰으로 찍어 아내에게 보냈더니 아내의 반응은 시큰둥하였다. '오늘 밥값은 되겠네.' 답이라고 보낸 것이 고작 이 말이다. 아직 내가 하는 일이 꼴사납다는 눈치였다.

아이들도 마찬가지다. 애비가 하는 일에 관심이 없다. 하긴 그들도 이끌고 가야 할 가정이 있으니 애비에게 관심을 가질 겨를이 없는 것이 당연하다.

내가 섬으로 내려가겠다고 했을 때 아내는 벌레 씹은 표정을 지으며 나를 쳐다보았다.

"뱃놈의 피는 못 버리는 모양이군."

돌아서며 중얼거리는 말이었지만 분명 내가 들으라고 하는 말이었다. 무의식중에 내뱉은 말이었지만 아내는 마치 속이 들킨 사람처럼 곧 머쓱한 표정을 지었다. 하지만 그 말은 아내의 마음속에 잠재되어 있던 나에 대한 생각이 압축된 표현이었다.

"사람들은 나이가 들면서 편리한 곳으로, 의료시설이 가깝고 생활하기에 편리한 곳에서 살아가야 하는데, 그 나이에 뭣 하러 섬으로 가겠다는 거요? 당신이 무슨 이십 대 청년이라도 되는 줄 아세요, 어찌 그리 시근머리가 없어요."

아내는 심하게 핀잔을 주었다. 맞는 말이었다. 그러나 나는 아내에게 그 편리함이나 안전함보다 더 나를 잡아끄는 것이 있다는 말을 할 수 없었다. 그것은 실체적으로 보여줄 수 있는 것이 아니었기 때문이다.

"그건 나도 잘 알지만, 그래도…."

나는 어떤 핑계나 논리로도 아내의 말에 반론할 수 할 수 없어 애매한 말로 얼버무렸다.

"그래도가 뭐예요? 살기 위해서 그곳으로 내려가는 것이 아니라, 죽기 위해서 그곳으로 가겠다는 거예요?"

아내의 추궁은 계속되었다.

나는 더 대꾸하지 않았지만 속마음이 들킨 것처럼 가슴이 뜨끔했다. 그래, 나는 죽기 위해서 그곳으로 간다는 말이 맞는지도 몰랐다. 나는 내가 거동을 하지 못하는 순간이 오더라도 편안한 죽음을 위해서 도시로 돌아오고 싶지 않았기 때문이다. 그것이 언제일지는 모르지만 나는 그곳에서 죽음을 맞이하고 싶었다. 아버지와 어머니가 누워 계신 그곳에서 나의 삶을 마감하고 싶었다. 그런 내 마음을 알기라도 한 듯 아내는 꼬집어서 말했다.

아내의 동의를 얻기가 쉽지 않았다. 그러나 부모님이 돌아가시고 어떤 노부부가 들어와서 살다가 나간 뒤 비어있는 집이 걱정이 되었다.

"팔아요. 단돈 얼마라도 살 사람이 있으면 주어요."

아이들도 반대하기는 마찬가지였다.

"아버지, 고향은 가시밭길이란 말을 모르세요? 고향은 옛 시절 그대로 있지 않습니다."

아들놈도 제 어미와 같은 말을 하며 극구 말렸다. 제 어미를 편들며 집을 팔라고 했다.

그러나 나는 팔 수가 없었다. 마치 아버지와 어머니를 버리는 것 같았기 때문이다. 아내의 설득에 못 이겨 팔아 버릴까 생각하다가도, 막상 팔려고 하니 가슴을 답답하게 눌러 오는 그 무엇이 있었다. 부모님께 죄를 짓는 기분이 들었다. 그렇게 몇 개월을 혼자서 끙끙거리며 속앓이를 하다가, 나는 섬으로 내려가야겠다는 생각을 굳혔다.

다니던 회사에서 정년퇴직을 하고 1년을 보냈다. 처음엔 퇴직이란 것이 자유롭고 편안하였다. 하긴 나도 남들과 마찬가지로 직장에 있을 땐 몇 푼이라도 더 모아 두었다가, 해외여행을 즐기고, 어디 그럴듯한 데 가서 골프를 치고 폼 나게 생활하는 여유롭고 안락한 퇴직 이후의 생활을 꿈꾸었다. 아니, 꿈꾸었다기보다 목표였었는지도 모른다.

퇴직을 하고 몇 개월은 자유롭고 노는 것이 즐거웠다. 여유롭게 라운딩을 하고 땀 흘린 뒤 샤워를 하고 나면 새로 태어난 기분이다. 거기에 품격 있는 식당에 가서 식사를 하고 시원한 소맥이라도 한잔하면 그렇게 기분이 좋을 수가 없었다. 그러나 그 즐거움은 그리 길지 않았다. 마련해 두었던 여유 자금이 줄어들고 놀고 즐기는 데 비용도 만만치 않았다.

막상 펑펑 쓰고 다닐 때는 좋았는데, 통장의 잔고가 줄어들고 씀씀이가 줄어들자 아내와 마주 보고 있는 시간이 많아졌다. 아내와 하루 종일 함께 집 안에 있는 날이 늘어나면서 불편해지는 시간이 많아졌다. 때론 나도 불편했지만 아내가 불편해 하는 기색이 역력했다. 시간의 자유만으로 마음이 자유로워지는 것은 아니었다. 몸보다 마음이 더 위축되어 가는 것을 벗어날 수 없었다.

"요즘 삼식이 남편을 챙겨야 하는 아내가 이댔이. 식비를 디 내면 몰라도…."

농담 삼아 한 말이었지만 뒤집어 보면 의미심장한 말이었다. 갑자기 마치 내가 밥이나 축내는 식충이 취급을 당하고 있는 것 같은 모욕감을 느꼈다. 그 말은 들은 뒤로 아무런 일이 아닌데도 자주 짜증을 내는 아내의 모습이 목격되었다. 내 마음이 날로 위축되는 것을 느낄 수 있었다. 집에 앉아서 아내를 쳐다보고 있는 것이 마치 아내를 옭아매고 있는 것은 아닐까 하는 생각이 들었다. 나는 아내에게 얹혀사는 꼴이 되어 갔다. 그냥 식사 시간을 기다렸다가 아내가 차려 주는 밥상을 받아먹는 것보다는 무작정 집을 나갔다가 저녁 무렵에 들어오는 것이 마음이 편했다.

"퇴직하고 우울증에 걸리는 사람들이 많아요. 잘 버텨야 해요."

내가 퇴직한다는 소식을 듣고 먼저 퇴직한 선배가 했던 말이 나의 현실이 되고 있었다. 직장생활에서 힘든 점도 있었지만 화려했던, 때로는 기세등등했던 그 때를 생각할수록 상실감이 너무 컸다. 끈이 떨어진 표주박처럼 한 때 내 앞에 와서 알랑방귀를 뀌던 그 후배들조차도 안부전화 한 번 걸어오지 않았다.

나의 효용가치와 용도가 폐기되어다는 허무의식이 문득문득 나를 괴롭혔다. 그것은 가정에서도 마찬가지였다. 자격지심의 탓도 있었겠지만 아내나 아이들이 나를 대하는 태도가 달랐다. 밝아지려고 노력한다고 되는 일이 아니었다. 우울해 지니 무기력해졌다. 아내가 보이지 않으면 바닥에 눕는 일이 많아졌다.

인간은 외로워지면 부모형제가 생각나는 것일까. 나는 아버지와 어머니를 떠올리는 시간이 많아졌다. 아버지와 어머니를 생각하는 그 시간은 마음이 편안 했다. 어쩌면 그것은 어떤 계시였는지 모르는 일이었다.

"그래 섬으로 가자!"

나는 그 말을 하고 벌떡 일어섰다. 창문을 여니 답답한 도심의 건물 사이로 푸른 바닷물이 밀려와 넘실거리는 것 같았다.

"그래, 아버지와 어머니가 살았던 그 삶을 한 번 겪어 보자."

내가 아버지이고 아버지가 나인 그 바다, 그 섬으로 나는 돌아가고 싶었다. 그러나 그것은 쉬운 것이 아니었다. 아내의 반대가 심했다.

아무런 쓸모가 없는 물건이라도 막상 버리려면 망설여지는 것처럼, 가정에서나 아내에게나 별로 유용성이 없어진 나였지만 막상 내가 섬으로 내려가려니 아내는 동의하지 않았다. 아내는 나를 섬으로 보내기가 아쉬운 것이 아니라, 적은 돈을 받고라도 섬 집을 팔면 당장에 몇천만 원의 현금이 생길 거라는 계산이 깔려 있다는 것을 아내의 말투에서 짐작할 수 있었다.

결국 나는 아내에게 아파트 명의를 넘겨 주고 은행에 남은 얼마 되지 않는 잔고도 대부분 넘겨 주는 조건으로 아내는 반승낙을 받아 내었다.

"해외에 나가 떨어져 사는 부부도 많은데 너무 섭섭하게 생각지 말아. 주말 부부는 아니라도 자주 올라올 테니…."

"아이들도 가까이에 있고, 나보다는 더 잘해 주는 친구들도 많으니 외롭기야 하겠어." 하는 말을 남기고 서울을 떠났다. 그 말에는 아내에 대한 나의 서운함이 배어 있는 것이기도 하였지만 나는 농담처럼 웃으면서 말했다.

몇 벌의 입던 옷이 든 트렁크 하나를 챙겨 들고 장항선 군산행 열차를 탔다. 무궁화호 열차는 완행열차나 마찬가지였다. 내가 섬을 떠나서 무작정 서울로 향했던 그날 밤 그 완행열차처럼 느린 차를 타고 돌아가고 싶었다. 누구에게 들킬까 해서 초라하고 초조한 마음으로 탔던 그 열차처럼 귀향의 길도 그러고 싶었다. 어둠을 헤치며 느릿느릿 달리는 열차를 타고, 어둠 속에 그날의 그 기억을 복기하듯 돌아보며 그렇게 돌아가고 싶었다.

밤 10시 40분, 한강철교를 지나고 얼마를 더 달려 도시의 불빛 숲이 끝나자 차창 밖엔 어둠뿐이었다. 만감이 교차되는 시간이었다. 수많은 기억과 생각들이 철길을 따라왔다.

가출하다시피 떠난 섬이었다. 어떻게 해서라도 벗어나야 하는 천형과 같은 감옥이었다.

자동차 정비공장의 심부름꾼으로 밥을 얻어먹고 지내다가 직업연수원을 거쳐 기계공장 생산직의 자리를 얻은 것은 행운이라면 행운이었다. 그 기업체 야간학교에서 졸업장을 받고 야간 대학을 다녔던 것은 천형 같았던 그 가난한 섬의 사슬에서 벗어나기 위한 노력이었다.

새벽 무렵에 불빛이 은은한 군산역 플랫폼을 걸어 나와 잠시 역두에 서서 정든 거리를 바라보았다. 서서히 잠을 깨며 새날을 준비하고 있는 거리가 그렇게 정겨워 보일 수 없었다.

섬으로 돌아와서 맞던 그날 밤과 새날의 아침을 잊을 수 없다. 어머니의 품속으로 돌아온 듯 아늑한 기분에 싸여 잠이 오지 않았다. 거의 뜬눈으로 밤을 지새우고 맞던 새벽 바다에 고요를 깨뜨리며 지나가는 뱃고동 소리가 들렸다. 아마 제주도나 남해안의 어느 항구로 가는 화물선인 듯 해 보였다.

밤의 침묵을 깨고 바다는 다시 밝아 오고 있었다. 어둡고 두꺼운 껍질을 한 겹씩 벗고 다시 태어나고 있는 바다였다.

그날 나는 비로소 바다를 보았다. 아버지를 닮은 바다였다. 달고 쓴 것, 고통과 비애도 거저 묵묵히 받아 내던 바로 아버지의 그 모습을 닮은 바다였다. 지금까지 보아 온 바다가 자연으로서의 바다였다면 그날의 바다는 마음의 바다였다. 신비스럽게 살아있는 생명체였다. 한없이 너그러운 성자의 모습 같기도 하고 근접할 수 없는 어떤 영적 영역 같기도 했다. 어둠이 걷히면서 밝아 오는 바다는 삼라만상의 모든 신비가 함축되어 있어서 어떤 암호로도 해독할 수 없는 수수께끼로 여겨졌다. 밝아 오는 바다를 보며 방파제 쪽으로 발을 옮겼다. 동녘 하늘에 붉은 기운이 짙어지면서 바다가 점점 더 밝아지자 나의 가슴도 붉어지면서 쿵쿵 뛰는 것 같았다.

오랜 세월 동안, 아버지는 그날 내가 감격스럽게 아침을 맞았던 것처럼 그렇게 새벽을 맞았다. 겨울이나 여름이나 할 것 없이 동트기 전에 새벽을 맞이했다. 아버지는 문을 열고 동쪽 하늘부터 살폈다. 찬찬히 하늘을 살피는 아버지의 자세는 기도하는 것과 다를 바 없었다. 경건했다. 또 하루의 아침을 열어 주는 하늘에 대한 감사와 경배, 그리고 또 하루 무사하기를 비는 마음이 깃들어 있었다. 어떤 종교적 기도보다도 경건했던 아버지 마음의 경배는 문신처럼 내 기억에 남아 있었다.

그날 새벽 나는 난생처음으로 아버지가 날마다 맞이했던 그 성스러운 새벽을 맞았다. 마치 아버지의 혼이 빙의되기라도 한 듯 그렇게 그 새벽을 맞았다. 아버지가 어떤 마음으로 하루를 맞이했던가를 비로소 나는 알 것 같았다.

어찌 보면 타향을 떠돌았던 나의 삶은 아버지에게 운명과 같았던 그 섬에서 벗어나기 위해서 몸부림쳤던 세월이었는지 모른다는 자책감이 밀려왔다. 40년이란 그 허허한 세월 동안 나는 아버지의 삶에서 멀어지는 것을 본분으로 생각하며 살아왔던 것 같았다. 누군가 고향이 어디냐고 물으면 섬이란 말을 빼고 남도 도시 번화가의 어디쯤인 것처럼 둘러대며 살아왔다. 결혼을 앞두고 가장 큰 고민거리는 아버지 어머니를 식장에 세우는 일이었다. 얼굴 곳곳에 바다의 짠물이 배인 것 같은 아버지와 어머니를 도시의 처갓집 사람 앞에 세우는 것이 부끄럽게 여겨졌다. 나는 그렇게 옹졸하고 치사하게도 섬놈의 흔적을 벗어 버리기 위해서 노력했다.

그날 아침 나는 비로소 허식과 가면을 벗고 나의 본모습으로 돌아와 선 기분이었다.

내가 살아왔던 그 삶을 부정하는 마음은 결코 아니었다. 결혼을 하고 아이를 얻고 그들을 교육시켜 사회에 내보냈다는 것은 내가 이룬 삶의 성과였다. 그 성취를 위해 나는 너무 나의 본모습에서 벗어나 있었던 것을 생각할 때 부끄럽게 느껴지는 바가 많았다. 너무 가식의 옷을 입고 허욕에 부풀어 나 아닌 내가 되어 살아왔는지도 모른다는 생각이 문득문득 들곤 했다. 속내를 감추고 내가 원하는 것을 얻기 위해 너무 집착하고 매달렸던 나라는 인간은 얼마나 세속에 영민했는지 모른다. 엎드릴 자리에선 바싹 엎드려 기고, 누를 때는 잔인할 만큼 기고만장했던 나의 그 교활함조차도 나는 능력으로 생각하며 살아왔다.

나는 그것을 다 살아가기 위한 방책이라고 합리화하는 데 능숙했다. 그것이 나의 도시 생활 40년의 모습이었다.

젊은 날은 아내의 치마폭에 싸여 있느라고 그 많고 많은 휴일의 시간 속에서도 섬의 아버지 그리고 어머니를 돌아보지 않았다.

"그래, 니 편하게 사는 것이 부모에게 효도하는 길인 거여. 암말 말고 여편네 하자는 대로 하며 살으랑께."

그것은 어머니의 진심이었다. 어디에도 섭섭함이 묻어 있지 않는 말이었다. 나는 그 말 그대로 아내를 모시고 살았다. 그러나 세월이 나를 그렇게 가르쳤는지, 어머니가 돌아가시고 나는 어머니에 대한 죄스러움에 길을 가다가도 늙은 할머니를 보면 눈에 눈물이 고이곤 했다. 어쩌면 마음속에서 그 어머니가 나를 섬으로 불렀는지 모른다.

나는 나이가 들면서 섬으로 돌아가고 싶은 날이 많아졌다.

그날 그 아가씨가 아니었으면 나는 섬을 떠나지 않았을까? 열아홉이 되던 그해 여름 섬은 아름다웠다. 그때도 뭍에서 낚시를 하러 오는 사람, 여행을 오는 사람들이 더러 있었는데, 돌발적인 기상변화로 풍랑이 일고 뱃길이 끊겼던 그날, 선착장에서 발을 동동거리고 있던 그 앳된 아가씨는 아버지의 배려로 집에서 밤을 보내게 되었다. 밤이 되니 풍랑은 더 거칠어져서, 마치 섬마저 바닷물에 잠겨 버릴 듯 비가 내렸다.

마루 끝에 앉아 바다를 바라보던 그 아가씨는 마치 다시는 돌아가지 못할 사람처럼 걱정스런 표정으로 감추지 못했다. 뜬 눈으로 밤을 새우다시피한 그 아가씨와 몇 미터 간격을 두고 함께 앉아 바라보았던 그날 밤바다. 나는 그 아가씨가 그다음날도 돌아가지 못할 정도로 비가 더 내렸으며 하고 바랐다. 온통 뽀얀 색의 살결을 가졌던 그 아가씨는 마치 천상에서 잠시 지상에 내려온 선녀인 듯했다. 나는 꿈꾸고 있는 것 같았다. 이 세상에 이런 아가씨와 함께 앉아 있다는 것이 꿈인 것만 같았다.

숨소리마저 들릴 것 같은 간격을 두고 같이 앉아 밤을 새운 그 아가씨는 다음날 비바람이 멎고 섬을 떠났다. 나는 혹시라도 누구에게 들킬세라 집 뒤 언덕에 올라가서 그녀가 탄 배가 보이지 않을 때까지 바라보았다. 섬 밖에는 그런 아가씨들이 사는 땅으로 여겨졌다. 섬을 떠나야겠다는 내 마음의 병은 그때부터 시작되었다. 밤마다 그 아가씨를 생각하고 그녀와 같은 사람들이 사는 곳에 대한 동경으로 잠을 이루지 못했다. 그 마음을 삼구에게도 말하지 않았다. 그 아가씨를 그리는 마음조차도 나만 가지고 싶었기 때문이었다.

"어디에 썰 놈 같구먼. 눈알이 멍청해진 것이…."

어머니는 핀잔을 주었다. 어머니가 어찌 내 마음을 읽지 못했겠는가. 내가 그 아가씨에게 마음이 빼앗겨 제정신이 아니란 걸 알면서도 그러하게 에둘러 말했다.

"그놈의 거시기 같은 생각은 버려. 분수를 알아야지."

어머니는 숙성해 놓은 홍어를 꺼내 물기를 닦아 내면서 말했다.

"거시기나 저시기나 다 삭아야 값진 것이 되는 법이여."

그날 어머니의 손길은 평소와 달랐다. 어딘지 모르게 어수선한 심사가 손끝을 통해 드러나고 있는 것 같았다. 마음에 병이 든 듯해 보이는 아들놈으로 인해 어머니의 마음도 편치 않음이 그대로 드러나고 있었다.

 벼 한 포기 심을 데 없는 척박한 섬에 태어나 어려서부터 집안의 일손을 돕고 동생들을 업고 키우느라 학교 문 앞에도 가보지 못한 어머니였다. 같은 마을에 나서 자란 두 살 위의 총각을 만나 짝을 지어 산 것이 평생이었던 어머니였다.

 해방 몇 해 전 열여섯 나이에 어청도에 건너가서 뱃일을 하다가 일본 포경선에 보조선원으로 배를 탔던 강상도 씨가 바로 아버지다. 일본인들은 흑산도와 어청도에 그들의 포경기지를 세우고 막대한 양의 고래를 잡아가던 때였다.

 어청도 사업장에는 3척의 포경선을 배치하여 조업을 하였는데 이 포경선이 미국 잠수함의 공격을 받게 되었다. 그 이유는 당시 일본 포경선들은 고래를 잡으면서 초계정 역할도 겸하고 있어서, 어퍼 브리지에 13밀리 기관총을 설치하고 선미엔 폭탄을 싣고 다녔기 때문이었다고 한다.

 해방이 되어 포로 생활을 하다 풀려나 말도로 돌아와서는 다시는 섬을 떠나지 않았던 그 소년 보조 선원이 바로 어머니의 배필이 되었다고 한다.

 "홍어는 물때가 중요하기 때문에 이 시기를 놓치면 안 된다. 서물과 두물, 이때에 홍어가 가장 많이 움직이는 때다."

 아버지는 어린 나에게도 그런 말을 자주 했다. 아버지는 물때를 놓치지 않기 위해서 멀리 어청도 인근에까지 나가서 며칠 밤낮을 배위에서 보내며 홍어를 잡곤 했다. 물론 홍어를 잡는다고 해서 다른 것을 잡지 않은 것은 아니다. 철에 따라 우럭, 조기 등 다른 물고기들을 잡기도 했다. 그러나 홍어잡이만큼 중요한 작업이 아니었다.

"예부터 입춘 전후에 잡힌 것이 가장 맛있고 진달래가 핀 다음 것은 먹지 말라고 했다. 지금 같은 음력 이월에는 홍어를 잡기에 가장 좋은 때다."

아버지는 어청도 인근이 홍어가 산란하기 좋은 장소라고 했다. 먹잇감이 좋고 새우 같은 작은 미생물이 많아서 치어들이 자라기에 아주 적당한 장소라서, 자기 몸을 숨기려고 뻘 속에 들어갈 때 뻘에 던져 둔 낚시에 걸리는 경우가 많다는 것이었다.

삼일 전에는 서물 때에 맞추어 삼구의 배를 타고 어청도 인근 먼 바다로 나가서 홍어를 잡았다. 십이동파도에서 어청도로 이어지는 홍어들의 이동 경로가 있기 때문이다.

한 고리에 낚싯바늘이 여러 개 달린 미끼 낚싯줄을 던져 놓고 기다리는 시간은 긴장되었다. 간혹 수면 가까이 떠올라서 유영하는 홍어를 보고 있으면 그 모습이 그렇게 유유자적하고 안정감이 있을 수 없었다. 유형 모습이 마치 꼬리연이 날아오르는 모습과 흡사했다.

두 시간은 좋게 기다리다 줄을 건져 올리자 운 좋게도 일곱 마리나 걸려서 올라왔다. 듣던 대로 암놈에게 붙어서 잡힌 수놈이 두 마리나 되었다. 배를 뒤집고 누운 홍어의 모습이 사람의 얼굴을 닮은 것 같았다. 뾰족한 주둥이 부분이 마치 머리 같고 그 아래 적당한 간격으로 달린 두 개의 코가 흡사 사람의 눈처럼 보였다. 그리고 좀 더 아래 부분에 달린 커다란 입이 마치 웃으면서 뭐라고 말을 하는 것 같았다. 아, 그래서 아버지께서 "홍어가 웃는 모습이 참 멋지다."고 했구나 하는 생각이 스쳐 갔다. 참으로 묘한 모습이었다.

삼구는 잡아 온 홍어를 거의 반에 반을 나의 몫으로 주었다. 나는 집으로 가져온 그 홍어를 어머니가 했던 방식대로 숙성시키는 작업을 하기 위해 한 마리씩 꺼내서 해체했다. 배를 열어 애와 알집, 그리고 내장을 꺼내고, 양 날개를 떼어 내고, 머리와 몸통, 꼬리를 잘라 세 부분으로 나누었다.

먼저 항아리에 볏짚을 태워 소독을 하고, 다시 바닥에 볏짚을 깔고 손질한 고기를 담고 있는데 전화가 왔다. 아내의 전화였다.

보름 전에 이곳 섬까지 내려와서 "제발 이 짓거리 하며 궁상떨지 말고, 어서 이 집 팔아요."라며 한바탕 소란을 피우고 간 뒤 미안했던지 많이 부드러워진 목소리로 헤헤 웃기까지 했다. 즐거운 일이 있는 모양이었다.

아내는 전화를 할 때마다 빈정거리는 말투였다. '저까짓게 몇 개월을 버티겠어. 스스로 지쳐서 올라오겠지.' 하는 투의 말을 하곤 했다. 그리고 시간이 지나면서 반신반의하는 태도로 바뀌었다. 그런데 오늘은 웬일일까. 헤헤 웃기까지 하다니, 말은 빈정거리면서도 혼자의 생활이 즐거운 모양이었다. 다시 청춘이라도 돌아온 것처럼 짧은 스커트에 타이트한 블라우스로 멋을 내고 필드를 도는 것이 즐거운 모양이었다. 어쩌면 나를 보고 서울로 올라오라고 하는 것은 허식의 말인지도 모르는 일이었다.

"여보, 나 오늘 홀인원을 했어. 필드에 탄성이 터지고 대단했어."

목소리가 밝고 들떠 있었다. 그러면서 "바다에 나가면 위험하지 않아요?" 하는 말까지 하면서 내 마음을 떠보기도 했다.

"예전의 바다가 아니야. 이젠 나이가 들어도 바다에 나갈 수 있어. 내 몸에 위치 추적기가 있기 때문에 설령 파도를 만나 표류한다고 하더라도 몇 분이면 구조될 수 있어. 육지보다도 더 안전하다고."

나는 웃으며 대답했다.

아내의 웃음은 보름 전에 이곳에 내려와서 소란을 피운 것이 자신이 생각해도 좀은 심했다고 여겨졌기 때문인 것 같았다.

아내의 목소리가 밝으니 바다가 더 푸르게 보였다. 바다가 나의 마음을 아는 모양이었다.

세 번째 항아리를 작업을 마쳐갈 무렵 삼구가 빠른 걸음으로 들어왔다.

"섬마을 자연경관 보존지구 지정계획이 근거 없는 헛소문이었다는 연락이 왔어. 어촌계장과 이장이 자전거를 타고 방금 와서 전하고 간 말이야."

삼구의 목소리가 떨리는 듯했다.

"차라리 잘 된 거야. 내가 바라던 대로는 아니지만, 마을 사람들이 서로 갈라서서 반목하지 않게 되었으니 다행이지."

삼구의 표정은 밝았다. 그 표정에 사심이 없어 보였다.

"처음엔 말이야, 난 자네가 내려와서 마을 현대화니 뭐니 하면서 조용한 이곳을 휘저어 놓고 가는 것이 아닐까 우려했어."

삼구의 마음을 이해할 수 있었다. 조용한 섬마을에 도시바람을 불러 일으켜 놓을 것은 아닐까 우려했다는 그의 말이 그럴 듯하게 들렸다.

"그래, 홍어는 그냥 먹는 것도 좋지만 그래도 삭힌 것이라야 제격이지."

삼구는 내가 손질하고 있는 고기 한 점을 입으로 가져가며 웃었다. 그와 나 사이에 오해의 연막이 걷히는 순간이었다.

"오늘 저녁은 우리 집에서 먹어. 삭힌 지 거의 5년이 다 되어 가는 애를 꺼내서 탕을 끓여 둘 테니 집으로 와."

말을 남기고 돌아서 나가는 삼구의 뒷모습이 아버지를 닮은 것 같았다. 삼구는 베트남에서 이곳으로 시집온 그의 아내가 보리애탕을 잘 끓인다는 말을 한 적이 있다. 어쩌면 5년이나 그보다 더 오래된 애를 꺼내 탕을 끓이고 2년은 좋게 삭힌 홍어회와 날개까지 꺼내 상을 차리고, 거기에 비곗살이 붙은 돼지고기에 묵은 김치를 더하고 탁주 한 주전자를 준비할 것 같다. 홍탁삼합을 세 사람이 즐겨보자는 말 같기도 하였다.

생각만 해도 알싸하고 찌릿한 냄새가 입안에서 코로 터져 나오면서 눈물이 날 것 같았다. 홍탁삼합을 생각하니 일하는 데에 속도가 붙고 재미가 있었다.

아내가 내려와서 밤늦게까지 소란을 피우는 것을 담 밖에서 지켜본 삼구가 나의 속마음을 알게 된 것 같다. 내가 여기에 머물기 위해서 왔다는 것을 아내의 소란을 지켜보면서 알게 된 모양이었다.

"자네, 정말 서울로 가지 않을 거야? 난 자네의 마음이 믿기지 않았어. 괜히 바람만 잡아 놓고 떠날 줄 알았어. 자네의 마음을 늦게 알게 되어 미안해."

그는 멋쩍게 웃으며 미안한 감정을 전했다.

"이젠 경관 보존지구 지정이 지어낸 근거 없는 말이었다는 것이 밝혀졌으니 말이지만, 마을이 경관 보존지구로 지정되면 좋아할 사람도 있겠지만 나는 이 섬이 지금 이대로가 좋아. 난 자네가 일시적으로 와서 마을만 들쑤셔 놓고 가는 것이 아닐까 해서 그렇게 반갑지 않았던 거야."

그동안 삼구가 나를 서먹하게 대했던 이유를 알 수 있었다.

"그래 나는 여기에 살기 위해서 왔고, 죽기 위해서 온 거야."

내 말에 삼구는 어리둥절했다.

"아, 내가 여기서 살다가 여기서 죽겠다는 뜻이야."

"진심이지?"

삼구는 군데군데 이가 빠진 잇몸을 드러내고 환하게 웃었다.

"실은 말이야, 나의 아버지가 돌아가시고 하나 있던 작은 배마저 풍랑에 잃어버리고 생활이 막막하였을 때 아내마저 달아나 버렸어. 그때 자네 아버지가 지금 집 사람을 얻도록 돈까지 보태 주며 도와주었어. 그것을 갚아드리지 못해서 늘 미안했는데…."

삼구는 말을 잇지 못했다.

"그런 일이 있었어?"

나는 손으로 그의 어깨를 쳤다. 돌담을 돌아서 나가는 삼구의 모습이 아버지를 닮았다. 같은 환경에서 일을 하면 사람은 이렇게 닮게 되는구나 하는 생각에 잠시 아버지 모습이 떠올랐다.

　아직도 그 바다 물결 위를 둥둥 떠다니는 지난날 아버지의 모습이 보였다. 바다에 전생애를 바쳤던 삶의 역경. 그것이 아버지의 운명이고 사슬이었을 것이다. 그러나 아버지는 그 삶을 받아들이며 바다에 전부를 바쳤다. 아버지는 한 번도 바다를 원망하지 않았다. 지나온 삶을 후회하지도 않았다. 밀려오는 파도에 산산이 꿈이 찢기고, 뭍으로 가는 길이 막힌 섬, 막막한 감옥 같은 그 속에서 자유를 누렸다. 바다와 섬은 아버지의 현실이고 이상이었다.

　'모든 길은 너 자신의 마음속에 있다.'

　어디선가 환청처럼 들렸던 그 음성, 아버지의 음성이다. 그리고 겹쳐지는 어머니 얼굴. 아버지의 모습에 뒤엔 늘 어머니의 모습이 겹쳐진다. 바다와 섬처럼. 아버지가 바다였다면 어머니는 섬과 같았다. 두 분은 둘이면서 하나였다. 어머니는 아버지가 잡아 온 물고기를 손질하면서도 마음은 아버지와 함께 바다 위에 있었다.

　밤새 손질한 홍어단지를 머리에 이고 아침 일찍 배를 타고 뭍으로 나가던 어머니의 모습이 보였다. 그 위로 다시 아버지의 얼굴이 겹쳐 왔다. 아버지와 어머니가 한 몸이었던 것처럼, 이곳에서는 바다가 섬이고 섬이 바다이다. 바다와 섬은 하나이다. 마음에 그 구분이 없기 때문이다.

　사람들은 그 바다와 섬을 잘 알지 못한다. 아내도 아이들도 마찬가지다. 어두운 밤이 지나고 바다와 섬이 하나가 되어 다시 태어나는 신비를, 자연의 이치를 알지 못한다.

내가 이 섬에서 홍어를 삭혀가는 과정은 삶의 의미를 알아가는 일이다. 삶이란 것이 어쩌면 이렇게 자신을 삭혀 가는 과정이란 것을 이제야 어렴풋이나마 알 것 같기도 하다. 현실의 끝 간 데 없는 거기까지 삭고 삭아야 비로소 삶의 진실을 알게 된다는 뜻 같기도 하고, 산다는 것은 숙명적으로 아픔을 숨죽이고 삭혀가는 과정이라는 뜻 같기도 하다. 삭힌 홍어의 쏘는 그 맛이 바로 삶의 고통이고, 그 고통 속에 살아가는 의미가 있다는 것을 말하는 것 같기도 하다.

그래서 나는 자주 애탕을 끓인다. 삭힌 홍어를 찹쌀가루에 살짝 굴리고 계란물을 입혀 전을 부치는 것도 재미있지만, 애탕을 끓이는 데는 특별한 재미가 있다. 그래서 자주 혼자서 애탕을 끓여 먹는다. 혼자 앉는 식탁이지만 끓이는 과정이 의미 있기 때문이다. 어머니가 정성스레 애탕을 끓였던 그 과정을 직접 느껴보기 위해서다. 그러는 과정 속에 어머니가 함께 손을 움직이는 것 같은 환영을 느끼기 때문이다.

"코는 독성이 강하기 때문에 더 오래 삭혀 먹어야 한다."

어머니가 자주 했던 말을 혼자 중얼거려 보는 것도 의미 있다. 아버지가 잡아 온 홍어를 한 마리씩 정성껏 손질하여 숙성시키는 일은 마치 자신의 혼을 담아 내는 일처럼 보였다. 항아리에 넣고 한 달이 지나면 숙성시켜 놓은 홍어를 다시 꺼내서 등과 배에 물기를 닦아 내고 날개를 잘라냈다. 잘라낸 날개는 서너 토막을 내어 무명천이나 삼베로 싸서 다른 항아리에 옮겨 넣어서 더 숙성시켰다. 그리고 며칠마다 천을 갈아 주었다. 그리고 한 달 열흘이 지나면 살과 뼈는 다시 다른 항아리로 옮겨 낮은 온도에서 1년 반은 좋게 삭혔다. 애와 알집, 그리고 내장은 다른 항아리에 넣어서 2, 3년 이상을 삭히면서 수분을 뺐다.

"오줌물을 잘 빼야 진짜 맛이 나는 거랑께. 그러지 않으면 독성이 남아 있게 되는 거여. 그러니께 한 달은 좋게 오줌물을 빼야 하는 거여."

어머니는 암모니아 성분의 수분을 꼭 그렇게 오줌물이라 불렀다.

그렇게 정성 들여 삭힌 것을 뭍으로 가져가서 팔았다. 군산항 어시장으로 가기도 하고 죽성포까지 가기도 했다. 단골로 가는 전문 요릿집에 가져다주기도 하고 도매상인에게 넘기기도 했다.

홍어가 삭고 삭아서 어떻게 먹을거리 위의 먹을거리가 되는지를 아내는 알지 못했다.

결혼 초 아내는 삭힌 홍어를 맛있게 먹는 나를 보고 신기해하며 마치 미개인 취급을 했다. 도시에서 자란 아내가 홍어의 신비한 맛을 알기 어려웠을 것이다. 그래서 나는 간혹 그 맛이 그리우면, 마치 해서는 안 되는 일을 숨어서 하는 것처럼 혼자서 홍어를 먹고 들어갔다. 그러나 아내는 그 냄새로 알고 나를 추궁하듯이 나무랐다.

그러나 섬으로 오고 나서 나는 자주 혼자의 상에 애탕을 올린다. 애탕 앞에 앉는 마음은 늘 설레고 긴장된다. 숟가락을 들어 첫 한 숟가락을 입으로 가져가는 순간은 가슴이 철렁하는 기분이다. 혼자서 천길 절벽에서 떨어지는 기분이다. 절망적이다. 그 절망이 곧 희열이 된다. 알 수 없는 변화의 순간이 몸 안에서 일어난다. 그리고 다시 한 숟가락 국물을 입에 넣은 순간 온갖 사념과 욕망으로부터 내가 분리되는 기분을 느낀다. 온갖 사욕이 몸 안에서 녹아 빠져나가고 뼈만 앙상히 남는 것 같은 기분을 느낀다. 코를 쏘는 그 강력한 위력에 모든 사념은 녹아 물이 된다.

그리고 식사를 마칠 때쯤이면 나는 다시 살아난다. 벼락을 맞고 새로운 정신으로 변이하는 것처럼 나는 재생의 순간을 맞는다.

열서너 살 무렵 내가 처음으로 삭힌 회 한 조각을 입에 넣었을 때 입천장이 홀랑 벗겨지고 코가 떨어져 나가는 것 같은 고통으로 주룩주룩 눈물을 흘렸던 기억이 새롭다. 어머니는 담담한 표정으로 "못난 몸, 까짓것에 울기는. 사내놈은 홍어처럼 톡 쏘는 강한 맛이 있어야 한다. 그 강한 독기를 가지고 살아가는 것이여."라고 했다.

학교라곤 문 앞에도 가보지 못했던 까막눈에 숫자를 몰라 어떤 개수를 적어 두어야 할 때 큰 나뭇잎과 작은 나뭇잎을 그려서 수를 계산하곤 했던 어머니였다. 그러나 나는 어머니의 그 말을 평생 내 생활의 밑바닥에 깔고 생활했다. 내가 외롭다고 느낄 때, 소외되거나 마음이 쓸쓸할 때 나는 오래 삭힌 홍어회 한 접시를 시켜서 먹으면 새로운 용기와 힘을 얻곤 했다. 그런 날이면 아내는 나의 옷에서 독한 냄새가 난다고 이불을 쳐들고 다른 방으로 가곤 했지만, 나에게 있어선 초심으로 돌아가는 날이었고 나를 세상에 다시 세우는 날이기도 했다.

먹을 때마다 무슨 벌을 서는 것처럼 얼굴이 얼얼해지고 그 정체를 알 수 없는 혼돈 속으로 빠져들었지만, 강력한 그 맛을 이겨 내고 그것을 나의 것으로 길들였던 과정은 고통의 맛이었다. 고통스러웠지만 그 고통만큼 뒤따르는 묘한 맛, 마치 몸이 찢어지는 것 같은 고통 속에서도 혼돈 속으로 밀어 넣던 그 첫 경험처럼, 그것은 분명 고통을 통해서 오는 충격적인 맛이었다.

어머니가 그렇게도 중시했던 홍어. 잘 삭은 항아리를 안고 뭍으로 가기 위해 집을 나서다가 돌부리에 걸려 넘어졌을 때, 항아리를 가슴에 감싸 안고 몸을 뒹굴면서도 지키려 했던 홍어의 맛이 거기에 있었다. 이마에 피가 흐르고 팔에 살점이 떨어져 나간 사고를 당하고도 "항아리가 깨어지지 않은 것이 천만다행이다."라고 하며 안도의 한숨을 내쉬던 어머니의 모습은 충격적인 첫 홍어 맛과 함께 지워지지 않는 문신처럼 가슴에 남아 있었다. 자신의 몸보다 더 중하게 여겼던 홍어를 통해서 어머니는 나에게 산다는 것을 가르쳤다.

내가 이곳으로 내려오기 전까지는 적어도 그런 어머니에게 나는 죄를 지은 기분으로 살아왔다.

태풍이 불어와서 지붕이 날아가고 몇 년을 삭혀 둔 홍어 항아리마저 몇 개나 깨어졌던 그해 여름 어머니는 마음에 상처가 컸던지 겨울이 오기 전에 세상을 떠나셨다. 오직 아버지와 홍어 그리고 자식인 나에게 모든 것을 바쳤던 어머니. 삭고 삭아 뼈까지 다 내어 주고 애와 내장까지도 다 내어 주고도 빙그레 웃는 홍어의 모습이 자꾸 어머니의 얼굴에 겹쳐졌다.

어머니의 모습에서 홍어를, 배를 뒤집었을 때 빙그레 웃고 있는 홍어의 그 웃음을 떠올렸다. 홍어의 화신인 듯 그 미소를 닮은 어머니.

나의 입안을 호되게 쏘아대는, 그 깊이를 알 수 없는 삭은 홍어의 맛에서 어머니 마음의 깊이를 느껴보게 되었다.

육질이 흐늘흐늘해지도록 곰삭은 삶, 그것이 바로 어머니의 삶이었으리라. 말없이 항아리에 담겨 3년, 때로는 9년이라는 긴 세월을 곰삭은 그 육질의 신비한 맛의 깊이가 바로 어머니 삶의 깊이와 다를 바 없다는 것을 알게 되는 데는 이렇게 오랜 시간이 걸렸다. 나의 깨달음도 그런 세월의 곰삭음에서 나온 것인지 모른다. 산다는 것은 울분도 슬픔도 그렇게 곰삭히는 과정이라고 어머니는 저 바다 끝 어디에선가 말하는 것 같다. 몸도 마음도 세월 속에서 곰삭으며 살아가는 것이라는 그 말을 파도 소리에 실어서 보내는 것 같다.

오늘의 작업이 끝나간다. 고개를 드니 수평선 너머로 노을이 붉다. 그 노을을 배경으로 골목 어귀에서 나를 부르는 삼구의 목소리가 들린다. 그래, 이제 삼구의 집으로 가야 할 시간이다. 그의 아내가 정성 들여 차려놓은 상에 둘러앉아 애탕을 먹고, 잘 삭은 홍어회 한 점을 집어 들며 허허 웃다가 뻥 하니 코가 뚫리면서 눈물 한줄기를 흘리게 될 것이다. 그 눈물 뒤에 찾아오는 묘미에 취해 밤은 깊어 갈 것이다.

(2023년 『군산문학』, 제13회 신무군산문학상 대상 수상작품)

등대, 내 마음에 아버지

　오늘은 투망이 늦었던 관계로 양망도 늦었다. 하지만 그물을 따라 올라온 물고기는 평일보다 많았다. 도다리 한 통 반과 그 밖에 우럭 다섯 마리, 문어 한 마리를 건졌다. 며칠 전부터 그물에 걸려 오던 도다리가 서른 마리나 올라왔다. 겨울철 동안 많이 올라왔던 대게의 계절이 끝난 것은 아니지만, 이제부터는 도다리의 계절이다. 뭍에선 꽃이 피면 봄이란 것을 알 수 있지만 동해바다에선 도다리가 잡히면 봄이 왔다는 것을 알 수 있다. 며칠 사이에 도다리가 많이 잡히는 것은 봄이 왔다는 증거다. 도다리가 돌아온 봄엔 출어하는 어부들의 얼굴에 웃음기가 넘친다.
　오늘은 함께 일하던 김 씨가 쉬는 날이라서 나 혼자 바다로 나왔다. 보통 날에는 아침 6시 반이면 선적항인 주전항에서 바다로 나와서 오후 5시 무렵이면 귀항하지만, 오늘은 김 씨가 쉬게 되어 출어도 늦었고 돌아가는 시간도 한 시간이나 늦었다. 비록 길이가 7미터밖에 되지 않는 1.9톤 소형 연안자망어선이지만 그물을 내리고 올리는 일이 그리 만만치만은 않다.
　지난겨울엔 대게와 갑오징어를 주로 잡았다. 대게나 오징어를 잡을 때처럼 고정자망 방식은 같지만, 대게나 오징어는 그물을 내리는 깊이를 중층자망으로 하고 도다리는 표층자망 방식을 택한다.

오늘은 일을 보조하는 김 씨가 없는 데다 물살마저 빨라서 투망에 애를 먹었다. 먼저 대나무 장대 끝에 달린 스티로폼 부표를 던져 물 위에 띄운 뒤 닻을 내리고 배를 전진시키면서 그물을 물속에 내려야 하는데, 중간에 그물이 엉켜서 다시 시작해야 했다. 가라앉지 않도록 일정한 간격으로 뜸이 달린 뜸줄과 아래 언저리에 발돌이 달린 발줄이 수직 방향으로 전개되게 해야 하는데 중간에서 그물이 꼬여 버린 것이었다. 그물을 치는 과정이 가장 신경 써야 하는 일인데 오늘은 어떻게 하다가 문제가 생겼다.

고기를 잡는 것이나 세상사의 이치가 다르지 않다. 그물을 투망하는 것은 자연의 이치에 따르는 것이다. 그물은 발줄에 달린 돌의 침강력과 뜸줄에 달린 뜸의 부력으로 수중에서 수직으로 펼쳐지게 된다. 내려갈 것은 내려가고 올라올 것은 올라와야 하는 것이다. 두 가지 힘이 존재함으로서 그물은 제 역할을 하게 된다.

그물을 잘 깔아야 잘 잡힌다. 그물을 고기가 지나다니는 길목에 잘 설치하는 것이 관건이다. 그것이 그날 하루의 어획을 결정한다. 그물을 잘못 치면 그날의 일은 망치게 된다.

중형어선 이상엔 어군탐지기 소나가 있고 그물을 걸어 올릴 때 양망기를 사용하기도 하지만 소형 어선은 사이드 드럼을 이용해서 손으로 그물을 올려야 한다. 먼저 부표를 들어 올리고 부표줄을 당겨 올려서 그물을 올리는데 보통 뜸줄과 발줄을 뭉쳐서 들어 올린다.

그물이 갑판에 올라오는 순간은 기대와 아쉬움이 교차하는 순간이다. 그물에 걸린 물고기가 많으면 많은 대로 적으면 적은 대로 아쉬움은 있기 마련이다. 투망을 하고 양망을 하기까지의 시간은 기다림의 시간이고 소망의 시간이기도 하지만 담담한 마음을 갖지 않으면 안 된다. 비록 빈 그물이 올라오더라도 나의 실수이거나 그날의 운이라고 받아들여야 한다.

　어부에겐 손끝의 느낌이 있다. 오늘은 양망할 그물을 잡은 느낌이 달았다. 먼 거리에 펼쳐진 그물이지만 손끝에 와 닿는 감촉이 왠지 묵직하게 느껴졌다. 마침내 사이드 드럼을 타고 그물의 첫 자락이 올라오고 그다음 자락의 그물코에서부터 파닥거리는 물고기들이 보였다. 걸려 올라오는 수가 예상보다 많았다. 그물을 펼쳐 코에 박힌 물고기를 한 마리씩 떼어 내어 통에 담고 그물을 정리하여 제 자리에 돌려놓으면 일과는 끝난다. 몸통이 오동통한 것들이 꼬리를 파닥거리며 튀어 오르기도 한다. 눈을 말갛게 뜨고 나를 올려다보는 놈들도 있다. 모양은 비슷하지만 한 마리 한 마리 손에 와 닿는 느낌은 다르다. 손으로 잡으면 여느 생명체와 마찬가지로 살아있는 것의 싱싱함이 뭉클하게 온몸에 전해져 온다. 역시 도다리의 계절을 실감 나게 한다. 통을 가득 채우고도 몇 마리가 남았다. 물 오른 도다리의 파닥거림에서 봄의 생동감이 느껴진다.

　어항으로 돌아가는 마음은 잡힌 물고기의 무게만큼이나 뿌듯하다. 오늘도 하루 바다에서 많은 것을 얻어 돌아가기 때문이다. 일을 끝내고 어항으로 돌아오는 어선들의 여기저기 보인다. 멀리 방파제가 보이고 그 뒤로 송림과 키 작은 건물들이 보일 때 마음은 평온해진다. 어느새 펄펄하고 열렬했던 시간이 지나고 칠순을 바라보는 나이가 되었지만 이렇게 날마다 한결같은 마음으로 나갈 수 있는 일터가 있다는 것은 나에게 주어진 축복이라면 축복이다. 바다에 감사하는 마음이 들 때가 많다.

외환위기가 닥치고 몇 개월 만에 다니던 회사에서 정리해고를 당한 것은 젊은 나에게 절망과 같았다. 갈 곳도 없고 오라는 곳도 없어서 실의에 빠져 있었다. 마흔둘이란 나이에 우울증까지 겹쳐 할 일 없이 거리를 배회하며 술이나 마시고 신세타령을 하고 있을 때였다. 거의 반폐인이 되다시피 한 나의 이런 모습을 안타깝게 지켜보던 아버지가 어느 날 나를 불렀다.
"이 못난 놈아, 이보다 수십 배나 더 어려운 시대를 살아온 사람들도 있는데 젊은 인간이 어찌 이 모양이냐?"
아버지는 굳은 표정으로 나를 바라보았다. 눈빛도 굳어 있었다.
"바다로 나가 보아라. 바다만큼 희망적인 곳은 없다."
아버지의 말엔 확신이 차 있었지만 나에겐 공허하게 들렸다.
"선원이 되라고요?"
아버지의 말을 다 듣지도 않고 나는 대들듯 말했다. 그때까지만 해도 내 머리엔 선원이 된다는 것은 난폭한 바다 어디론가 팔려 가는 것 같은 생각이 가득 들어 있었기 때문이다.
공교롭게도 그때가 바로 동해바다에서 명태가 사라지기 시작할 무렵이었다. 동해바다에서 그 많던 명태 떼가 사라져 가자 정부와 수산업계는 당혹스러워했다. 명태잡이를 원양어업에 의존하지 않을 수 없게 되었다. 아버지는, 국내 명태잡이 선원들 중에서도 원양어선 쪽으로 방향을 바꾸는 사람이 많겠지만, 북양 명태잡이 어선에 선원이 더 필요할 것이라고 말했다.

성격이 소심하고 겁이 많은 데가 바다에 대해서 아는 것이 없었던 내가 바다에 뛰어든다는 것에 선뜻 마음이 내키지 않았다.

"아버님은 평생을 바다에서 보냈는데, 당신이라고 못할 게 뭐 있어요?"

말없이 지켜보던 아내가 어느 날 조심스럽게 말을 했다. 좀 서운한 감도 들었지만 아내의 말은 소심한 나를 책망하는 말로 들렸다. 그날 밤 나는 지그시 어금니를 깨물며 원양어선을 타기로 마음을 굳혔다.

선원 모집 광고를 뒤져 부산으로 가서 두 회사에 지원서를 내었는데 명태잡이 원양어업을 주업으로 하는 신양교역에서 나를 뽑아 주었다. 그다음 날 바로 어업훈련소에 들어가 일주일 동안 교육을 받고 선원수첩을 받았다. 배치된 선박은 6천5백 톤급 전진호였다.

선상생활에서 필요한 속옷과 간단한 소지품을 챙겨 가족과 헤어지고 승선하던 날은 온종일 마음이 설렘과 두려움으로 두근거렸다. 몇 번이나 마음을 다져 먹었지만 마치 유배지로 끌려가는 사람처럼 외로움과 두려움이 가슴을 무겁게 눌렀다. 밤이 되자 온도는 급강하했고 한 시간에도 몇 번씩 뱃머리를 넘어오는 높은 파도가 불안함을 더 가중시켰다. 부산에서 1,800마일이나 떨어진 러시아 오츠크해까지 가는 데만 6일 밤낮이 걸렸다. 북태평양의 거친 파도는 어장에 닿기도 전에 사람의 혼을 빼고 몸을 짓이겨 놓았다.

그때가 11월 말이었다. 북태평양은 이미 한파가 몰아닥쳐 숨이 멎을 것 같았다. 방한 헬멧을 쓰고 얼굴을 감싸는 보호 장구를 둘러쳤는데도 머리가 얼어 터지는 것 같은 고통을 느꼈다. 겨울 파도가 거칠기로 악명 높은 쿠릴열도 해역을 지나 오츠크해로 들어가야 했다. 우여곡절 끝에 어장에 도착하여 어탐이 시작되었으나, 첫날부터 몰아치는 눈보라에 눈을 뜰 수 없었다.

북태평양 명태어선은 전대판을 장착한 그물을 수평 방향으로 끌어서 명태를 잡는 트롤선이었다. 목줄과 전개판, 후릿줄, 끌줄이 서로 연결되어 있어 그 길이만 수 킬로나 되는 엄청난 그물은 보기만 해도 주눅이 들 정도였다. 그런데 그 그물이 꽁꽁 얼어붙어 거대한 얼음덩이가 되곤 했다. 아침나절 동안은 얼어붙은 그물을 해머로 두드려 깨고 기관실에 연결된 호스의 노즐로 스팀을 뿜어 녹여 내어야 했다.

그물은 저녁에 내리고 아침에 양망한다. 낮 동안 소나로 고기떼의 흐름을 관찰하면서 수시로 쌍안경으로 새 떼를 관찰하던 선장은 일몰 무렵에 조업 준비를 지시했다. 이미 주위가 어둑해졌다. 광도가 높은 여러 개의 집어등을 밝히고 투망을 시작했다. 거대한 그물이 바닷속으로 끌려들어 갈 때는 긴장되는 순간이었다. 자칫 실수하면 그물에 끌려들어 가 버리기 때문이었다.

투망이 끝나면 선장이나 수석항해사는 어탐기를 관찰하며 밤새 그물을 끌고 다닌다. 투망 17시간 만인 다음 날 아침 10시쯤 양망이 시작된다. 이미 갈매기 떼들이 양망되는 그물 위로 하얗게 날고 돌고래 떼들도 그물 주위를 맴돌며 먹잇감이 가까이 왔음을 알린다.

그물을 바치던 전개판이 갑판에 올려지고 윈치가 거대한 그물을 갑판에 끌어올리면 그물 안엔 명태가 가득하다. 그물코를 터뜨리면 파닥거리는 수만 마리 명태들이 갑판에 쏟아진다. 곧이어 선원들이 숨 가쁘게 어삽으로 한곳으로 모으면 그것들은 컨베이어 벨트를 타고 갑판 아래 공장으로 내려간다. 거기서 연육 가공품으로 만들어지거나 냉동되어 상자에 담긴다. 이러한 작업이 날마다 반복된다. 처음 며칠은 정신을 차릴 수 없을 정도로 힘들고 잠이 모자라 쓰러질 것만 같았는데 열흘을 넘어서자 어느 정도 익숙해졌다. 며칠마다 운반선이 오면 마치 고향 사람들이 온 것 같아서 왠지 모르게 가슴이 설렜다.

명태의 조업 시기는 9월부터 이듬해 4월까지였기 때문에 5월이 되면 해역을 남하하여 쿠릴열도인근에서 꽁치잡이로 전환했다. 그물도 봉수망으로 전환하고 조업은 보통 11월까지 계속되었다. 한번 그 해역에 입어하면 선박에 고장이 없는 한 조업은 계속되었다. 나는 북양으로 간지 10개월 만인 이듬해 8월에 잠시 귀국했다가 다시 베링해로 갔다.

그 당시 한국어선 30여 척이 입어료를 내고 러시아 수역에서 조업 중이었다. 조업 중에 같은 회사 소속 어선을 만나는 일은 흔하게 있었다. 그러나 바로 그해 12월 근거리에서 조업하던 같은 회사 소속 진성호가 침몰했다. 건조한 지 35년이나 되어 노후화된 배의 선창 밑바닥에서 물이 차오르면서 침몰했다는 소식이 타전되었다. 그 전문엔 악천후인 경우 안전을 절대 우선으로 해서 조업하라는 지시도 담겨 있었다.

선원 60여 명이 실종되고 마지막까지 배를 지키기 위해서 구명복도 입지 않은 채 선박과 운명을 함께했다는 선장의 이야기를 듣고 많은 사람들은 안타까워했고, 그날 밤 나는 잠을 이루지 못했다. 잡아 올린 명태를 지키고 선원들을 한 사람이라도 더 구하기 위해서 끝까지 갑판에 남았던 선장의 직업의식과 책임감에 입이 다물어지지 않았다.

울릉도 인근에서 잡은 고래를 선상으로 끌어올리던 중에 밧줄에 엉켜 바다에 떨어진 동료 선원을 구하기 위해서 앞뒤도 돌아보지 않고 물에 뛰어들었다던 아버지다. 그날 밤 아버지의 얼굴이 수만리 바다를 달려와서 그 선장의 얼굴에 겹쳐졌다.

"바다가 아무리 거칠어도 선박은 그렇게 쉬 침몰하지 않는다. 최악의 상황에서도 여러 가지 자연의 원리가 작용해서 뜰 수 있게 만들어진 게 선박이다."

배에 대한 아버지의 믿음은 확고했다. 인류가 만들어 낸 최고의 발명품이 배라는 말을 나는 수도 없이 들으며 자랐다. 참혹한 사고가 발생한 그 상황에서도 아버지가 했던 그 말은 나에게 힘이 되어 주었다. 거의 반평생을 바다에서 터득한 그 말엔 아버지의 믿음이 깃들어 있다고 생각했다. 그래서 그 말은 나에게도 좌우명처럼 새겨진 믿음의 말이 되었다.

장생포의 포경선 선원이었던 아버지의 이름은 박등명(朴燈明)이다. 선상생활 절반 이상을 하급 선원으로 일했던 아버지의 이름은 할아버지가 지어 준 것이라고 하셨다. 젊은 나이에 포경선 선원이 된 것도 할아버지 때문이었다고 했다.

　울기등대를 거쳐, 장생포에 와 있던 일본인 포경선주 오까다의 고래 해체장에서 일하던 중 해방이 되어서 일본인들이 떠나고 조선포경회사가 설립되는 과정을 옆에서 지켜보았다는 할아버지다. 할아버지의 노력으로 아버지는 한국전쟁이 끝나던 해에 포경선을 타게 되었다고 한다.

　그렇게 시작된 포경 선원 생활은 장생포 포경선의 마지막 선원으로 배에서 내렸다. 스물셋에 포경선에 승선하여 34년 동안 갑판원으로 묵묵히 일하시던 분이었다. 선장도 포수도 아닌 하급 갑판원이었다. 배운 것도 없고 기술도 없었지만 성실하였다는 것이 아버지가 자신에 대해서 한 말이었다.

　동해바다엔 이렇게 할아버지에서 아버지, 그리고 나에게까지 3대의 인연이 씨줄처럼 이어져 있다. 아버지는 할아버지 때문에, 나는 아버지 때문에 선원이 된 것이었다. 어쩌면 주어진 운명의 씨줄 같은 것이 거기에 있었는지도 모르는 일이다.

　갑판장을 대신하여 망루 코퍼에 올라 하루 종일 바다를 관찰하며 고래의 물뿜이를 기다리고, 고래가 잡히면 갑판으로 끌어올려 해체를 하거나 운반선에 실어 보내는 일을 반복했다고 한다. 일손이 부족할 땐 기관장을 도와 기관실을 살피는 일도 하고, 엔진과 전기장치, 동력 전달벨트, 윤활유 상태를 살피는 일은 물론이고, 보일러실과 선미의 물탱크와 연료탱크, 배수장치의 빌지관과 밸브 등을 점검하는 일도 하였다고 한다.

아버지는 동해바다에서 최후의 포경 선원이었다. 국제포경위원회가 영국 브라이튼에서 회의를 열어 1985년 이후부터는 상업포경 모라토리엄을 결정하면서 장생포의 고래잡이는 황혼을 맞았다. 모라토리엄은 위험한 활동을 일시적으로 중지한다는 뜻이었으나 사실상 영구 금지와 마찬가지였다. 많은 사람들이 실의에 빠지고 고래 산업에 의존하던 사람들은 하나둘씩 장생포를 떠났다.

그러나 아버지는 2년을 더 포경선을 타고 배에서 내렸다. 조사 포경의 명목으로 한 척의 포경선에 고래잡이를 허용했기 때문이다. 34년 5개월을 근무했고 그때 나이가 쉰일곱이었다. 아버지가 마지막 출어를 했다가 장생포항으로 돌아오면서 그해 세워진 울기등대 새 등탑에 불이 밝혀진 것을 보았다고 했다.

배에서 내린 날 아버지의 손에 들린 것은 몇 장의 사진과 어느 일본인 선장이 썼다는 두툼한 항해일지 한 권뿐이었다.

일부 사람들은 몇 년이 지나면 고래잡이가 재개될 수 있을지도 모른다는 막연한 기대를 했지만 아버지는 그렇게 되기는 어려울 것이라고 말했다. 아버지는 몇 년 동안 날만 새면 바닷가로 나갔다. 그리고 즐비하게 발이 묶여 있는 그 많은 포경선들을 망연히 바라보곤 했다. 몇 년이 지나고 자신의 반평생을 보낸 대양호가 고철로 처리되기 위해 끌려가는 것을 보고 눈물을 흘렸다. 그날 밤 집에 와서도 멍하니 밖을 내다보며 잠을 이루지 못했다.

"동해바다엔 참 고래가 많았다."

이 말을 할 때는 서랍 깊숙한 곳에서 항해일지를 꺼내어 무릎 앞에 놓고 지그시 눈을 감고 지난 세월을 더듬곤 했다.

그 항해일지가 마치 바다에 생사를 걸어온 모든 포경선원들의 자취를 대변해 주기라도 하는 것처럼 아버지는 그것을 소중히 간직해 왔다. 가끔씩 지난날을 회상하면서 서랍 속에서 빛바랜 일지를 꺼내 뒤적이곤 했다.

혹한의 바다에서도 아버지의 그런 모습은 지워지지 않았다. 긴 세월 동안 바다에서 보냈던 아버지의 모습이 떠오를 때는 내 자신에게 반문하곤 했다. 아버지의 삶에 비하면 나는 무엇인가? 아버지가 바다에서 보낸 삼십몇 년의 세월에 비하면 내가 명태잡이 원양어선을 탔던 십여 년의 세월은 감히 말할만한 것이 되지 않았다.

바다에서 아버지의 장정은 우리나라의 해양산업의 발전에 기여한 이름 없는 헌신자의 길이었다면, 나는 그것을 바탕으로 발전한 수산업의 한 영역에서 혜택을 누리고 있는 사람이라고 할 수밖에 없었다. 조업 중인 선박이 거대한 그물을 끌며 밤바다를 훑고 있을 때 나는 갑판에 서서 어둠 속으로 그 바다를 지켜보곤 했다. 아내와 아이들의 얼굴이 떠오르고 아버지와 어머니의 모습이 보였다. 그 혹한의 바다에서도 나를 견디게 해 주는 힘은 가족이었고, 그 근원에 아버지가 있음을 알 수 있었다.

아버지는 망망한 바다에서 고래를 쫓고 있을 때 멀리 섬이나 뭍에서 빛나는 등댓불이 보이면 한없이 반갑고 알 수 없는 힘이 생겼다고 했다. 할아버지의 마음이 깃들어 있는 듯한 등댓불, 그것은 바다에서 오랜 세월 동안 아버지에게 힘과 용기를 준 믿음의 근원이었다고 했다.

내가 원양어선을 타고나서도 아버지는 나에게 여러 차례나 말했다.
"산다는 것엔 시운이 있고, 바다에는 인간에게 보이지 않는 신비함이 있다. 너가 믿는 것만큼 바다는 너에게 무엇인가를 돌려줄 것이다."

아버지는 잠시 말을 멎었다가 또 가문의 이야기를 했다.
"시조공께서는 고려 개국공신이시었다. 그래서 흥려부, 지금 이 땅에 너른 식읍지과 유포에 미역바위 12구를 하사받으셨다. 내가 37세손이니 너는 38세손이다."

하사받은 그 미역바위를 관리하느라 수십 대에 걸쳐 강동과 주전 바닷가 일대에 웅거해 살게 되었다는 가문의 내력은, 어릴 때부터 수도 없이 들었던 이야기였다.

오랜 터전이었던 주전 바닷가에 살면서 방어진포구에까지 나가서 일을 하시던 할아버지가 등대를 세우기 위해서 온 일본인들은 만나게 되면서 등대와의 인연이 시작되었다고 했다.

열일곱 살 청년으로 방어진포구에서 일본인 일행을 만난 것은 1905년 봄이었다고 했다. 그들은 일산만 끝자락 울기곶에 등대를 세우기 위해 온 일본인 기술자들이었다. 며칠에 걸쳐 측량을 하고 위치가 정해지자 곧 공사가 시작되었는데, 터파기 작업을 하고 방어진항에 하역된 장비와 자재를 현장에 운반하고, 거푸집을 만드는 목수의 조공과 콘크리트 타설은 모두 우리나라 사람들이 했다고 한다. 거푸집을 채우기 위해서 물 흐르는 콘크리트를 한 짐씩 지고 비계에 올라 타설하는 일은 까다롭고 매우 힘들었다고 한다. 그해 시작된 공사는 다음 해인 1906년 2월 말에 완공되어 3월에 점등하였다고 했다. 그래서 동해안에 최초의 등대가 서게 된 것이었다.

공사판 노동자로서 성실하게 일하고 총명한 것을 눈여겨 본 공사담당자가 새로 부임한 등대 관리 책임자에게 할아버지를 소개해 주었다고 한다. 그래서 할아버지는 등대를 관리하는 잡역부가 되어, 등탑 주변을 청소하고 등탑을 오르내리며 관리자가 하는 일을 도왔다고 한다.

처음엔 일본에서 가져온 미국산 석유를 사용한 90촉광짜리 둥근 석유등을 광원으로 사용했고, 그 뒤엔 카바이드에 물을 떨어뜨려 아세틸렌가스를 발생시켜 등불을 밝혔는데 간수가 이 일을 했고, 할아버지는 간수를 따라다니며 그 일을 보조했다고 했다.

"아버님은 날마다 등탑 안에 있는 나선형 계단을 올라가서 등명기를 닦고 등롱의 유리창을 닦는 것이 일과였다고 한다. 빛을 조금이라도 더 밝게, 멀리 보내기 위해서 일심정신으로 일을 했다고 하셨다."

오랜 세월이 지났지만 아버지는 할아버지의 말을 어제 일처럼 기억하고 있었다.

"울기등대가 세워지고 3년 뒤인 1909년에 일본인들이 고래잡이를 위해 장생포에 들어 와서 동양 포경 장생포사업장을 세웠다. 등대와 고래잡이는 이렇게 비슷한 시기에 시작되었다."

잠시 기억을 더듬으시던 아버지가 말을 이었다.

"아버님이 15여 년 동안 하시던 등대 일을 그만두고 장생포로 간 것은 간수장 야마자키 씨가 자신의 친구인 포경선 선주 오까다 씨에게 소개시켜 주었기 때문이라고 하셨다."

오까다 씨는 포경선을 두 척이나 가진 선주로 장생포에 포경회사를 운영하고 있었는데, 할아버지는 그 회사의 고래 해체장에서 일을 하였다는 것이다.

내가 베링해 명태조업에서 돌아와서 대서양 라스팔마스로 출어를 준비하고 있던 2006년 3월이었다. 아버지에게서 전화가 왔다.

"울기등대 점등 1백 주년 기념 행사에 참가하고 싶으니 신청해 다오."

아버지의 말을 간략했다.

새 등간이 완공되어 문화재로 지정된 구등탑과 부대시설을 점등 100주년을 기념해서 시민들에게 개방하여, 창작공간이나 체험 공간으로 제공하는 행사의 일환이었다. 아버지는 동사무소에 일이 있어 갔다가 주민 게시판에 붙어 있는 '100년의 빛, 희망의 등대'라는 홍보물을 보았다며, 알아봐 달라고 했다. 그때 아버지의 연세는 일흔다섯이었고 나는 원양어선을 탄 지 8년 차 되는 해였다.

"참 묘한 일이었다. 조사 포경마저 끝나고 내가 배에서 내리던 그 해에 아버지가 일하셨던 그 등탑도 새 등탑에 불을 넘겼다. 우연이라 하더라도 참 묘한 일이 아닌가…."

그전에도 몇 번이나 했던 말을 그날도 했다. 아버지의 말엔 지난 세월에 대한 그리움이 아득히 묻어 있는 것처럼 들렸다.

날짜를 배정받고 아버지는 들떠 있었다. 마치 할아버지를 만나러 가는 것 같은 착각이 들 정도로 할아버지에 대한 이야기를 많이 했다.

"너의 할아버지는 울기등대 등간이 잘생긴 등탑과 안정되고 우아한 층계가 인상적이라고 말씀하시곤 했다."

평소 침착하던 음성에 힘이 들어가 있었다. 아버지는, 할아버지의 세월이 물결과 바람에 밀리어 역사의 저편으로 까마득히 흘러가 버렸지만 할아버지가 일하셨던 그 공간에 들어가서 지나간 시간을 되돌려 보고 싶었을 것이다.

거기엔 분명 할아버지의 젊은 날 삶이 어딘가에 스며들어 있을 거라고 믿었기 때문일 것이다. 그래서 그렇게 마음 설레며 들떠 있었을 것이다.

딸을 세 명이나 연이어 낳고 마흔이 넘어 낳은 아들의 이름을 등대의 등명기를 본떠서 '등명'이라고 지었다는 할아버지의 마음을 아버지는 다시 새겨 보고 싶었는지도 모르는 일이었다.

"해양 진출의 역사를 개척한 것이 등대다. 격동의 우리 근대사가 그대로 담겨 있다 해도 지나친 말은 아닐 것이다."

아버지는 전에도 여러 차례나 했던 말을 그날도 했다.

"그 빛이 있었기에 그 고통의 시간 속에서도 우리가 나아가야 할 길을 찾고 희망을 가질 수 있었던 것이 아니겠느냐."

아버지의 믿음은 한결 같았다. 다른 사람이었다면 아버지의 말이 다소 과장된 언사로 들렸을지 모르지만 나는 아버지의 말이 무겁게 들렸다. 그냥 뱉어 내는 말은 아닌 것 같았다. 그 말은 아버지가 가진 할아버지에 대한 공경심이기도 하고 믿음이기도 했다. 그 등대에서 밤을 보내며 빛이 퍼져 나가는 바다를 보고 싶었던 아버지의 마음 깊은 곳엔 할아버지가 있는 것이 분명해 보였다. 마치 등명기 안에 광원이 있는 것처럼.

부산을 떠나 라스팔마스로 가는 뱃길에서 나는 아버지가 등대에서 이틀 밤낮을 보내며 잔영 속에서라도 할아버지를 만날 수 있기를 바랐다.

아버지는 거기에서 마음으로나마 할아버지를 만났을 것이다. 이틀의 낮밤을 지내면서 할아버지의 삶을 되돌아보았을 것이다. 백 년이 지난 등탑의 벽 속에서 몸을 일으켜 애달픈 시간의 유폐를 풀고 물결처럼, 바람 소리처럼 들려 오는 할아버지의 목소리를 들었을 것이다. 아버지의 눈에는 깊은 밤 어둠을 뚫고 퍼져나가는 등대의 불빛이 어쩌면 할아버지의 현현으로 보였을지도 모른다. 마음이 간절했으니 분명 마음에 어떤 현시가 있을 것으로 믿었다. 저승과 이승, 그 시간은 결코 하나로 이어질 수 없는 것이지만 마음이 간절하면 그 머나먼 별계의 세월도 불과 손바닥 하나의 차이밖에 되지 않았을지도 모른다. 등대에서 밤을 지새우며 할아버지의 세월도, 바다에서 보낸 아버지 자신의 세월도 뒤돌아보았을 것이다. 한 장 한 장이 지난날의 기록처럼 너울져 오는 파도의 책장들을 밤새 넘기며 뜬눈으로 새벽을 맞았을지도 모른다.

물결보다 진한 추억의 시간 위로 둥둥 떠다니는 수많은 아버지의 지난 모습이 멀리 대서양까지 달려와서 나의 눈에도 보였다. 한때 정들었던 사람들도 저 멀리 떠나가고 순정에 불붙어 뜨거웠던 해역에도 마침내 노을은 찾아와서 문득 눈물조차 그리운 지난 세월의 물소리가 나의 귀에도 들렸다. 환청이라도 현실보다 더 뚜렷한 울림이었다. 사랑도 기다림도 바람 속에 물거품이 되는 거라서, 산다는 것은 그런 거라서 반추할수록 더 아련한 해원의 끝으로 흘러가 버린 거라서, 마음은 그렇게 쓸쓸해지는 것이었을까. 아마도 아버지는 복기하듯 지난날을 불러와서 다시 작별하며 하나씩 쓸쓸히 먼 불빛 속으로 돌려보내고 있었을 것이다.

대서양의 한쪽으로 가는 바닷길을 밤낮으로 달려가면서도 아버지의 모습은 지워지지 않았다.

"사나운 바다에서도 불빛이 보이면 그 등대가 나를 지켜 주는 것 같았다."

다시 아버지의 말이 떠올랐다.

거친 바다에서 밤을 지새우며 조업을 할 때 멀리 보이는 등대가 마음에 큰 위안이 되었던 것은 나도 마찬가지였다. 아버지의 말처럼, 등댓불이 거기에 있다는 것은 우리가 돌아갈 수 있는 육지가 거기 어딘가에 있다는 것과 다르지 않았다. 아버지가 그러했듯이 나 역시 언제부턴가 등대엔 아버지의 마음이 빙의되어 거기에 서 있는 것 같은 느낌이 들곤 했다.

아버지는 동해의 독도나 어청도 등대가 밤바다에서의 작업에 많은 도움이 되었다고 했지만 나는 북태평양의 그 등대들을 잊을 수 없었다. 쿠릴열도의 여러 섬에서 보았던 등대도 그렇지만 오츠크해 캄차

카반도 근해에서 조업할 때 반도 최남단 로팟카곶 해벽 위에 서 있던 등대는 오랫동안 기억에서 지워지지 않았다. 눈보라가 휘몰아치던 혹한의 밤바다에서 아득히 바라다 보이던 그 등대는 나에게 아버지의 바람과 믿음이 깃든 신표와 같았다.

아버지는 등대가 보이면 등대가 자신을 지켜 준다고 느꼈던 것은 할아버지가 어디에선가 자신을 지켜 준다는 믿음과 다르지 않았을 것이다. 마치 어머니가, 선대의 미역바위가 가족을 지켜 준다고 믿었던 것처럼. 어머니는 미역바위가 보이는 마을 앞 바다에서 물질을 하고 해녀들과 함께 지냈다.

다른 해녀들은 제주도에서 물질을 나왔다가 거기에 정착한 사람들이 대부분이었지만, 어머니는 이곳 토박이 해녀로서 그들과 함께 소라와 전복, 미역을 땄다. 곽암(藿巖), 미역바위는 조상신이 깃들어 있는 영험한 바위라는 믿음이 대단했던 어머니였다. 아이를 다섯 명이나 낳을 때마다 조상바위 앞에 가서 빌었고, 아버지가 바다로 나가고 풍랑이 일면 어머니는 조상바위에 가서 바람이 멎고 무사하기를 빌었던 것처럼 아버지의 믿음은 할아버지였다.

아버지는 점등 100주년 행사가 있고 나서 8년이 지난 뒤 세상을 떠나셨다. 자신의 분신처럼 간직해 왔던 항해일지를 나에게 맡기고 난 1년 뒤였다.

나는 일본어로 된 그 항해일지를 더듬더듬 해독해 읽으면서 전율했다. 그날 밤잠을 설치며 지난 바다의 역사를 상상해 보았다. 오랫동안 아버지가 그렇게 소중하게 간직해 온 이유를 비로소 알 수 있었다. 아마도 그 일지는 바다로 나가는 아버지에게 하나의 지침서와 같은 역할을 했을 것 같았다. 한 자 한 자 일본인 선장의 세밀함과 직업의식에 감탄하지 않을 수 없었다.

아버지가 세상을 떠나고 몇 년 뒤 나는 해양기념관이 아닌 시립박물관에 아버지의 이름으로 그 항해일지를 기증하였다. 피땀 어린 그 기록이 귀중한 사료로 거기에 남아 있기를 바라는 마음으로.

바다가 한눈에 들어오는 봉대산 기슭에 묻힌 아버지는 지금도 이승의 시간 저 너머에서 바다를 보고 계실 것이다. 할아버지의 그 등대가 보이고 바다가 보이는 산기슭에서 아버지의 바다는 아직도 청청할 것이다. 이승에서의 추억이 아련한 날 몸을 일으켜 돌아보면 지나가 버린 것들은 다 수평선처럼 아득하겠지만, 바다를 향한 애끓는 마음으로 어두운 세상의 땅끝에 서서 온몸을 태우며 긴 밤을 지키는 등댓불처럼, 아버지는 간절한 그 사랑을 추억 속에 묻어 두기엔 너무 아련하여 오늘도 해가 지면 저기 저렇게 몸을 일으켜 등탑 언저리에 마음의 불을 밝히고 지난 바다를 굽어보고 계실 것이다.

내가 원양어선에서 내려 지금의 이 소형 자망어선을 마련했을 때 나는 다시 마음이 설렜다. 마치 원양어선을 타고 북양으로 떠나는 그 날처럼 마음이 설레서 잠을 잘 이루지 못했다. 그것이 벌써 10여 년의 다 되어 간다.

세월은 흘러갔다. 덧없이. 낮과 밤이 바뀌어도 바다는 예나 지금이나 저렇게 짙푸른데 나의 인생도 어느새 저만큼 흘러가 버렸다.

이제 나의 삶도 육십 대 중반을 훌쩍 넘긴 나이가 되었지만 바다와 함께 하는 나의 시간엔 아직 물고기의 생동감 같은 활력이 얼마는 남아 있다.

바다에서 보는 포구는 저렇게 조용하고 아름답다. 늘 저렇게 등대가 보인다. 일몰의 시간이 지나고 아직은 어둠이 내리기엔 얼마의 시간이 남았지만 등대는 벌써 불을 밝혔다. 어머니의 신앙이었던 선대의 미역바위가 보이고 왼쪽으론 아버지가 누워계신 봉대산도 보인다. 나를 기다리는 작은 어항의 유도 등대도 보인다. 아버지가 보았고 수많은 뱃사람들이 보아 왔던 그것들이지만 나에겐 신앙 같은 것들이다. 하루의 일과를 마감하고 돌아오는 마음은 언제나 이렇게 푸근하다.

사랑과 그리움은 끝없는 헌신이었을까. 캄캄한 밤에도 먼 바다를 건너서 와야 할 사람이 있어서 문밖으로 하나씩 등불을 내걸고 바람 속에 활활 육신 태우며 서 있는 등대처럼, 아버지는 날마다 내 마음에 와서 나를 지켜 준 믿음의 불빛이 되었을까. 어둠을 헤치고 그리운 얼굴이 올 때까지 잠 못 이루시고 수없이 몸을 뒤척이며 마음에 불을 밝혔을까. 등탑을 돌고 돌아 시린 마음에 바람이 일면 하염없이 혈육의 이름을 부르며 스스로 소멸해 빛나는 불빛처럼, 그 수많은 날들 어둠에 묻힌 뱃길을 따라 그리움도 기다림도 파도에 실어 보내며 애타는 마음으로 가슴 조이며 온밤을 서 있었을까, 아버지란 이름으로.

아버지의 가슴엔 아버지의 아버지가 있었을 것이다. 어둡고 힘든 시간에도 홀로 비를 맞으며 삭신을 파고드는 겨울 해풍에 몸을 맡긴 채 뱃길을 지킨 등대 같은 할아버지가 있었을 것이다.

  아버지의 믿음은 아버지의 아버지였고 어머니의 믿음은 미역바위, 그 조상바위였다면 나의 믿음은 또한 아버지였다. 평생을 번번한 믿음의 종교 하나 없이 살아왔던 아버지와 어머니의 신앙이 그러했다면, 나 역시 아버지가 믿음의 근간이라 하지 않을 수 없다. 그래서 저 등대는 사물로서의 등대가 아니다. 아버지에게 그러했듯, 나에게는 아버지로 상징되는 등대다. 아버지의 마음이 그 언저리 어딘가 머물러 나를 지켜보고 있을 것 같기 때문이다.

             (제11회 등대문학상 수상작품)

타인의 손

　나는 방금 그의 방에서 나왔습니다. 오늘도 그가 눈물을 흘리는 것을 보고 나왔습니다. 나는 눈물을 닦아 주고 얼굴을 쓰다듬어 주었습니다. 산다는 것은 다들 자기만큼 아픔을 지고 살아가는 거라고 말하며 그를 가슴에 안아 주면서 나도 눈물을 흘렸습니다. 그것이 그에게 적은 위안이 될지, 스스로의 연민으로 더 깊어질지는 모릅니다. 그러나 다음에 올 때까지 기다리겠다고 말하는 것을 보고 집을 나올 때 눈물 속에서도 그의 얼굴은 편안해 보였습니다.
　그는 내가 돕고 있는 다섯 명의 남자 중에 한 사람입니다. 그는 마흔한 살의 중증장애인입니다. 왼쪽 팔을 잃었고 오른팔은 온전하나 손의 쓰임이 자연스럽지 못합니다. 얼굴은 화상의 흉터가 심하게 남아 있어 마치 불길에서 건져낸 찌그러진 플라스틱 인형의 그것과 흡사합니다. 입은 옆으로 돌아가고 코는 내려앉아 그 형체를 알아보기 힘들 정도입니다.
　그는 타인의 도움에 의존해서 살아가고 있다고 해야 옳은 편입니다. 그는 열한 살 때 부엌에서 일어난 화재로 집 전체가 불길에 싸이면서 화상을 입었다고 합니다. 가정을 풍비박산이 되고 양육을 맡기로 했던 어머니는 보호소에 맡기고 자취를 감추었다고 합니다. 다행이 누나 둘이 있어 도움을 받고, 생활은 장애인 생계지원금으로 겨우

연명해 가고 있습니다.

  내가 지금 그에게 하는 봉사는 성 자원봉사입니다. 아직 사회적으로 생소한 말이고 대부분의 사람들이 부정적인 편견을 가지고 있는 것으로 알고 있습니다만, 나는 그를 위해서 벌써 2년이 넘게 자원봉사를 해 오고 있습니다. 내가 이 봉사활동을 하기로 결심까지는 여러 가지로 마음의 갈등이 있었습니다만, 누군가 그 일을 해야 한다는 생각에서 마음의 결정을 했고 지금도 후회 없이 일을 계속하고 있습니다.

  내가 자원봉사를 한 것은 10년이 조금 넘습니다. 시가 후원하는 한 종교단체의 자원봉사단에서 활동을 시작하게 되었습니다. 중년의 나이가 되면서 생활이 권태롭고 나태해지는 것 같아 일을 시작했습니다. 남편의 적극적인 권유가 있었기 때문이기도 합니다.

  그 단체는 여러 파트로 나누어서 봉사활동을 하고 있었는데 내가 맡은 것은 독거노인과 장애인 생활 봉사였습니다. 일주에 두 번씩 활동을 하였고 보통 한나절 정도를 활동하였는데, 때에 따라선 시간이 더 늘어나는 경우도 있었습니다. 프로그램은 주로 독거노인이나 장애인 가정을 방문하여 청소와 세탁을 하거나 먹을 것을 마련해 주는 것으로 짜여 있었습니다.

  사실 내가 처음 봉사활동을 시작한 것은 내 자신의 필요에 의한 것이었다고 할 수 있습니다. 물론 어느 정도야 봉사에 대한 진심을 가지고 있었지만, 따지고 보면 무료한 시간을 보내기 위함이라든가, 내가 뭔가 보람된 일을 하고 있다는 자부심 같은 것을 얻을 수 있었기 때문입니다. 그럴듯한 일을 통해 내 자신의 존재를 확인하고 싶었다고나 해야 할까요.

온종일 집에 있으면 멍하니 소파에 앉았거나 방에 누워서 텔레비전을 보거나 하면서 시간을 보내기 일쑤인데, 밖으로 나가니 사람들을 만나고 시간도 빨리 가고 해서 삶에 활력이 생겼습니다.

시간이 지나면서 가만히 생각해 보니 봉사활동이란 것이, 나 자신부터가 위선의 상징처럼 느껴지는 경우도 있었습니다. 겉과 속이 다르게 느껴지는 경우가 많았습니다. 그렇고 그런 사회적 인사들이 철이 되면 빠지지 않고 얼굴을 내미는 곳이 바로 노인의 집이거나 장애인 시설 같은 데였습니다. 명절 전후에 라면 몇 박스를 들고 오거나 김장철이면 어김없이 앞치마를 두르고 캡을 쓴 채 나타나곤 하는 것이 연례행사처럼 되어 있더군요. 그들의 마음속엔 오직 사진 한 장 찍어가는 가는 것밖에 없어 보였던 것은 제 좁은 소견이었는지 모릅니다.

남들의 눈엔 내 모습이 그들과 무엇이 달라 보일까 하는 생각이 들더군요. 값싼 동정심, 내가 남을 돕고 있다는 자부심 같은 것에서 내 스스로를 위로 받고 있는 것이 부끄럽게 느껴졌습니다. 그래서 다른 봉사를 해 보고 싶었습니다. 그들에게 절실한 것을 해결하는 데 도움이 되는 것이 없을까 생각하게 되었습니다. 이런 나에게 단체의 한 사람이 목욕 봉사를 해 보라는 말을 했습니다. 사실 좀 망설여지는 일이었지만 시작했습니다.

주로 거동이 불편한 노인들이나 중증장애인을 찾아가서 목욕하는 일을 돕는 것이었습니다. 이동식 욕조가 마련된 차량을 따라가서 하는 경우도 있었고 때에 따라선 집에서 더운 물을 받아서 하는 경우도 있었습니다. 노인들은 차량까지 모셔 오는 일이 그나마 쉬웠지만 중증장애인은 차량까지 옮겨 오는 것이 힘들었습니다. 더 어려운 경우엔 욕조를 방안으로 옮겨서 목욕을 시켜야 했습니다.

물의 온도를 조절하고 손으로 확인한 뒤 옷을 벗기고 부축하여 안전하게 욕조에 들어가게 합니다. 그리고는 몇 분 동안 몸을 담그게 하여 편히 쉬게 하고는 마사지하듯이 가볍게 몸을 밀어 줍니다. 경직된 몸을 따뜻한 물로 풀어 주려면 마음을 편하게 해 주는 것이 앞서는 일이었습니다. 노인들이나 장애인의 몸을 다룬다는 것이 생각보다 힘이 들고 감정이 동반되는 어려운 일이었습니다.

물론 수건으로 몸의 중요 부분을 가리고 하는 것이지만 처음엔 두렵고 혐오스럽고, 앙상하거나 보기 흉한 몸을 만진다는 것이 참으로 힘들었습니다. 수치심에 떨고 있는 표정을 보면 곤혹스럽기도 하고, 자신이 어떻게 할 수 없는 몸을 낯선 사람에게 맡긴 채 눈을 감고 있는 노인들이나 장애인의 얼굴엔 체념과 회한이 어려 있는 것 같아 마음이 편치 않았습니다.

만지면 부스러질 것 같은 몸, 한때는 힘이 넘치고 탱탱한 근육질로 세상을 질주했을 것을 생각하니 마음이 숙연해지기도 했습니다. 한 시절 찬란했던 싱그러움이 끝나고 세월을 견뎌 온 삭정이 같은 노인의 몸에 경건한 마음이 생기기까지 했습니다.

그러나 밤에 자리에 누우면 하루의 일들이 머리에 떠올랐습니다.

무성한 계절이 지나고 시들어 버린 몸의 허무가 자꾸 생각나서 잠을 이루지 못하기도 하였습니다. 그것이 무슨 예시였을까요. 내 몸에 병이 났습니다. 얼마 동안은 불편한 봄으로 봉사활동을 계속했으나 수술을 받아야 할 정도로 나빠지면서 봉사활동을 그만두어야 했습니다. 하필이면 자궁질환이었습니다. 고통이 컸습니다. 내 몸에 병도 병이지만, 남편에게 면목이 없더군요. 왜 그런지 내 몸에 대한 걱정보다 남편에게 미안한 마음이 앞섰습니다.

 병을 이기는 것보다 두려움과 마음을 이기는 것이 더 힘들었습니다. 혼자서 많이 울었습니다. 죽음이 편할 것 같은 생각이 자주 들었습니다. 이미 아이를 둘이나 낳았지만 자궁을 쓸 수 없다는 절망감에 몸서리쳤습니다. 무종교인인 내가 신에게 빌었습니다. 하느님을 부르다가 부처님을 부르며 병을 낫게 해 달라고 빌었습니다. 그러면서 나는 맹세했습니다. 내가 나으면 남을 위해 내 몸을 바치겠다고 다짐했습니다. 간절히 소망할 때 다 그런 마음이 되는지는 모르겠지만 나는 수없이 그런 다짐을 했습니다.

 수술을 받고 회복되는 기간도 길었습니다. 그 외롭고 처절했던 시간들을 견디며 나는 몸이란 무엇인가를 생각하고 또 했습니다. 내가 고생을 할 때 남편의 고통도 컸으리라 생각했어요. 그는 걱정도 많이 하고 나의 회복을 돕기 위해 헌신적으로 노력했습니다. 그의 애정과 인내를 나는 지금도 잘 기억하고 있습니다. 그러나 그 기간이 길어지자 남편에게 다른 여자가 생겼습니다. 나는 약간의 눈치는 챘지만 내색하지 않았어요. 거의 2년 가까이 분출할 수 없는 욕구 때문에 그가 고통스러웠을 것을 생각하니 대들 형편이 아니었습니다. 도리어 죄스런 마음이 들어서 견딜 수 없었습니다. 금욕의 고통이 너무 크리란 것을 알면서도 그를 잡고 있다는 것이 죄스러웠습니다. 그를 자유롭게 해 주고 싶었습니다.

내가 먼저 별거하자고 했습니다. 내가 남편의 몸을 받아들일 수 없는 처지에서 남편의 몸을 구속하고 있는 것은 이치에도 맞지 않다고 생각했으니까요. 남편의 몸에 자유를 주고 싶었습니다. 그것이 남편에게도 생활하기에 편하고 나의 건강 회복에도 도움이 될 것 같았습니다. 마음 한구석에 남편이 그것을 수용해 주지 않기를 바라는 마음이 있었던 것도 사실이지만 나는 그렇게 하자고 하였습니다. 남편은 상황을 곤혹스러워하면서도 크게 반대하지는 않았습니다. 결혼 20년 만이었습니다.

몸으로 만나 몸으로 헤어진 것이지요. 따지고 보니 내가 필요로 했던 것은 남편의 몸이었고, 그가 필요했던 것은 나의 몸이 아니었나 하는 생각이 들어 마음이 씁쓸해지더군요. 인간의 마음이란 것이 다 비슷하겠지만, 알다가도 모른 것이 내 마음이었습니다. 모든 것을 마음속에서 정리를 하고 담담한 마음을 가졌지만, 막상 남편이 집을 나서는 모습을 보니 눈물이 났습니다. 그것이 정이란 것이었습니다. 그날 나는 그의 빈 방을 보며 공허한 마음에 온밤을 울어야 했습니다.

서러웠습니다. 왜 자꾸 눈물이 나는지 알 수 없었습니다. 방마다 휑하니 바람이 일며 텅텅 비어 있는 것 같았습니다. 한 사람의 온기가 사라지자 집이 그렇게 썰렁해졌습니다. 스스로 택한 길이었음에도 버림받은 것 같은 기분이 들어서 견딜 수 없었습니다.

내 운명이 한스럽고, 내 자신이 저주스러웠습니다. 더 이상 살아갈 가치도, 용기도, 희망도 없어 보였습니다. 사람이 어떻게 해서 스스로 목숨을 끊는지를 이해할 수 있었습니다. 그저 죽어야겠다는 생각만이 온종일 머리를 가득 채우고 있었습니다. 그런 생각에 짓눌려 있다 보니 몸에 힘이 빠지고 삶의 의욕도 사라져 틈만 보이면 그냥 눕고 싶었습니다. 바닥에 누워 눈을 감고 있으면 온 몸이 바닥 속으로 내려앉는 것 같아 일어나고 싶지 않았습니다. 수술 후 회복되어 가던 몸이 다시 힘을 잃어 갔습니다.

일어나야 한다, 일어나야 한다고 수없이 되뇌며 의지를 불러일으켰지만 마음대로 되지 않았습니다. 성적 의욕이 사라진 사람에게 생기는 증세라고 의사 선생이 말했습니다. 듣고 보니 그런 것 같기도 했습니다.

의사 선생은 나에게 탄트라 마사지를 받아보라고 했습니다. 성적 에너지를 일깨워 몸과 마음을 치유하는 요법이라며, 마음의 절망감, 성에 대한 절망감을 치유하기 위해서 나에게 필요할 것 같다고 했습니다. 밑져야 본전이라는 생각으로, 말조차 처음 듣는 그 마사지를 받게 되었습니다. 처음엔 낯선 남자에게 몸을 맡기고 누워 있기가 좀은 민망하고 어색했지만 차츰 신비로운 경험을 하게 되었습니다. 얼마 되지 않아서 신기하게도 몸에 기력이 많이 회복되었습니다. 그때 나는 다시 몸의 신비에 대해서 많은 것을 생각하게 되었습니다.

몸이란 무엇인가를 생각할 때마다 학창 시절 강의 시간에 들었던 문장 한 구절이 떠오르곤 했습니다. '죽으면 썩어질 몸, 뭘 그래 빼느냐?' 한 남자가 너무 빼개는 여자에게 내뱉은 말이었습니다. 별 의미 없이 들었던 그 말이 오랜 시간이 지나서 무슨 경전처럼 의미 있게 떠올랐습니다. 내가 아직 죽을 나이가 아닌데도 그 말이 머리에서 떠나지 않았습니다.

그래, 몸이란 나의 것이면서도 나의 것이 아니구나 하는 생각이 들면서 누군가를 위해 내 몸을 헌신하고 싶었습니다. 나의 몸을 필요로 하는 사람이 있다는 것은 또한 얼마만한 축복이겠는가 하는 생각이 들기도 했습니다. 죽었다 다시 태어난 사람처럼 내 몸을 필요로 하는 사람에게, 아주 간절히 필요로 하는 사람을 위해 바치기로 마음먹었습니다.

몸이 회복되고 나는 목욕 봉사활동을 다시 시작했습니다. 나를 이기기 위해서, 나의 무기력과 마음의 공허함을 극복하기 위해서 봉사활동을 다시 시작한 것입니다. 일하는 것이 기도란 말이 정말 실감나더군요. 나는 봉사활동을 통해 다시 일어설 수 있었습니다. 남을 돕는다는 것이 자신의 존재를 확인하는 것이란 것도 깨달았습니다.

육개월 쯤 지나 일이 다시 손에 익어 목욕 봉사도 자연스러워졌습니다. 그런데 예기치 않은 사고가 일어났습니다. 내가 돌보던 중증 장애인 한 사람이 죽었습니다. 오십 대 초반의 남자였습니다. 내가 목욕 봉사를 가면 수치스러워하면서도 반가워하는 사람이었습니다. 얼마 전 별로 아픈 데도 없는데 며칠째 밥을 잘 먹지 않곤 한다는 말을 들었는데, 자신의 혀를 깨물어 목숨을 끊었다는 것이었습니다. 그가 죽으려고 얼마나 발버둥 쳤는지, 화장실까지 등으로 기어가서 문손잡이에 목을 매어 죽으려 하다가 잘 되지 않자, 혀를 깨물어 죽었다는 것입니다. 보호자들이 현장을 발견했을 때 바닥에 피가 흥건하고 이미 숨을 거둔 상태였다고 합니다. 과다 출혈로 숨진 거였습니다.

다들 놀랐습니다. 내가 받은 충격은 더 컸습니다. 놀랍고 안타까웠습니다. 생각해 보니 그에게 죽음의 그림자 같은 것이 어른거리고 있는 것 같았는데, 그것을 알아차리지 못한 것에 죄책감이 들었습니다. 내가 마지막으로 목욕 봉사를 갔을 때 그의 말과 눈빛이 전과 달랐습니다. 그의 눈빛이 뭔가를 말하고 있는 것 같았는데 그걸 알아채지 못했던 거지요.

그는 자의식이 강한 사람이었습니다. 목욕 봉사를 받으면서도 처음엔 매우 수치스러워했는데, 몇 개월이 지나자 표정이 밝아지고 마음의 문을 열어갔습니다. 내 몸을 낮추고 내 마음부터 열었기 때문인지 모릅니다. 나는 진정 남을 돕고 싶어 봉사활동을 시작했으니 조금도 부담스럽게 여기지 말고 가족 같은 마음으로 대하라는 말을 자주 하였습니다. 누나나 엄마 같은 마음이 없이 여기에 왔겠느냐는 말도 하였습니다. 내가 그렇게 자세를 낮추고 진심 어린 마음으로 대하자 차츰 그의 표정이 자연스러워지고 몸에 긴장도 풀린 것을 느낄 수 있었습니다.

몸을 씻기다 보면 그의 몸에 성적인 반응이 나타나기도 했습니다.

타인의 손 165

뭔가를 강하게 갈구하는 그런 변화 말입니다. 그의 눈에서도 그런 것을 읽을 수 있었습니다. 그의 몸의 변화에 내가 좀은 어색해져서 표정이 굳어지자 그는 몸을 옆으로 뒤틀며 당혹스러워했습니다. 마치 죄지은 사람처럼 미안해하며 고개를 숙이고 눈을 감았습니다. 그리고 곧 몸이 식어지는 것을 느낄 수 있었습니다. 그날은 최선을 다해서 몸을 씻기고 깨끗이 닦아 편안한 자세로 해 주고 돌아왔습니다. 그런데 그가 죽은 것입니다.

그의 사고 소식에 봉사단체도 다소 가라앉은 분위기가 되었습니다. 회장은 도움을 받는 사람들의 몸과 마음에 더 편안함을 주는 하는 봉사활동이 되도록 노력하자는 말로써 그 일을 넘어갔습니다. 그러나 나는 며칠 동안 마음이 침울해 일이 손에 잡히지 않았습니다. 그의 간절한 호소가 섞인 그 눈이 자꾸 떠올랐습니다. 무엇이라고 구체적으로 단언할 수는 없습니다만, 그를 위해 내가 뭔가를 더 해 줄 수 있는 것이 있었을 것 같은 생각이 들었습니다.

며칠이 지난 뒤 가족들이 그의 방에서 쪽지 하나가 발견했는데, 거기에 몇 글자가 적혀 있었다고 했습니다. 잘 움직이지 못하는 손으로 어떻게 썼는지 알아보기 힘들 정도로 삐뚤삐뚤한 그 글씨로, '장애인 주제에 성욕이 있다는 것이 수치스럽고, 그런 내 자신이 미워서 죽음을 택한다.'고 씌어 있었다는 것이었습니다. 거기엔 그의 소외감과 절망감, 그리고 자학적인 마음이 그대로 드러나 있었습니다. 부자유스런 몸에 남아 있는 성적 욕구가 수치스럽다는 스스로의 저주가 너무 비참하게 느껴졌습니다. 욕구와 수치심, 그리고 저주, 그것이 죽음의 원인이었던 것입니다.

아, 바로 그것이었구나. 그가 목욕을 할 때 눈에 비치던 그 표정이 바로 그것이었구나. 내가 왜 그것을 제대로 감지해 내지 못했을까 하는 자책감이 밀려왔습니다.

그 일을 계기로 장애인이 스스로 목숨을 끊는 일이 생각보다 많다는 것을 알게 되었습니다. 그들은 자신에 대한 자학과 비관, 거기에 겹쳐지는 육체적 고통 때문에 스스로 목숨을 끊는 경우가 대부분이라는 것이었습니다. 해결할 수 없는 성적 욕구가 육체적 고통 중에서 가장 크다는 것도 알게 되었습니다. 성적 욕구란 것이 생명의 욕구이고 삶의 근원적인 힘인데 그것이 죽음에 이르는 고통이 되고 있다는 사실에 충격이 컸습니다.

그가 죽음을 택하기까지 고통이 얼마나 컸을까 하는 생각에 마음이 편치 않았습니다. 혹시 내가 그의 성적인 욕구를 자극한 것은 아닐까 하는 생각과, 어떻게 잘 했으면 그를 살릴 수 있었을 것 같은 생각이 들어서 며칠 동안 심란한 마음을 달래기 어려웠습니다.

그는 전에도 스스로 목숨을 끊으려 한 적이 있었다는 것도 그제야 듣게 되었습니다. 그러고 보니 그의 언행들이 이해되는 바가 있었습니다.

처음부터 그는 삶에 의욕이 없어 보였습니다. 그의 몸은 제대로 움직일 수 없었지만 의식은 살아 있어서, 타인의 도움을 받고 살아간다는 것을 매우 비관적으로 생각하고 있는 것 같았습니다. 말이 없고 남의 눈을 피하고 숨어들려는 태도를 가지고 있었습니다. 내가 눈을 맞추려 해도 외면하기 일쑤였습니다. 욕조에 몸을 담그고 있을 때도 고개를 숙이고 잘 들지 않았습니다. 때론 얼굴에 타월을 덮어씌워 달라고 하기도 했습니다.

나는 그것이 장애인들이 가지는 태도의 하나인 것으로 여기며 크게 신경 쓰지 않았습니다. 다만 그를 도와주려면 믿음과 진심을 보여주어야 한다는 생각에서 내 마음을 열어 보이며 그의 마음도 열게 하려고 노력했습니다. 그의 흉측한 몸에 싫어하는 내색을 보이지 않으려고 일부러 일그러진 신체 부위를 어루만져 주기도 했습니다. 내가 그의 몸에 혐오스런 마음이 없다는 것을 보여 주기 위해서 무진 애를 쓰면서도 정작 그가 가장 절실히 도움을 받고 싶은 것이 무엇인가는 알려고 하지 않았던 것입니다. 장애의 고통을 겪고 있는 그에게 간절한 것을 해결해 줄 수 없었던 봉사가 허울만 그럴듯한 것이지, 무슨 의미가 있었느냐는 생각을 다시 하게 되었습니다.

이런 자책감으로 인해서 나는 장애인의 성에 대해서 눈뜨게 되었습니다. 장애인들에게 성이란 무엇인가를 생각하면서 그들의 성적 문제를 해결하는 데 관심을 가지기 시작했습니다. 장애인에게 성적 욕구는 바로 그들에겐 고통이라는 것을 알게 된 것입니다. 내가 돌보던 그 사람도 그 고통이 얼마나 심했으면 죽음을 택했을까 하는 측은한 생각이 들었습니다.

우리 사회와 같이 유교적 의식이 바탕이 되어 성적 의식이 경직된 사회에서 그들이 겪어야 하는 고통은 클 것 같았습니다. 그들은 사회의 윤리나 경직된 성의식에 의해서 그들의 욕구를 스스로 죄악시하는 마음을 가지게 된 것은 아닐까 하는 생각이 들었습니다. 자신의 몸이 갖는 욕구를 죄악시하는 하는 사회에서 그들이 겪었을 몸과 마음의 고통이 얼마나 큰 것이겠습니까. 결혼도 이성과의 만남도 철저히 단절된 상황에서 겪는 그들의 좌절을 통념화된 사회적 용어로 매도할 수는 없는 일이라고 나는 생각하게 되었습니다.

그때 그 사람이 말없이 흘렸던 그 눈물이 다시 생각났습니다. 자학의 눈물인지 슬픈 마음의 눈물인지 알 수 없었지만, 그 눈물의 의미는 단순한 감정적인 것을 넘어선 심원한 어딘가에서 비롯된 것임이 틀림없어 보였습니다.

성이란 점잖지 못한 것, 민망스러운 것으로 어둠 속에 몰아넣으려는 사회적 풍조가 그들의 성의식에 죄의식, 어둠의 의식을 덧씌워 버린 것은 아닐까 하는 생각을 하게 되었습니다. 나만의 생각인지는 몰라도, 우리 사회가 성이란 것에 과도한 집착과 금기를 가졌다는 생각을 금할 길 없었습니다. 경직되고 획일화된 성적 의식이 장애인을 더 음습한 절망 속으로 몰아 넣고 있다는 것을 깨닫게 되었습니다.

성이란 모든 동물에게 주어진 생명 그 자체의 근원이고 자연일 뿐인데, 성적 욕구를 가졌다는 것을 혐오스러워하고 죄악시한다는 것은 자연에 거역하는 것이나 다를 게 뭐 있겠습니까. 왜 어떤 성적 행동도 스스로 할 수 없는 장애인에게까지 그런 죄악의 사슬을 만들어 씌우려 하느냐. 한번은 내가 이런 말을 했다가 다른 사람들로부터 심하게 질타를 받았습니다. 그런 말을 하고 다니면 봉사단체의 이미지를 훼손시킨다고 단체에서 나가달라는 말까지 들어야 했습니다.

많은 장애인들은 자신이 생존해 있다는 절망감보다도 성욕을 가지고 있다는 것에 더 절망하고 있다는 것을 그들은 잘 모르고 있는 것 같았습니다. 성적 욕구가, 장애인들이 스스로 목숨을 끊는 요인 중에 하나라는 것을 생각도 하지 못하고 있는 것 같았습니다.

그러나 나는 장애인의 성적 욕구를 해소해 줄 봉사활동이 필요하다는 생각을 굽히지 않았습니다. 여러 가지 어려운 순간을 겪고 장애인 성 봉사를 하려 할 때는 음란하고 비도덕적이고 행위를 부추기는 짓이라고 몰매를 맞아야 했습니다. 시작하기도 전에 이루 다 말할 수 없는 말의 저주를 뒤집어써야 했습니다. 한 마디로 비정상적인 여자로 몰아붙이더라고요. 자칫하다 봉사 단체에서도 쫓겨날 처지가 되었습니다.

일본에도 '하이트 핸즈'가 하는 장애인 성 봉사단체가 있고 유럽에도 비슷한 단체가 있다는 말을 했다가, 이번에는 '니가 무슨 쪽발이 앞잡이냐? 왜 그 성적 동물들을 들먹이느냐?'는 욕까지 들어야 했습니다. 하지만 나는 뜻을 포기할 수 없었습니다. 성적 욕구를 가졌다는 죄책감 때문에 목숨을 끊은 얼마 전 그 사람의 눈물을 생각하며 나는 성 자원 봉사를 시작하기로 하였습니다.

이 사회의 금기에 갇혀 고통받는 그들을 도와주는 것이 진정한 봉사가 아닌가 하는 생각에서였습니다. 겉으로 그럴듯한 봉사가 아니라 내 자신을 버릴 수 있는 봉사를 하고 싶었던 것이 진심이었습니다. 그렇게 시작한 그 봉사가 벌써 2년이 넘었습니다. 적지 않은 사람들에게 진심 어린 자세로 도와왔습니다. 그리고 지금은 다섯 명의 사람을 돕고 있습니다. 성 간호사라고 할 수도 있고 성 도우미라고 할 수도 있습니다.

성 도우미의 하는 일이란 것이 다 같은 것은 아닙니다. 사람에 따라, 장애의 정도에 따라 다릅니다. 스스로 자위를 하도록 도와주는 경우가 있는가 하면, 마사지를 통해서 욕구를 해결해 주는 경우도 있습니다. 물론 드물기는 하지만 몸을 밀착시켜 도와주어야 하는 경우도 있습니다. 먼저 목욕을 시켜 몸과 마음의 긴장을 풀게 하고 자리에 뉘어서 가벼운 시트로 덮어줍니다. 수치심을 느끼지 않게 하고 심리적 안정감을 주기 위해서입니다. 그들의 위생을 고려하여 피부의 촉감과 별 차이가 없는 엷은 위생 장갑을 착용은 것도 필수적입니다.

중요한 것은 마음과 호흡을 상대에 맞추어 주지 않으면 안 됩니다. 감정이입이 되지 않는 손놀림은 그들이 먼저 압니다. 일을 돕기 전에 자기최면을 걸듯 그 상황 속으로 내 자신을 몰입시켜야 합니다. 성은 육체적인 것 못지않게 정신적인 일치가 중요하기 때문입니다. 봉사하러 가는 날은 아침 일찍 샤워를 하고 먼저 내 몸의 상태를 점검합니다. 나에게 붙어 있을지 모르는 어떤 세균이라도 그들에게 옮겨서는 안 되기 때문입니다. 몸을 청결히 하고 깨끗한 옷으로 갈아 입습니다. 젤과 텍스 같은 것은 기본입니다. 내 몸에서 좋은 향기가 나게 아로마 같은 향수를 살짝 뿌리기도 합니다.

어제는 김 씨를 찾아갔습니다. 열흘 만에 찾아가자 그는 작은 달력에 내가 올 날을 표시해 두고 기다리고 있었습니다. 그는 삼십 대 초

반에 자신이 몰던 승용차가 중앙선을 넘어서 달려온 덤프트럭에 부딪혀 사경을 헤매다 살아난 사람인데, 수족을 제대로 움직이지 못하는 중증장애인입니다. 그는 온종일 혼자서 음악을 들으면서 시간을 보냅니다. 젊은 나이에 사지를 제대로 움직이지 못하고 누워 있는 모습에 마음이 울적했는데 그도 내 마음을 읽었는지 자꾸 눈물을 흘려서 마음이 편치 않았습니다.

김 씨에게는 먼저 탄트라 마사지를 통해 마음을 풀어 주고, 그의 성적 에너지를 일깨워 기력을 전환시켜 줍니다. 탄트라는 '의식을 초월한 방편'이란 의미를 가지고 있는 산스크리트 어입니다. 그 요법은 상대를 더 잘 이해하고 감정과 생각의 일치감을 느끼게 해서, 사랑하는 사람의 에너지를 느끼며 내면의 조화를 이룰 수 있게 도와주는 것이지요. 장애인 스스로 성적 수치심이나 죄의식을 해소시키고, 성을 금기시하는 인식에서 벗어나 몸과 성을 긍정적으로 느끼는 데 초점을 맞춘 요법입니다.

마사지의 끝 순서는 그의 남성을 어루만지고 애무하여 체내에 쌓인 것을 배출하게 해 주는 것입니다. 그는 시트를 머리에까지 당겨 뒤짚어 쓴 채 눈을 감고 있었으나 일이 끝난 뒤에 눈빛이 편안해 보였습니다. 그의 얼굴이 너무 온화해 보여서 처연한 느낌이 들기도 했습니다. 뭔가를 말하고자 하는 눈빛이었으나 말하지 못하는 그것이 무엇일까 하는 마음에 나는 그를 가슴에 안고 등을 어루만져 주었습니다. 그가 표현할 수 없었던 그 말은 고맙다는 말 같기도 하고, 더 깊은 것을 원하는 것 같은 간절함 같기도 했습니다.

지난 가을 그를 처음 맡았을 때 그는 심한 우울증에 빠져 있었습니다. 처음 목욕 봉사를 하러 갔을 때 고개를 제대로 들지 않고 눈길도 외면했습니다. 마음도 몸도 웅크리고 있는 것 같아서 접근하기가 쉽지 않았습니다. 나는 그에게 내 마음을 보여 주기 위해서 나의 웃옷을 벗고 목욕하는 것을 도왔습니다. 나도 병이 나서 어렵게 견뎌서 회복되었다는 말까지 해 주면서 그의 마음에 응어리를 풀어 주려고 노력했습니다. 나의 말에서 진정성을 느꼈기 때문인지, 아니면 따뜻한 물에 몸과 마음이 풀렸기 때문인지는 몰라도 얼마 후 표정이 많이 평온해 졌습니다. 목욕이 끝나갈 무렵 내가 도와주어야 할 가장 절실한 것이 무엇인가를 물었을 때, 그는 얼마를 망설이며 말을 하지 않았습니다. 내가 나직이 다시 물었을 때 그는 얼굴을 붉히며 자꾸 몸이 뒤틀려서 견딜 수가 없다고 했습니다.

그렇게 해서 그에게 마사지 요법의 봉사를 시작했고 그다음의 단계로 변화시켜 온 것입니다. 언제나처럼 그는 나의 손을 잡고 자신의 마음을 전했습니다.

그러나 그를 돕는 데 어려움이 없었던 것은 아닙니다. 그를 돕기 시작한 지 몇 개월이 지나지 않아서 누나라는 여자가 나타나서 소란을 피웠습니다. 장애인을 눕혀 놓고 음란행위를 한다고 욕설을 퍼부어 대며 내 면전에서 경찰에 전화를 걸었습니다. 결국 경찰에 불려가서 조사를 받았습니다. 성매매 행위가 아니냐는 것이었습니다. 대가가 없는 순수 봉사란 것을 알고도, 경찰은 그 사람에게 몇 번이나 더 찾아가서 혹시 돈이라도 달라고 했느냐고 캐묻는 바람에 그가 마음의 충격으로 며칠 동안 밥을 먹지 않는 일이 있기도 했습니다.

　주변에서 나를 보는 시선도 곱지 않습니다. 솔직히 말하면 반은 놀라움, 반은 정신 나간 여자쯤으로 여깁니다. 장애인을 유혹하여 돈을 뜯어 가려는 사기꾼 취급을 당한 것은 한두 번이 아닙니다. 내가 소문을 내고 다닌 것은 아니지만, 어떻게 해서 사실을 알게 된 친지들은 하나같이 하필이면 왜 그런 봉사활동을 하느냐고 빈정거립니다.

　말하지 않아도 그들의 의식은 장애인이 무슨 성욕이 있느냐는 것입니다. 처음부터 없거나 있어서는 안 되는 것으로 생각합니다. 그런 말을 들을 때마다 어린 시절 집에서 키우던 개 생각이 납니다. 발정한 개에게 화가 나서 뜨거운 물을 끼얹었던 나의 무지한 야만성이 떠오르는 것입니다. 줄을 물어뜯고 우리를 탈출한 그 개가 길거리에서 수캐와 서로 엉덩이를 마주 대고 붙어 있는 모습이 흉측하여 볼 수가 없었던 것입니다. 그런데 얼마 뒤 아무런 일이 없었다는 듯이 꼬리를 흔들며 돌아온 개가 그렇게 얄미울 수가 없었던 기억이 납니다.

　장애인의 성적 요구를 보는 사람들의 의식 수준이 발정한 개를 쳐다보던 나의 눈과 별로 다르지 않다고 느끼는 때가 많습니다.

　장애인에게 성적 욕구란 것은 그들 자신에겐 얼마나 고통스러운 것인지 사람들은 모릅니다. 사지가 뒤틀리고 바닥을 기어다니는 괴물 같은 몰골에 성욕을 가졌다는 것이 그들에게는 저주스럽고 혐오스러운 것인지도 모릅니다. 남의 도움 없이는 생존을 이어가기도 힘든 신체적 상황에서 성적 의욕을 가졌다는 그 자체가 자신들에게는 사치이며 형벌처럼 여겨질지 모르는 것입니다. 그들을 바라보는 사회의 시선도 그들의 생존하는 데 집중될 뿐 그 이상의 것은 생각하지 않습니다. 욕구라는 것은 본인의 것이지만 본인의 것이 아니라는 것을 모릅니다.

내가 그들을 도와주는 일을 헌신적이라 생각하지는 않습니다. 그렇다고 사악하다고도 생각하지도 않습니다. 나는 다만 그들의 절실함이 무엇인가를 보았기 때문에 그들에게 내 몸을 내놓게 되었습니다. 몇 번이나 죽음의 문 앞에서 서성이던 그 사람들에게 적으나마 따뜻함을 나누어 주어 삶의 의욕을 되찾게 해 주고 싶은 소망 때문이었습니다.

나는 마치 소신공양하는 마음으로 내 몸을 내놓기로 하였던 것입니다. 그러나 산다는 것은 결국 나를 지키는 것에 지나지 않았다는 것을 부인할 수는 없습니다. 나를 버려서 얻는 내 마음에 큰 위안, 그 위안도 따지고 보면 나의 이기적인 마음의 일부이겠지만 그것마저 어떻게 제어할 수는 없었습니다. 그것이 나를 움직이는 작은 동력이나 마찬가지였으니까요.

장애인은 약자입니다. 바람 부는 벌판에 뿌리 뽑혀 쓰러진 나무들과 같습니다. 관습과 제도가 그들에게는 삶에 또 하나의 장애가 되는 경우가 많다는 것을 그들을 도우면서 알게 되었습니다.

그들의 생존적인 욕구, 몸의 순리에 의해서 생겨난 욕구를 정상적인 사람들에게 적용되는 윤리의 잣대로 가늠하여 통제하는 것을 평등이라 말해서는 안 된다는 생각도 하게 되었습니다.

사경을 헤매는 것과 다를 바 없는 그들의 삶, 세상의 나락에 떨어져 몸부림치는 그들에게 빵조각이나 던져 주는 봉사에서 벗어나기 위해서 나는 내 몸을 내놓은 것입니다.

남녀의 성적 접촉만큼 깊은 교감은 없다는 것이 나의 생각입니다. 그 접촉의 통로를 막아놓고 몸과 마음의 안정을 주거나 치유를 한다는 것은 말이 되지 않는다고 믿고 있습니다. 여기까지 생각이 이르는 데는 많은 시간이 필요했습니다. 이런 생각을 하기까지 마음의 방황도 길었습니다. 내가 소신공양의 마음으로 몸을 던지는 봉사를 해 왔지만 어딘지 모르게 마음이 정리되지 않는 부분이 있었던 것도 사실입니다.

봉사란 진심을 보여 주어야 하는 것입니다. 내 자신을 내려놓지 않으면 안 됩니다. 오늘도 나는 집을 나서기에 앞서서, 찾아가는 그 사람의 연인이 되기 위해 주문을 걸듯 거듭 마음의 다짐을 하였습니다. "나는 그의 연인이고, 간호사"라는 말을 반복하고 그들에게 참으로 필요한 사람이 될 것을 다짐했습니다.

오늘은 내가 돌보는 세 번째 사람을 찾아가는 날이었습니다. 나는 그를 C씨라 부릅니다. 그는 비록 흉측한 모습이지만 마음은 순진합니다. 어린 나이에 화상을 입어 비틀어진 얼굴에 가끔 치아를 드러내고 웃음을 보일 때 바라보는 마음이 그렇게 기쁠 수가 없습니다.

처음 그를 처음 만났을 때 수심에 찬 눈, 반신반의하며 닫아걸고 있던 마음의 문을 열기까지는 얼음을 녹이는 물과 같은 내 마음의 따뜻함이 필요했습니다. 오늘도 나는 그에게로 가서 더운 물을 받아 목욕을 시키고 몸에 긴장을 풀어 주었습니다. 따뜻한 물속에서 그의 몸을 어루만져 주는 것은 그의 멍든 마음을 어루만져 주는 것과 같습니다. 오늘은 좀 많은 이야기를 해 주었습니다. 내가 살아왔던 이야기도 들려주고 사랑했던 사람의 이야기도 들려주었습니다. 내 자신의 수치스러웠던 일, 불행했던 이야기를 들려주고 그의 마음에 켜켜이 쌓여 있는 상처들을 어루만져 주었습니다. 따뜻한 물에 몸을 녹이듯 가식을 벗어던진 솔직한 말이 그의 마음을 많이 이완시켜 주는 것 같았습니다.

나는 그를 연인이라고 불렀습니다. 연인의 음성으로 말하고, 연인의 몸으로 그를 도와주려고 노력했습니다. 그는 용케도 나의 이런 마음을 너무나 잘 알아냅니다. 내 마음이 경직되어 있을 때는 어김없이 그의 몸은 경직되어 잘 이완되지 않습니다. 그는 내 몸에서 전달되는 체온, 숨소리에서도 나의 마음을 읽어 냅니다.

오늘 그는 일을 끝내고 많은 눈물을 흘렸습니다. 회안의 눈물일 수도 있고 위안의 눈물일 수도 있다고 생각합니다. 어쩌면 그것은 나에게 보이는 마음의 눈물인지도 모릅니다. 하염없이 흐르는 그의 눈물을 보고 있으니 나의 얼굴에도 눈물이 흘렀습니다.

나는 지금 그의 방을 나와 왔던 길을 돌아가고 있습니다. 많은 사람들은 저마다의 꿈과 욕망을 안고 자신의 길을 걸어가고 있습니다. 오늘 그들이 걸어가는 그 길이 내일의 길이 될 수 없을 것이기에 그 발걸음 하나하나에 다 삶의 의미가 있는 것으로 여겨집니다.

내가 걸어가는 길도 마찬가지일 것입니다. 그러나 오늘 내가 백주에 걸어가는 이 바른 걸음조차도 사람들은 손가락질하며 왜곡된 눈으로 바라보고 있을지 모릅니다. 내가 걸어가는 오늘의 이 길은 오직 내 자신의 길입니다. 내가 가는 이 길은 성자의 길도 악마의 길도 아닙니다. 다만 한 인간이 길이기에 걸어가고 있는 것입니다.

(『월간문학』 2021년 8월호)

칼을 향하여

 산성의 밤이다. 팔월의 중순 달이 이슬 맞은 꽃처럼 허공에 걸렸다. 산의 능선 능선이 서로 어깨를 걸고 깊어 가는 이 밤, 시간은 어느덧 삼경인데 백척간두에 선 나라를 생각하니 나의 마음이 편치 않구나. 산천은 거저 막막하기만 한데 오늘따라 달빛은 가슴이 시리도록 애잔하다. 내가 이 세상을 떠난 지 405년, 의병장 곽재우, 나는 나라의 존망이 걱정되어 이 밤에 잠시 혼령을 일으켜 이 산성에 홀로 섰다.
 나라의 길이, 국운이 암담한데 세월은 참으로 속절없이 흘러가는구나. 전란이 일어난 지도 벌써 430년의 세월이 흘렀구나. 임진년 4월 적들이 침입하여 나라를 초토화시키고, 그러고도 몇 년을 더 나라를 들쑤시다 잠시 물러났다가 다시 쳐들어온 것은 423년 전이었구나.
 그 해 현풍 비파산에서 성을 쌓고 있던 내가 밀양과 영산, 창녕, 현풍 등 네 고을의 군사를 모아서 이 산성에 들어온 것이 칠월 보름날이었다.
 나는 이 성에 들어와서 여러 고을의 의병들과 한 몸이 되어 무너진 성벽을 보수하고 산 아래 고을고을에서 양곡을 구해와 군량으로 비축하고, 경상좌도 일원의 여러 고을 의병장들에게 지원을 요청하는 격문을 보냈다. 이에 의령과 함안, 김해, 대구 멀리는 안동과 경주, 울산에서 의병장들이 각자의 장졸을 거느리고 와서 그렇게 삼십여 일의 밤을 지키고 있었다. 생각할수록 의로운 사람들이고 우국지사들이었다.

칠월 열이렛날까지 지원군으로 온 의병이 구백구십 명이었다. 그래서 마침내 우리는 삼천이 넘는 병력을 갖추게 되었다. 열읍의 의병장들이 이곳에 와서 합진을 하고 삼 일째 되는 날 우리는 동고록을 작성하고 마혈을 나누어 마시며 나라를 위해 함께 죽을 것을 맹세했다.

자, 이 피를 마시고 우리 모두가 한마음이 되어 간악한 왜노의 무리를 한 놈도 남김없이 목을 베고 이 나라를 지켜 내자고 내가 외치자, 이백 명의 의병장들은 한 목소리로 외쳤다. 만일 이 산성을 지킬 수 없을 경우에는 여기에 불을 질러 우리가 모두 타 죽고 말 것을 각오하자고 말하며 내가 칼을 빼 들자 모두가 따라 외치며 칼을 빼 들고 허공을 겨누었다. 삼천 병사들의 함성이 성벽을 넘어 산을 울렸다.

그날 밤 여러 의병장들이 일제히 빼든 칼날에 달빛이 번쩍이는 것이 가히 장관이었다. 나는 수천 자루의 칼에서 번쩍이는 광채에서 나라의 장래를 보았다. 저 칼이 있는 한 이 나라는 기필코 다시 일어설 수 있을 것으로 생각했다. 분명 그럴 것이다. 분명 우리가 나라를 구해 내고 말 것이라는 믿음을 가지게 되었다.

정유년 팔월 열사흘 그때 내가 섰던 그 성이 바로 이 화왕산성이다. 가야 때부터 있어 온 고성이 아닌가. 수많은 세월 동안 여러 왕조를 거치면서 그 왕조의 사직의 부침을 지켜보며 영토를 지켜 온 성이다. 가야가 여러 제국으로 흩어져 있을 때 낙동강 수제를 건너와서 수시로 나라의 근간을 흔드는 적의 무리들을 막아 내고 역사의 산맥을 이어 온 성이 바로 이 성이다. 나는 이 성에 오기 전에 믿었다. 수많은 왕조를 지켜 온 이 산성이 기필코 백척간두에 선 이 나라를 지켜 줄 것으로 믿었다.

험준한 북쪽 바위와 남쪽 봉우리 사이에 있는 말안장 모양으로 움푹 들어간 넓은 정상에 성이 있다. 나는 이 성에 들어오면서 밀양부사 이영과 창녕현감 장응기, 현풍현감 신초, 그리고 영산현감 전개오와 함께 했다. 그리고 나의 아우 재기도 함께 오면서 주변의 고을 군민을 데리고 왔다. 그러기에 나의 책임이 더 막중하였다. 군민을 지키고 나라를 지키는 그 막중함에 며칠 밤의 잠을 설치고 있었던 것이다.

성루에 오르면 서쪽으로 낙동강 줄기가 보였다. 밤이 되니 달빛이 쏟아져 내리는 산정은 아름다웠다. 마치 천상의 나라처럼, 손에 잡힐 듯 하늘이 낮게 드리워져 있었다. 이곳이 전란의 중심에 있는 산성이란 것이 믿어지지 않을 정도로 산야가 고요하고 아름다웠다.

적도들은 좌군과 우군으로 나누어 공격해 왔다. 그때 우리를 노리고 있던 것은 일본군 우군인 가토 기요마사와 모리의 군대였다. 우군의 선봉 가토는 울산 서생포를 출발하여 밀양을 거쳐 창녕에서 우리가 방어하고 있던 이 산성으로 공격해 왔다. 초계, 안의를 거쳐 전주로 나아가기 위해서였다. 적들의 병력은 참으로 많았다. 모리를 대장으로 한 일대로 가토가 선봉에 선, 구로다 나가마사와 아사노 등 5만의 병력이었다. 우리의 병력에 열 배가 넘는 병력이었다. 나는 저들이 잔혹하다는 것을 잘 알고 잘 알고 있었다. 그들은 일본의 전국시대를 거치면서 단련되고 단련된 전사들이었다.

적들은 꼭 이레 전 성 밖에 이르렀다. 그 수가 너무 많아 성중의 장병들은 떨었다. 그러나 나는 장졸들에게 말하였다. 왜장도 군사 쓰는 법을 알면 감히 우리에게 덤비지 못할 것이다. 겁내지 마라. 겁내면 죽는다. 나는 백마를 타고 성중을 돌며 병사들에게 태연히 말하였다. 나는 그때 일본군의 심장을 구워 먹은 이야기까지 하며 나의 칼을 빼들어 그 위용을 보여 주었다. 나의 이 칼을 믿어라. 하늘이 내린 이 천강의 검을 믿으라고 말하였다.

가토는 8월 7일 산성을 포위하고 밤낮 동안 성안의 동정을 살피며 공격할 기회를 노렸다. 그러나 가토는 산성의 형세가 매우 험준하여 감히 공격의 엄두를 내지 못했다. 나는 그때 성중에 모든 소리를 죽이고 위장 전술을 폈다. 그들은 우리의 성안이 너무나 고요하니 복병이 있을 것을 우려하여 공격해 오지 않았다.

적이 등을 돌리자 나는 군사를 성 밖에 내보내어 추격토록 했다. 이때 영천 의병장 권응주가 용투하였다. 그는 자신의 휘하 의병 이백 명과 함께 성 밖으로 나가 적을 추격하다 돌아왔다.

그리고 며칠 뒤인 팔월 열이틀 날, 왜적의 좌군은 우키타 히데이에와 고니시 유키나를 앞세워 악명 높은 수십 명의 부장들이 이끈 5만

명의 군이 남원성 공격을 시작했다. 첫날 일본군이 성 외곽을 포위하고 소수 병력을 동원해 철포 사격을 했고 이에 조명연합군은 승자총통과 비격진천뢰 등을 발사해 이를 격퇴시켰다는 전갈을 받았다.

남원성에는 명나라 총병 양원이 이끄는 삼천 명의 군대가 들어와 있었고, 전라병사 이복남과 남원부사 임현 등이 함께 지키고 있었다. 광양현감 이춘원과 조방장 김경로 군민과 함께 성을 필사적으로 싸우고 있었다. 하지만 밤이 되자 일본군은 명나라 군이 지키고 있던 서문과 남문을 돌파하여 성안으로 들어와서, 동문을 점령하고 북문을 지키고 있던 조선군을 포위했다.

서로 죽이고 죽는 백병전이 벌어져서, 결국 북문을 지키던 전라병사 이복남과 방어사 오응정, 조방장 김경로 등이 화약고에 불을 질러 자결하였다고 한다. 동문을 지키던 명나라 군 이신방과 남문을 지키던 천총 장표, 그리고 서문을 지키던 천총 생승선 등도 전사하였다. 이 밤이 지나면 전세가 어떻게 될지 모르겠지만 수적으로 열세인데다가, 평지에 쌓은 성에서 수성전이라 마음이 놓이지 않았다. 만약에 남원성이 함락되면 적은 전주성으로 진격해 가기 위해 우리를 공격해 올 것이었다.

그들이 전주성에서 힘을 합치기로 되어 있어서 그다음 날 가토의 적도들이 기필코 우리를 공격해 올 것이 분명했다. 남원성의 공격 방식으로 우리를 공격해 올지도 모르고 5만의 병력으로 그냥 밀고 올라올지도 모르는 일이었다. 결전의 시간은 다가오고 있었다. 나는 여러 장수들과 부장들에게 일일이 사실을 알리고 만반의 태세를 갖출 것을 당부했다.

　성의 함락이 얼마나 처참한 것인지를 나는 수없이 보아 왔다. 적도들이 그들의 패배를 앙갚음하려고 재차 진주성에 몰려왔을 때, 나는 패배의 처참함에 치를 떨었다. 나는 그때 나의 군사를 이끌고 적의 배후를 교란시키며 그들을 후방을 공격하고 있었다. 그리고 성안의 장수들과 군민이 얼마나 용감하고 최후의 일각까지 몸을 던져 싸웠는가를 지켜보았다. 열 배가 넘는 적과 며칠을 맞서면 혈전을 벌이던 중 성벽이 헐리면서 진주성은 함락되었다. 김천일 장군이 아들 상건과 함께 남강에 몸을 던졌고 최경회와 고종후 등 장수들은 대부분 남강에 몸을 던져 자결하였다. 그들은 처절하고도 의로운 죽음의 길을 갔다.

　성을 함락시킨 일본군은 토끼사냥을 하듯이 사람을 죽였다. 무자비한 대학살을 자행했다. 그들은 성벽을 무너뜨리고 우물을 메워 먹지 못하게 했다. 남아 있는 집들은 모두 불태우고 성중의 사람들은 거의 도륙하였다. 탈출하던 사람들은 계곡에 떨어져 죽었다. 그때 내가 그들을 패멸시키지 못한 것은 천추의 한이었다. 그래서 나는 그날 산성을 지키는 마음이 더 비장하였다. 그날의 참담함을 뼈저리게 기억하고 있기 때문이다.

　전투의 패배란 그런 것이었다. 패배는 죽음이다. 무사로서 나의 죽음은 용납될 수 있을지 모르겠지만, 군민의 생명, 백성의 생명은 죽음이 되어서는 안 되는 것이었다. 그것은 사람의 죽음이 아니라 국가의 죽음으로 이어지기 때문이었다. 도요토미 히데요시는 재침 직전

명령을 내리면서 말하였다. "모든 조선인을 죽이고 조선을 텅 비게 만들어라"라고 했다. 그의 말대로 일본군은 남원에 들어와서 전투도 하기 전에 벌써 만행을 저질렀다. 길거리에서 사람을 잡아 무차별 학살을 자행했을 뿐만 아니라 조선 백성들의 코를 베고, 벤 코는 소금에 절여 일본으로 가져가겠다고 잔혹한 말부터 먼저 하였다. 나는 대비의 소홀함이 그런 처참함을 불러와서는 안 된다고 수백 번 이 칼을 빼 들고 맹세했다. 내가 이 성을 지키지 못하면 나의 칼이 나를 용서하지 말아 달라고 수없이 빌었다.

내가 나의 비겁함을 벨 수 없어서 용맹한 칼이 될 수 없다면 어찌 백성의 칼이 될 수 있겠는가. 칼은 백성의 마음이고 나라의 길이다. 백성을 지키지 못하는 칼은 칼이 아니다. 그 간악한 붕당의 무리들이 버리고 달아난 나라, 거리마다 산처럼 쌓인 저 무고한 백성들의 주검 더미 속에서도 나와 나의 병사들의 칼은 살아서 빛날 것이다. 기필코 살아서 나라를 지켜 내고 말 것이다. 내일은 분명 적 앞에 이 칼의 정체를 드러내고 말 것이다.

그때 나의 맹세는 비장하고도 간절하였다. 따지고 보면 그 전란은 국사에 대한 태만과 분열, 패거리 정치가 불러온 참극이었다. 전란이 일어나기 전 왜적이 침공해 올 것이라고 뭇 사람들이 그렇게 말하였는데도 망상과 아집에 빠진 위정자들은 그 말을 듣지 않았다.

선위사 오억령이 왜국의 사신 겐쇼의 말을 듣고 일본이 군사를 일으킬 것이 확실한 듯하다고 했을 때도 국주인 임금은 매우 화난 표정을 지었다. 임금은 오히려 이 말을 한 죄로 오억령을 파직하지 않았던가. 개국 이래 2백 년의 평화를 누려 온 대신들은 환상에 젖어서 전국에 성지를 보수하고 산성을 쌓아 전란을 대비하라고 하는 충언조차도 나라를 어지럽히는 선동으로 몰아 말화살을 쏘아댔다. 내 편이 아니면 모두가 적이 되는 막가는 정치였다. 나는 그때 시골의 작은 읍에서 성을 쌓고 있었다.

평화의 망상은 늘 양지만 보았다. 햇살의 그늘 뒤에 음지가 있다는 것을 생각하지 않았다. 햇볕의 따뜻함만 누려 온 그들은 전쟁이 이렇게 쉽게 온다는 것을 알지 못하고 파당의 이익을 위해서만 싸웠다. 그들에겐 나라는 없고 붕당만 있었다. 그 붕당의 이익을 위해서 목숨을 걸고 싸웠다. 그들 세 치의 혀는 결국 나라를 전란으로 몰고 가는 뱀의 혀끝과 다르지 않았다는 것을 누가 부정할 수 있으랴. 생각할수록 치가 떨린다.

그때나 지금이나 위정자의 무리란 어찌하여 이리떼와 다르지 않을까. 손바닥으로 하늘을 가리고 거짓말과 선동을 일삼았다. 나라의 안위는 티끌만큼도 생각하지 않으면서 입만 열면 나라를 들먹이고 백성을 들먹였다. 너 편 내 편으로 편 가르기에 목숨을 걸었다. 그들은 오직 파당의 이익에 집착하여 무지한 백성을 선동하고 분열의 나라를 만들어 놓고 말았다. 자기편이 아니면 모두가 적이었고, 생각이 다르면 모두를 역적으로 몰았다. 그들이 꿈꾼 세상도 그들만의 것이었고, 그들이 말하는 나라란 그들만의 나라에 지나지 않았다. 오늘이나 그때나 그 꼴이 어찌하여 그다지도 닮았단 말이냐? 오천 년의 사기꾼들은 다 모아 놓은 것 같은 오늘날 붕당 패거리들 모습에 그들이 겹쳐지는 것은 단지 이 밤의 환상일까.

기축년의 옥사를 생각하면 아직도 치가 떨린다. 왜적이 나라의 문 앞에 와서 총을 겨누고 있는데도 임금과 집권 세력들은 반대파를 죽이는 데 광분하고 있었다. 정여립의 모반사건을 핑계로 무고한 사람들은 도륙하는 광란의 칼춤을 추었다. 정철이란 자가 그 중심에 있었다. 천 명이나 되는 사람을 죽이고도 모자라 눈에 살기를 거두지 않았다. 그가 인간 사냥꾼과 무엇이 다르다 말할 수 있겠는가.

그들은 성리학이란 위선의 탈을 쓴 협잡꾼에 지나지 않았다. 그때는 성리학이란 탈을 쓰고 오늘날은 민주란 탈을 쓴 것만 다를 뿐 어찌 이다지도 역사의 판박이 놀음은 계속되어야 하는지 알 수 없구나. 나라의 녹을 먹으면서 나라보다는 파당의 이익을 먼저 생각한 그 무리들이 역도의 무리와 무엇이 다르다 할 수 있으랴. 그 무리들의 패싸움이 나라는 결국 그 모양으로 만들고 죄 없는 백성들만 왜적의 칼받이가 되게 하였다.

국가의 녹을 먹는 관리라는 것들이 금수와 다를 바가 없었다. 왜군이 무서운 기세로 몰려오자 경좌좌병사 이각은 야음을 틈타 자신의 첩을 먼저 성 밖으로 피신시키면서 창고에 있는 군사용 무명 일천 필마저 내어 주어 싣고 가게하고, 자신은 백주에 도주하였다. 김해성을 지키던 초계군수 이유검은 겁먹은 암캐마냥 관아를 버려 둔 채 혼자 빠져나가 도망하였고, 그것을 본 김해부사 서예원은 이유검을 잡으러 간다는 핑계로 성을 나가 도망하였다. 그것으로 인해서 방어의 전열이 무너지고, 병사들의 사기가 떨어지면서 밤에 동문을 넘어온 왜군에게 김해성은 함락되고 말았다.

의령군수 오응창은 겁을 먹고 움직이지도 않았다. 이렇게 해서 결국 왜적이 경상우도를 따라 올라가서 성주의 무계, 지례 김산을 지나 추풍령, 영동, 청주로 향하는 길을 내어 주고 말았다.

임금이 도성을 버리고 파천하는 날 칠흑같이 어두운 밤에 비까지 내렸다. 지척을 분별할 수 없었다. 궁인들은 울면서 걸어서 뒤를 따랐고 종친과 호종하는 문무관도 눈물을 흘리며 뒤를 따랐다. 그러나 그 수는 불과 일백 명도 되지 않았다. 임금의 곁에 붙어 호의호식하던 대신이란 자들은 하나같이 몸을 피했다. 그것이 바로 그들이 자나 깨나 침이 마르도록 말하던 충(忠)이라는 것의 서글픈 모습이었다.

임금이 도성을 벗어나기도 전에 궁성에 불이 났다. 임금의 거가가 돈의문을 벗어나고 얼마 되지 않아 간민들이 난입하여 불을 질렀다. 인정전이 불타고, 내탕고의 보물을 약탈한 난민들은 장례원과 형조를 불태웠다. 궁궐이 불타면서 검은 연기와 화염이 도성을 뒤덮었다. 처참한 밤이었다. 산들도 강물도 목을 놓고, 꺼이꺼이 울어대는 백성들의 처절한 호곡 소리가 끊어지지 않는 밤이었다.

날이 밝고 비는 계속 줄기차게 내렸다. 모래재를 넘을 무렵 따라오던 대신들 중 상당수가 가솔이나 병을 핑계로 도로 도성으로 돌아가 버리는 바람에 수행하는 자는 얼마 되지 않았다. 궁인들이 탄 말이 진흙에 빠져 허우적거리기도 하고 그들이 우는 소리가 처량하게 들렸다.

나는 그때 기강의 강사에 있었다. 나는 이 구슬픈 파천의 소식을 듣고 밤이 새도록 탄식하며 울었다. 이 망국의 전초에 내가 서야 할 자리가 어디인가를 밤새워 생각했다. 나는 그날 밤 선친께서 물려주신 장검을 빼들고 맹세했다. 나는 나라에 내 몸을 바치기로 맹세했다. 칼 앞에 맹세였다.

나는 칼이 되어야 한다. 이 나라가 위난에 처할 때도 불 속에 몸을 달구던 그 인내로 이 나라에 지켜야 한다. 나는 칼이 되어 말해야 한다. 칼은 이 나라의 길이다. 누가 칼이 위엄에 고개를 들 수 있으랴. 누가 칼의 정직함에 사특한 모반을 행할 수 있으랴. 나는 아버지가 물려주신 그 칼을 향하여 수백 번 다짐을 하며 바라보았다.

나는 서른넷의 나이에 별시의 정시에 합격했으나 나의 글이 임금의 뜻에 거슬린다는 이유로 전방(全榜)을 파해 무효가 되고 말았다. 그러나 나는 원망하지 않았다. 그때 나는 다시 과거에 나갈 뜻을 포기하고 남강과 낙동강의 합류 지점인 기강 위 돈지에 강사를 짓고 평생을 은거할 결심이었다. 그러나 전란의 위국 지경에 나는 일어서지 않을 수 없었다. 나는 바로 그 기강에서 의병을 모아 패배하고 도주한 관군을 대신하여 싸우기 시작했다. 그것이 전란이 일어나고 팔 일 만인 사월 이십이일이었다.

평소 알고 지내던 장정 십여 명과, 노비를 합쳐 의병을 일으켰는데 그 인원이 불과 열 명에 지나지 않았다. 그러나 날이 지나면서 그 수는 늘어났다. 나는 의병들을 먹일 양곡이 없어서 관리들이 달아난 초계와, 신반현의 관아를 뒤져, 무기와 군량미를 확보하여 의병을 먹이고 무장하여 인근 일본군과 싸웠다. 그러나 관아의 양곡과 무기를 무단으로 유출한 죄로 경상우병사 조대곤에 의해 체포령이 내려져서 나는 쫓기는 신세가 되고 말았다. 다행히 초유사 김성일의 도움으로 의병 활동을 계속할 수 있었다.

낙동강 본류와 남강이 만나는 합류 지점인 기장에 접근하는 일본의 수송선을 접근하지 못하게 막은 것이 오 월 육 일이었다. 나는 나의 고향 의령으로 가서 정암진과 세간리에 진영을 마련하고 그곳을 지켜냈다. 그리고 이웃 고을인 현풍과 창녕, 영산과 진주까지를 지역을 넓혀 왜적과 싸웠다. 바로 그 달 하순에 왜적의 무리가 우리 앞에 나타났다. 남강을 건너 전라도로 진출하기 위해서였다.

정암진에서 도하작전을 전개한 엔코쿠지 승려인 에케이가 이끄는 2천 명의 왜병은 기세가 등등했다. 그때 나의 병사는 오십여 명에 지나지 않았다. 실로 우리의 사십 배가 넘는 병력이었다. 나는 적들이 지역을 정찰하여 지나갈 길을 표시해 두고 간 것을 밤에 몰래 뽑아 늪지로 향하도록 해 두었다. 날이 밝고 마침내 적들이 그 길을 지나가다 늪에 빠져 허우적거릴 때 기습적으로 공격하여 왜군을 물리쳤다. 이것은 내가 태어나서 자란 그곳의 지형을 잘 알고 그것을 이용했기 때문이다.

그것을 어찌 전술이나 계략에 의한 것이라 이를 수 있으랴? 그것은 절박함과 간절함, 그것이 가져온 결과였다. 그때 나는 절박함에 얼마나 숨죽였는지 모른다. 나는 천지신명께 얼마나 빌고 또 빌었는지 너희는 모르리라.

나는 밤새워 칼을 잡고 나의 용기를 빌었다. 어릴 적 선친께서 어린 나에게 칼을 쥐여 주며 했던 말이 생각났다. 칼은 정의로 말한다. 너의 마음이 올바를 때 칼을 잡아라. 불의에 떠는 칼은 칼이 아니며, 믿음이 없는 칼 또한 칼이 아니다. 믿음이 굳건할 때 칼은 용맹해질 것이다. 너의 마음이 사특할 때 칼은 모반을 꿈꿀 것이다. 백성을 위해, 나라를 위해 가장 절실할 때 칼을 잡아라. 아버지는 그렇게 말씀하셨다. 나는 그날 밤 칼을 잡고 아버지의 말씀을 다시 가슴에 새겼다.

내가 홍의를 입고 백마를 타는 것도 나의 마음에 충정을 더 굳게 다지기 위해서였다. 홍의는 충정의 붉은 마음이었다. 적의 기선을 제압하기 위한 것이며 위엄을 보이기 위한 것이기도 하였다. 백마의 그 위용은 언제나 나에게 용기와 힘을 주었다. 백마는 나의 분신이었다. 말의 용맹함, 말의 충성심을 나는 믿었다. 나는 붉은 옷이 하늘에 내린 것이듯 나의 준마도 하늘이 내린 것이었다. 나라를 구하는 것은 하늘이 나에게 준 소임이며 엄중한 나의 책무라는 것을 나는 잘 알고 있었다.

수십 인으로 출발한 의병은 몇 달이 지나지 않아서 이천여 명에 이르는 큰 병력이 되었다. 이 또한 하늘의 뜻이란 것을 나는 알았다. 나의 병졸들은 모두가 하늘이 내린 병사들이었다. 나의 병사들이 첫 진주성 전투에서 승리에 기여한 것도 곡창 전라도의 진입을 막아 내고 경상우도에서 적을 몰아낸 것을 어찌 나의 공적이라 할 수 있겠는가. 그것은 오로지 병사들의 공적이었다.

무명의 병사들은 얼마나 위대하였던가. 전란이 재개되자 녹을 먹는 관리들이 겁을 먹고 적과 싸우지 않고 줄줄이 도망쳤다. 전라좌우후 이몽구는 병영을 버리고 관곡을 도적질하여 처자를 거느리고 바다로 도망하였고, 부안현감 권성도 도망하였다. 여산군수 이빈과 전주부윤 박경신, 전주판관 박근, 익산군수 이광길은 적이 보이지도 않는데 도망하여 산으로 숨었다.

어찌 그뿐이겠는가. 장흥부사 유희선이 진주성 함락 소식을 듣고 남해안으로 도망가서 일본군이 쳐들어온다고 떠들어 대자, 동요된 순천과 광양 군민들이 떼도둑으로 변해 방화와 약탈을 일삼고 다녔다. 이러한 일은 전라도 남해안 전체로 확산되었고, 광양과 순천, 낙안, 강진, 구례 일대가 모두 쑥대밭이 되었다.

이것이 바로 권력에 빌붙어 있던 관리란 것들의 본모습이고, 깃털처럼 선동에 떠밀려 다니던 무지한 군민들의 모습이었다.

그러나 나의 군사들은 그들이 버리고 간 고을을 지키고 적을 몰아냈다. 우리는 함안과 의령에서, 그리고 현풍과 창녕 사이에서 잇따라 일본군을 물리쳤다. 우리는 부산에서 한성으로 이르는 적의 보급로를 차단하여 적들에게 상당한 타격을 주었다.

해안의 제해권을 장악한 이순신 장군의 수군이 해상 보급로를 차단하고, 우리는 내륙에서 적들이 곡창지대인 전라도로 진격을 막아냈다.

그러나 물러갔던 적들이 다시 침공해 왔다. 그날은 오늘처럼 달 밝은 정유년의 팔월 열사흘, 적의 좌군은 남원성에 있었고, 우군 5만 병력은 우리의 이 산성 아래에 와 있었다. 그들은 진주성 재침에서 그들이 거둔 승전을 다시 꿈꾸고 있었다. 분명 그랬을 것이다. 가토 기요마사는 잔인했다. 진주성에서도 그가 가장 잔인하였다. 그는 지금 진주성의 아비규환을 다시 한번 꿈꾸며 승리를 확신하고 있었다. 그러나 나는 그를 물리치고야 말겠다고 이를 물고 있었다.

적의 기세가 거셀수록 민심이 흔들리는 것이 바람에 흔들리는 나뭇잎과 같았다. 적의 기세가 등등하니 준동하는 난민의 무리들도 늘어났다. 밤과 낮 적과 아군 사이를 오가며 흔들리는 무리들의 준동을 보게 되었다. 왜적이 함경도로 들어갔을 때 고을과 고을의 일부 무리들이 난민으로 변하여 적의 앞잡이가 되는 경우가 많았다. 그들 반민의 무리들은 군민을 모아 반란을 일으켰다. 관아의 객사를 포위하고 관리를 체포하여 적에게 바치고 피난 온 두 왕자와 비, 시종까지 포박하여 적에게 바쳤다. 연이어 여러 진과 보의 토병과 반민들이 관리를 잡아 왜군에 넘기고 항복하였다. 적은 이렇게 우리 내부에 있었다. 배신이란 것은 뱀 머리처럼 마음 어두운 곳에 도사리고 있다가 때가 되면 어느 순간에 그 독니를 드러낸다는 것을 알고 있었지만, 참으로 통탄과 분노를 금할 수 없었다.

왜적은 우리 백성이 명나라 군사와 몰래 내통할지 모른다고 생각하여 무고한 백성을 날마다 살육하였다. 도성 안의 조선인들을 모조리 죽이라고 말하며 민간인 학살을 자행하였다. 적들은 관아의 건물이든 백성들의 가옥이든 다 불태우고, 가까운 곳의 산과 들도 모조리 불태워라. 금수의 광기가 도성을 폐허로 만들었다.

구원군으로 온 명나라 군은 그 분풀이를 행조의 대신들에게 해댔다. 명나라 장수가 자신의 진영에 군량과 마초가 제대로 공급되지 않는다는 이유로 이 나라의 정승과 판서, 관찰사를 병영의 뜰아래 꿇어앉히고 군법을 집행하겠다는 폭언을 하였는가 하면, 군의 군량 보급을 담당하고 있던 우리의 관리들을 붙잡아다가 곤장을 치기도 하였다. 생각할수록 서글픈 일들이었다.

　돌이켜 보면 지난 전란은 고통의 나날이었다. 힘든 세월이었다. 기근이 심하여 사람들이 굶어 죽었다. 흉년인데다가, 전쟁으로 농토가 피폐화되어 농작물을 가꾸지 못했기 때문이었다. 특히 경기지역의 사민들이 크게 굶주려서 죽은 자가 많았다. 사람들은 살아갈 계책이 없어 굶어 죽은 시체가 길에 가득 차고, 곧 죽어갈 사람들의 헝클어진 머리와 귀신같은 몰골은 참혹하여 차마 볼 수 없었다. 굶주려 눈이 뒤집힌 사람들이 인육을 먹는 것을 전혀 괴이하게 여기지 않았다. 길가에 쓰러져 있는 굶어 죽은 시체를 뜯어 먹어, 살점이 붙어 있지 않는 경우가 태반이고, 산 사람을 잡아 죽여 내장과 골수까지 먹는 일도 많았다. 부자 형제도 서로 잡아먹는가 하면 굶주린 어린애가 기어가서 죽은 어미의 젖을 빠는 처참한 광경을 보고 사람들은 하늘을 원망하며 탄식했던 것을 우리가 어떻게 잊을 수 있겠는가. 그것을 어찌 인간의 삶이라 할 수 있겠는가. 나는 기억하고 있었다. 그 치욕을 기억하고 있기에 나의 결의는 돌과 같을 수밖에 없었다.

　내가 이 성을 막지 못한다면, 이 나라는 다시 한번 그 처참한 도탄지경에서 헤매게 될 것은 불을 보듯 뻔했다. 다시 거리는 죽은 자의 시체로 넘치고 고을고을 호곡 소리가 이어질 것이기에, 나는 나의 병사들과 함께 죽음을 결의했다. 죽음을 두려워하면 나를 구하지 못하고, 나라를 구하지 못하리란 것을 알고 있었기 때문이다.

왜적은 그날도 공성을 준비하다가 물러갔다. 그들은 계곡을 타고 올라와 바로 성 밑에서 철포를 쏘다가 돌아갔다. 낮에 몇 차례 공격을 하다가 돌아갔다. 밤에 다시 성에 접근해 왔다. 우리는 일제히 활을 쏘아 많은 왜군을 죽였다. 화살을 맞고 계곡에 떨어지는 적들의 단말마를 듣고 그들은 물러갔다. 그리고 몇 차례나 더 수효를 셀 수 없이 많은 왜적들이 올라와 성을 포위하고 여러 산의 봉우리마다 진을 치고서 무수히 포를 쏘아댔다. 성안에 군관민이 성 아래로 돌을 던지고 우리의 의병들이 용감히 활을 쏘아 적을 막아 냈다.

나는 그때 경상좌방어사의 임무를 맡고 그 자리에 서 있었다. 밤이 깊어 시간은 곧 내일의 새 아침으로 피어나겠지만 이슬은 차고 바람도 서늘하였다.

나는 목민관은 아니지만 성안에 들어와 있는 네 개 군의 군민들을 보호하고 그들의 지켜야 하는 무거운 책무가 있었다. 배고픔에 허우적거리는 사람은 없는가, 몸이 아픈 사람은 없는가를 살피고 또 살펴야 했다. 그래서 나는 그 밤 이 자리에 서 있었던 것이다.

용장은 덕장이다. 진정한 용맹은 덕으로 완성된다. 대대손손 덕장은 지혜와 덕과 용맹함을 전하고 이어가야 한다. 그것이 나의 길이며 동시에 국가를 위하는 길이라는 것을 명심하고 있었다. 내가 스스로 용맹하지 못할 때, 내가 내 자신 앞에 꼿꼿하지 못할 때 내가 어찌 나의 군사들에게 용맹하기를 바랄 수 있었겠는가. 나를 버리지 않으면

칼을 향하여 195

안 되었다.

　돌이켜보니 그렇다. 나의 이 우국충정이 모함을 받아 가야 할 길이 흔들렸던 적은 또 얼마나 많았던가. 김덕형의 경우만 해도 그렇다.
　이몽학의 반란으로 무고한 김덕령이 잡혀가서 고초를 당하다 죽었다. 그는 수백 번의 형장 신문에 드디어 정강이뼈가 모두 부러졌는데도 그의 말과 마음은 흔들리지 않았다고 한다. 그는 진정한 무사였다. 전란에 그 많은 공을 세웠던 그였지만 그가 누명을 덮어쓰고 죽음 앞에 섰을 때 누구 하나 그의 무고를 변론해 주는 사람은 없었다.
　나라가 차츰 평온해지는데 장수 하나쯤 무슨 대수이냐. 즉시 처형하여 후환을 없애야 한다는 말을 하는 대신들도 있었다. 결국 김덕령이 옥에서 고문받다가 억울하게 죽었다. 나라의 급한 불을 끄고 나니 임금이나 조정의 대신들의 마음이 바뀐 것이었다. 얼마 전까지만 해도 목 안으로 기어드는 소리를 내던 임금과 대신들이 전란의 고비를 넘기니 생각이 바뀌었던 것이다. 예나 지금이나 위정자들은 그렇게 사악하였다. 전란 중에 앞 다투어 몸을 감추었던 사족의 무리들이 잠시 적이 물러가자 땅굴 속에 숨었던 뱀처럼 하나둘씩 나타나서 붉은 혀를 날름거리기 시작하였다. 그러곤 전란에 나라를 구하기 위해 목숨을 걸었던 무사들을 생각 없이 죽였다.
　남도의 군민들은 항상 덕령에게 기대고 그를 소중하게 여겼는데 김덕령이 억울하게 죽게 되자, 소문을 들은 자 모두 원통하게 여기고 가슴 아파하였다. 그때부터 남쪽 사민들은 실망스런 마음과 배신감으로 용력이 있는 자는 모두 숨어 버리고 다시는 의병을 일으키지 않았다.

 나는 그때 의분을 감출 수 없었다. 나의 이름조차 무고하게 거명되어 내가 당한 고통은 그 얼마였던가. 그러나 그때도 나의 마음은 흔들리지 않았다. 나라를 구하는 일이라면 어떤 모함도 고초도 견뎌야 한다고 내 자신에게 수없이 마음의 담금질을 했다. 나에게 그 마음을 일깨워 준 것이 바로 그 칼이었다. 아버지가 물려주신 그 칼이었다. 나는 그때 칼 앞에서 나를 추스르고 다잡았다. 나는 내 자신에게 수없이 반문하였다. 그리고 칼을 향해서 다짐하였다.

 나는 마음과 몸이 함께 우는 칼의 예민함을 지녔는가? 그리하여 적의 숨소리마저 두 동강 내는 칼의 그 영민함을 과연 나는 지니고 있는가? 전신을 바쳐서 이루어 내는 칼의 묵묵함을, 나는 이 나라의 장수로서 지녔는가? 그렇지 않다면 내가 어떻게 저 군민들을 구하고 나라를 구하는 장수가 될 수 있으랴.

 칼의 길은 얼마나 용맹한가. 수많은 침략의 무리를 베고, 모반과 배신의 무리들 목을 베고 나라를 지켜 온 칼은 얼마나 충직하고 의로운가. 의로움으로 인하여 또한 얼마나 외로운가. 내 마음속에 어떠한 불의나 불충도 용납하지 않는 스스로의 칼이 되고, 나라를 지켜 내는 용맹한 칼이 되어야 한다. 어떠한 위난의 순간에도 휘어지지 않는 강직한 칼이 되어야 한다.

 칼의 마음이 곧 나의 마음이고, 나의 마음이 곧 칼의 마음이다. 나의 군사들, 그리고 수많은 의병장들의 칼과 그 칼의 마음이 서로 힘을 합쳐서 적도의 말발굽을 끊어 내고야 말 것이다. 저 무도한 왜적의 머리를 베고, 그들의 간악함마저도 베고 말 것이다. 칼은 곧 하늘의 뜻이며 지고지순한 사직의 명이다. 이 나라의 위난과 고통의 신음 소리마저도 베어 내고 나라의 길을 찾을 것이다.

늦은 밤 수없이 맹세하며 올려다본 성벽 위에 바람이 불어 갔다. 성첩을 지나면서 바람이 칼 소리를 내었다. 나를 다잡는 소리였다. 성안에 잠 못 이룬 군민들의 신음소리가 바람결에 가끔씩 들렸다. 그들은 고통스러움과 불안한 마음에 잠을 이루지 못할 것이었다. 그러나 스스로 숨소리를 죽이고 이 나라의 앞날을 걱정하고 있는 그들의 애처로운 심사를 나는 알기에 깊은 밤 그렇게 서 있어야 했다.

하늘은 이 나라에 어찌 이토록 참혹한 시련을 주시는 것일까 하는 생각이 들 때마다 나도 모르게 눈은 물기에 젖었다. 눈물에 젖은 눈으로 하늘을 올려다보니 산천엔 밝은 달빛이 은가루처럼 쏟아져 내려 고요하기만 한데, 온 나라가 전란의 불구덩이에 빠져 백성들이 쓰러져 가고 있는 현실이 안타깝기만 하였다. 마음 곳곳을 후벼 파는 것 같은 고통에 몸을 가눌 수 없었다. 그러나 나는 믿었다. 나의 칼을. 그 밤이 지나고 칼은 나를 저 성루에 올라서서 적을 막아 내게 할 것이란 것을 믿었다.

그때 나의 어머니가 노환으로 위독하시었다. 미음도 제대로 드시지 못하신 지가 벌써 열흘째였다. 노모가 나라를 걱정하는 마음이 지중하시었다. 나는 아우 재기와 함께 어머니의 상을 입고 이 성을 잠시 떠나 있어야 할지도 몰랐다. 그것이 언제일지는 알 수 없었지만, 그날이 되기 전에 적의 무리를 패주시키고 말아야 했다. 나라를 지키는 일이 내 마음이듯, 부모는 나의 마음속에 나를 지켜 주는 또 하나의 나라이며, 내가 지켜야 할 또 하나 마음의 나라이기도 하였다. 내가 어려서 친모를 여이고 계모께서 나를 키웠다. 참으로 지극한 정성으로 우리를 보살피며 키워 주셨다. 나는 그 지극한 어머니에 대한 나의 효성을 어떻게 표현할 수가 없었다. 나의 마음은 어머니의 그 마음에 반도 미치지 못하였다.

나는 그 노환에도 나라를 걱정하시는 어머니를 생각하며 엄숙하게 나의 장검을 뽑아 허공에 쳐들었다. 그것은 내 자신을 다잡는 결의가 될 것이기에 비장한 마음으로 나의 보검을 뽑아 허공에 치켜든 것이었다.

칼은 허공을 가르며 영명한 소리를 냈다. 마음 안의 소리가 곧 마음 밖의 소리와 다르지 않았다. 몸의 안과 밖이 함께 우는 칼의 소리는 늘 지중하였다. 칼의 소리는 늘 그렇게 충직하였다.

아, 그때 알 것 같았다. 쓰는 자의 마음에 따라 칼은 그 강과 약이 다르고, 준마가 그 주인의 마음을 알아보듯이, 칼은 그 주인을 알아본다고 하시던 아버지의 그 말씀도 알 것 같았다. 나는 비장한 마음으로 다시 칼을 잡았다. 산성에 흐드러진 억새꽃이 칼날처럼 휘날렸다. 그렇다. 저 억새꽃 하나하나마저도 칼날이 되어 일어서듯이 나의 칼은, 나의 병사들의 칼은 이 밤이 지나고 모두가 용맹하게 일어서게 되리란 것을 마음으로 보았다.

내가 달빛 속에 바라보는 저 산줄기들, 능선과 능선이 만나 산천마다 길을 만들고, 그 길 너머로 아득한 고을이 보였다. 고을 너머 저 나라의 강토 위에 칼은 오직 무언으로 말할 것이다. 무언으로 해서 그 위엄과 자태를 더 굳건히 갖추고 그 위엄과 도도함을 더 빛내게 될 것이란 예시처럼. 허공에 치켜든 칼끝에 달빛은 나의 충정과, 구국보민의 위대한 맹세처럼 번쩍였다.

나의 칼이 힘을 잃을 때 성안의 저 군민들은 얼마나 절망할까. 나의 칼이 힘을 쓸 수 없는 허약한 것이 될 때 이 저 백성들은 얼마나 노여워할까. 나는 지금 저 성중의 잠 못 이루는 군민들의 마음으로 다시 한번 의기를 충전하여 나의 칼이 일어서게 할 것이다.

그래, 내일은 적이 올 것이다. 적이 와서 이 산성에 접근해 올 것이다. 나는 그때 나의 병사들의 칼과 함께 이 칼로 무참히 그들의 목을 벨 것이다. 일만의 적을 베어 내고 말 것이다. 그리고 궁극에 가서는 분열과 선동을 일삼아 온 나라 안의 적, 그 역도들의 붉은 혀마저 베어 내고 말 것이다. 그날 밤 나는 그렇게 칼 앞에 다짐하였다.

그러나 이제 나의 칼은 이승의 칼이 아니다. 죽음 앞에 나의 칼도 바람에 지나지 않는다. 다만 이 나라의 앞날이 걱정될 뿐이다. 무엇 하나 나라로부터 받은 것 없는 나의 병사들이 몸을 일으켜 어떻게 지켜낸 나라인데, 이 지경이 되었단 말이냐. 도적이 선민을 쫓고 거악이 소악을 쫓는 이 나라의 형국이 어찌 이다지도 그때의 판박이란 말이냐.

아, 그렇구나. 이 밤, 선과 악이 뒤바뀌고 억지와 **뻔뻔함**이 판을 치는 나라, 이념의 포로들에 의해 분열된 이 나라를 보는 마음이 적 앞에 외로이 섰던 그날 밤만큼이나 착잡하구나. 이 밤 나의 준열한

꾸짖음도 눈 들면 바람이 되고, 나는 다시 바람을 타고 저 달빛 속을 흘러가야 하지만 너희가 사는 이 시대 이 나라의 안위가 걱정될 뿐이다.

오늘따라 저 달빛마저 나의 마음을 무겁게 하는구나.

(『PEN문학』 2022년 5-6월호)

-제2부-

아버지의 산

　자리에 누웠으나 잠이 오지 않는다. 생각할수록 상구의 소행이 괘씸하다. 몇 개월만 더 여유를 달라고 그렇게 말했는데 상구는 '열흘 내로 집을 비우지 않으면 강제로 철거하겠다. 그리고 회사 땅을 물고 있는 산소도 하루빨리 옮겨 달라'는 말을 하고 갔다. 그래서 오늘 마을 사람들과 함께 건설 사무소로 찾아가서 한바탕 실랑이를 벌이다 왔건만 마음은 더 무겁다. 자정이 넘었을까 사위가 고요하다. 문을 여니 5월의 아카시아 향기가 은은하게 바람에 실려 오는 통뫼산 기슭에 보름달 빛이 폭포처럼 쏟아지고 있다. 하지만 달빛 속에서 마음은 더 착잡하기만 하다.
　달빛 속에 흘러가는 물소리만큼이나 살아온 세월이 허망하다. 몇 대를 살아온 집을 내주고 떠나야 한다는 현실이 쉽게 받아들여지지 않는다. 급한 마음에 윗동네에 사람이 살지 않는 빈집 하나를 얻어 그리로 옮기기로 하였으나 태어나서 지금까지 60년 가깝도록 살아온 집을 비워야 한다는 처지에 가슴이 아프다.
　철광산 일대가 건설업체에 넘어갔다는 이야기를 전해 들었을 때 혹시 이곳에 아파트 단지가 들어서는 것은 아닌가 하는 불길한 생각이 머리를 스치고 지나갔지만 '생각이 있는 사람들이라면 설마 이곳에 아파트를 짓도록 하겠느냐?' 하는 생각으로 마음을 위로했다. 시 문화재위원회와 문화재 연구원, 그리고 허가 관청인 시 당국에 사람들도 상식이 있을 턴데 아파트를 짓도록 내버려 두지는 않을 거라고 생각했다.

그러나 일은 나의 생각과는 정반대로 진행되고 있었다. 어느 날 갑자기 한 무리의 사람들이 광업소 일대에 펜스를 설치하기 시작하더니 길을 막고 외부인의 출입을 통제했다. 그리고는 산을 깎아내리기 시작했다. 아버지의 산소로 가는 길에 보니 철광석을 채굴하느라 파내려 갔던 거대한 분화구 같은 노천 막장은 어느새 사토로 메워지고 지하로 통하는 갱의 입구들도 역시 흙으로 막혀 흔적도 남아 있지 않았다. 그것이 불과 5-6개월 전이었는데 어느새 아파트 공사는 이미 기초 작업을 끝내고 건물을 빼 올리기 시작했다.

그리고는 마침내 부지 인근에 내가 사는 집마저 비워달라는 최후통첩을 보내 왔다. 조상의 땅을 지키겠다고 할아버지가 이 마을에 들어와서 아버지에 이어 3대를 이어서 살아온 집이다. 그런데 그 집을 비워 달라고 한다. 집 그 자체가 문제가 아니라 오랫동안 지켜 왔던 삶의 근본마저 빼앗겨 버리는 것 같아 마음이 무겁다. 보상금을 받아가고 집을 비워달라는 통보를 몇 번이나 받았지만 나는 일언지하에 수령을 거부했다. 그러자 그들은 공탁금을 걸고 집을 철거하겠다고 나섰다.

할아버지가 이곳에 들어와서 집을 지을 때만 해도 이 광산 일대가 전부 종중의 소유였으니 당연히 할아버지의 집이었다. 그러나 그것이 일제 통감부에 의해서 강제로 일본인의 손에 넘어가고 해방 후 국가에 환수되었다가 다시 개인에게 소유권이 넘어가면서 우리 집은 결국 남의 땅에 서 있는 집이 되고 말았다. 어디 가서 하소연해 볼 수도 없는 이 처지에 가슴이 무거웠다. 이런 나의 가슴을 더 아리게 하는 것은 외육촌 동생인 상구의 행동이었다.

상구는 대흥건설 대외협력 부장이라는 명함을 들고 다니며 아파트 건립에 따른 인근 지주와의 마찰이나 공사로 인해 생기는 민원을 해결하는 일을 하고 있다. 뿐만 아니라 진입로 개설에 필요한 땅을 매입하는 일을 주선하기도 하고 밖에 나가선 아파트 건설의 당위성을 알리기도 하면서 아파트 건설이 마치 인근 주민들의 간절한 소망이라도 되는 것처럼 주민들의 뜻을 왜곡하고 다니는 일을 하고 있다. 그는 이 마을의 반토박이에다가 한때 지역 환경단체의 회원이라는 것을 내세워 이곳이 아파트 입지로 결정되기 오래전부터 "이 철장은 문화재로서 아무런 보존 가치도 없으며 주변 여건으로 보아 아파트 건설이 절대 필요하다"고 역설하고 다녔다.

"풀 한 포기 제대로 자라지 않는 이 황량한 불모지를 어디에다 쓰겠느냐? 공장을 세우면 공해 때문에 인근 주민들이 어떻게 살 수 있겠느냐, 아파트 건립이야말로 이 땅의 가치를 높이고 이웃 마을 사람에게도 최대의 혜택을 주는 것이 아니고 무엇이겠느냐. 예전에 철광석을 좀 캐내었다고 그곳을 문화 유적지 운운하는 것은 정말 웃기는 이야기다. 아파트 건설을 반대하는 것은 손에 쥐어 준 숟가락을 내팽개치는 것과 무엇이 다르겠는가?"

그는 건설업자 앞잡이가 되어 만나는 사람마다 이렇게 말하고 다녔다. 한번은 나에게까지 찾아와서 아파트 건립 추진위원회에 참여해 달라고 했다. 그 말에 내가 화가 나서 "이 정신 나간 놈아, 나이를 먹었으면 나잇값이나 좀 해라"며 고함을 지르자 그는 입을 실룩거리며 "언젠가는 후회하게 될 것이다."라는 말을 남기고 돌아간 적도 있었다.

상구의 아버지를 이 마을에 불러들인 것은 아버지였다. 아버지는 이곳 저쪽 장판을 떠돌아다니며 세 식구의 입에 겨우 풀칠이나 하던 상구의 아버지를 이 마을에 불러 위토답을 내주고 문중산을 개간해서 농사를 지어 살도록 해 주었다.

그런데 그의 아버지가 이 마을에 들어온 지 몇년 만에 사고를 냈다. 폐광의 매몰 사고였다. 그 뒤 고아가 된 상구를 아버지가 밤낮으로 돌봐 주고 결혼까지 시켜 주었다. 문화제 도굴 사건으로 입건되었을 때는 동민들의 탄원서를 만들어 경찰서 문을 불이 나도록 들락거리며 그를 빼내 준 것도 아버지였고, 같이 못살겠다고 달아난 마누라를 달래어 다시 살림을 하도록 해 준 것도 아버지였다. 그러나 그는 다시 문화제 도굴에 손대다 문제가 생기자 아버지를 물고 들어가는 망나니 행동을 서슴지 않았다.

아버지가 돌아가신 지 20년이 지난 지금 그는 자신의 은인이나 다름없는 아버지의 산소까지 옮기라는 통보를 보내 왔다. 측량 결과에 의하면 묘지가 회사 땅을 상당히 점유하고 있어서 이전이 불가피하다는 것이며 묘지가 공동 주택의 입주자에게 혐오감을 준다는 이유도 빼놓지 않았다.

60년대 초 광산이 본격적으로 개발되기 전까지 마을은 황량하기 이를 데 없었다. 집이라야 대여섯 채가 전부인 외딴 마을이었다. 밤이면 정체를 모를 퍼런 불들이 앞산에서 뛰어다니고 골짜기 연못 쪽에선 여인의 울음소리 같은 것이 들리는 음산한 곳이었다. 서쪽으로 큰 산 때문에 겨울철에는 해가 빨리 졌다. 겨울밤이면 동천강 줄기를 따라 불어온 매서운 바람이 산 허리를 휘몰아치면서 붉은 먼지 기둥이 하늘 높이 솟고 밤새 문풍지가 울어대는 산마을이었다. 쇠가 나는 곳이라 하여 오래전부터 사람들은 그곳을 쇠곳이라 불렀다. 상구의 집은 우리 집에서 마을 아래쪽으로 1킬로쯤 떨어진 작은 외딴집이었다.

집 뒤로 붉은 산이 바로 광산이었고 그 능선이 말굽 모양으로 휘어지는 아래에 큰 계곡이 하나 있었다. 그 계곡 안쪽 깊숙이 큰 연못이 하나 있고 그 연못 뒤에 철광석을 캐던 갱의 입구가 있었다. 또 하나의 능선은 남으로 흘러내리면서 우봉솔골과 먼덕골이라는 계곡을 이루었다. 우봉솔골에도 먼덕골에도 굴을 파다 만 흔적이 그대로 남아 있었다.

서쪽 계곡의 연못 위에 일본인 나카무라가 채굴하다 버려두고 간 갱과 해방 직전 한 민간업자가 채굴을 하다가 방치해 두고 간 갱이 있었는데 가시덤불 사이에 떡 입을 벌리고 있는 것이 매우 흉물스럽게 보였다. 그곳은 근처에만 가도 음습한 기운이 안에서 불어 나와 사람을 빨아들일 것만 같았는데 전쟁이 일어나기 전에는 빨치산 산사람들이 여기에 머물면서 많은 인명을 해친 곳이라 가까이 가는 것을 꺼렸다.

　상구의 아버지가 바로 그 폐광의 갱에 가서 사고를 낸 것이었다. 아버지는 "갱에는 어떤 일이 있어도 들어가지 마라."라고 누누이 일렀건만 아버지의 눈을 피해 갱 내 받침목을 빼내 파는데 재미를 붙인 상구 아버지가 자신의 아내까지 데려가서 받침목을 빼내다가 흙이 무너지는 바람에 매몰되어 목숨을 잃은 사고였다. 그전에도 몇 번인가 사람이 빠져 죽고부터는 사람의 출입이 거의 없었는데 상구의 아버지는 바로 인적이 드문 그 점을 이용해 갱구 받침목을 빼내다가 사고를 낸 것이었다.

　상구의 아버지가 변을 당했다는 것을 안 것은 사고가 있고 나서 하루가 지난 뒤였다. 밤늦게 상구가 달려와서 산에 갔던 부모들이 돌아오지 않는다는 말을 듣고 아버지는 상구를 데리고 산으로 가보았으나 캄캄한 어둠 속에 싸인 산은 접근조차 할 수가 없었다. 그다음 날 갱내에서 사고를 확인했다. 항내서 20미터 지점에 흙이 무너져 있는 것을 보고 갱내 사고임을 알 수 있었다. 동네 사람을 불러왔으나 음산한 갱내로 들어갈려는 사람이 없었다. 아버지가 괭이와 삽을 들고 선두에 서자 청년 몇 사람이 뒤를 따랐다. 한 시간이 넘게 흙을 파내고 상구 아버지와 어머니의 시신을 찾아서 굴 밖으로 나왔다. 갱 입구에 천막을 치고 삼 일만에 장례를 치렀다.

　아버지는 후회했다. 차라리 그냥 장판이나 떠돌며 살도록 내버려둘 것을 괜히 불러 이런 사고가 일어났다고 매우 괴로워했다. 아버지는 그런 자책감 때문인지 상구를 친 자식처럼 여기며 뒤를 돌보아 주었다. 그러나 나이가 들면서 상구는 아버지의 이러한 은혜를 원수로 갚았다.

　상구의 아버지가 죽고 나서 아버지는 갱 입구를 철책으로 막고 산을 지키는 일을 더 열심히 했다. 그런 아버지를 두고 동네 사람들은 쇠곳 지꿈(지킴이)이라고 불렀다. 나는 아버지를 이해할 수 없었다. 홀아비로 살면서 상구까지 보살펴 주고 산에서 일어나는 모든 험한 일을 도맡아 처리하며 논이나 밭에서보다 폐허가 된 광산에서 더 많은 시간을 보내는 아버지를 이해할 수 없었다.

　"산귀신에 씌어서 그 좋은 곳 다 마다하고 이 시골 마을로 돌아와 홀아비가 되어 저 모양으로 산다"고 동네 사람들의 수근거렸지만 아버지는 아랑곳하지 않았다. 그 황량한 산판을 둘러보고 이상하게 생긴 돌덩이 같은 것을 주워 오거나 그러지 않은 날에는 맞은편 할아버지의 산소에 올라가서 마을을 내려다보곤 했다.

　전쟁이 나고 인근 동천강 백사장에 임시 막사를 설치한 학도병들이 하루에 수백 명씩 이곳 산비탈에 와서 사격 연습을 하면서 온종일 산천을 찢는 듯한 총소리를 낼 때도 아버지는 할아버지의 산소에 올라 그 광경을 지켜보았다. 훈련병이 오지 않는 날 아버지를 따라 산비탈로 가보면 탄피가 가을 낙엽처럼 흩어져 발에 밟혔다. 그때 아버지의 얼굴은 매우 어두워 보였다.

　이웃집에 황씨 아저씨가 보도연맹에 가담되었다고 끌려가서 죽은 것도 이 무렵이었다. 전쟁이 끝나자 산은 다시 고요가 찾아왔다. 아버지는 보도연맹의 가담자들이 처형되어 함께 묻혔다는 멀리 남쪽의 대운산 자락을 바라보며 한숨을 쉬었다. 이웃집 황씨마저 없는 마을은 더욱 적막했다. 아버지는 황씨와의 인연을 잊으려는 듯 더욱 열심히 산을 샅샅이 훑고 다녔다. 마치 누가 산을 떼어가기라도 하는 것처럼 아버지는 하루도 빠짐없이 산을 올랐다.

이런 지난 일들이 생각날 때마다 건설회사의 처사가 못마땅하고 상구가 미웠다. 집은 또 그렇다 치더라도 조상의 묘소마저 옮기라는 말에 정말 화가 치밀었다.

'이 땅이 원래 누구의 땅이었는데 지금 와서 산소를 옮기라 마라 한단 말인가. 회사 측의 입장이 비록 그렇다 하더라도 상구 그 놈이 어떻게 아버지의 산소를 옮기라는 말을 할 수 있다는 말인가? 아무리 목구멍이 포도청이라 해도 인간의 탈을 쓰고 지가 어떻게 그럴 수 있단 말인가?' 하는 생각에 분을 삭일 수 없었다.

온종일 안절부절못하고 있는데 마침 마을 사람들이 건설 사무소에 항의 시위를 간다고 찾아왔다. 공사 소음과 분진 문제도 따질 겸 아파트 추가 건설 계획을 철회하라는 의사를 전달하러 간다고 했다. 그래서 따라갔다. 소장은 없고 어떻게 알았는지 상구가 미리 나와서 기다리고 있었다. 그는 항의하러 간 사람의 말은 듣지 않고 자신의 입장만 내세우며 마을 사람들에게 삿대질을 해댔다.

안하무인격인 태도와 적반하장 꼴인 행동에 화가 치밀어 나는 삿대질하는 그의 팔을 뿌리쳤는데 그는 힘없이 땅바닥에 쓰러졌다. 갑자기 수족을 떨면서 입에 거품을 물고 숨을 헐떡거렸다. 순간 나는 당황해서 뒤로 물러났다. 예상외의 일로 마을 사람들도 당황해서 물러설 수밖에 없었다. 제대로 항의도 한 번 못해 보고 함께 갔던 마을 사람들은 발을 돌려야 했다. 그의 행동이 위장된 속임수란 것을 알고 있었지만 사람이 쓰러져 거품을 물고 있는데 어떻게 할 수가 없었다.

상구는 어린 시절에도, 그가 광업소에 취업해 다니던 때에도 여러 번이나 나 앞에서 이런 행동을 보이곤 했기 때문에 나는 그의 그러한 행동이 어려운 순간을 모면하기 위한 교묘한 위장 수단이란 것을 알고 있었다.

해방 직전 민간업자들이 개발하다 버려놓고 간 이 철광산을 대한철광개발주식회사가 다시 발하기 시작한 것은 64년도였다. 어느 날 산마루에 낯선 사람들이 몰려와 기계를 설치하고 땅을 뚫어 철광석 표본 조사를 하더니 개발이 시작되었다. 먼저 변전소가 들어서고 거대한 물탱크가 설치되었다. 그리고는 사무실, 노동자 숙소, 사원 사택이 세워졌다. 공작실, 병원, 배구장, 압기실에 이어 철광석을 부수어 쇠를 걸러 내는 선광장이 육중하고 거대한 위용으로 들어섰다. 그리고 막장에서 그 선광장까지 연결하는 레일이 놓였다.

우리 집 옆에는 광업소 소장사택이 들어서면서 동네 앞길이 시멘트로 포장되었다. 담 너머 소장 집에선 서울말을 쓰는 사람들의 웃음소리가 연일 들려 왔다. 소장은 예쁜 비서 아가씨를 수행한 채 기사가 운전하는 검은 지프차를 타고 다녔다. 사람들은 소장이 예쁜 비서를 데리고 다니며 어떻게 한다는 말을 하기도 했으나 내가 보기엔 그렇지 않은 것 같았다.

경비 대장이 아버지를 찾아와서 상구가 몇 번이나 광업소 시설물에 무단으로 침입하여 비품을 가져가려 했다고 했다. 아버지는 상구를 불러 타일렀다. 그는 그때 아무런 말을 하지 않고 입에 거품을 무는 행동을 보였다.

광업소는 하루가 다르게 규모를 넓혀갔다. 직경 150미터나 되는 노천 막장은 지하 100미터까지 내려가서 거기에서 다시 본격적인 갱내 작업으로 들어가 생산성을 높이고 있었다.

그 무렵 막장에서 일할 사람을 모집한다는 말을 듣고 내가 지원하여 3교대로 일하게 되었다. 갱내에서 내가 하는 일은 막장에서 착암기로 암석을 뚫는 일이었다. 내가 막장에서 일을 하게 되자 아버지는 "상구를 그냥 둘 수 없다"며 소장을 찾아가서 일자리를 부탁했다.

이외의 일이었다. 채광 작업이 본격화 되면서 광산이 성업을 이룰 때도 아버지는 별말이 없었다. 마치 아버지는 이러한 변화를 예견하고 있었기라도 하듯 가끔 할아버지의 산소가 있는 맞은편 산에 올라 광산의 개발 상황을 덤덤하게 바라보기만 할 뿐 별 말이 없었다. 그러던 아버지가 상구를 취직시키기 위해 소장을 찾아갔다는 것은 놀라운 일이었다.

소장은 검은 테 안경을 쓴 조그만 체구에 지적인 풍모를 지닌 사람이었다. 소장은 첫마디에 아버지의 부탁을 들어주었다고 했다. 상구가 일하게 된 곳은 압기실이었는데 그곳은 기계를 돌려 갱 안으로 외부 공기를 불어 넣는 일을 하는 곳이었다.

선광장에 모아진 철은 수십 대의 대형 트럭에 의해서 온종일 역으로 실어 가면 거기에서 다시 배로 옮겨져서 일본으로 수출되었다. 포항에 제철공장이 들어서고 나서는 그리로 실려 갔다. 강원도 양양 속등지에서 광산 노동자들이 모여들었고 술집과 하숙집이 속속 생겨났다. 1000여 명의 노동자들이 삼교대로 일을 하다 보니 주변이 늘 소란하고 분주하였다. 고성방가와 노름판, 도둑질, 폭행 사건 등이 빈번했다. 이러한 주변 분위기는 상구가 행동하기엔 안성맞춤이었다. 상구는 회사의 일보다 이런 노동자들과 어울러 다니는데 더 재미를 붙이고 있는 듯했다.

아버지는 광업소의 이러한 성업을 상징적으로 받아들였다.

"신라시대를 전후로 한 시기에도 틀림없이 이곳에서 지금과 같이 철광업이 성업을 이루었을 것이다. 삼한 시대에 이미 수많은 사람이 여기에 와서 철을 캔 흔적이 있으니 말이다. 그것은 추측이 아니라 역사적 진실인데도 우리의 역사가 종적인 개념으로 연구되다 보니 그러한 사실들을 소홀하게 다루고 있는 거야."

이러한 역사적 사실에 대한 관심은 아버지가 일제 강점기 교토대학의 역사학부에 유학하여 산업 역사를 공부할 때부터였다고 한다. 고대에 일본인의 쇠를 다루는 기술이 한국에서 건너갔고 한국 고대사에서 철의 시원은 바로 이곳 달천 철장에서 비롯되었다는 확신을 그때부터 가지게 되었다고 했다.

아버지의 말을 처음 듣는 순간 나는 아버지에게, 그래서 이 피폐한 마을로 돌아온 것이냐고, 그래서 얻은 것이 무어냐고, 그리고 평생을 수집해 놓은 그 쇠돌맹이들과 쇠똥들, 그리고 주변의 철 부스러

아버지의 산

기들이 삶에 무슨 보탬이 되었느냐고 묻고 싶었지만 아버지 면전에서 차마 입이 떨어지지 않았다.

　내가 일하는 막장은 지하 200미터 수평 2500미터 지점이었다. 50미터쯤 갱구로 들어가서 큰 광장을 만들고 거기서 다시 사방으로 갈라져서 채굴을 해 나갔다. 어떤 경우엔 갱내에서 수직으로 50미터 더 깊게는 300-400미터까지 내려가서 거기서 다시 수평으로 채굴해 나가야 했다. 갱내 광장에서 2킬로 어떤 것은 4킬로까지 미로와 같은 갱도를 따라 나가야 했다.

　갱내서 작업은 내가 착암기로 암석에 구멍을 내고 소형 다이너마이트를 장착해 터트리면 다른 광부들은 광석을 광차에 실어서 밖으로 내보냈다. 내가 캄캄한 지하 막장에서 숨 막히게 일하고 있을 때 상구는 압기실 기계 앞에 앉아 압력 게이지나 보고 있었다. 갱내 노동자들에 비해 일도 편하고 보수도 많았지만 불평은 더 많았다. 백수건달이나 다름없는 그를 고용해 준 회사 측에 감사하는 마음은커녕 오히려 회사에 대한 불평을 늘어놓고 다닌다는 소문이 들렸다.

　그는 몇몇 노동자들과 노조 결성을 한다고 몰려다녔다. 그는 소장이 여비서와 놀아난다는 등 헛소문을 퍼뜨리고 다니다 결국 회사에서 쫓겨나고 말았다. 그의 머릿속엔 취업을 부탁한 아버지에 대한 미안한 감정 따위는 없는 듯했다.

　그가 회사에서 쫓겨나고 나서 시작한 일이 문화재 도굴이었다. 그가 언제부턴가 낯선 사람들과 함께 돌무덤이 많은 야산을 어슬렁거리고 다니는 것이 자주 눈에 띄었다. 들리는 말로는 우연히 산에서 주워 온 옛날 접시 하나가 골동품으로 판명되어 비싼 값에 팔렸다고 했다. 그것이 계기가 되어 그는 상안 가대 시례리 일대와 중산리 고분군을 훑고 다녔다. 그는 중산리 고분군을 집중적으로 도굴했는데 그곳은 신라시대의 유물이 심심찮게 출토되었으나 학계로부터 별로 관심을 끌지 못하는 지역이었다. 그는 이 지역이 관심 밖에 지역이란 점을 이용해서 이곳에서 많은 유물을 불법으로 도굴했다. 그는 오래된 봉분이 있는 야산을 끝이 뾰족한 쇠막대로 쑤시고 다녔다.

쇠막대기 끝에 이상한 물체가 느껴지거나 문화재가 묻힌 징후가 있으면 밤에 그곳으로 가서 땅을 파헤쳤다. 그는 중산리 고분군에 있어서는 가히 전문가에 가까웠다. 그의 수법은 더욱 교묘해져서 사람들의 눈을 따돌렸다. 그는 중산리의 과수원을 하나를 적잖은 돈을 주고 임대해서 그곳에서 살다시피 했다. 그의 도굴 행각은 과수 농사로 위장되어서 밖으로 드러나지 않았다. 그가 과수원에서 캐낸 무수한 유물들이 밀매꾼들에게 팔려나갔다. 그 골동품은 희귀한 토기와 고배, 와당, 자기, 금제 귀고리 팔찌 등 다양했다. 심지어 금제 팔찌와 귀고리의 판로가 적절하지 않자 원형을 파괴해서 금괴로 만들어 시중 금방에 내다 판 경우도 있었다.

그런데 그가 무슨 생각에선지 과수원에서 출토되었다며 많이 부식된 철검 하나를 가져와서 집에 두고 갔다. 며칠 동안이나 그 칼을 들여다보고 또 문헌을 뒤지던 아버지는 그 철검이 신라 초기의 것으로 이곳 달천 철장에서 생산된 철로 만들어진 것이 분명하다고 했다. 그리고는 부식된 쇠 부스러기를 한 대학 실험실로 보내 성분을 분석한

결과 그 칼의 쇠 성분이 바로 달천 광산에서 생산된 쇠와 여러 가지 점에서 일치한다는 연락을 받았다.

그 뒤 중산리의 한 아파트 공사장에서 철제 갑옷과 말안장 등 다량의 고대 철제 부장품이 발견되어 중앙의 언론들이 연일 떠들어댈 때 아버지는 언론이 본질을 모르고 있다는 말을 했다. 더운 불에 냄비 끓듯 일시적이고 단편적인 접근보다는 한.일 고대 철제 제품의 시원이 어디에서 비롯되었으며 그것이 다른 지역, 다른 나라로 어떻게 퍼져 나갔느냐를 조명하는 것이 더 중요하다고 말하며 매우 아쉬워했다.

누군가의 신고로 상구는 결국 문화재 도굴 혐의로 입건되었다. 그런데 그 불똥이 아버지에게 튀었다. 상구가 물귀신 작전으로 아버지를 끌고 들어간 것이었다. 아버지에게 가져다 준 그 철검을 물고 들어간 것이었다. 아버지가 일본에까지 유학하여 공부한 것은 바로 한국에서의 고대 철 제조법이었다. 그러다 보니 고대 철 부스러기 하나라도 아버지에게는 천금과 같이 소중한 것이다. 아버지는 고대의 철 제조법이 어떻게 일본으로 건너갔으며, 삼한시대의 지배 구조와 신라와 가야의 세력 다툼, 그리고 삼국 통일을 이루는 과정에 철이 결정적인 역할을 했다고 믿고 있었다. 그 실체적 근거가 바로 달천 광산에 있다고 보고 사료를 확보하는데 노력을 기울여 왔다. 상수가 그런 아버지를 물고 늘어진 것이었다.

아버지가 일찍이 일본에 유학하면서 얻은 것은 일본을 통한 한국 철 제조법의 재발견이었다. 그는 일본의 이즈모 제철 유적지를 답사하면서 이 철 기술이 고대 신라에서 건너갔다는 것을 확신하게 되었고 그들에게 전해 주었던 제철 방법과 그 시원지를 찾아 보전해야 한다는 생각을 가지고 있었다.

신라시대에 영일군 비학산과 같은 산 아래의 강이나 개울에서 사철을 채집하는 방법이 있었고 절거리라는 쇠를 캐는 전문가도 있었으나 그것은 가내 공업의 수준밖에 되지 않았기 때문에 대량의 철을 쉽게 얻을 수 있는 노천 산지가 있어야 했는데 그곳이 바로 달천 광산이었다는 것이 아버지의 주장이었다. 아버지의 조사로 신라 초기의 서라벌 인근 지역에 철산지는 이곳 달천 광산밖에 없었던 것으로 밝혀졌던 것도 그 무렵이었다.

한번은 아버지가 무슨 이야기 끝에 한 이야기였는데 매우 인상적이었다.

"신라의 채광 전문가인 절거리에게는 무쇠를 캐는 권한과 더불어 그 무쇠로 각종 철기를 만드는 권한까지 주어졌으며 말추라는 인물은 제철기술자였고 제철된 쇠를 제조하는 기술자는 사신지로 불리었다. 이들은 고대의 고도의 기술자였는데 절거리는 김알지와 미추왕등 김씨 계열의 인물이었고 말추와 사신지는 석탈해 계열이었다. 석씨 정권이 이 김씨 정권으로 바뀌자 대대적 경제권의 재편성 작업이 일어나게 되는데 이 치열한 정권 교체기에 세력에 밀린 말추와 사신지가 흥해 앞바다를 건너 이즈모 해안으로 갔다. 그들은 거기서 다시 중부지방 나라의 미와산에 안착해 철을 제조하게 되는데, 일본인의 추앙을 받아 일본 제철신으로 받들어지게 되었다."

아버지는, 일본의 서기나 고사기에는 그들의 제천신은 동해를 건너 이즈모로 왔다는 기록이 있을 뿐만 아니라 본 고대 제철 중심지인 이즈모는 영일만과 가장 가까운 거리에 있는 해안이기 때문에 그 기록은 사실에 근거한 기록일 가능성이 높다고 했다. 이 이즈모 지방의 '이즈모 풍토기'라는 책에는 야쓰카미즈오미 신의 이야기가 있는데, 그 신이 신라에 남은 짜투리 땅 하나를 밧줄로 매어 이즈모 쪽으로 끌어다 붙여 일본 땅으로 만들었다는 설화라고 말하기도 했다. 이 설화의 주인공인 난장이 신은 바다를 건너 이상한 상세국(常世國)으로 홀연히 떠난다는 내용이 있는데, 이 신이 바로 신라로 돌아와서 신라 4대왕이 된 석탈해일 가능성이 크다고 했다. 이 이야기는 석탈해가 철을 다루는 전문가였고 동해바다 파로국에서 온 외래 도래지라는 우리의 고대 기록과 일치한다고 했다.

아버지의 말대로 철의 생산과 그를 다루는 방법에 국가의 흥망을 걸고 있었던 신라인들이 표토에 노출되어 있는 이 철산을 비껴갔을 가능성은 없을 것 같았다. 달천광산은 우리나라에서 유일한 노천 철광으로 철이 표토에 노출되어 있고 위치적으로 서라벌에서 남쪽으로 70여리밖에 되지 않았기 때문에 신라의 중요한 철의 중심지였다는 것은 비전문가인 나의 눈에도 그 가능성이 커 보였다.

진한에서 생산된 철이 마한과 예, 일본에 수출되었다는 중국 역사서의 기록에 의하지 않더라도 금관총, 황남대총에서 판장쇠가 상당히 출토되었다는 사실과 각종 유적지에서 국가권력의 상징인 철기유물이 대량 출토되고 있는 것으로 보아 일본 오사카시 노나키 고분에서 출토된 판장쇠는 신라에서 수입된 판장쇠가 틀림없을 것이라는 것이 아버지의 생각이었다.

아버지의 생각은 자신의 생전에 어떻게 해서라도 이와 같은 역사성을 지니고 있는 이 철장을 문화 유적지로 지정해서 보존하도록 해야 된다는 것이었다. 그래서 그것을 관계 요로에 주장해 왔다. 이곳의 역사성을 증명하기 위해서 평생 동안 수집한 관련 유물과 사료들을 모아 관계 당국에 보내고 지역 언론에서도 이곳의 역사적 중요성을 알리는 데 동참해줄 것을 호소했다. 그러나 돌아온 것은 시큰둥한 반응뿐이었다.

오히려 지역의 한 신문은 아버지가 해 온 일의 전말을 거두절미하고 본질을 왜곡해서 문화재를 불법 소지하고 있다는 내용의 기사로 아버지의 인격에 테러를 가했다. 그 신문은 마치 아버지가 사적인 욕심으로 문화재를 불법 도굴해서 소지하고 있는 것처럼 기사를 써서 아버지가 해 온 일을 형편없이 폄하하고 인격에 오물을 끼얹어 아버지가 하는 일에 동력을 잃게 만들었다.

물론 그 일의 뒤에는 상구가 있었고 상구의 뒤에는 건설업체가 있었다. 상구가 업자에게 매수되어 아버지가 수집한 이런 역사적 사료를 불법으로 몰아 기사화한 것이었다. 상구는 아직 꼭지도 안 떨어진 애숭이 기자를 시켜 기사화해서 문제의 쟁점을 흐리게 하고는 일을 딴 방향으로 몰고 갔다. 아버지는 충격 때문에 며칠 동안이나 자리에서 일어나지 못했다.

"동물도 은혜는 은혜로 갚는데 저 인간은 지를 키워 준 은혜를 이렇게 배신으로 갚는구나. 인간이 불쌍해서 보살펴 주었더니 이제 커서

아버지의 산　221

밥술이나 먹는다고 가을 독사처럼 머리를 쳐들고 달려들어 나를 물다니….”

아버지는 힘없이 먼 산을 바라보면서 한숨 섞인 말을 했다.

문화재 불법 소지의 와중에서 결국 철장의 문화 유적지 지정에 대한 아버지의 주장은 초점이 흐려져서 사람들의 관심을 끌지 못했다. 아버지는 매우 분노했다.

"이 불학무식한 놈들이 돈벌이에 눈이 어두워 한일 철문화의 시원지마저 파괴하려 하다니.”

아무도 귀 기울여 주지 않는 그 일에 대한 허탈한 심사를 말하기라도 하듯 아버지는 먼 산을 바라보며 담배를 빨았다. 그리고 이런 순간이면 버릇처럼 하곤했던 그 이야기, 광산을 발견했던 9대조의 이야기를 했다.

"공께서는 임진왜란과 병자호란의 치욕이 총포와 화약의 확보가 국방의 핵심이라는 것을 깨닫고 유황과 철을 구하기 위해 전국의 산천을 헤매고 다닐 것을 계획하고 26세의 춘추에 치술령에 올라 100일 동안 산신께 기도를 하고 길을 떠났다. 전국의 명산을 찾아 방방곡곡을 헤맨 공께서는, 27세에는 가야산, 28세 때는 금강산, 29세 때는 삼각산, 30세에는 묘향산을 올랐고, 31세 때에는 구월산, 32세에 백두산, 33세 때에 속리산을 거쳐, 34세에 지리산, 35세에 태백산과 소백산, 36세에 청량산을 헤매고 다녔다.

공은 효종임금 7년 춘추 37세가 되던 해 청량산을 출발해 화산 청송 영덕 흥해 청도 밀양 양산을 거쳐 경주와 울산의 접경지역에 이르러 잠을 자게 되었다. 꿈에 신인이 나타나 길을 가르쳐 주었는데 그 이튿날 까치 한 마리가 남쪽으로 날아가기에 그것을 뒤따라가서 울산의 달천산에서 무쇠를 발견했다고 한다. 장장 11년의 여정 끝에 개가였던 것이다. 공은 이곳 달천산에서 비상과 무쇠 만드는 법을 연구하여 궁각, 함석, 선철, 세면포, 철환, 부정 등을 만들어 나라에 바쳤고 혼신의 힘을 다해 유황과 무쇠 제조법을 연구하였다.

효종 임금은 공에게 숙천 도호부 부사에 제수하였으나 공은 사양하고 달천산으로 돌아와서 무쇠 연구로 나라 국방을 튼튼히 하는데 혼신의 힘을 쏟았다. 공께서는 자식들에게, '너희 형제가 이 아비의 평안함을 알고자 할 때는 먼저 나라의 평안함을 물어라. 나라가 평안하면 아비 역시 평안하고 나라가 평안하지 못하면 아비 역시 평안하지 못할 것이다.'라는 말을 남기셨다."

아버지의 음성은 나직했다.

어린 시절부터 정말 수도 없이 들었던 이야기였지만 그것은 들을 때마다 새로운 의미가 있었다. 아버지의 음성은 힘이 없었다. 그러나 그 말 속에는 이 사회에 대한 실망과 분노가 섞여 있는 것 같았다. 아버지의 이야기를 들으면서 나의 가슴에 형언하기 힘든 감정이 치솟고 있었지만 입을 열 수 없었다. 아버지가 그 이야기를 통해서 나에게 하고자 하는 것이 무엇인가를 알 수 있었다. 아버지 자신이 이루려 했으나 이루지 못한 일을 나에게 맡아서 이루어 달라는 말 같았다. 그러나 나는 아버지의 말에 대해 어떠한 확답도 대꾸도 하지 못한 채 애처로운 눈으로 아버지를 바라보기만 했다. 운명을 예감한 것이었을까, 아버지는 그날 그 이야기를 하고 며칠 뒤에 돌아갔다. 그 날 그 이야기는 아버지가 나에게 남긴 의미 있는 마지막 말이 되고 말았다.

아버지가 돌아가시고 나서 몇 년 뒤 그곳은 주택업자의 손에 넘어갔고 결국 대규모 아파트 단지의 부지로 둔갑했다. 나는 아파트가 들어선다는 말을 처음 들었을 때 몸이 떨려 온종일 일손이 잡히지 않았다.

까마득한 삼한시대부터 이 나라의 철의 시원지로서, 일본에까지 철 문화를 전해 준 이 유서 깊은 문화 유적지에 콘크리트를 덮어 아파트를 짓는다는 것이 믿어지지 않았다. 우리의 철 기술을 받아들여 뒤 출발한 일본은 철 유적지를 잘 보존하여 소중한 문화유산으로 자랑하고 있는데, 일본에 철 문화를 전해 준 이곳을 아파트단지로 개발한다는 것에 피를 토하고 싶은 기분이었다. 그 알량한 문화재 위원이라는 사람들, 그들이 우리의 철기문화에 대해서 무엇을 안다는 말이며, 대체 한 두 사람의 말에 의존해서 문화재적 가치가 없다는 개가 들어도 웃을 결론을 내리고 무슨 스피드 게임을 하듯 성급하게 아파트단지로 허가를 내준 허가관청의 처사가 참으로 한심하게 느껴졌다.

지하 막장에서 다이너마이트를 터트려 쇠를 캐던 갱이 동서남북으로 어지럽게 뻗어 있다는 것을 그들이 대체 알기나 아는지? 그리고 어느 갱이 어느 방향으로 어디까지 뻗어 있으며, 선광장에서 나온 쇠를 침전시키고 흘러나온 그 붉은 뻘물을 가두었다 흘려보내던 그 연못의 위치가 어디며, 뻘을 침전시키던 그 흙더미 위에 집을 짓게 된 다는 것을 알고나 있는지 따지고 싶었지만 나는 이러지도 저러지도 못하고 거저 죄 없는 주먹만 쥐었다 폈다 하면서 시간을 보냈다.

늦게나마 내가 마을 사람들을 일으켜 문제점을 지적하며 탄원서를 보내고 하니 마지못해 그들은 부지의 일부를 내어 철 기념공원을 만들겠다느니, 쇠부리 놀이 공연장을 짓겠다느니 하면서 문제를 피해 가려고 했다. 유적지의 원형이 상실된 곳에 기념 공원이 무슨 의미가 있으며 쇠부리 공연장이 무슨 의미가 있다는 말인가. 온천지가 콘크리트로 뒤덮이고 모든 것이 변형된 공간에 기념공원을 만든다니 이 무슨 해괴한 장난이란 말인가. 힘없는 자에게 허세를 부리며 위풍당당하던 그 언론이라는 것들은 무슨 못 먹을 것을 먹었기에 이렇게 꿀 먹은 벙어리가 되어 입을 다물고 있는지, 그 유치한 음성으로 언론의 사명 운운하던 그자들은 대체 어디서 뭘 하고 있으며, 전통 문화 운운하며 변죽만 울리던 문화계 인사들은 대체 어디서 무엇을 하고 있단 말인가? 인근 땅 어디에선가 비소가 나왔다고 거품을 물던 환경단체들은 비소를 캐던 바로 그 땅에 아파트를 짓는다는 데 왜 말이 없단 말인가?

혼자 뱉는 절규는 참담했다. 나는 내 자신의 근본이 허물어지는 것과 같은 공허한 좌절감 속에서 몸부림치며 몇 개월을 보냈다. 언덕을 깎아내리는 포크레인을 쓰린 마음에 속수무책으로 바라보면서, 때로는 시멘트 골조를 빼 올리는 타워크레인의 위용을 맥없이 지켜보기도 하면서 세월을 보냈다. 그러고는 마침내 상구로부터 조상의 산소까

아버지의 산 225

지 옮기라는 통지까지 받았다.

  그래서 어제는 마을 사람들과 함께 건설 사무소에 항의하러 갔다가 도리어 상수의 페이스에 말려들어 물러서고 말았다.

  생각할수록 상수의 행동이 괘씸하고 치가 떨렸다. 아픈 가슴을 안고 이리저리 뒤척였으나 잠이 오지 않는다.

  날이 밝자 마을 사람들은 본동 마을 회관 앞에 모여 다시 공사 현장으로 향하기 시작했다. 그저께는 상구가 입에 거품을 물고 실신하는 바람에 맥없이 물러나고 말았지만 오늘은 쉽게 물러나지 않겠다는 각오를 서로에게 다짐하며 아파트 건설 현장 사무소로 향했다. 공사장의 분진과 소음에 대한 대책을 세워줄 것과 아파트 추가 건립 신청을 중단하라는 것이 주 내용이었다. 그러나 공사장 입구에는 이미 경비 업체의 직원들이 배치되어 마을 사람들의 공사장 진입을 막았다. 시에서 현장 조사를 나왔다는 공무원은 상구와 귀엣말을 주고받으면 히득거리고 있었다. 상구는 이틀 전에 실신했던 사람이라고는 보기 어려울 정도로 말짱한 모습으로 경비 업체 직원들 뒤에 서서 상황을 진두지휘하고 있었다. 마침내 그는 휴대용 확성기를 입으로 가져갔다.

  "에, 여러분도 잘 아시겠지만 본 아파트 공사는 적법한 허가에 의해서 시공하고 있는 것입니다. 따라서 공사 현장에서의 어떠한 작업 방해도 용납할 수 없습니다. 공사를 방해하는 행위는 사적 경제 행위에 막대한 피해를 주는 불법 행위일 뿐만 아니라 공사 중에 위험을 자초하는 일이기 때문에 어떻게 해서라도 막지 않을 수 없습니다. 그리고 그로 인한 피해는 법을 통해 여러분에게 묻지 않을 수 없습니다."

상수는 미리 준비해 온 쪽지를 꺼내 또박또박 읽었다. 그의 말은 유들유들하고 어제보다는 여유가 있어 보였다. 그의 얼굴엔 어디 한번 하려면 해보라는 식으로 마을 사람을 깔보는 듯한 표정이 역력이 드러나고 있었다. 그의 말에 기죽을 마을 사람들이 아니었지만 경비업체의 사람들이 길을 막고 서는 바람에 또 한 차례 몸싸움만 하다가 몇 시간 만에 물러나고 말았다. 풀 죽은 모습으로 물러나는 사람들의 모습에 30여 년 전 마을 사람들의 모습이 겹쳐져 마음이 더 아팠다.

그때는 선광장에서 나온 뻘물로 인한 회사와의 싸움이었다. 그때 철 생산에 최대의 성과를 올리고 있던 이 광산에서 하루에도 몇천 톤의 철광석을 캐내어 남 낮 없이 선광장에서 쇠를 걸러 내고는 거기서 나온 붉은 흙탕물을 마을 앞 개울에 그대로 방류했다. 개울은 붉은 침전물로 덮이고 논에서는 한여름의 벼들이 시들시들 죽어갔다. 마을 사람들은 오늘처럼 광업소로 몰려가서 항의했다. 뒷짐을 지고 서 있는 광업소장을 냇가로 데려가서 그 현장을 보이고 뻘물에 밀어 넣으려 했다. 그 과정에서 마을사람들은 경비원들과 맞붙어 한판 몸싸움이 벌어졌다. 싸움이 끝난 뒤 뻘물을 뒤집어쓴 채 허탈하게 서서 멍하게 하늘을 보던 마을 사람들의 모습이 떠올랐다. 그날도 분명 마을 사람들은 힘없는 스스로를 자조하며 고개를 숙여 집으로 돌아갔다. 오늘 마을 사람들의 모습이 그때의 모습과 너무 닮았었다는 생각을 하니 마음이 더 씁쓸해졌다.

마을 사람들이 발길을 돌리자 상구는 보란 듯이 입에 가득 미소를 띤 채 사무실 쪽으로 돌아갔다. 상구의 득의만면한 미소는 다시 한번 나의 마음에 공허를 불러왔다. 마을 사람들을 위로해서 돌려보내고 나는 산 쪽으로 발을 돌렸다. 아버지가 나를 부르고 있는 것 같았다.

'내가 겪고 있는 패배감이 이러한데 생전에 아버지가 겪었던 마음은 어떠했을까. 일생을 오직 이 철장을 구하겠다고 매달려 왔던 아버지가 겪었던 좌절과 패배감은 어떠했겠는가?'

마음속의 어지러운 생각들이 저 먼 곳으로부터 밀려오는 쓸쓸한 자책과 절망감에 뒤섞여 내가 밟고 있는 땅을 흔들고 있는 것 같았다.

할아버지는 경주의 종문의 집성촌에서 이 마을로 내려왔다. 종중의 소유인 이 광산을 지키기 위해서였다. 그러나 일제강점기에 이 광산은 강제로 빼앗겼고 해방이 되고 나서도 도로 찾지 못하고 맞은편 비탈에 자리를 잡아 누우셨다.

철광산이 한눈에 들어오는 이 자리를 손수 잡아 영민하신 것은 이 철장을 도로 찾아야 한다는 의지의 표현이었을 것이다. 그러나 할아버지의 뜻을 이어받은 아버지마저도 그 뜻을 이루지 못하고 그 발치에 누우셨다.

구충당 선조께서 얻으시고 대대로 지켜 오다 빼앗긴 그 땅을 다시 찾으려다 그 뜻을 이루지 못하고 돌아가신 할아버지와 아버지였다. 오늘 이 꼴로 내가 무슨 면목으로 산소 앞에 설 수 있겠는가. 산소로 가는 내 모습이 부끄러웠다. 일생에 모든 부귀를 버리고 이 척박한 땅에 들어와서 고대 철 문화의 자료를 수집하고 거기에 한일 철문화의 시원지로 역사적 정체성을 바로 세우겠다는 것이 아버지의 뜻이었다. 그러나 그 뜻은 산소로 가는 내 몸은 천근처럼 무겁다.

철장의 그 원형이 없어지고 그 주변에 묻혀 있을 그 많은 유물들도 이제 영원히 없어지게 된 마당에 아버지가 일생을 바쳐 수집해 고대 제철의 유물들이며, 이곳에서 생산되었던 광석이며 지하의 광물들, 그리고 희귀한 암석과 지층별 암석, 그리고 지표층의 토철 들은 무슨 의미가 있겠는가.

태백산맥의 한 줄기가 동남쪽으로 달려와 토함산, 동대산과 무룡산으로 이어지고 또 한 줄기는 치술령, 천마산, 국수봉으로 둘러싸고, 신라 병사들의 함성이 아직도 들리는 것 같은 관문성 아래로 유유히 흘러가며 솜털 같은 백사장을 배고 누운 저 아름다운 강줄기, 그 강물이 내려다보이는 이 산마루에 자연 그대로의 철장을 보존해 역사의 정체성을 지키려 했던 아버지의 뜻은 이제 미망의 강물이 되어 흘러간다.

산소에 엎드리니 아버지의 얼굴이 더욱 선명하게 떠오른다. 어젯밤 아버지의 유품들을 정리하다 읽었던 퇴색된 아버지의 비망록에 적힌 글들이 다시 떠오른다. 뼈를 깎듯 한 자 한 자 기록해 놓은 삶의 흔적이었다.

- 선조께서 나라에서 하사받았던 이 땅을 다시 찾아야 한다는 생각에서 이곳으로 돌아왔다. 그것은 아버지의 뜻이었고 또 내 뜻이었다. 해방이 되고 여러 곳에서 나를 불렀다. 돈과 명성을 얻을 수 있는 길이 여러 곳에 있었다. 일본의 처가에서는 일본

에 남아 큰일을 맡아달라고 했고 아내도 한국으로 돌아가는 것을 원치 않았다. 그러나 내가 아니면 그 뜻을 이어갈 사람이 없다는 것을 알고 나는 이곳으로 돌아왔다. 시간이 지나면 언젠가 이 철장은 훼손되어 이 나라의 철기문화의 본산의 유적은 흔적도 유산은 없어지게 될 것이다. 그러나 그 땅을 도로 찾기에는 너무 늦었다. 이제 이 땅은 소유가 누구의 것이든 그 원형이 보존되어야 한다. 어떻게 해서라도 이곳을 자랑스러운 문화 유적지로서 보존해야 한다. 그래서 나는 오랜 세월 동안 내가 관련 사료를 찾고 모아 왔다. 그것은 아마 지하에 계신 선조의 뜻이며 또 아버지의 바람일 것이다.

내가 일본에서 돌아와 이 마을에 정착했을 때 사람들은 의아하게 생각했다. 그 당시에 일본 유학까지 하고 돌아와서 한다는 일이 고작 돌덩이나 모으고 농사일을 한다고 사람들은 나에게 손가락질을 하며 비웃었다.

세상이 바뀐 마당에 일본인 아내를 데리고 돌아온 것에 대한 세속적인 눈총도 따가웠다. 그러나 나는 그 비난이 두렵지는 않았다. 나의 뜻을 위해 마을 사람들의 시선에 아랑곳하지 않고 마을에 엎드려 얼마 되지 않는 농사를 지으며 살았다. 아내가 일본으로 돌아가자고 애원했지만 나는 일본으로 돌아갈 수 없었다. 그래서 네 살배기 아이를 두고 아내를 일본으로 돌려보냈다.

할아버지가 이 마을에 들어온 내력, 친가는 물론이거니와 외가의 가계도까지 세세히 적혀 있었다. 몇 월 며칠에 누구를 만나 무슨 일을 하고 자신의 처 유미꼬를 어떻게 만나 사랑하게 되었는지도 상세히 적혀 있었다.

나는 왈칵 눈물이 쏟아질 것 같은 기분으로 비망록을 읽었다. 어제의 일처럼 생생히 기록되어 있는 것이 아버지의 힘들고 외로웠던 시절의 행적과 마음속의 외로움이 그대로 기록되어 있는 것 같아 눈을 뗄 수 없었다. 좋은 가정 출신으로 인텔리였던 일본인 아내를 전기도 없는 이 궁벽한 시골에 잡아 둔다는 것은 무리한 일이었을 것이다. 도시로 나가자고 애원하는 아내의 말을 들으면서 수없이 번민했던 내용도 있었다. 끝내 아내를 돌려보내고 이곳에 남아야 했던 이유가 담담히 적혀 있었다. 부산항 부두에서 일본으로 돌아가는 연락선에 꽃 같은 아내를 실어 보내고 혼자서 이 마을로 돌아왔던 그날의 아픈 마음을 적어 놓은 글을 밤새 나의 눈에 눈물이 고이게 했다. 외로운 비명 같은 그 한마디 한마디를 읽으면서 아버지의 고뇌와 아버지가 그토록 지키려 한 것이 무엇인지를 알 수 있었다.

지금 아버지의 산소 앞에 서니 눈물 젖은 그 한 자 한 자의 기록은 어느새 아버지의 육성이 되어 가슴을 울린다. 저 멀리 굽이치는 강줄기는 눈물 속에 더 멀어 보인다. 강은 흐르고, 흐르는 물속에 아버지의 자애로운 생전의 육성이 환청처럼 들려와서 나는 오래, 오랫동안 고개를 들 수 없다.

(『문예운동』 2018 겨울호, 제44회 한국소설문학상 수상작품)

기타 줄을 매다

장만식 영감이 아내를 죽이고 자신도 죽으려다가 미수에 거치고 병원에 실려 갔다는 소식이 전해졌을 때 공원의 벤치는 술렁였다. 그 소식을 전한 사람은 장 노인과 가까운 거리에 사는 천기출 노인이었다. 천 노인은 그 이야기를 하면서 입에 거품을 물었다.

장 영감 그 사람, 30년 하고도 또 몇 년을 동서기로 일하다가 나온 사람이 아닌가. 퇴직을 한 것이 벌써 십 년이 다 되어 가는데 그 나이에 아내를 죽이다니, 허참, 사람 일이란 알다가도 모를 일이야. 하긴 그래, 다들 그렇게 느꼈는지는 모르겠다만, 그 영감 이상한 데가 있긴 있었어. 아는 사람을 만나도 별로 말이 없고, 서리 맞은 호박잎처럼 공원 구석에 혼자 쭈그리고 앉아 있곤 하던 꼬락서니도 그렇구, 뭣을 생각하는지 멍하니 몇 시간씩 앉아 있던 것을 보면 그럴만한 사정이 있었던 것 같기도 하다만, 그렇다고 언제 죽을지 모르는 그 나이에 지 마누라를 죽이다니, 참 모를 일이야.

천 노인은 말을 하면서 연이어 혀를 찼다.

내가 듣기로는 그 영감, 동사무소에 근무하다 나오면서 받은 퇴직금을 저축은행인가 어딘가에 맡겼다가 많이 날렸다더군. 돈을 날리고 나서부터 아내의 구박에 시달린다더니, 일이 그렇게 된 모양이야. 은행에 넣어 두고 밥이라도 먹고 살아야겠다고 생각했던 모양인데, 은행이 문을 닫는 바람에 절반도 더 되는 돈을 날리고, 남은 돈 마저 건축업인가 뭔가를 하는 사위에게 맡겼다가 다 날렸으니 어느 마누라가 가만히 있겠어. 가정 파탄이 나지 않는다면 그게 도리어 이상한 일이지….

그의 말에 박 대서 영감이 말을 거들고 나섰다. 젊었을 때 대서소에서 일을 했다고 사람들은 그를 그렇게 불렀다.

그래서 마누라가 날마다 들볶으며 악다구니를 해대니 홧김에 일을 저지른 것이겠지. 그 여편네가 보통 사람이 아니라 카더구먼. 영감 밥 굶기기를 예사로 아는 이미 소문이 난 여자래. 영감이 엉덩이라도 좀 붙이고 앉아 있으면 가만히 앉아 있다고 잔소리고, 어디 밖에라도 좀 나가려고 하면 할 일 없이 돌아다닌다고 바가지를 긁어댔다고 하더구먼. 집에 키우는 개는 그래도 대접받으며 제때에 밥 얻어먹고 물 얻어먹고 하였지만, 그 영감은 개보다도 더 못한 취급을 받았던 모양이야. 평생 동안 밥해 먹였는데 이 나이가 되어서도 영감 밥 해 먹여야 되느냐며 마누라가 날마다 구박을 해댔다고 하더구먼.

자신도 늘그막에 목돈을 날린 적 있는 박 대서 영감의 말엔 자조가 섞여 있었다.

그래, 그날도 그랬다지 않던가, 거실에 앉아 있는 것이 눈꼴시어 못 보겠으니 어디 나가서 죽든지, 길바닥에 나앉았든지 하라면서 설거지하던 물을 바가지에 담아 퍼부었다고 하더구먼. 그러니 그 영감이 순간적으로 격분해서, 베란다 한 켠에 세워져 있던 청소기 자루로 여편네 목덜미를 쳐서 실신시키고 목을 졸랐다지 않던가. 숨이 막히자 여편네가 살려 달라고 발버둥을 쳤지만 영감은 이미 눈이 뒤집혀 일을 저지르고 말았던 모양이야. 그러고는 자신도 창밖으로 몸을 던져 스스로 목숨을 끊으려 했는데, 희한하게도 나뭇가지에 옷이 걸려 죽지는 않고 허리뼈가 부러져 병원에 실려 갔다고 하더구먼.

천기출 노인의 말에 옆에 있던 노인들은 놀라워하면서도 별다른 말은 하지 않았다. 다만 남의 일 같지 않다는 표정으로 천 노인의 얼굴을 멍하니 쳐다보았다. 시선을 떨구어 땅바닥만 하염없이 바라보고 있는 사람도 있었다. 분위기는 숙연했다. 가정에서 천대받던 조천태 영감이 살기 싫다면 거실 베란다에 목을 매어 스스로 목숨을 끊고 나서 불과 두 달 만에 일어난 일이라서 듣는 사람들의 표정이 더 어두워 보였다.

일흔을 넘긴 나이에 밝은 노후 보내기 운동을 한다며 해피 시니어 클럽인가 뭔가 하는 단체에까지 가입하여 쫓아다니던 조천대 영감이 죽었을 땐 말이 많았다. 남의 노후를 즐겁게 해 주겠다고 쫓아다니던 그가 스스로 목을 맸으니 말이 많을 수밖에 없었다. 그러나 이번에는 사정이 달랐다. 그들 주변에서 연이어 일어난 불행한 일이 남의 일처럼 느껴지지 않았기 때문인지 입을 여는 사람은 별로 없었다.

산다는 것이 다 그렇고 그런 것 아닌가, 여느 마누라라고 별다른 사람이 있겠는가. 그런 생각들을 하는지 이야기를 다 듣고도 지그시 눈을 감고 있는 사람도 있었다.

공원의 이 시간은 사람들이 모여들 시간이다. 줄잡아도 백 수십 명의 노인들이 이 공원에 와서 하루를 보낸다. 적게는 오륙 명씩, 많게는 십여 명씩 끼리끼리 모여 하루를 보낸다. 다 그렇고 그런 사람들이다. 천기출 노인처럼 한평생 기름공장에서 일하다 퇴직한 사람도 있고, 우체국 집배원으로 일하다 물러난 사람, 철강공장에 경비원으로 있다가 퇴직한 사람도 있었다. 조선소에 다니다 몸을 다쳐 나온 장팔대 노인도 있었다. 장팔대 노인은 그래도 부러움의 대상이었다.

몸은 다쳐 반신불구가 되었지만, 그는 산업재해 보상으로 회사에서 목돈을 받았고 지금도 꼬박꼬박 재해연금을 받고 있어서 돈에는 크게 걱정이 없는 듯 해 보였다. 그 나이에 자기 수중에 그런 돈이 들어온다는 것이 다른 사람들의 눈에는 부러워 보이지 않을 수 없었다. 그런 시선을 의식해서 인지 그는 늙을수록 몸이 성해야지 그까짓 것 돈이 대수냐고 말하곤 하지만, 그래도 수중에 자기 돈이 있다는 것을 스스로도 든든하게 생각하고 있는 것 같은 눈치였다.

박봉술 노인은 천 노인의 말을 듣는 순간 어디에 얻어맞은 것 같았다. 그는 잠시 멍한 표정으로 그를 쳐다보았다. 그는 천 노인의 말이 도저히 믿어지지 않았다. 불과 삼사일 전에 자기 옆에 우두커니 앉아 있다가 간 장만식 그 사람이 아내를 죽이고 자살을 기도했다는 것이 도저히 믿어지지 않았다.

이게 무슨 일인가, 나 같은 사람도 이렇게 살고 있는데 그 영감이 그런 일을 저지르다니….

박봉술 노인은 자신도 모르게 길게 한숨이 터져 나왔다.

어떤 일이 있어도 참아야지, 대체 왜 그런 일을 저질렀단 말인가?

박 노인은 놀란 가슴이 좀처럼 진정되지 않았다. 가슴이 두근거리고 답답했다. 한나절은 좋게 지나도 장 노인에 대한 생각이 머리를 떠나지 않았다.

 지금 가서 내 눈으로 확인이라도 해보아야지, 이렇게 있을 수 있나. 글쎄, 경찰에 잡혀 있는 그 사람, 면회나 되겠는가? 아차 그 생각은 못했군. 어디 경찰병원이라고 하긴 했는데….

 빗방울이 비쳤다. 집을 나올 때부터 하늘이 무겁더니만 기어이 빗방울이었다. 박 노인의 목덜미에도 빗방울이 떨어졌다.

 젠장, 올핸 웬 비가 이리 잦은가. 바람까지 불고 말이야.

 가을은 이렇게 쓸쓸하다. 빛바랜 나뭇잎 위로 떨어지는 빗방울이 눈물처럼 번진다. 빗방울을 피해 노인들이 서둘러 자리를 털고 일어서는 모습에 주변이 더 휑해 보였다. 순식간에 비워지는 자리에 흩어진 종잇조각들이 빗방울에 젖었다.

 그래, 저 사람들 언젠가 이 세상을 떠날 때도 저렇게 황망히 떠나겠구나. 저 빗방울에 밀려 황망히 저 자리를 떠나가듯이 말이다.

 빗방울 때문이 아니라 이제 정말 이 세상을 떠나야 할 때가 되어서 밀려나야 할 시간이 올 것 같아서 박 노인의 눈엔 그 빈자리가 더 크게 다가왔다. 장 영감의 일 때문에 그 자리가 더 그렇게 느껴졌는지는 모를 일이었다. 박봉술과 장만식 노인 사이에는 인연이라면 인연인 세월이 있었다.

 박봉술이 초등학교 선생으로 있을 때 장만식을 만났다. 서른세 살인가 되는 해였다. 그가 음성 나환자촌 마을에 있는 분교장에서 아이를 가르치고 있을 때 그곳 보건지소 직원으로서 학교 보건을 담당하고 있던 사람이 바로 장만식이었다.

박봉술이 초등학교 분교장인 그 학교로 자리를 옮기게 되었을 때 그의 아내는 울면서 학교를 그만두라고 했다. 혹시나 그 병이 감염되면 어떻게 하느냐며 울었다. 사실 그도 두렵기는 마찬가지였다. 그 학교에 첫 출근을 했을 때 그에게 그곳에서의 보건 위생에 대한 수칙들을 일러 주었던 사람이 바로 장만식이었다. 그때만 해도 나환자라는 말을 쓰던 때였다. 한센병 환자란 용어는 얼마나 지나고 사용된 말이었다.

그 마을의 미감아들을 가르치며 겁에 질려 우울한 얼굴로 있는 박봉술 선생을 수시로 위로해 주고 안심시켜 준 사람이 바로 장만식이었다.

나환자가 두렵지 않느냐고 했을 때 장만식은 말했다.

하나님이 그를 보호해 준다고 했다. 그는 독실한 기독교 신자였다. 그래서일까, 그는 헌신적인 사람이었다. 그는 휴일이면 그 마을 교회의 목사를 도와 나환자들의 손발이 되어 일했다. 나환자가 숨을 거두면 직접 염을 하여 장례를 치러 주기도 했다. 뭉툭한 손으로 그의 손을 잡고 세상을 떠난 나환자가 오십 명은 족히 된다고 했다.

돌이켜 보면 그의 삶은 불꽃 같았다. 그가 목사를 도와 일을 할 때 '죽음의 설계'란 책을 즐겨 읽곤 했다. 언제나 죽음을 가까이 두고 살아가는 사람들에게 죽음을 두려워 말고 미리 준비하라는 내용의 책이라고 했다. 그 책은 내일이 투명하지 많은 사람들에게 들려주는 것이 좋을 것 같아서 열심히 읽는다고 그는 말했다.

박봉술의 아내도 그 교회에 다녔다. 장만식이 그의 아내를 어떻게 설득했는지 나환자촌 학교에 나가느니 학교를 그만두라고 했던 그의 아내를 끌어들여 그곳에 봉사활동을 하도록 만들었다. 박봉술은 말리지 않았지만 아내의 갑작스런 변화가 이해되지 않았다. 이해되지 않는 것이 아니라 두렵기까지 하였다.

그렇게 만난 두 사람은 그곳에서 삼 년을 보내고 묘하게도 같은 해에 읍내로 전근했다. 그런 인연으로 해서 읍내 초등학교와 동사무소에 근무하면서 자주 만나는 사이가 되었다.

박봉술이 다시 시골 학교로 전근하면서 아내는 교회를 옮겼고 장만식과의 만남도 드물어졌다. 그러나 그는 잊어버릴 만하면 한 번씩 연락을 했다. 그렇게 이어 온 관계가 30년이 넘었다.

박봉술은 장 영감의 아내를 생각하니 자기 아내가 생각난다. 그의 아내는 독실한 기독교 신자였지만 아내와 결혼 생활은 롤러코스터와 같았다. 여느 집 사정이 다르겠는가만 박 노인의 결혼생활은 요약하면 냉탕과 온탕을 오고 간 연속이었다.

그는 아내의 행동에 간섭하지 않았고 스스로의 일을 알아서 하기를 바랐다. 교회에 가서 어떤 일을 하던 그것은 아내의 자유라고 생각했다. 그러나 아내는 달았다. 아내는 그를 통제하려고 했다. 아내의 교회와 교회 밖에서의 이중성에 그는 치를 떨기도 했다.

그의 아내는 기타를 잘 쳤다. 성가대에 나갔기 때문이다. 아내가 성가를 연습할 땐 기타로 음을 맞추곤 했다. 그도 학교에서 아이들을 가르치려면 풍금 이외에 기타 정도는 다룰 수 있어야 했다. 하지만 그는 한 때 아내가 기타를 들고 있는 모습이 가증스럽게 보인 적이 있었다. 기타를 부셔 버리고 싶었다. 아내가 성가를 연습한다고 기타를 만지고 있는 모습이 그렇게 얄밉게 보일 수가 없었다. 직장에서 물러나고 정신적 공황에 시달리는 때였다.

모든 것이 끝났다는 생각. 어디에서도 그를 필요로 하는 곳이 없다는 생각이 시도 때도 없이 마음을 억누르던 때였다. 학교 경비를 유용한 교장의 죄를 평교사인 그가 대신 뒤집어쓰고 조기 퇴직당하고 집에 있던 때였기에, 만나고 싶은 사람도 가고 싶은 곳도 없었다. 아내도 그를 죄인 취급했다. 아내조차 그의 진심을 알아주지 않았다. 억울하고 외로운 그의 마음을 이해해 주지 않았다.

밖으로 나가면 차들이 쏜살같이 달려가고 사람들은 종종 걸음으로 어디론가 가고 왔다. 그 무리에 섞여 그대로 발걸음을 옮겨 보았다. 마치 자기 자신도 어디론가 바쁜 일로 가고 있는 것처럼 걸어갔다. 그리고 젊을 때 자신이 근무했던 학교 앞에까지 가서 그 주변에 서성거리다 다시 발길을 돌리기도 하였다. 그러나 어떤 것도 더 하고 싶은 마음이 생기지 않았다. 밖으로 나갈 때마다 그의 존재가 더 늙고 초라해 보였다.

직장에서 물러나면서 받은 얼마 안 되는 퇴직금을 은행에 맡겨 두고 있던 때에는 삼일이 멀다고 들락거리던 아들놈이나 딸년들도, 그가 은행 돈을 찾아 투자한 증권들이 깡통주가 되었다는 것을 알고부터는 그를 무슨 원수를 대하는 듯했다. 아내의 앙탈은 도를 넘었다.

아, 내가 단지 돈이었구나. 돈과 무관해진 나란 인간은 이미 이들에게 인간이 아니구나.

그가 투자한 주식 깡통주가 된 것보다 이들의 멸시와 박대가 더 고통스러웠다. 말을 하고 싶지 않았다. 도저히 입이 열리지 않았다. 걸어도 눈에 들어오는 것이 없었다. 그저 어디론가 가서 쓰러져 이 세상을 하직하고 싶은 마음뿐이었다. 그렇게 사느니 차라리 누군가 그를 죽여준다면 그대로 눈을 감을 것 같았다. 온종일 짓누르는 우울함과 무력감에 비틀거리는 몸을 가눌 수가 없었다.

내가 죽으면 이 세상에 남을 것은 무엇일까?

그는 죽고 싶었다. 아내에게 죽여 달라고 말했다. 그가 수면제를 먹고 잠들면 무거운 이불을 덮어 그를 영원히 잠들게 해 달라고 말했다. 아내는 미친개 쳐다보듯이 그를 쳐다보았다. 그때 아내가 했던 말을 그는 아직도 기억하고 있다. 호스피스 교육을 받으면서 자살 예방협회 전문요원으로부터 들었다며 했던 말이다.

그래, 자살하려는 사람은 눈부터 달라. 행동에서도 드러나. 뜬금없이 작별의 인사를 한다거나, 어느 날 갑자기 서랍을 정리하는 등의 행동을 하는 사람은 그 뒷모습을 잘 보면 그 사람이 이 세상을 하직할 준비를 하고 있다는 것이 감지돼. 스트레스를 받았다고 모든 사람이 자살하는 것은 아니야. 자살은 심리적 도피일 수도 있고 모방일 수도 있어. 그러나 당신은 스스로 목숨을 끊을 사람이 아니야. 죽겠다는 말을 한다고 내가 겁낼 것 같아?

그의 태도나 모습에서 스스로 죽고 싶은 기색은 없어 보인다고 생각했는지 아내는 그렇게 말을 퍼붓고는 밖으로 나갔다.

나에게 그런 행동을 하고도 그 입으로 찬송가를 부른다 말인가.

그는 아내의 이중성에 치를 떨면서 차오르는 울분을 억눌러야 했다. 그의 아내가 교회 행사를 준비한다며 찬송가 음을 맞추어 보다가 밀쳐 두고 간 기타가 보였다. 아내가 미우니 악기도 미웠다. 아내의 기타는 악기가 아니라 흉물처럼 보였다.

그는 집을 나갔다. 그리고 거리를 헤매다가 반노숙자가 되었다. 그때 그에게 다가와서 손을 잡은 사람이 김치기라는 노숙자였다. 그는 노숙 생활에 이골이 난 사람이었다.

박씨, 너무 심각하게 살지 말아요. 까짓것 그냥 그렇게 살아요. 오늘 기분도 그런데 야순 아지매에게 한 번 가 봐요. 그 아지매 아직 몰라요? 이곳에 오면 그 아지매에게 인사부터 해야지.

박봉술은 그 말이 무슨 말인가 이해하지 못했다.

표정을 보니 아직 모르시는 모양이군. 저 아래 탑공원 있잖아요. 그 공원 민주시민 기념탑 그 뒤쪽으로 가면 박카스 통을 들고 다니는 그 아지매들 말이오. 어떤 땐 커피 통을 들고 다니기도 하지만 그게 말이오, 사실은 그게 아니오. 그 아지매들이 팔고 다니는 게 무언지 몰라요? 비아그라에 그것까지 세트로 팔아요.

그거라뇨?

이런 숙맥, 그것도 몰라. 여자의 그것 말이오. 단돈 팔천이면 돼요. 비아그라 한 알 값까지 합쳐서 만 오천 원이면 충분해요.

박 노인의 표정이 어색하게 보였는지 그는 말을 계속했다.

아직 쓸 만해요. 우리보다 한참이나 젊어요. 꽃띠라면 꽃띠지. 아직 엉덩이 살이 통통한 게. 저 계단 밑에서 잠자는 조판래라는 그 영감, 그 여자들에게 한번 갔다 오더니 요즘 싱글벙글이야. 어디로 데려가서 어떻게 했는지, 요즘 그 영감 표정이 달라.

박 노인은 갑자기 숨이 가빠졌다.

아하 가관이군. 늙은 주제에 이게 무슨….

그가 말이 없으니 김치기가 일어서서 그의 손을 잡아당겼다.

그래, 생각난 김에 가봐. 오늘 내가 한번 쓸게. 겸사겸사 나도 기분 좀 바꾸고 말이야.

김치기의 말대로 과연 그곳에는 여자들이 있었다. 김 노인이 여자 하나를 데려왔는데 밉지 않은 얼굴이었다. 오십 중반이 채 안 돼 보이는 여자였다. 김 노인이 귀에 대고 뭐라고 말했는지 그 여자가 그에게 다가와서 웃으며 손을 잡았다. 엉거주춤 서 있는 그의 모습이 우스웠든지 김 노인이 웃었다. 그가 움직이지 않자 여자가 뒤에서 그의 허리를 껴안았다. 향긋한 분 냄새가 났다. 이게 무슨 냄샌가. 그는 잠시 정신이 아찔해지는 것 같았다. 애써 정색을 하고 손을 뿌리쳤지만 그 냄새가 그의 몸속에 퍼져 오는 것 같았다.

그 여자가 손으로 가리키며 길 건너 여관으로 가자고 했지만 그는 차마 발이 옮겨지지 않아서 돌아섰다. 그러나 그 여자의 얼굴이 눈에 아롱거리고 향긋한 체취가 오랫동안 머리에서 지워지지 않았다.

죽어가던 사람도 여자의 몸을 보면 눈을 뜬다더니 참 이상도 한 일이었다. 그가 지하도 한 구석으로 돌아와서 라면 박스를 펴서 덮고 누웠는데 자꾸 그 여자의 얼굴이 떠올랐다.

그러나 그는 집으로 돌아왔다. 어떻게 수소문했는지 그의 아내의 여동생 남편인 구서방이, 어머니가 많이 아프다는 기별을 가지고 지하도 한 구석으로 그를 찾아왔다.

아차, 내가 어머니를 잊고 있었구나.

그는 가슴이 덜컹하여 집으로 돌아왔다. 앙상한 몸을 바닥에 뉘고 있던 노모가 그를 보더니 눈물을 흘렸다.

날이 갈수록 어머니의 상태는 더 나빠졌다. 어머니는 뚜렷한 병이 있어서 그런 것이 아니라 노환이었다. 팔십 대까지 정정하던 어머니가 90을 넘기고 나서 갑자기 몸이 쇠약해졌다. 그러고는 곧 스스로 몸을 움직이지 못할 정도가 되었다. 그때 그의 아내는 새로 옮긴 교회의 일을 맡아 보면서 호스피스 봉사활동에 나가고 있었다.

시어머니의 몸이 불편하다고 해서 그 전부터 해 오던 일을 그만둘 사람이 아니었다. 그가 그 일을 그만두라고 할 수도 없었다. 자신이 하는 봉사활동에 대한 아내의 말에는 그럴 듯한 말들로 가득 차 있었다.

죽음에 동참해야 돼요. 언제나 혼자 가야 하는 죽음의 길, 누구나 혼자 갈 수 없는 죽음의 길에 말이요.

아내는 알듯 말듯 한 말들을 했다. 그러면서 아내는 봉사활동을 그만두고 노시모를 돌볼 수는 없다고 했다. 다른 사람은 돌볼 수 있지만 식구는, 그것도 시부모는 돌볼 수는 없다고 했다. 더구나 봉사활동은 교회에서 하는 일이기 때문에 그만둘 수 없다고 했다.

그 얼마나 모순인가, 당신이 사회봉사를 한다며 어찌 노시모를 돌볼 수 없다는 말인가?

그는 따졌지만 아내는 요지부동이었다. 반년을 넘게 기 싸움을 했다. 타일러도 보고 고함을 질러 보기도 했지만 아내는 노모를 집안에서는 돌 볼 수 없다고 했다. 아내의 주장에 의해서 노모를 홀로 요양병원에 보냈다. 겨우 뼈만 앙상한 노모를 요양병원에 맡기도 돌아오는 길은 길고 외로웠다. 발이 잘 옮겨지지 않았다. 노모를 버렸다는 자책감이 무겁게 그를 짓눌렀다.

요양원에서 3년을 보낸 그의 노모는 세상을 떠났다. 새벽에 연락을 받고 달려갔을 때 어머니의 몸은 흰 천으로 덮여 있었다. 숨을 거두기 얼마 전 신음처럼 그의 이름을 두 차례나 불렀다는 간호사의 말을 들었을 때 오열이 터져 나왔다. 이별의 슬픔보다 미안함, 자식으로서 해야 할 일을 다 하지 못했다는 미안함과 자책감이 그의 가슴을 헤집었다. 자신의 편안함을 위해서 노모를 집 밖에 보내 외롭게 죽음을 기다리게 했다는 죄책감이 그를 억눌렀다.

손에 똥오줌이 묻고 그 냄새가 집을 가득 채운들 어떻다고 어머니를 집 밖에 내팽개쳤단 말인가.

이미 때늦은 후회였다. 어머니는 한 줌의 재로 변했다. 그는 어머니의 재를 두 손으로 받쳐 들고 고개를 들 수 없었다.

어머니를 보내고 무료했다. 긴장감이 풀렸기 때문인지 온몸에 힘이 빠지고 무력감이 그를 짓눌렀다.

　한 달은 좋게 지나고 어떻게 하다가 그 공원에 나갔다. 탑공원은 여전히 노인들이 많았다. 이제 거의 노인들의 전용 공원처럼 되어 있었다. 분내가 향기롭던 그 박카스 아지매는 보이지 않았지만 아직도 박카스 통을 들고 있는 여자들은 여러 명이나 있었다. 아는 사람이라곤 없었다. 지하도 입구로 김치기 노인을 찾아가 보았지만 보이지 않았다.

　공원에 모인 사람들은 다 개성이 다르고 시간을 보내는 방법도 달랐다. 성격이 괴팍한 사람도 있었고, 온종일 화투장을 돌리며 욕을 하는 사람들도 있었다. 노인들에게서 나는 늙은 냄새. 며칠째 목욕도 하지 않았는지 쉰내가 나는 사람, 연거푸 기침을 하고 아무 데나 가래침을 뱉어대는 사람도 있었다. 그곳에서도 자신의 힘자랑을 하며 군림하려는 사람도 있었다. 그는 갈 곳도 없고 해서 적응해 보려고 애를 썼으나 적응이 잘 되지 않았다. 며칠 만에 그는 다시 칩거했다.

　그러던 어느 날 아내의 기타가 다시 눈에 들어왔다. 기타를 보니 그가 학교에서 쫓겨날 때, 제자들이 찾아와서, 노후를 즐겁게 보내라며 사 주었던 손풍금이 생각났다. 아내는 죄 없는 그 손풍금에 분풀이를 하며 산산 조각으로 만들어 버렸다.

　그것이라도 있었으면 좋으련만….

　그는 그 손풍금을 생각하며 아내의 기타를 바라보았다. 그러다 마치 손대서는 안 될 물건처럼 떨리는 손으로 기타를 잡았다. 딩-딩- 소리가 났다. 감미로웠다. 잠시 눈을 감았다. 그때가 사범학교 때였든가. 학생 발표회를 한다면 오르간을 연주하던 때의 기억이 떠올랐다. 왈각 눈물이 날 것 같았다.

아, 그때 좋았지.

젊은 날 그 화려했던 추억이 달려와서 손을 잡는 것 같았다. 일어나라, 일어나라 박봉술, 하면서 손을 흔드는 것 같았다. 마음속에 잠들어 있던 사람들이 어디에서 하나씩 달려와서 그를 일으켜 세우는 것 같기도 했다.

높은 도가 어디더라? 미 파 사이는 반음이었지. 디 마이너, 아 그래 이렇게 잡는 거였지.

그렇게 해서 기타는 며칠이 되지 않아서 그의 손에 들어왔다. 학교에서 풍금을 치던 가락이 남아 있었기 때문에 어렵지 않게 다시 손에 익힐 수 있었다.

그래, 사람들이 흘러간 노래를 즐겨 부르거나 연주하는 것은 그 노래를 익히고 부르던 그 시절을 추억하기 때문이 아니겠는가. 맞아, 내가 즐겨 부르던 그 노래 '추억의 소야곡'을 연주해 볼까. 남인수의 목소리도 좋지만 멜로디가 듣기 좋잖아.

이제 기타는 그의 유일한 위로가 되었다. 이렇게 기타를 만지며 몇 년을 보냈다. 그 몇 년의 세월은 평온했다. 그런데 아내가 다쳤다.

교회 행사에 갔다가 빙판길에 넘어져서 허리를 다쳤다. 그가 일흔 둘이 되고 아내가 일흔이 되는 해였다. 아내와 그는 나이가 두 살 차이였다. 아내는 병원 치료를 받고 나서 몸이 극도로 쇠약해졌다.

그런데 더 큰 문제는 사고가 있고 나서 2년쯤 지나면서 치매 현상이 나타나기 시작한 것이었다. 의사는 유전적 치매일 것 같다고 했다. 그 원인이 부모에게 있을지 모른다고 했다. 그러고 보니 그랬다. 아내의 아버지가 치매를 앓다 돌아가셨다. 장인이 돌아가시기 전 그가 처가에 들르면 장인은 그에게, '어디에서 오셨습니까?'라고 묻곤 했다. 아내는 장인의 이 세상에서 마지막 나이보다 지금 다섯 살이나 더 많으니 치매가 왔다는 것도 무리는 아닐 것 같았다.

어떻게 해야 하나, 우왕좌왕하며 안절부절못했지만 방법이 없었다. 아내를 돌보는 일이 그의 일이 되었다. 힘 드는 일이었다. 그 일은 날이 갈수록 더 힘들어졌다. 정신없는 아내의 행동에 지치고 화가 치밀 때면 그는 짜증을 냈다.

그것 보아라, 시어머니에게 그렇게 불효하여 천벌을 받은 거야.

그는 분풀이라도 하듯 말하곤 했지만 말이 되지 않는다는 것을 그가 더 잘 알고 있었다.

아내의 치매는 날이 갈수록 심해졌다. 대소변을 벽에 바르고 찾아온 아들이나 며느리가 보는 앞에서 옷을 벗고 똥을 주무르기 일쑤였다. 아들은 제 식구들 앞에서 지존심이 상하고 민망했던지 발길이 뜸해졌다. 그리고는 다니던 신발 공장이 베트남으로 이전했다며 가족을 데리고 베트남으로 가버렸다. 개 눈에 똥밖에 안 보인다더니, 지친 몸으로 텔레비전을 켜면 치매 관련 사건 소식밖에 들리지 않았다.

치매에 걸린 아내를 돌보던 80대 남편이 아내의 입에 테이프를 붙여 숨지게 한 뒤 자신도 수면제를 먹고 자살을 했다는 뉴스가 나오더니, 또 며칠이 지난 뒤 이번에는 치매 아내를 돌보던 남편이 아내와

기타 줄을 매다

함께 차를 타고 길옆 벼랑에 떨어져 죽은 사건이 뉴스를 탔다.
 저런 일이 뭐 그리 대단하다고 떠들어 대느냐, 염병할 것들.
 그는 서둘러 텔레비전을 껐지만 마음이 편치 않았다.
 오죽했으면 죽였겠나. 아니지, 그래도 그렇지, 사람을 죽이다니….
 생각이 오락가락하며 마음이 혼란스러웠다.
 다시 아내의 기타가 눈에 들어왔다. 아내의 치매 증세가 있고 나서 마음의 여유가 없어 한 번도 쳐다보지 않았던 기타가 다시 그의 눈에 들어왔다. 기타는 아내의 방에 먼지를 뒤집어쓰고 있었다. 이십 년도 더 된 어느 겨울 교회에서 선물로 아내에게 준 것이었다. 아내가 새로운 찬송가를 익히거나, 크리스마스를 전후에 교회에서 찬송가 대회를 할 때면 어설프게 치곤 하던 기타였다. 호스피스 봉사를 나가면서 가끔씩 들고 가서 환자들이 좋아하는 곡을 쳐 주곤 하던 기타이기도 했다. 그는 아내가 병들기 전에 즐겨 치던 그 곡을 아내에게 쳐 주고 싶었다.
 아내는 좋아했다. 정신이 오락가락 하면서도 그가 흘러간 멜로디를 치면 아내의 표정이 밝아졌다. 그는 더 열심히 기타 줄을 울렸다. 기타로 아내를 치료할 수 있을지도 모른다는 생각이 들었다. 치료에 도움이 되지 않는다 하더라도 증세를 완화시키는 데는 도움이 될 것 같아서 그는 아내가 좋아하던 곡을 골라서 하루에도 몇 시간씩 쳐 주었다. 이제 기타는 그를 도와주는 유일한 벗이 되었다. 음을 조절하고 기타 줄을 튕기면 젊은 날의 기억들이 떠올랐다.
 젊은 시절의 아내의 얼굴이 떠올랐다. 흘러간 노랫가락 하나하나에 아내의 얼굴이 떠올랐다. 아내의 이름 금순이. 그 금순이의 얼굴이 떠올랐다. 사범학교 시절 교내 연주회에서 그가 오르간을 연주하던 날 줄 잡은 스커트 자락을 하늘하늘 날리며 저만큼 서서 기다리던 꿈 많은 처녀 금순이의 얼굴이 생생하게 떠올랐다.

그때 금순이는 싱싱했었지. 감자꽃처럼 아름답던 금순이의 얼굴엔 언제나 향기로운 냄새가 났지.

그 금순이가 웃음을 머금으며 문을 열고 들어오는 것 같았다. 그는 지그시 눈을 감았다.

아직도 들리는 금순이의 숨소리, 너무나 싱그럽게 코를 간질이는 금순이의 향기로움. 첫 입맞춤은 얼마나 감미로웠던가. 봄바람에 하늘하늘 치맛자락을 날리며 걸어오던 금순이의 모습이 아직 그대로인데 벌써 세월이 이렇게 흘러 버렸다니…. 아 그래, 내가 '애수의 소야곡'을 처음 익혔던 때는 갓 스물을 넘겼을 때였지. 마을 앞 개울가에 커다란 바위가 있던 그곳에서 여름 초저녁 그 곡을 치고 있으면 춘식가 달려오고, 그 다음엔 동호가 오고, 순분이는 삶은 옥수수를 들고 왔지. 그래, 춘식이는 지금 어떻게 되었을까. 육군삼사관학교를 간다고 마을을 떠나고 만나지 못했으니 그 얼마나 많은 세월이 흘렀는가. 그렇지, 춘식이가 임관을 하고 그 후 무궁화를 두 개나 달았다는 것까지는 풍문으로 들어 알고 있는데 그 뒤로는 알 수가 없어. 그가 모시던 상관이 헬기를 타고 가다 사고를 당해 순직을 했다는 소문도 있었는데 그는 어떻게 되었을까. 군을 떠난 지도 오래 되었을 턴데 지금은 어떻게 되었을까. 아직은 살아 있겠지.

잠시 생각에 잠겨 있던 그는 아내의 기척에 그는 눈을 떴다. 그리고 다시 감았다.

순분이는 어떻게 되었을까, 얼굴에 주근깨가 있었지만 마음이 순했던 순분이, 봉긋한 젖가슴을 코앞에 들이대며 달려들던 순분이. 그래, 그랬었지. 그 순분이의 냄새가 하도 좋아서 나도 모르게 덥석 안고 말았는데, 순분이가 울음을 터트리는 바람에 덜컥 겁이 나서 다시는 그러지 않겠다고 두 손 모아 빌고 달래던 그날 밤을 순분이는 기억하고 있을까. 기억할 리가 없겠지. 내 이름이라도 기억하고 있을까. 아마 그 순분이도 이가 빠지고 허리가 굽어 있겠지. 아니면 죽어서 이 세상 사람이 아니거나….

박봉술은 기타 줄에 손을 가져갔다. 한 줄 한 줄이 울고 있는 것 같았다. 주룩주룩 눈물이 흐르듯 애달픈 선율이 흘러나왔다. 흘러간 시절의 그 곡들을 기타 줄에 올리니 하나씩 옛 기억들로 되살아났다. 그리고 그것은 다시 머리에 들어와서 새롭게 자리를 잡았다.

그러던 어느 날 그의 아내가 죽었다.

현관으로 나가는 문고리를 잡고 죽었다. 불과 1시간 만이었다. 그가 동사무소에서 주는 복지비를 받으러 나갔다 오는 사이에 아내는 현관문에 목이 끼어 숨져 있었다. 마치 문틈에 끼워놓은 전단지처럼 문에 목이 끼인 채 숨이 멎어 있었다. 문을 열고 고개를 내밀어 누군가를 확인하려는 자세 같았다.

그러나 아내의 얼굴은 평온해 보였다. 무거운 철문이 목을 눌러 숨을 거두었다면 그 고통이 컸을 것 같은데 아내는 그 고통을 못 느낀 것일까. 아니면 그 고통을 고통으로 느끼지 못했을까. 치매는 절명의 고통조차 잊어버리게 했을까. 어쩌면 고통과 환희의 감정이 도치되기라도 한 것일까. 아내는 죽은 것처럼 느껴지지 않았다.

 그는 아내를 방안으로 안고 와서 눕히고 다시 한번 몸을 흔들어 보았다. 아무런 반응이 없었다. 그는 크게 한 번 숨을 내쉬고 거실로 나왔다.

 그래, 정말 죽은 걸까. 아내가 살아 있는 것이나 죽은 것이나 무엇이 다른가? 이미 아내는 살아 있어도 삶을 의식하지 못하지 않았던가. 그런데 지금 아내의 의식이 죽어 있다 하더라도 살아 있는 것과 무엇이 다르다는 말인가. 의식이 없는 것은 다 마찬가지가 아닌가. 아내는 치매로 이미 기억을 잃어버렸기에 살아 있으면서도 죽은 몸이 아니었던가.

 그는 살아 있는 아내의 죽음을 수없이 보아 왔다. 한파가 몰아치는 한겨울 아내는 발가벗고 물을 뒤집어 쓴 채 파르르 입술을 떨면서도 그 속으로 더 깊이 들어가고 있었다. 자신의 배설물을 뒤집어쓰고 그 냄새를 킁킁 코로 맡으며 즐기기도 했다. 앙상한 몰골로 쪼그리고 앉아 있는 모습에 그의 머리에 피가 멈춰 서는 것 같은 기분을 느끼곤 했다. 겨울 처마에 달려 있는 벌집처럼 시들어 말라붙은 아내의 생식기가 처참해 보였다. 그가 손으로 변을 닦아 내고 손을 씻길 때 역겨운 냄새가 코를 찔렀다.

 그래, 내가 냄새를 맡을 수 있다는 것은 아직 내가 살아 있다는 증거겠지.

그는 얼굴을 찡그리다가 다시 생각하니 아내가 측은했다. 그가 아내와 반대 입장이 되었더라면 아내가 그의 변을 닦아 내고 그의 사타구니에 기저귀를 채우고 있을지도 모른다는 생각이 들어 도리어 그는 아내에게 미안해지기도 했다.

그래, 젊을 때는 이 사람의 아랫도리가 얼마나 아름다웠던가. 하룻밤이 멀다고 어루만지고 입맞춤을 하곤 하지 않았던가. 그래, 아름다웠던 금순이. 그런데 나는 한때 사랑했던 그 아내를 마음속에서 몇 번이나 죽였던가. 그리고도 지금 아내의 죽음을 애도하는 나의 이 뻔뻔스러움을 내가 어떻게 받아들여야 하는가. 아내가 죽었다는 슬픔보다는 아, 이제 고통이 끝났구나. 아내의 병수발을 들던 그 고통에서 이제 벗어나게 되었구나. 이렇게 슬픔보다는 먼저 해방감을 느끼고 있는 것이 지금의 내 마음의 모습이 아닌가? 그것은 내 자신의 생존 본능일까? 아니면 사악한 나의 본 모습일까? 당연히 돌보아야 한다는 사회적 규범이 없었다면, 그리고 남의 눈이 없었다면 나는 아내를 외면했을까?

아내의 장례를 치르고도 아내에 대한 생각은 계속되었다.

나는 수없이 살인을 하면서 살아왔는지도 모른다. 힘들 때면 아내를 죽이고 나도 죽고 싶었던 그 감정들. 그 순간 내가 아내의 목을 조르지 않았을 뿐이지 사람을 죽인 것과 무엇이 다르겠는가. 자신의 배설물을 뒤집어쓰고, 때로는 화분에 꽃을 꺾어 머리에 꽂고 웃던 아내를 죽이고 싶었던 것은, 아내를 죽이고 나도 죽고 싶었던 것은 이미 아내를 수없이 죽인 것이나 무엇이 다르단 말인가? 마음속에 끓어오르던 감정을 제어할 수 없는 인간의 본능쯤으로 생각하며 아내를 죽이고 나를 죽인 것이다. 아내를 죽이고 나도 죽음으로써 나의 행동은 정당화하려 했던 것은 나의 몸속에 숨겨져 있던 나의 악마적인 모습이 아니고 무엇이겠는가.

그는 아내가 생각나서 더 이상 기타를 칠 수 없었다. 며칠 동안 우두커니 앉아 있다가 문을 열고 밖으로 나왔다. 날씨도 따뜻하고 거리엔 수많은 차들이 오고 갔건만 그가 갈 곳은 없었다. 이상한 일이었다. 그냥 방향도 없이 걸었는데 그의 발걸음이 그 공원으로 향하고 있었다. 그리고 그다음 날도 그 공원으로 갔다. 그러다 그 공원에서 장만식 영감을 만났다. 그것도 공원의 화장실에서 용변을 보고 나오다가 그를 만났다. 이마가 유난히 넓고 숯검정 같았던 그의 눈썹을 보고 그는 장만식을 알아볼 수 있었다. 실로 삼십몇 년 만의 재회였다.

그런데, 지금 바로 그 장 영감이 아내를 죽이고 자신도 목숨을 끊으려는 시도했다니, 이 무슨 일인가, 동병상린도 분수가 있지, 이 무슨 운명인가. 박봉술은 정말 믿어지지 않았다. 다시 만난 지 일 년이 채 되지도 않았는데. 그를 다시 만나지 않았더라면 좋았을 것 같은 생각이 들기도 했다. 그는 집으로 돌아왔으나 잠이 오지 않았다. 밤새 장만식 영감에 대한 생각이 머리를 떠나지 않았다.

며칠이 지나서 그는 장 영감의 일이 궁금하여 다시 공원으로 나갔다. 열 시가 넘어서자 사람들이 모여들기 시작했다. 여느 때나 마찬가지로 다들 초라한 몰골들이었다. 그런데 오늘은 금은당 옆집 김 노인이 죽었다고 한다. 김 노인이 죽었다는 말에 다들 표정이 어두워졌다. 다음은 누구의 차례일까. 죽음이 그들을 하나씩 데려가고 있다는 생각에서 다들 김 노인의 죽음이 단지 남의 일처럼 들리지는 않는 거 같았다. 언젠가 자신에게도 다가오고야 말 것 같은 죽음의 그림자가 눈앞에 어른거리는지 다들 표정이 어두워 보였다.

김 노인의 죽음을 두고도 말이 많았다. 김 노인이 그 사람이 새로 온 젊은 박카스 아지매에게 홀려 모텔에 갔다 온 뒤에 갑자기 기력을 잃었다고 말하는 이도 있었다. 그 젊은 여자에게 홀려 돈 잃고 병까지 얻어 그렇게 되었다는 것이었다. 김 영감이 비아그라를 쥐고 박카스 아지매를 따라가는 것을 보았다고 말한 것은 조만도 영감이었다.

저 영감이 어떻게 저런 말을 할 수 있을까? 자기가 박카스 아지매를 끼고 다녀놓고 저런 말을 하다니….

박 노인은 다시는 공원에 나가고 싶지 않았다. 김 노인에 대한 흉흉한 말이 떠돌아다니는 공원이 흉물스럽게 느껴졌다.

내가 죽으면 나에 대한 말들도 살아 있는 저 사람들의 입에서 이리저리 씹히겠구나.

그는 갑자기 그들의 말이 혐오스러워졌다.

며칠 동안 다시 외로워졌다. 해가 떠도 아침이 아침으로 여겨지지 않았다. 박 노인은 가까이 있는 동산으로 가보았다. 그러나 산은 그의 기력으로 감당하기가 버거웠다.

이제 살아 있으면서도 살아 있지 못한다면 죽음과 무엇이 다르랴.

아, 그래, 산다는 것은 힘이고 욕망이었어. 욕망은 내 삶을 이어 온 원동력이었구나. 욕망이 있어서 얼마나 삶이 즐거웠던가.

 그의 몸에 욕망이 없었다면 삶은 이어져 오지 못했을 것 같은 생각이 들었다. 이제 욕망이 시들어 버린 그의 몸은 껍질과 같아 보였다. 젊은 날 아름답고 부드러운 아내를 더 안고 싶은 욕망 때문에 힘든 일도 즐거웠다. 땀투성이가 되어서 하는 일도 즐거웠다. 아내의 품속에서 다시 살아나던 삶의 의욕들, 더 맛있는 음식을 아내와 새끼들에게 사 먹이고, 그리고 그 새끼들을 잘 키워야겠다는 욕망으로 인해서 힘든 일도 힘들게 느껴지지 않았던 것 같았다. 그들이 행복하다면 그가 하는 일이 어떤 일이든 즐겁게 느껴졌던 것 같았다.

 하물며 노모를 요양병원에 모시고도 박 노인은 어머니라는 그 구속 속에서도 그가 해야 할 일이 있었기 때문에 그가 살아야 한다고 생각했다. 심지의 아내의 그 오랜 치매의 수발을 들면서도, 그가 그렇게 지겨워했던 그 순간들, 하루빨리 벗어 버리고 싶었던 그 순간에도 그가 해야 할 일이 있었기 때문에 그는 삶을 살아야 하는 이유가 있었다는 것을 그는 비로소 알았다. 그가 존재하기 위해서가 아니라 그와 연결된 사람들의 삶으로 인해서 그가 살아야 하는 의무가 있었던 것이라는 생각이 들었다. 가장 벗어나고 싶었던 그 순간이 그에겐 가장 치열했던 삶의 순간이었을 것이라는 생각을 하면서 그는 터벅터벅 집으로 돌아왔다.

 이제 힘을 바쳐야 할 대상이 없는 이 세상은 한없이 자유롭다. 바람이 불어도 걱정이 없다. 비가 와도 염려되지 않는다. 멀리서 어두운 밤길을 걸어서 올 사람이 없으니 태풍이 온들, 오늘 밤에 하늘이 내려앉은들 무슨 걱정인가.

이런저런 생각을 하는 순간에도 박봉술 노인은 마음이 자유로웠다. 그러나 아내를 생각할 때면 마음이 자유롭지 못했다. 기타도 손에 잡히지 않았다. 미워할 사람도 사랑할 사람도 없으니 몸이 나른하기만 했다. 어쩌다 기타 줄을 튕겨 보아도 음이 전과 같게 들리지 않았다. 그는 더 이상 기타를 손에 들지 않았다.

살아 있어도 내일에 대한 기대나 희망이 없다면 죽음과 무엇이 다른가. 결국 사람은 혼자 죽게 되는 것이구나. 이제 죽어야 하는 것이 자연의 섭리라면 어떻게 죽어야 할까? 어떻게 죽는 것이 나의 죽음의 선택일까? 죽음은 누구에게나 똑같지만 죽음은 누구에게나 다 다른 것이 아니겠는가…. 나는 나의 죽음을 어떻게 설계하고 죽음을 어떻게 맞아해야 할까? 죽음도 존엄할 수 있는가? 아니야, 죽음은 어떤 식으로든 존엄할 수 없는 것이다. 죽음은 누구에게나 처참할 뿐이다. 죽음이 어떻게 아름다울 수 있는가. 꽃은 소리 없이 떨어지고 나뭇잎은 소리 없이 시들 듯, 소리 없이 가는 것도 자연에 순응하는 것이다….

내가 죽음의 준비 없이 어느 날 갑자기 쓰러지더라도 의식이 없는 나의 삶을 단지 연명시키기 위해서라면 나를 연명시키지 마라. 의식이 없는 삶이 무슨 삶인가. 이미 죽는다는 것은 알면서도 생명을 연명하려는 것은 자연에 거역하는 것이나 무엇이 다른가. 그래, 이런 말들을 내가 메모라도 해 두어야 하는 것은 아닐까. 그래서 가장 잘 보이는 곳에 두어야 하지 않겠는가.

박봉술 노인은 이제 자신의 죽음을 생각하는 날이 많아졌다. 날이 갈수록 점점 더 그의 자유로움은 무료함 바뀌었다. 그리고 그 무료함은 무기력으로 바뀌었다. 길거리에 나가서도 오고 가는 사람들을 멍하니 바라보고 있어야 하는 그 무료함에 그는 아무런 것도 할 수 없었다. 어쩌면 오늘의 이 무료함이 내일에도 있을 거라는 생각이 그를 더 절망적으로 만들었다.

이제 어떻게 죽어야 하는가? 그러나 스스로 목숨을 끊는 것은 배부른 선택이 아닌가. 내가 참으로 절박했을 때는 생각하지도 못했던 일이 아닌가. 어쩌면 그것은 여유에서 오는 또 하나의 일탈은 아닐까. 진정 내가 죽으려 한다면 그 이유가 무엇인가? 그것은 진정 나에게 내일이 없다는 생각 때문일까. 그렇다면 그것은 또 얼마나 이기적인 생각인가?

생각이 생각의 꼬리를 물었다. 박 노인은 이제 밤이 무서웠다. 밤이 되면 울음이 나왔다. 이 세상에 혼자 있다는 생각에 창 밖에 나무들이 음산하게 느껴졌다. 가끔 들리는 새 소리도 왠지 가슴의 밑바닥을 긁어대는 흉물의 소리처럼 들렸다.

이 외로움 속에서 언젠가 홀로 죽음을 맞아야 한다면, 그 죽음을 어떻게 맞느냐가 문제일 것이다. 만약 내가 스스로 죽어야 할 때가 온다면, 그 방법을 익혀 두자. 연습으로라도 한번 죽어보자.

한번 그렇게 생각하자 그 생각은 좀처럼 머리를 떠나지 않았다. 반쯤만 죽어보자. 그것은 내 삶의 의미를 다시 찾아줄지도 모른다. 죽음의 과정과 그 고통을 느껴봄으로써 살아야겠다는 의욕을 찾거나 아니면 죽음에 더 가까이 갈지도 모른다. 그러려면 내가 살던 이 땅에 몇 자의 말은 남겨야겠지. 그리고 이렇게 모든 물건은 정리해 두고 버릴 것은 버리고. 시간은 몇 시가 좋을까? 늦은 오후가 더 좋겠지. 그때면 내가 더 우울해지고 더 죽음 쪽으로 마음이 기울어져 있을 테니까. 그때 나는 이 지상에서 마지막 담배 한 개비를 피우고 소파에 앉는 거다. 그러고는 이렇게 비스듬히 등받이에 몸을 기대고 편안하게 앉아서, 이 줄을 목에 거는 거야. 그리고 그 줄을 서서히 당겨서 매는 거야…. 생과 사의 반쯤에서 나의 선택은 무엇일까. 진정 내가 죽기를 원한다면 나는 죽음이 두렵지 않을 것이다. 그러나 내가 살기를 원한다면 죽음이 두려울 것이다. 이 리허설은 내가 다시 살아가는 하나의 방법이 될까, 아니면 다시는 돌아올 수 없는 죽음의 길이 될까?

박봉술 노인은 며칠 동안 같은 생각과 행동을 반복했다. 박 노인은 마침내 기타 줄을 풀었다. 1번 선이 쉽게 허물어지듯 제 자리에서 풀려나왔다. 그의 손끝에서 자신을 대신해서 감정을 소리로 내 주던 기타 줄은 이제 소리를 잃어버린 단지 하나의 줄에 지나지 않았다. 그는 소리를 잃어버린 그 줄을 물끄러미 바라보았다. 그리고 그 줄을 들어 올렸다. 눈을 감고 숨을 깊이 쉬고는 줄을 목에 걸었다. 가슴이 두근거렸다. 숨을 크게 들이쉬고는 한 번, 그리고 두 번 줄을 돌렸다. 가슴은 두근거림을 멈추지 않았다. 그는 서서히 줄을 당겼다. 그리고 좀 더 힘을 주어 당겼다. 숨이 찼다. 가슴에 힘을 주고 참았다. 가슴이 답답해졌다. 고통스러웠다. 그래도 더 참았다. 의식이 흐릿해지는 것 같더니 졸리는 것 같았다. 온몸이 나른해지면서 서서히 잠속에 빠져드는 것 같은 잔잔한 느낌, 그러고는 어디선가 새소리가 들리는 것 같았다. 새소리에 섞여 은은히 기타 선율이 들렸다.

장만식 영감의 얼굴이 보이는가 싶더니 어릴 적 순분이 얼굴도 보였다. 그리고 그 위로 아내의 얼굴이 보였다. 꽃같이 아름답던 젊은 시절 금순이 얼굴이었다.

아니, 저게 누구야? 금순이, 금순이!

박 노인은 자신도 모르게 아내의 이름을 부르며 허우적거리다 번쩍 눈을 떴다.

(『소설 21세기』 2014년 겨울호, 제23회 오영수문학상 수상작품)

메콩강에 지다

메콩 델타로 가는 보트 위에서 마치 바늘로 찌르듯이 배가 아팠다. 배에 오르기 전 미토 선착장 식당에서 먹은 음식이 몸에 맞지 않았던 것 같았다. 가물치 냄비 요리의 일종인 러우까를 먹은 것까지는 좋았는데 후식으로 먹은 파인애플, 즉 텀이 문제였던 것 같았다. 호치민에서 미토로 가는 중간 휴게소에서 따라붙는 상인의 손을 뿌리치지 못해 텀을 한 묶음 샀는데, 껍질을 벗긴 것을 비닐봉지에 넣어 주었다. 몇 개는 차 안에서 먹고 몇 개는 식당까지 들고 가서 먹었는데 그것이 배탈을 일으켰던 것 같았다.

정원이 서른여 명 될 듯한 보트엔 두 명의 미국인 선교사와 또 몇 명의 일본인, 그리고 한국의 대학생 선교단 소속의 학생들이 타고 있었다. 마지막으로 내가 타자 배는 곧 머리를 돌려 강을 비스듬히 가로지르기 시작했다. 푸른 하늘 아래 도도히 흐르는 황토색 물결이 원시의 상징처럼 꿈틀거리며 배의 옆구리를 핥고 간다.

동생을 기다리다가 시간이 늦어졌다. 전날 밤 동생은 비록 화난 표정이었지만 집으로 돌아가면서 내일 아침 숙소로 가겠다는 말을 했다. 그런데 약속한 시간이 한 시간 반이나 지나도록 기다렸으나 동생은 나타나지 않았다. 혹시 여행 출발지에 와 있을지 모른다는 생각에서 그가 일러 준 신까페라는 여행사로 갔으나 거기에도 동생의 모습은 보이지 않았다. 신까페의 예약자 명단에 내 이름뿐만 아니라 그의 이름도 분명 들어 있었다. 그곳에서 30분은 좋이 망설이다가 여행사의 스케줄에 쫓겨 버스에 오르고 말았다.

강은 넓고 깊어 보였다. 유유히 흘러가는 황토색 강물을 보고 있으니 전날 밤 동생이 하던 말이 생각났다.

"형, 메콩강의 짙은 물결은 이 나라의 도도한 자주의 물결입니다. 그것은 이 나라 인민의 끈질긴 힘의 근원이며 외세 배척의 상징입니다. 어떤 제국주의 세력도 결코 넘볼 수 없는 강한 힘 말입니다."

술기운 때문인지 동생의 말은 거칠고 투박하게 들렸다. 인민, 제국주의와 같이 왠지 날이 서고 모가 난 듯한 말들을 강조하듯이 자주 쓰는 것이 귀에 거슬렸다. 그것은 마치 '너 같은 제국주의자, 인민의 반대 세력들은 귀담아들어라'는 말처럼 들렸다.

참으로 오랜만에 동생과 함께하는 자리였다. 나는 한때 이 나라의 심장부였던 사이공 뒷거리에서 지난날의 어둡고 아픈 긴 역사의 늪 속으로 다시 빠져든 것 같은 기분이 들어 거푸 술잔을 비웠다. 이 나라 특유의 노릇한 염소 구이를 앞에 놓고 몇만 리 밖에서 혈육을 만난 기쁨과 지난날 이 나라에서의 아픈 기억들이 나를 자꾸만 술 속으로 불러들였다.

밤이 되니 대지의 열기가 식고 나뭇잎 사이로 십자성은 수줍게 얼굴을 드러냈다. 나는 술이 취할수록 감정이 격해졌으나 동생은 술을 마실수록 더 냉정해지는 것 같았다. 말마다 동생은 나를 설득하려 했고 나는 동생의 말에 감정이 상했다. 나의 말이 거칠어지자 동생은 가끔씩 속이 뒤틀린 듯 정색을 하며 나를 쳐다보았다. 술이 취한 상태에서 정색을 하며 나를 노려보는 그 눈길이 내 속을 파고들 듯 날카롭게 느껴졌다.

구찌 터널을 둘러볼 때도 그랬다. 숨이 막힐 것 같은 좁은 땅굴을 빠져나와 관광용 사격장을 지나면서 했던 말에도 그는 얼굴이 굳어졌다.

"이 나라는 정말 알다가도 모를 나라야. 전쟁으로 그 많은 사람의 목숨을 잃고도 바로 그 자리에서 다시 전쟁놀이 사격 체험으로 돈을 벌다니…."

나도 모르게 무심결에 흘린 말인데 동생은 눈살을 찡그리며 못마땅해하는 표정을 지었다. 어찌 보면 동생은 베트남 사람보다도 더 열렬한 베트남 매니아가 되어 있는 것 같았다. 그는 구찌 터널에 대해서도 현지 안내인보다도 더 자부심을 가지고 있었다. 구찌 터널의 구조와 그 치밀성, 그리고 그 구조를 이용한 게릴라전의 전개와 교묘한 술책, 매복술과 위장 전술, 심지어 재래식 덫을 놓아 적을 잡는 방법이나 전투 비상 식품의 하나인 라이스 페이퍼를 만드는 과정까지도 구체적으로 알고 있었다.

그의 말처럼 메콩강은 이 나라 힘의 원동력임은 틀림없다. 아득히 먼 티베트 산맥에서 발원하여 중국, 미얀마, 태국, 라오스, 캄보디아를 거쳐 유유히 흐르는 메콩강이 그 유역에 대량의 토사를 축척시켜 만들어 낸 광대한 대지가 바로 메콩 델타이다. 강 하구에서는 아홉 개의 지류로 나뉘어 쿠롱, 즉 아홉 마리의 용이라는 신성한 이름으로 불린다.

그러나 이곳은 우리에게 베트남 전투 중에 가장 힘들었고 치욕적인 곳 중의 하나였다. 특히 비가 집중적으로 내리는 5월에서 11월까지 이곳에서의 전투는 참담하였다. 코코넛 야자를 비롯한 잎이 넓은 원시의 열대 식물들이 빽빽이 들어서서 지척을 분간할 수 없었던 밀림은 우리를 기다리는 덫과 같았다. 그들에겐 천혜의 요새며 축복받은 삶의 젖줄이었지만 강과 델타는 우리에게 악몽처럼 느껴졌다. 게릴라 군대의 침투와 철수, 북베트남의 보급품을 게릴라군에게 전달하는 이른바 호치민 루트로 이용되었던 강은 그들에게는 나라를 지킨 위대한 어머니의 강이었음은 분명하겠지만 우리에겐 악몽의 전선이었다.

동생은 내가 메콩 델타 지역 작전에 여러 차례 참전한 것을 잘 알고 있다. 그는 '피 흘린 청춘'이라고 써 놓은 내 월남전 참전 사진첩을 나보다 더 자주 들춰 보면서 메콩강 델타에서의 작전에 대해서 묻곤 했기 때문이다.

동생이 오늘 메콩 델타 크루즈에 동행하지 않은 데는 어떤 의도가 깔려 있는 것 같은 생각이 들었다. 구찌 터널 투어와 한·월 작가들의 모임에까지 동행했던 그가 오늘 크루즈에 동행하지 않은 것은 지난밤에 마신 술 때문이거나 나와의 말다툼 때문은 아닌 것 같았다.

강바람이 시원하게 얼굴을 때리고 갔다. 강변으로 한가로이 서 있는 수상 가옥과 그 사이사이에서 물고기를 잡고 있는 작은 배들이 떠 있는 강을 거슬러 오르면서도 나의 머리는 여러 가지 생각으로 어지러웠다. 정말 내가 다시 오리라고는 생각도 못했던 이 델타 밀림을 다시 밟게 된다는 감회 때문에 가슴은 물결처럼 출렁거렸다.

호치민의 복잡한 도심을 벗어나서 국도 제1호를 따라 남서쪽으로 달려가면서 보았던 수많은 낯익은 풍경들. 앞면이 좁고 뒤가 깊은 특유의 주택들. 들과 마을, 동네 놀이터같이 규모가 작고 초라한 학교들, 가끔씩 하얀 아오자이 차림의 학생들까지도 옛 모습 그대로였다. 칙칙한 숲과 옹기종기 몸을 맞대고 선 마을의 집들, 그리고 마을을 베고 누운 무덤과 종전 30주년을 알리는 베트남 공산당 깃발과 베트남 국기가 줄줄이 도열해 있는 풍경들은 조용하고 평화롭게 보였다. 한쪽에서 벼를 베고 한쪽에선 벼를 심는 풍경이 이 나라가 안고 있는 현실의 모순처럼 느껴졌지만 겉으로는 이 나라가 전쟁의 깊은 상처를 안고 있는 나라로 보이지 않았다.

떤선녓 국제공항에 도착해서 지금 메콩 델타로 가는 이 배에 오르기까지 이 나라에서의 며칠 동안 한편으로는 설레고 한편으로는 어둡고 아픈 기억들이 짙은 구름처럼 내 마음을 누르고 있었다.

내가 여기에 온 것만 해도 그렇다. 망설임의 연속이었다. 아우로부터 베트남을 한번 다녀가라는 초대를 받은 것은 북한의 핵 문제를 놓고 보수와 진보 진영이 서로 갈라서서 벌이는 시위로 나라가 온통 벌집 쑤셔 놓은 듯이 시끄러울 때였다.

호치민 대학 토목과 초빙 교수로 있는 동생에게서 전화가 왔다. 그는 느닷없이 베트남을 한번 다녀가라고 했다. 위탁 받은 연구가 이제 어느 정도 마무리가 되어 시간을 낼 수 있으니 함께 베트남을 여행하자는 것이었다. 그러나 나는 연초의 바쁜 일정 때문에 선뜻 승낙할 수가 없었다.

그로부터 꼭 한 달 뒤 '베트남을 사랑하는 작가들의 모임' 사무국 일을 맡아보고 있는 친구에게서 전화가 왔다. 베트남 독립 60주년과 종전 30주년을 기념하기 위한 한·베트남 작가들의 행사에 동참해 달라는 초청이었다. 베트남에 진출해 있는 국내 굴지의 신발 제조업체로부터 지원을 받아 하는 행사이기 때문에 작품 성향이나 소속 단체에 관계없이 여행비 일부만 자신이 부담하면 누구나 참가할 수 있으니 참여해 달라고 했다. 동생의 초대도 있었고, 또 친구의 부탁이 하도 간곡해서 어렵사리 마음을 내게 되었다.

내가 탄 일본 항공기는 오사카를 경유해서 호치민 떤선녓 공항까지 가는 데 꼭 12시간이 소요되었다. 인천을 출발해서 떤선녓에 도착하기까지 내 마음은 무거움과 들뜸 두 영역 사이를 끝없이 오가며 하늘을 날고 있었다. 목적지에 도달하고 있다는 몇 번의 안내 방송이 있고 나서 항공기의 창밖으로 호치민의 시가지 모습이 드러나기 시작했다. 현지 시간 7시 20분이었다.

마치 꿈틀거리는 거대한 한 마리의 뱀처럼 S자 형태로 굽이치는 사이공강을 끼고 두부모를 잘라놓은 것 같이 반듯한 길들이 사방으로 뻗어나가고 있었다. 마치 장난감을 배열해 놓은 듯한 건물들 사이로 보이는 도심의 거리엔 가로수들이 녹음을 이루고 있었다.

나는 숨이 멈출 것 같이 흥분된 마음으로 도시를 샅샅이 훑어보았다. 남에서 북으로 벤응에강, 잔싱 시장, 독립궁, 인민위원회 청사와 사이공역, 그리고 후엔시 교회의 흰색 건물이 장난감처럼 눈에 들어왔다. 나는 옛날의 기억을 더듬으며 빈단 병원의 건물을 찾으려 했으나 위치를 확인할 수 없었다.

항공기가 천천히 공항 쪽으로 방향을 선회하며 고도를 낮추어 갈 때 나는 기대와 불안한 마음으로 가슴을 죄며 잠시 눈을 감았다.

내가 살아서 다시 이 나라의 땅을 밟게 되다니…. 이름 모를 그 수많은 산과 들에서 전우들을 잃고 울부짖던 이 가슴 아픈 상처의 땅에 다시 오게 되다니…. 착잡한 생각들이 잠시 나의 눈을 흐리게 했다. 땅과 하늘의 중간에 서서 나는 만감이 교차되는 기분이었다.

처음 동생의 초청을 받고도 선뜻 마음이 내키지 않았던 것은 바로 이런 아픈 기억을 되새기고 싶지 않았기 때문인지도 모른다. 그러나 지금 내 마음은 하늘을 날고 있다. 그때 그곳 백병전이 벌어졌던 그 고지는 지금 어떤 모습으로 서 있을까. 청룡부대 제3대대가 주둔하고 있던 그 마을은 지금 어떤 모습일까, 하는 궁금한 마음과 다시는 되새기고 싶지 않은 아픈 기억이 뒤섞여 착잡한 마음으로 하늘을 날고 있었다.

그때도 분명 이맘때였다. 부산항 제3부두를 출항하여 꼭 칠일 만에 나트랑항에 도착했던 시간이 저녁 무렵이었으니까. 배가 부두에 가까워지면서 자포자기와 같은 아련한 현기증이 나를 덮쳐 오던 그 순간의 기억이 떠올랐다. 그때 그 기분이 33년이 지난 지금 다시 나를 덮쳐 오고 있는 것 같아서 나는 잠시 감았던 눈을 뜨고 부르르 몸을 떨었다.

비행기가 땅에 닿고 "아직은 움직이지 말고 기다려 달라."는 기장의 안내 방송을 듣고도 나는 한동안 멍한 상태에서 벗어나지 못하고 있었다.

나는 컴파트먼트에서 손가방을 꺼내 들고 트랩을 내리는 순간 완전 군장을 해서 해군 수송선의 트랩을 내리던 33년 전의 그 순간과 너무나 흡사한 기분을 느껴야 했다.

소대장의 지시에 따라 떠밀리듯 내려서던 그때의 발걸음처럼 나는 나도 몰래 비틀거리는 발걸음으로 비행기 트랩을 내렸다. 사회주의 국가 특유의 불친절한 공안 요원들이 지키는 입국 심사대를 통과해서 걸어 나오면서도 나는 호각소리에 발을 맞추어 걷고 있던 그때의 그 모습을 떠올리고 있었다.

한 자연인인 개인이 아니라, 내 몸이 국가의 일부가 되어 걷던 그 순간의 기억은 지금 내가 어딘가 이끌리듯 입국 로비 쪽으로 발을 옮기는 이 순간의 기분과 다르지 않았다. 그때는 국가의 부름에 의해서 이곳에 왔고, 지금은 누군가에 이끌리듯 여기로 와서 움직이고 있는 것 같았다.

마치 컨베이어 벨트 위에서 수화물이 움직이듯 나는 행렬에 섞여서 밖으로 나왔다. 광장으로 나오자 열대 특유의 하오의 지열이 가슴을 파고들었다. 손님을 찾는 택시 기사들과 마중 나온 사람들이 뒤섞여 북새통을 이룬다.

33년이란 긴 세월을 넘어선 그 거리였지만 별다르게 느껴지지 않았다. 다만 그때는 자전거를 타고 옷을 헐벗은 사람이 많았는데 지금은 자전거가 오토바이로 바뀌고 옷의 색깔이 좀 더 다채로워지고 산 뜻해졌을 뿐 그들의 얼굴, 불에 살짝 구워낸 듯한 까무잡잡한 얼굴, 그리고 작은 체구에 약간 코끝이 올라간 그들의 모습은 마치 어제 만난 사람처럼 친근하게 느껴졌다.

 나는 잠시 멍하니 서서 분주히 움직이는 사람들의 모습을 지켜보았다. 내가 지금 델타로 가는 뱃길에서 저 강변의 풍경을 지켜보고 있는 것처럼.

 이제 우리가 배를 타고 델타 크루즈를 시작했던 미토 선착장도 뱃길에 묻혀 보이지 않는다. 미토는 옛날부터 호치민과 메콩 델타를 연결하는 교통의 요충지며 델타의 관문이었다. 전쟁 시에도 대부분의 병력들이 이곳을 통해 델타로 오갔다. 강은 도도하다. 열대 우림의 짙은 그림자를 옆으로 끼고 흘러가는 황토색 물결은 이곳 자연의 원시적 속살을 그대로 보여 준다.

 토이섬 선착장에서 다시 작은 배를 갈아타고 깊이 팬 하천을 따라 델타 안 깊숙이 들어서면 잎이 넓은 코코넛 야자수와 이름 모를 열대 식물들이 빽빽이 하늘을 덮고 섰다. 마치 시생대의 원시림 속으로 들어온 것처럼 지척을 분간할 수 없는 땅이 된다. 그렇다. 이것이 그때 그 전쟁의 딜레마였다. 지척을 분간할 수 없었던 밀림의 현실이 전쟁의 현실이 되고 말았다.

 헬리콥터와 M16, 그리고 고엽제인 에이전트 오렌지로 상징되는 그 전쟁은 밀림의 늪에서 헤매다 끝났다. 미국의 무기와 원시 밀림의 전쟁이었다 해도 틀린 말은 아닐 것이다.

동생이 옆에 있다면 그때의 상황을 말해 줄 수 있으련만, 그때 이곳에서 얼마나 많은 사람이 죽어갔고 나는 어떻게 살아 나왔는가를 말해 주고 싶은데 동생은 동행하지 않았다.

나는 깊이 숨을 들이쉬면서 멀리 숲 쪽으로 눈을 던졌다. 광대한 델타 곳곳에 은거해 있던 베트콩 병사들이 밤이 되면 지상으로 올라와 잔혹한 게릴라전을 펴던 것을 생각하며 나는 다시 한번 부르르 몸을 떨었다.

내가 참전했던 다섯 번의 델타 작전 중에서 네 번째가 가장 힘들었다. 그때는 5월 말이었다. 이 나라의 건기가 끝나고 우기가 시작되어 칙칙한 더위가 온몸을 휘감는 날씨였다. 잠결에 어머니가 급히 부르는 소리에 잠을 깼는데 꿈이었다. 왠지 불안한 마음으로 일과가 시작되길 기다리고 있었는데 소대장은 임무를 전달했다. 토이손섬에 은거하는 베트콩 소탕 작전이었다. 이미 정찰조가 훑고 지나간 지역에 숨어 있거나 농민으로 위장해 있는 베트콩을 찾아내어 소탕하는 작전이었다.

세 척의 보트에 나누어 타고 섬에 상륙하였다. 작전이 시작되어 한나절이 지나도록 은거하는 적을 찾아낼 수 없었다. 앞뒤를 분간할 수 없는 밀림에서 숨어 있는 베트콩을 찾아내기란 볏짚 속에서 바늘을 찾는 일보다 더 어려웠다. 우리는 농가에 들어가서 레이션 하나씩을 나누어 주고 저녁 무렵에 2인 1조씩 나누어 참호에 들어가서 야간 매복을 시작했다.

숲속의 온갖 풀벌레들이 우는 소리가 마치 평화로운 밤의 자장가

처럼 은은히 들려왔다. 자정이 가깝도록 숲은 조용하기만 했다. 방심한 탓이었을까, 자정을 좀 넘기고 나서 적이 먼저 우리를 습격해 왔다. 우리는 매복해 있는 참호 속에서 적의 기습을 당한 것이다. 동·서·남 세 방향에서 동시 다발적으로 사격이 가해지면서 적은 우리 소대를 덮쳐 왔다. 우린 속수무책으로 당했다.

다행히 지원 소대의 지원 사격이 가해지면서 적은 물러갔지만 여섯 명의 전우를 잃었다. 적은 귀신같이 우리의 참호 위치를 정확히 알고 있었던 것이다. 낮에 우리를 반기고 도와주었던 그 농부들이 밤이 되면서 적으로 변했던 것이다. 참담한 패배였다. 그날 우리 소대는 날이 밝기를 기다려 전우들의 시신을 거두어 본부대로 철수했다.

지난밤 무슨 일이 있었느냐는 듯 숲은 그날도 조용하기만 했다. 간밤에 총탄이 스쳐 간 곳이라고는 도저히 믿어지지 않을 정도로 조용하던 숲의 뻔뻔함에 진저리를 치면서 숲을 빠져나왔다.

그때 강을 건너면서 느꼈던 것은 나도 언제 저렇게 쓰러질지 모른다는 불안감이었다. 아침에 같이 밥을 먹고 나갔던 전우가 저녁엔 싸늘한 시신이 되어 돌아왔던 그 허망함. 갈기갈기 찢겨진 전우의 시신을 꿰매는 과정을 지켜보면서 밤을 지새우는 참담한 현실을 떨쳐버리려고 애를 썼다. 나는 생명을 옥죄어 오는 현실에 몸부림치며 어떻게든 살아가야 한다고 앞니를 깨물었다.

일찍 남편을 잃고 홀몸으로 가족을 부양해 가는 어머니를 생각하면서 나는 살아야 한다는 생각을 했다. 그러나 살아야 한다는 생각을 하면 할수록 살아가는 것이 더 어렵게 느껴졌던 그때의 기억이 마치 어제의 일처럼 떠올랐다.

 일과가 끝나고 밤이 되어 막사의 뜰에 나가면 야자수 잎 사이로 십자성이 어머니의 소망처럼 밝게 빛나고 있었다. 어려서부터 유난히도 욕심이 많고 불만이 많았던 동생이었지만 이국 만리 전선에서 받는 동생의 편지는 나에게 용기와 희망을 더해 주었다.

 그때 나는 행운의 상징처럼 동생의 편지를 수첩에 넣고 다니며 읽고 또 읽었다. 수없이 건너다니던 메콩강 뱃길에서 동생의 편지를 읽었다. 힘주어 꼭꼭 눌러쓴 깨알 같은 글 속에서 가족의 체취를 느끼며 나는 주술처럼 어머니에게 나를 지켜 달라고 빌었다. 그러면 어머니는 '지하에 계신 너의 아버지가 너를 지켜 주실 거다'고 속삭이는 듯했다.

 동생은 나에게 또 하나의 믿음이며 희망이었다. 내가 죽더라도 동생이 있으니 그가 어머니를 지켜 줄 것이라는 생각에 나는 한결 마음이 놓이곤 했다. 온갖 기억들이 어제의 일처럼 너무나 생생히 떠올랐다.

 토이손섬의 숲이 깊어지면서 마음도 더 무거워졌다. 다른 사람들은 즐거운 오지 여행이 되겠지만, 나에겐 이 섬으로의 여행이 전쟁의 상처를 다시 밟아 가는 가슴 아픈 여정이 되고 말았다. 이곳으로의 여행이 이렇게 가슴의 상처를 들쑤시는 일이 될 거란 것을 알았더라면 오지 말아야 했었는데, 하는 후회가 가슴을 짓눌렀다.

 전날 구찌 터널을 둘러보면서도 마음이 착잡하기는 마찬가지였다. 전쟁 기념관에서도, 인민위원회 청사를 둘러보면서도 나는 마치 전

범자가 되어 이 나라에 돌아온 기분이었다. 동생은 입만 열면 '침략자 미 제국주의'와 '잔혹한 한국군' 그리고 '위대한 호치민'이었다. 전쟁 기념관 방명록에도 그는 그렇게 썼다. '미 제국주의 전쟁광을 물리친 위대한 호치민!'이라고. 그는 마치 나에게 시위라도 하듯 붉은 이념이 묻어 있는 말들을 많이 사용했다.

사실 나는 통일궁을 둘러보고 이어서 전쟁 박물관에 들렀을 때는 마치 다시 그때의 전쟁 속으로 돌아간 것 같은 착잡한 환상에 사로잡혔다. 그 수 많은 종류의 살상 무기와 전투기, 들판마다 널려 있는 시신과 잔혹한 인명 살상 장면들을 보는 순간 잠시 현기증이 일었다. 보이는 것마다 미군과 그 동맹국 군이 잔혹하게 베트남인을 죽이는 사진들이었다. 사진은 현실보다 더 참혹하게 느껴졌다. 죽이고 죽은 전쟁이었건만 아군이 적을 죽이는 사진뿐이었다.

"이것은 전쟁이 아니라 미군의 일방적인 학살이었습니다."

동생의 말에는 분노가 섞여 있었다.

"이 나라 땅덩어리보다 더 많은 폭탄을 갖다 붓고도 깨끗이 진 전쟁입니다. 저기 그들의 만행을 한번 보십시오. 짓밟힌 이 땅의 젊은 여인들, 버려진 아이들을 한번 보십시오. 그리고 라이 따이안의 고통은 또 어쩌고요."

그는 내가 마치 전쟁의 주범이라도 되는 것처럼, 아니면 이 땅의 젊은 누이들의 몸을 짓밟고 라이 따이안의 씨를 남겨 놓고 간 당사자라도 되는 것처럼 정색을 하며 나를 쳐다보았다. 순간 심한 모멸감을 느꼈다. 가슴이 답답하고 뭔가 가슴에서 터져 나올 것 같았지만 나는 죄인 아닌 죄인이 되어 입을 다물고 있을 수밖에 없었다.

'전쟁의 상처는 동전의 양면과 같은 것인데 어느 한 쪽만을 진실이라고 말할 수 있겠는가? 저 사진의 대부분은 일부의 진실일 뿐이다. 전쟁은 상대적이다. 베트남인의 죽음이 저렇게 처참하듯이 5만 6천 명의 미군의 죽음, 그 하나 하나가 처참하지 않은 것이 어딨겠는가? 들판에 처참히 쓰러져 있는 북베트남 군인들이 싸운 것은 남쪽의 베트남 인민이고, 미군이고, 한국군이었지만, 그들을 죽음의 땅으로 내몬 것은 하노이 정권의 집권자들이 아니었던가?'라고 말하고 싶었지만, 말할 자리가 아닌 것 같아서 나는 입을 다문 채 동생의 말을 듣고 있을 수밖에 없었다.

"내가 이 나라에 오기 전까지만 해도 이 나라가 이렇게 대단한 나라라는 것을 몰랐습니다. 프랑스, 미국 같은 강대국을 줄줄이 물리친 위대한 나라라는 것을 몰랐습니다. 호치민에 대해서 말하면 참 재미있는 사람입니다. 교사 집안 출신으로 일찍 프랑스 유학을 합니다. 그리고 프랑스 배 선상 요리사가 되고, 마침내 프랑스와 싸워 이긴 사람이 되지요. 그는 베트남 인민을 위해 사회주의의 이상을 이 땅에 펼친 장본인입니다. 위대한 커뮤니스트입니다. 미국 침략자들이 부패한 고딘디엠 정부를 지원하면서 공산주의란 이유만으로 폭탄을 퍼붓던 그 침략 전쟁 3,200일을 이겨낸 위대한 영웅입니다."

동생은 마치 호치민교의 신도가 되어 있는 듯했다. 호치민에 대한 그의 믿음은 열렬했다. 그의 말은 어찌 들으면 우습고 유치하게 느껴졌다. 마치 편향된 이념에 물든 철부지들이 떠들어 대는 말처럼 공허하게 들렸다.

 1948년 이 나라가 독립하고 54년 디엔 비엔 푸에서 프랑스군을 물리친 것은 호치민이 아니었다. 프랑스의 패배 그 다음날 제네바 회의에서 170선 벤 하이강을 중심으로 잠정적으로 남·북으로 갈라놓고, 56년 7월에 총선을 치르기로 했으나 그 약속은 지켜지지 않았다. 그래서 남쪽의 친가톨릭, 친서방의 고딘 디엠 정권이 들어서고, 북쪽은 호치민 정권이 들어섰던 것이다.

 호치민의 공산세력이 없었다면 단일 정부가 들어설 수도 있었다. 그러나 그의 공산주의 정권의 야욕 때문에 나라는 갈리고 그 와중에 미국 군사 고문단이 개입하면서 이념의 갈등은 시작되었다. 그런데도 동생은 마치 미국이 이 나라를 분열시켜 놓은 것처럼 말하고 있었다.

 내가 참전 용사라서 그런 것이 아니라 베트남에 대한 나의 생각은 달랐다. 베트남 전쟁은 단지 미국을 등에 업은 남베트남과 북베트남의 전쟁이 아니었다는 것이 나의 생각이었다. 소련과 중국 등 공산 진영을 등에 업은 하노이 정권과 미국을 비롯한 서방 자유 진영을 등에 업은 사이공 정권의 싸움이었다. 그것은 어찌 보면 민주와 반민주, 자유와 반자유, 자본주의와 공산주의의 이념의 싸움이었다.

 남측만이 서방의 힘을 입고 북측은 홀로 싸운 싸움이 아니었다. 북측은 소련과 중국으로부터 막대한 군수품과 무기를 지원받고 있었다. 그들은 입으로는 외세를 배척한다면서 뒤로는 외세를 끌어들이고 있었다. 남측이 자유 진영의 꼭두각시였다면 북측은 소련 공산당의 꼭두각시였다는 것이 나의 생각이었다.

　미국이 두려워했던 것은 자유의 이념을 말살하려는 공산주의적 이념의 전파였다. 한 나라가 공산화되면 또 한 나라가 공산화된다는 우려와 그 결과로 자유 진영이 연쇄적으로 붕괴되는 것을 미국은 두려워했던 것이다. 그것은 결국 미국의 국익과 관련된 것이기도 하지만 모든 자유 진영 국가의 국익과 관련된 것이었다는 것이 나의 생각이었다.

　동생의 말은 마치 내가 지금까지 생각해 왔던 것이 그릇되고 나의 삶은 잘못된 길을 걸어왔다고 단정하는 말처럼 들렸다.

　베트남전은 미국이 빠진 하나의 늪이었다. 앞뒤를 구별할 수 없는 밀림과 두더지처럼 파 내려간 땅굴과 같은 늪에 빠진 것이었다. 엄격히 말해서 미국은 진 것이 아니다. 미국은 잘못 발을 들여놓은 늪에서 발을 뺀 것이다.

　미국은 하노이 정권의 말을 믿었다. 남북 어느 일방이 상대방을 강조하거나 통합함이 없이 단계적으로 통일을 수행한다는 평화 협정의 잉크가 마르기도 전에 그들은 무력으로 남쪽을 침공하여 나라를 적화시켰다. 그래서 무능한 사이공 정부가 무너지고 인민이 살육당하자 23만 명의 피난민들이 배를 타고 망망대해에 몸을 맡겼다.

　북측의 모순과 독재는 정당하고 남측의 부정과 부패는 꼭두각시의 놀음이 된다면 그것은 편향된 자가당착의 논리다. 북측이 수백만 인민을 죽음의 전장으로 몰아넣은 혁명적 폭력은 통일을 위한 것이고, 남측이 행한 전쟁은 외세 침략의 전쟁이라면 그것은 언어도단이다.

남측이 전쟁에 이긴다면 통일되지 않고, 북측이 이겨야만 통일이 된다는 식의 모순과 불합리를 어떻게 받아들이란 말인가….

나는 혀끝에서 맴도는 이런 말들은 씹어 삼켰다.

인민위원회 청사를 나와 한·베트남 독립 60주년 베트남 종전 30주년 기념 작가 대회가 열리기로 되어 있는 호텔로 가기 위해 동코이 거리를 걸어갈 때도 이러한 생각들은 무겁게 가슴을 누르고 있었다.

행사장에는 벌써 많은 사람이 모여 있었다. 행사 안내 소책자엔 미술 작가와 문학 작가로 구성된 한국 측 작가와 베트남 화가와 작가들, 그리고 북한에서 온 다섯 명의 작가의 명단이 들어 있었다.

행사가 시작되기 전까지는 대체로 좋은 분위기였다. 그러나 전시장에 전시된 미술 작품을 보는 순간 나는 실망을 금할 수 없었다. 마치 전쟁 기념관의 사진을 옮겨 놓은 듯한 전쟁을 주제로 한 미술 작품들이 다시 한번 나를 놀라게 했다. 한결같이 미군과 한국군이 베트남 양민을 죽이고 마을을 불 지르는 내용들이었다. 미술 작품이나 문학 작품에 대한 이야기는 없고 전쟁에 대한 이야기뿐이었다. 한국 작가들이 마치 반성문을 써서 베트남 측에 속죄하고 있는 분위기였다. 나를 더 놀라게 한 것은 우리 측 대표의 인사말이었다.

"참으로 돌이켜 생각하고 싶지 않지만, 한때 미국의 하수인이 되어 전쟁의 광기로 이 아름다운 나라를 초토화시키고 무고한 사람을 사지로 몰아넣었던 그 무자비하고 야만적인 만행을 사죄하고 베트남과 하나가 되기 위해서 우리는 여기에 왔습니다. 우리가 이 나라 인민들에게 뼈를 깎아 바쳐도 다 속죄할 수 없겠지만, 우리는 참으로 후회하고 지난날 잘못된 역사의 책장에 채찍을 후려치는 심정으로 여기에 섰습니다. 우리도 베트남 인민의 통일 방식을 배우고 위대한 지도자 호치민 국부의 외세 배척, 자주 자립의 구국 정신을 배워 우리의 국토 통일에 기여하기 위해서 여기에 온 것입니다…."

그의 말은 유장했다. 한 마디 한 마디가 나의 비위를 뒤집어 놓는 말들이었다. 그러나 일은 거기에서 끝나지 않았다. 동행한 한 작가의 시 낭송은 더 충격적이었다.

　미 제국주의 양키들이 던져 준 총을 메고
　그들의 개가 되어 이 나라를 질주하던 그 밤
　보이는 것은 다 죽이고 다 불 지르며
　그 무고한 양민의 피와 살로
　축배를 들던 날
　질곡은 얼마나 길고 어두웠던가.

그의 시가 낭송되는 동안 두 차례의 기립 박수가 터져 나왔다. 그의 목소리는 단호하고 힘이 있었다. 비장한 마음으로 낭독하는 결의문 같았다. 시라기보다 반미 선동 구호라고 해야 할 것 같았다. 베트남 작가들은 의외라는 표정으로 담담한 반면 우리 측 작가들이 더 열렬한 반응을 보였다.

나는 그 자리에서 뛰쳐나오고 싶은 충동을 느꼈지만, 공식적으로 초청된 사람으로서 취할 수 있는 행동이 아닌 것 같아서 지그시 눈을

메콩강에 지다　277

감고 있을 수밖에 없었다.

'이것이 베트남을 사랑하는 작가들의 모임이 하는 행동이란 말인가? 베트남의 무엇을 사랑하는 모임이라는 말인가? 이 나라의 공산주의식 혁명 통일 방식을 사랑한다는 말인가? 자유와 자본을 외판 자본으로 규정해서 몰아내고 공산 세력을 끌어들인, 그래서 전 세계적으로 몰락한 공산주의의 이념을 낡은 깃발처럼 아직도 내걸고 있는 그들의 정신을 사랑한다는 말인가? 종전 30년, 이제야 비로소 자본을 배우고 경제를 배우며 사회주의의 악몽에서 깨어나고 있는 이 낙후와 국민의 무지를 사랑한다는 말인가?'

행사가 끝나자마자 나는 그 자리에서 도망치듯 뛰쳐나왔다. 그래서 동생과 함께 들른 곳이 바로 하이바쯔 거리에 있는 '구안꺼이'라는 주점이었다.

"형님, 남한이 호치민을 죽이는 데 일조를 했다면 북한은 호치민을 살리는 데 일조를 했습니다. 지금 나는 우리 군대가 이 나라에 저지른 만행을 속죄하는 마음으로 살아갑니다."

그의 말은 확신에 차 있었다.

"가당치 않은 말이다. 누가 누구에게 속죄한단 말인가? 그것은 전쟁이었다. 국가와 국가가 이념에 맞서 싸운 국가의 행위였다. 속죄를 해도 국가가 할 일이지 네가 무엇을 속죄한단 말인가? 지금 너의 말은 우리 국가를 전쟁 범죄국으로 몰아가고 있는 거나 마찬가지의 말이다."

술이 들어가면서 나는 행사장에서부터 참아 왔던 말이 터져 나왔다.

"남과 북은 서로의 이념을 위해서 싸웠다. 자유가 없는 통일, 살상과 테러와 이념의 광기로 국민을 전쟁의 구렁텅이로 몰아넣어 얻은 통일은 과연 누구를 위한 통일이며, 무엇을 위한 통일이란 말인가? 너는 국토 통일이 자유 정신, 인간의 존엄성을 넘어서는 가치라고 생각하는가? 호치민이 통일의 영웅이었다면, 그가 진정으로 이 나라의 통일을 그렇게 염원했다면 왜 스스로의 독선과 욕망을 버리고 통일을 이룩하지 않았는가? 그가 바랐던 것은 오직 자기중심의 통일이었다. 왜 남쪽이 주도하는 통일은 통일이 아니고 자신이 중심이 된 북쪽의 통일만이 통일이란 말인가?"

나는 잠시 숨을 돌리고 다시 말을 이었다.

"비록 종국엔 전쟁을 통한 통일을 이룩했지만, 엄격히 말하면 그도 이 나라의 전쟁을 일으킨 전범의 한 사람이며 통일을 지연시킨 장본인 중에 한 사람이라고 생각하지 않느냐? 그가 금과옥조처럼 여겼던 공산 이념은 스스로의 모순 때문에 그 종주국에서부터 몰락한 지 오래다. 그 몰락의 영향으로 그의 추종 세력들은 비로소 눈을 뜨고 그가 생전에 교리처럼 여겼던 그 공산주의 이념을 버리고 스스로 도이모이 정책이란 이름으로 자본의 이념으로 돌아서지 않았는가. 겉으로 보기엔 그들이 실용주의 노선으로 돌아선 것 같아 보이지만 엄격히 말하면 그것은 그들이 목숨을 걸고 싸웠던 그 전쟁의 명분을 스스로 버린 것이나 다름없는 것이 된다."

내 말이 끝나기도 전에 동생이 말을 잘랐다.

"그 말은 이 나라, 이 나라 인민들을 두 번 죽이고 욕보이는 것이며 통일 정신을 모독하는 것입니다. 형이야말로 미 제국주의자의 앞잡이, 부르주아의 전형에 지나지 않습니다."

"뭐라고, 나보고 미 제국주의자의 앞잡이라고? 좋다. 그러면 너는 뭐냐? 너는 너의 손끝으로 스스로 일군 결실이 무엇이며, 이 나라 통일에 기여한 것이 무엇이냐? 너희들이 추구하는 공산의 논리, 사회주의 논리는 양두구육의 논리며, 이율배반의 논리가 아니고 뭐냐? 자본주의의 자양으로 성장하고, 자본주의의 결실을 누구보다도 즐기면서 자본주의를 스스로 부인하는 그 위선을 어떻게 받아들여야 한다는 말인가? 너는 말끝마다 우리가 미국의 용병으로, 그 피를 팔아 우리나라의 경제 성장을 이룩했다고 말하는데, 그 전쟁은 우리의 피를 판 전쟁이 아니었다. 미국이 우리의 국방의 일부를 떠맡고 있는 상황에서 우리의 파병은 우방국으로서 공생공존의 국가적 선택이었다. 전쟁이 나쁘다고 모든 것을 상대방에게 넘겨주고 있을 수는 없지 않는가?"

"형이 발버둥친다고 형이 미국의 용병으로서 이 나라에 끼친 그 죄악이 정당화되거나 용서될 수 있는 것이 아닙니다. 이미 세계는 그 전쟁을 광란의 침략 전쟁으로 보고 있습니다. 그리고 안 됐지만 형과 같은 사람은 한갓 미국의 전투견에 지나지 않았습니다."

"뭐라고! 전투견이라고? 그래, 그게 네가 할 수 있는 말의 전부냐? 제 목숨 아깝지 않은 사람이 어디 있느냐? 그런데도 우리는 나라를 위해서 싸웠다. 그리고 자유를 위해서 말이다."

"그것은 자유를 위한 것이 아니었습니다. 독재자의 잘못된 판단에 의해서 피를 판 것에 지나지 않습니다. 그 더러운 돈으로 나라의 경제를 부흥하다니요. 생각만 해도 소름이 돋습니다."

"그래, 다시 한번 물어보자, 남쪽이 하면 독재고 북쪽이 하면 민족주의자의 행위가 되는 이유가 뭔가? 동족에게 온갖 만행을 자행하고, 정적을 숙청하고, 개인의 입을 막고 목숨을 짓밟으며 공산 종주국의 꼭두각시놀음을 하던 자를 단지 미국에 맞서 싸웠다고 해서 민족주의자라고 생각한다면 그 생각이 바로 오염된 이데올로기의 광신주의자가 아니고 뭐냐? 미국과 한국의 전쟁 개입은 결과적으로 보면 분명 잘못된 것이 많았다. 미국으로 보아서나 세계사적으로 보아서도 불행한 역사이며, 5만 6천여 명의 생떼 같은 목숨을 잃은 미국의 상처는 컸다. 그러나 나는 믿는다. 미국이나 우리가 전쟁을 위한 전쟁이나 살상을 위한 살상은 아니었다고 말이다."

나는 감정을 억제하기 어려웠다. 가슴 속에 갇혀 있던 생각이 말이 되어 쏟아져 나왔다.

"그 전쟁은 지킬 만한 가치가 있다고 생각해서 싸운 싸움이었다. 전 세계적으로 파죽지세로 몰려오는 붉은 이념의 확신을 막기 위한 자유 진영의 하나의 선택이었다. 거기에는 분명 미국이란 나라의 자국의 이익도 포함되어 있었겠지만 말이다.

너는 나를 보고 '베트남인을 몇 명을 죽였느냐?'고 하는데, 전쟁은 어차피 사람을 죽이는 것을 전제로 한다. 국가를 위해서든 집단의 이념을 위해서든 사람을 죽이지 않으면 안 된다. 전쟁의 논리는 약육강식의 논리다. 전쟁은 이성이 아니다. 전쟁은 광란이다. 전쟁엔 인간이 없고 국가만 있을 뿐이다. 죽이지 않으면 내가 죽는 비정한 게임이다.

전쟁은 상대적이다. 우리가 한 명을 죽이면 그쪽에서도 또 한 번의 죽임의 보복이 있었다. 그들이 우리를 죽이면 우리가 그들을 죽이는 악순환이 있었다. 미군만이 악랄한 것이 아니었다. 적은 상대에게 악랄할 수밖에 없는 것이 전쟁의 생리다. 베트콩은 사로잡은 우리의 부대원을 죽창으로 찔러서 목을 나뭇가지에 걸어놓고 간 것이 한두 번이 아니었다. 그들에게 당한 전우의 주검은 한결같이 처참했었다.

대민 지원 사업으로 학교를 지어 주고, 아픈 곳을 치료해 주고 전염병에 걸려 죽어 가는 아이를 살려 주었다. 그런데 그 아이가, 낮엔 부대 주변에 와서 놀던 바로 그 아이가 알고 보니 베트콩의 어린 전사였다. 낮에는 선한 아이가 되고 밤이 되면 베트콩 어린 전사가 되어 우리의 등 뒤에서 총을 쏘았다. 붉은 이념은 그렇게 맹신적이었고 그렇게 강했다."

나의 말은 거칠어졌고 동생도 감정이 섞인 말을 주저하지 않았다. 이국땅에서 동생과 마주 앉은 그 밤은 서로의 생각이 너무나 먼 거리에 있다는 것을 확인하며 흘러갔다. 동생은 퉁명스럽게 내일 숙소로 오겠다는 말을 하고 먼저 자리에서 일어났다. 동생의 얼굴은 상기되어 있었다.

자리에서 일어나는 몸이 천근처럼 무거웠다. 도심의 울창한 숲들도 몸이 무거워 보였다. 늦은 밤 거리엔 간혹 오토바이 소리가 거리를 꿰뚫고 지나간다. 저쪽 사이공강 남서쪽으로 주월 사령부 제3연대가 있었던 지역으로 달빛이 교교하다. 나무들 사이로 어두운 기억들이 지나간다.

나는 무겁고 착잡한 생각들을 곱씹으며 몸을 돌려 동생이 사라진 쪽을 멍하니 바라보았다. 나는 숙소로 돌아와서도 오랫동안 생각에 잠겨 잠을 이루지 못하고 몸을 뒤척여야 했다. 너무나 변해 버린 동생이 야속하기도 하고, 상반된 이념의 눈으로 싸늘하게 서로를 쳐다보던 그 순간들이 가시처럼 마음을 찔렀다.

내가 동생에게 너무 심한 말을 한 것이 아닐까, 하는 생각과 꿈인지 생시인지 알 수 없는 수많은 장면들이 머리를 스쳐 간다. 목숨을 건져 준 사람에게 등 뒤에서 총을 쏘던 그 아이와 그 아이의 총을 맞고 죽은 전우의 얼굴과 겹쳐졌다.

비명 소리와 아비규환 속에서 다시 싸늘히 나를 노려보며 자리를 뜨던 동생의 얼굴이 좀처럼 머리에서 떠나지 않았다. 그러다 어떻게 눈을 붙였다가 깨니 새벽의 여명은 벌써 창밖으로 나뭇잎을 깨우고 있었다.

그리고 나는 오늘 하루 메콩 델타를 헤매다가 돌아가는 길 위에 있다. 동생은 끝내 동행하지 않았으나 나의 머릿속에 온종일 동생의 얼굴이 따라다녔다. 우중충한 낡은 프랑스식 건물들이 낮게 어깨를 기대어 섰던 도심을 헤집고 나와 넓고 조용한 논밭과 습지의 델타 평원을 밟고 다시 돌아가는 이 길 위에서 마음은 더 착잡하다.

지금 그에게는 이념이 혈육보다 더 깊게 뿌리를 내리고 있을지 모른다. 그는 온종일 자신의 믿음에 상처를 준 나를 욕하며 보냈을지 모른다. 그러나 나의 믿음에는 변함이 없다.

　우리가 목숨 바쳐 지키고자 했던 자유는 그토록 허망한 것이었을까. 외세 배척, 자주독립의 기치 앞에 자유는 한낱 잠꼬대 같은 것이었을까. 사이공 점령과 더불어 조국을 등지고 거친 풍랑에 몸을 던진 2십 3만 명의 보트 피플, 그들은 무엇을 생각하며 이 나라를 떠났을까.

　사이공강 서쪽으로 멀리 구찌 터널로 가는 길이 보인다. 길옆으로 늘어선 숲들도 어둠에 묻히고 있다. 어쩌면 아직도 저 숲속에 잠들어 있을 그때의 전우들의 얼굴이 가슴을 헤집고 지나간다. 이인대 상병, 강원도 어디가 고향이라던 정순천 병장, 그리고 늘 넉넉한 웃음을 가지고 우리를 웃겼던 조영표 소대장의 얼굴이 떠오른다. 나만이 살아서 돌아온 이 나라, 참으로 그들에게 미안한 생각이 어둠처럼 젖어서 나를 흔들고 섰다.

　아득한 밤의 저편으로 아버지의 얼굴이 보였다. 살려 달라고, 살려 달라고 발버둥치던 아버지의 모습이 떠올랐다. 그리고 강수의 얼굴, 아버지를 동구 밖으로 끌고 가서 죽창으로 찌르던 광기에 찬 잔인한 얼굴이 떠올랐다. 강수는 피에 굶주린 흡혈귀와 같았다.

　"이 반동 놈의 새끼! 지주는 인민의 적이다. 이 배때지를 봐라"며 아버지의 옷을 벗기고 배에 죽창을 들이대던 강수의 살기등등하던 그 모습과 그를 지켜보던 그 일당들의 모습이 선명히 눈에 떠올랐다.

　아버지의 시신은 마을 사람들이 지켜보는 가운데 처참하게 길 밖에 버려졌다. 그들의 보복이 두려워 아무도 얼씬도 않던 길가에 삼일 동안이나 버려져 있어야 했다. 어머니와 어린 내가 아버지의 시신을 수습하여 산자락에 묻던 그날의 기억이 젖은 망막 속으로 떠올랐다.

강수는 아버지의 충직한 머슴이었다. 아버지는 "너희가 못 먹어도 일꾼을 굶기면 안 된다."며 더 많은 밥을 주라고 했다. 한번은 복통으로 뒹구는 강수를 등에 업고 면 소재지에 있는 의원까지 달려가서 치료를 받게 한 아버지였다. 그러나 가진 자는 모두 적이 되는 공산주의의 광기 앞에선 인정도 은혜도 오직 죽음으로 돌아왔다.

'그 살육의 밤. 나는 일곱 살이었고 너는 어머니의 뱃속에 있었다. 네가 세상에 나오기도 전에 아버지는 그렇게 세상을 떴다. 너를 키우기 위해 어머니가 겪었던 고통은 뼈를 깎는 것보다 더 힘든 세월이었다. 그런데 너는 지금 아버지를 죽인 그 이념에 도취해 있다. 너의 말대로라면 아버지를 죽인 그자들의 만행도 정당한 것이 된다.

그 분노의 세월, 내가 베트남전에 지원했던 것도 그 분노에서 연유된 것이었다. 그런데 너는 오늘 그 분노의 세월보다 더한 분노와 치욕을 나에게 안겨 주었다.'

나는 눈에서 왈칵 눈물이 쏟아지는 것을 느끼며 창가로 갔다. 오지 말아야 할 곳을 왔다는 후회가 천근처럼 나를 눌렀다.

시간이 얼마나 흘렀을까. 잠자리에 누워도 잠이 오지 않았다. 참으로 답답한 마음으로 침대를 뒹굴다 잠이 들었는데 인터폰이 울렸.

뚜— 뚜. 자정을 넘긴 시간에 기계음이 불안한 느낌으로 신경을 전율시키며 온몸을 훑고 간다. 그 여자였다. 동생의 아내 진쯔앙. 미얀마 출신으로 한국에 유학 왔다가 동생을 만나 결혼한 여자다. 늘 새

소리처럼 맑던 음성이 그 순간 매우 처져 있었다. 바삐 옷을 걸치고 프런트로 내려갔을 때 그녀는 조심스럽게 봉투 하나를 내밀었다. 동생이 경찰 당국에 구금되어 조사를 받고 있다는 내용의 메모가 들어 있었다.

"재철 씨가…."

그녀는 아직도 꼭지가 덜 떨어진 한국말로 잠시 말을 끊었다가 조심스럽게 다시 입을 열었다.

"집 앞에서 떠드는 소리가 나서 나가 보니 경찰이었어요."

전날 밤 밤늦게 나와 헤어져서 집으로 가는 길에 집 대문 앞에서 경찰에 연행되었다고 했다. 믿어지지 않는 말이었다. 어제저녁 늦게까지 나와 함께 있었는데 연행될 이유가 뭐란 말인가. 사회주의의 열렬한 신봉자이자 호치민에 대한 맹신적 믿음으로 이 나라 베트남에 푹 빠져 있는 그가 경찰에 연행되었다는 것이 믿어지지 않았다.

그녀의 말로는 언제부턴가 집 주변에 경찰이 자주 보이고 때론 낯선 사람이 집 주변을 서성거리다가 갔다고 했다.

경찰이 밝히고 있는 연행 이유는 동생이 비밀리에 중국이 주도하는 메콩강 유역 개발 프로젝트에 기술 자문단의 일원으로 참여해 오면서 베트남 국가 이익에 피해를 준 것이라고 했다. 중국은 최근에 메콩강 상류에 여러 개의 댐을 막아 메콩강 유역을 종합 관리하는 국토 개발 계획을 밝혀 왔는데, 그렇게 될 경우 메콩강에 수위가 줄어 인근의 여러 나라 미얀마, 라오스, 캄보디아, 베트남에 엄청난 피해를 끼치게 될 것이라고 했다. 그래서 이들 여러 나라는 중국의 메콩강 상류

개발을 강하게 반대해 왔는데, 동생이 비밀리에 이 개발 계획에 대한 기술적인 아이디어를 중국에 제공했다는 것이었다.

듣고 보니 그럴 듯했다. 그의 중국인 친구 중에 하나가 중국 국토청인가 어디에 근무한다는 이야기를 들은 것이 생각났다. 메모지의 끝에는 '한국 영사관에 연락하여 자국민 신변 보호 조치를 취해 달라'는 내용이 적혀 있었다.

나는 그녀를 돌려보내고 방으로 올라왔다. 동생이 경찰에 연행되었다는 사실도 그러했지만, 한국 영사관에 자국민 신변 보호를 요청해 달라는 내용이 참으로 혼란스럽게 느껴졌다. 물론 그로서는 그만큼 급박했겠지만 그가 보여 주는 언행의 이율배반에 쓴웃음이 나왔다. 인간의 존엄성이나 자유의 이념보다는 통제적인 사회주의 국가의 이상에 심취해 있던 그가 자신의 신변 문제에 대해선 그렇게 빠르게 자가당착의 모순된 행동을 보이고 있는 것이 이해되지 않았다.

나의 마음은 매우 어수선하고 혼란스러웠다. 나는 날이 밝기를 기다려 서둘러 숙소를 나와 한국 영사관으로 달려갔다. 그가 부탁한 대로 그의 연행 사실을 알리고 신변 보호와 조속한 석방을 위해 힘써 달라고 요청했다.

경찰서로 갔으나 예상했던 대로 면회는 허용되지 않았다. 혹시 어떤 소식이 있을까 해서 경찰서 뜰에서 한나절을 서성거렸으나 동생의 아내는 별다른 소식을 전해 오지 않았다. 하오 4시가 넘어서 나는 그곳을 떠났다. 영사관에선 개인의 신분으로 섣불리 이 일에 뛰어들지 말라고 했다. 여행자 신분인 내가 머물러 있다고 해서 동생을 위해서 할 수 있는 일이 없었다. 뿐만 아니라 예약된 비행시간과 국내에서의 일정 때문에 그곳에 더 머물러 있을 수도 없었다.

공항으로 가는 길은 도심을 통과해야 했다. 길옆으로 낡고 우중충한 건물들이 햇빛 속에 속살을 드러내 놓고 있다. 밤의 가로등 아래서 그 아름다움을 자랑하던 도심의 풍경들은 햇볕에 드러나자 마치 넝마를 걸친 모습처럼 낡고 초라해 보였다. 이것이 이 나라의 환상과 현실의 두 모습이듯이 동생이 구속된 것도 이 나라가 안고 있는 이상과 현실의 두 모습인지 모른다. 미명의 환상 속에서 동생은 아직 이 나라의 진실을 보지 못했을지도 모른다는 생각과 함께 달리는 차창 밖의 울창한 나뭇잎들 사이로 동생의 얼굴이 떠오르다 지워졌다.

(『한국소설』 2006년 2월호, 제8회 이주홍문학상 수상작품)

풍파

"메를 올려라!"

추석 차례상을 차려 놓고 반 시간은 좋이 기다리던 아버지는 마침내 무겁게 입을 열었다.

처음부터 빗나간 기대였는지 모르겠지만 아버지는 이른 새벽부터 삼촌을 기다리는 눈치였다. 비바람이 몰아치는 가운데도 아버지는 꼭두새벽에 일어나 대문을 열어 두고 사랑채 툇마루에 서서 마을 앞 해안 도로 쪽을 걱정스런 표정으로 내다보곤 했다. 아침 무렵에는 빗줄기가 더 거칠어져 마당에 물이 고이자 우의도 없이 밖으로 나가서 담장 밑으로 막힌 배수로를 뚫어 물이 잘 빠지도록 하고는 통행에 불편이 없게끔 축담 밑에 디딤돌도 고쳐 놓았다. 그리고는 두루마기에 유건을 쓰고 차례상 앞에서 반 시간은 좋게 기다렸지만 삼촌은 오지 않았다.

차례상에 메가 올려지고 술잔을 올리는 아버지의 표정은 돌처럼 굳어 보였다. 거미줄처럼 얽힌 주름살 사이로 섭섭함과 실망감이 묻어, 눌러 쓴 검은 유건 아래로 흰머리가 숭숭 드러난 뒷모습이 시든 풀잎처럼 쓸쓸해 보였다. 오랜 세월 동안 향반으로 일컬어졌던 일문의 종손답게 아직 유교적 풍이 남아 있어서 나이가 들수록 더 조상에 대한 일과 가문의 화합을 생각하는 아버지로선 삼촌이 명절 차례에 두 차례나 참사하지 않은 것이 참을 수 없을 정도로 실망스러웠을 것임은 두말할 필요가 없다. 그러나 그것보다는 아버지는 예순일곱이나 되는 나이에 하나뿐인 동생과 겪고 있는 불화가 가슴에 맺혀 더 마음을 아프게 하고 있는 것 같았다.

지난 설 차례 때도 삼촌이 참사하지 않은 것을 속상해 하다가 반 되나 되는 막소주를 마시고 "니 삼촌 데려오너라!"고 고래고래 고함을 지르며 반나절은 좋게 방바닥에 뒹굴었다. 그때는 그래도 삼촌의 마음이 곧 돌아서겠지, 하는 기대감에서 그냥 넘기는 듯했다.

그러나 아버지의 이런 바람에도 불구하고 삼촌은 이번 추석 차례에도 참석하지 않았다. '설마 다음 번에야 참사를 하겠지. 지가 나와 원수진 것도 아닌데' 하는 것이 아버지의 마음인 듯해 보였다. 그런데 그 기대감이 깨어졌기 때문에 실망이 컸을 것이다. 더구나 집이 그렇게 멀리 떨어져 있는 것도 아니고, 태풍이 몰아치고 있다 하더라도 사람이 못 다닐 정도는 아닌데 조상을 모시는 추석 차례에 자신의 동생이 참석하지 않은 것에 매우 속이 상한 듯했다.

삼촌이 우리 집에 발을 끊고 두 번이나 명절 차례에도 참사하지 않은 형제 사이의 이 불화는 근본적으로 마을에 원자력 발전소 추가 건설이 추진되면서 비롯된 것이었지만, 삼촌에 대한 아버지의 지나친 관심과 애정 때문에 그 골이 더 깊어졌는지도 모른다는 생각이 들 때가 많았다. 왜냐하면 삼촌에 대한 아버지의 관심과 애정이 더러는 역정과 간섭으로 나타나곤 했기 때문이다.

사실상 일가친척에 대한 아버지의 관심은 유별난 편이었다. 그 좋은 예로 몇 해 전 당숙이 사건을 저질렀을 때를 들 수 있다. 그때 아버지는 집안의 망신이라며 마치 친자식의 일이라도 되는 것처럼 상심하며 이틀 동안이나 식음을 전폐하다시피 했으니 말이다.

당숙의 사건이 일어났던 때가 10월 며칠이었는데 벼가 누렇게 익어 가는 가을이었다. 그날은 토요일이라 나는 일찍 회사 일을 마치고 돌아와 과수원에서 배를 따낼 준비를 하고 있었다. 그런데 오후 4시쯤 되었을까, 경찰 순찰차 한 대가 집 앞에 와 서더니 아버지를 찾았다. 마침 아버지가 농협엔가 가고 없어서 내가 과수원 밖으로 나갔더니, 다짜고짜로 차에 타라고 했다. 그러고는 바닷가 숲속에서 사고가 났는데 신원을 좀 확인해 달라는 것이었다. 순간 가슴이 철렁했으나 나는 침착하려고 애를 썼다.

사고 현장은 마을 앞에서 서쪽으로 3킬로미터쯤 떨어진 지점이었는데 해안 도로에서 20미터 정도 올라간 풀이 무성한 언덕 비탈이었다. 경찰이 확인해 달라는 그 얼굴은 분명 당숙의 얼굴이었다. 처참하게 일그러진 모습이었는데 숨이 끊어지기 전 심한 고통으로 몸부림 쳤던 흔적이 그대로 남아 있는 얼굴이었다.

그런데 두 시간여 뒤에 두 구의 피살체가 더 발견되어 온 동네를 발칵 뒤집어 놓고 말았다. 한 구의 시체는 여자로 승용차 안에서, 그리고 또 한 구의 사체는 남자였는데, 바닷가 미역 바위 뒤에서 발견되었다. 놀랍게도 그 여자는 당숙모였는데 당숙이 타고 다니던 승용차 르망 뒷좌석에 몸을 뒤로 기댄 채 숨겨져 있었고, 남자는 당숙의 죽마고우인 신철근이라는 사람이었다.

사건이 한 마을에서 일어난 것치고는 너무 충격적이고 잔혹한 것이라서 경찰도 처음엔 그 진상을 드러내 놓고 밝히기를 꺼렸지만 신문 기자들에 의해서 사건의 전모가 밝혀지고 말았다.
 경찰이 조사한 바에 의하면 당숙모는 하의가 벗겨진 채 생식기에 칼이 꽂혀 있었고, 남자는 등에 20센티미터나 되는 생선회 칼이 박혀 있었다고 했다. 생식기에 칼이 꽂혀 있었다는 사실 하나만으로도 그것이 치정에 얽힌 보복 살인 사건이라는 것은 쉽게 짐작할 수 있는 일이었다. 당숙 내외와 친구 내외는 옷 벗기 화투 놀이를 할 정도로 격의 없이 지내는 사이였는데, 어떻게 하다가 그 친구와 당숙모가 서로 눈이 맞아 불륜에 빠지면서 사건이 비롯된 것으로 밝혀졌다.
 자신의 아내를 범한 친구에 대한 분노도 분노였지만 남편의 친구와 붙어서 놀아나는 아내에 대한 배신과 분노가 엄청난 비극을 몰고 왔을 것으로 여겨졌다.
 친구와 아내 사이의 관계를 눈치챈 당숙이 친구를 찾아가서 몇 번이나 죽일 놈 살릴 놈 하면서 치고받는 싸움을 벌였고, 자신의 아내에게도 가랑이를 찢어 놓겠다며 윽박지르고, 또 달래기도 하였지만 한번 불붙은 사랑은 쉬 꺼지지 않았고, 아내는 한 술 더 떠서 물건도 제대로 못 쓰는 것이 질투를 한다고 코웃음을 치며 더 노골적으로 나돌아다녔다는 것이었다. 이에 격분한 당숙이 바닷가에서 친구를 만나 먼저 살해하고 뒤이어 차 안에서 아내의 생식기를 찔러 죽인 뒤 뒷좌석에 앉혀 옷으로 덮어 둔 채 자신은 언덕 비탈로 가서 약을 마셨다는 것이었다.

그때 당숙의 나이가 마흔일곱 당숙모가 마흔한 살이었으니 그 나이에 겪은 애욕이나 격정의 늪이 어떤 것이며 배신과 분노가 또한 어떤 것이었는지는 짐작할 수 있었다. 그러나 한 가지 의구심을 떨쳐버릴 수 없었던 것은 과연 당숙이 성적 장애를 갖고 있었는지, 그렇다면 왜 그런 장애를 겪게 되었을까 하는 점이었다.

그런데 아버지는 매우 상징적인 말을 했다. 근 열흘 동안 두문불출하던 아버지가 격분을 삭이지 못하고 한 말은 "모든 게 다 저놈의 발전손가 뭔가 하는 것 때문이다. 저 문디 같은 원자력 발전손가 뭔가 하는 것 말이다"라는 거였다.

아버지의 말처럼 사실 원자력 발전소가 들어서면서 농지가 발전소 부지에 편입되어 당장 일거리가 없어지고, 전답 보상금으로 돈푼이나 생겼다고 빈둥거리며 거저 놀 곳이나 찾아다니다가 일어난 사건인 것만은 분명해 보였다.

아버지의 말에 덧붙이기라도 하듯 마을 사람들은 어디에서 들었는지, 당숙이 언제부턴가 소변을 볼 때마다 바짓가랑이에 질질 오줌을 흘리는가 하면 마누라 옆에 누워도 그것이 말을 잘 듣지 않는다는 말을 푸념 삼아 하곤 했다는 것이었다. 호사가들은 거기에 덧붙여, 어쩌면 그것이 원자력 발전소 때문인지도 모른다는 말을 퍼뜨리고 다녔다. 자기 집에 암소가 삼 년째 새끼를 배지 않는다는 말까지 섞어 가면서 입에 거품을 물었다.

이런 말을 들을 때 참으로 곤혹스러웠지만 나는 어쩌면 그럴지도 모른다는 생각을 지울 수 없었다. 근묵자흑(近墨者黑) 근주자적(近朱

者赤)이라 했듯이 근핵자피폭(近核者被爆)이란 말이 당연할 것으로 보였다.

발전소 측에서 방사선 누출은 있을 수 없다고 아무리 떠들어 대도 인간이나 기계가 하는 일엔 한계가 있는 법이고, 또 인간에겐 실수가 있기 마련인데 시설이나 관리 체제가 완벽하다는 말은 믿을 수 없었다. 더구나 당숙이 일용직으로 몇 차례나 발전소에 들락거린 적이 있다는 사실이 방사능에 노출되었을지도 모른다는 추측을 뒷받침해 주는 부분이었다.

그러나 아버지나 나는 그 사건은 더 이상 생각하기조차 싫었고 하루빨리 사람들의 기억에서 지워지기만을 바랐다. 바라던 대로 세월이 지나면서 그 사건은 사람들의 기억에서 희미해져 갔고 마을은 그런대로 다시 평온을 되찾았다.

그런데 언제부턴가 다시 흉흉한 이야기들이 떠돌면서 마을이 갈라지기 시작했다. 이미 오래전에 잊혀졌던 당숙의 이야기까지 떠돌면서 마을이 갈라지기 시작한 것은 원자력 발전소의 추가 건설이 추진되면서부터였다. 말할 것도 없이 원자력 발전소 추가 건설을 찬성하는 쪽과 반대하는 쪽으로 갈라지기 시작한 것이었다.

찬성하는 쪽은 대개가 원전 부지에 편입될 전답이나 과수원과 같은 땅을 많이 가진 사람들이었고, 반대하는 쪽은 편입될 땅이 거의 없거나 어업에 종사하는 사람들이었다. 찬성하는 쪽은 발전소가 추가 건설되면 더 좋고 건설되지 않는다 하더라도 해 되는 것이 없었지만 반대하는 쪽은 사정이 달랐다.

그것도 그럴 것이 가진 땅이라곤 거의 없이 바다에 기대어 살아가는 사람들이 당장 생활의 터전을 잃게 된다면 살아갈 방법이 막막했기 때문이다. 이주 보상금을 받는다 하더라도 어디에 나가 집 한 채 제대로 마련할 정도가 안 된다는 것은 고사하고 원전이 들어오면 떠돌이 신세로 내몰리게 될 것이라는 판단이 그들을 더 극렬한 반대 투쟁으로 몰아넣고 있는 것 같았다.

삼촌이 차례에 참석하지 않은 것도 바로 마을의 이런 갈등 때문이었다. 삼촌이 선두에 서서 원자력 발전소 추가 건설을 반대하고 나선 것이 아버지에겐 충격적인 일이었다. 어업에 종사하며 살아가는 아랫마을 사람들과 삼촌의 입장을 이해할 수 없는 것은 아니었지만, 아랫마을 사람들이 마치 자신을 원자력 발전소 추가 건설의 앞잡이인 양 취급하며 적대시하는 것에 아버지는 분개했다.

그런데 삼촌이 그들과 한패가 되어 설쳐 대니 그것이 매우 못마땅하고 실망스러운 모양이었다. 더구나 조상을 모시는 명절 차례에조차 참석하지 않은 삼촌의 처사가 가문 의식이 강한 아버지에겐 괘씸하게 여겨졌을 것이 뻔했다.

아직까지 유교 의식이 많이 남아 있어서 가문의 전통과 친족간의 유대를 무엇보다 중시하는 아버지로선 삼촌이 명절 차례에조차 참석하지 않은 것이 도저히 이해할 수 없는 일로 받아들여졌을 것이다. 거기에 고조, 증조를 함께 모시는 차례에 마땅히 참석해야 할 직계 자손들조차 태풍을 핑계 삼아 많이 참석하지 않은 것도 매우 서운한 모양이었다.

단 두 명뿐인 형제가 등을 돌린 것도 남부끄럽게 여기고 있었지만 자손들이 조상을 제대로 받들어 모시지 못하는 것을 자신의 부덕 탓으로 생각하고 있었기 때문에 이래저래 마음이 편치 않으리라는 것을 짐작할 수 있었다.

아버지의 마음을 후려치기라도 하듯 바람은 더 거칠어져서 차례를 올리는 안채 마루에까지 빗줄기를 뿌렸다.

마지막 절을 올렸다. 지방을 떼서 소지를 하고 제사상을 다 치우고 나서도 아버지는 얼마 동안이나 멀리 아랫마을 쪽을 바라보았다.

"못난 놈들!"

아버지는 신음하듯 나직이 말을 흘리고는 다시 입을 다물었다. 쏟아지는 빗줄기를 보면서 삼촌을 생각하고 있는지 풍파와 같았던 지난 세월을 더듬고 있는지 아버지는 말이 없었다. 음복 상이 들어왔다. 내가 술주전자를 들고 놋쇠잔에 술을 따라 드리자 거푸 세 잔을 마시고는 수저를 들었다. 마치 세월의 풍파가 다시 스쳐 가는 듯 아버지의 얼굴은 깊고 쓸쓸해 보였다.

이남일녀의 장남으로 태어나 조실부모하고 일찍이 가업을 물려받아 동생들을 출가시키고, 산을 개간하여 과수를 심고 농장을 넓히며 억척같이 살아왔던 지난 세월들이 빗방울에 씻겨 흘러내리기라도 하는 듯 멍하니 대문 밖을 보곤 하는 아버지의 눈은 매우 침울해 보였다. 이제 대 농장을 일구고 누구 못지않게 자식을 두어 남부러울 것이 없는 처지가 되었지만, 당숙이 저지른 사고로 집안에 먹칠을 하고, 이유야 어떻든 하나밖에 없는 동생과도 불화로 동생이 명절 차례에조차 참석하지 않은 상황에 이른 것을 가슴 아파하고 있었기 때문에, 휘몰아치는 빗줄기가 회한의 칼날처럼 가슴을 헤집고 있을 것만 같았다.

오십 대 중반, 아직 청대 같을 나이에 시름시름 앓으면서 원전 건설 반대 투쟁을 한다고 설쳐대는 삼촌의 행동을 아버지는 매우 못마땅하게 생각했다. 삼촌이 투쟁의 선두에 나선 이후 아버지는 때로는 괘씸한 마음으로, 때로는 안쓰러운 마음으로 밤잠을 설치곤 했다.

형편이 어려운 집안에 도움이 되어 보겠다고 삼촌이 한 마디 상의도 없이 월남전에 지원하여 애태우게 했을 때 아버지의 심정이 지금과 같았을까. 그때 친자식보다도 동생을 더 생각하며 애태웠던 기억을 아버지는 아마 아직 지우지 못하고 있을 것만 같았다.

월남으로 파병되던 날 포항역에서 출발한 군용 열차가 부산으로 가는 도중에 울산역에 선다는 소문을 듣고, 수업 중인 나를 불러내어 울산역 플랫폼으로 가서 초조히 서성이던 모습이며 차창 밖으로 내민 동생의 손을 잡고 눈물을 삼키던 아버지의 모습은 아직도 눈에 선하다. 그때 내가 중학교 일 학년이었으니까 벌써 35년이란 세월이 흘러갔다. 그러나 그때 아버지의 눈물 맺힌 그 모습은 많은 세월이 지나도 마치 어제의 일처럼 생생히 남아 있다.

일 년 반 만엔가 무사히 복무를 마치고 돌아왔을 때 아버지는 동네 사람들을 모아 큰 잔치를 열었고, 그 후로도 형과 아우는 늘 서로 양보하고 돕는 의좋은 형제였다. 그런데 언제부턴가 삼촌은 원자력 발전소 이야기만 나오면 열을 올렸고 자신의 주장을 양보하지 않으려

했다.

 두 사람 사이가 결정적으로 갈라진 것은 원자력 발전소 추가 건설을 위한 부지 매입이 시작되고 나서부터였다. 원전 추가 건설에 대한 이야기가 흘러나오기 몇 해 전부터 원전 측에선 제2연수원을 짓는다는 명목으로 인근 땅을 사들이기 시작했다. 우리 집 과수원을 팔지 않겠느냐고 사람들이 여러 차례 다녀간 적이 있었지만, 그때마다 아버지는 말도 꺼내지 말라며 돌려보냈다.

 그런데 어떤 연유에서인지 어느 날 갑자기 아버지는 아랫마을로 이르는 도로 입구에 있는 과수원 모퉁이 땅 두 마지기를 그들에게 팔아 버렸다. 연수원 진입로를 내는 데 꼭 필요하다며 시세보다 세 배나 비싸게 주겠다는 말에 땅을 넘긴 것 같았다. 그런데 바로 이 일이 아랫마을 사람뿐만 아니라 삼촌과 등을 돌린 결정적 화근이 되고 말았다.

 삼촌을 포함한 아랫마을 사람들이 본래 살았던 곳은 고리라는 작은 바닷가 마을이었다. 지금 그들이 살고 있는 마을과는 십여 리 떨어진 곳이 있었는데, 그곳에 원자력 발전소가 처음 들어오면서 그들은 집단 이주해서 신흥 마을을 이루어 살게 된 곳이 바로 아랫마을, 즉 골매마을이다.

 부지 보상비로 기장 쪽으로 이주를 하나, 신흥 마을로 이주를 하나 망설이고 있을 때, 아버지는 삼촌에게 지금 문제가 된 바로 그 과수원 모퉁이에 집을 지으라고 땅까지 내주었다. 그러나 삼촌은 아랫마을에 가서 정착했다. 아랫마을은 발전소와는 불과 3킬로미터 남짓 떨어진 곳이었지만, 그 중간에 울창한 산림 지역이 있고 비학과 효암이라는 두 개의 마을이 있어서 겉으로는 쾌적해 보이는 주거 공간으로 원전 지역이라는 느낌이 별로 들지 않는 마을이었다.

그러나 문제는 중간에 있던 그 마을의 농지와 집들이 이런저런 명목으로 야금야금 판매되어 한두 집씩 딴 곳으로 이주를 해가고 마을은 텅 비어져 그 일대가 원전 부지로 편입되면서 일어났다.

신흥 이주 마을이었던 이 마을은 이제 다시 원자력 발전소와 가장 인접한 마을이 되었고, 만약 새로 확보된 부지에 원자로가 추가로 들어선다면 원자로를 코앞에 두고 생활해야 하는 마을로 바뀌게 되었다.

이제 이 마을 사람들의 마지막 보루는 더 이상 땅의 판매를 막아 원전 건설을 저지하는 것이었다. 위기를 느낀 마을 사람들은 생존권 수호를 위한 원자력 추가 건설 반대 투쟁 위원회를 만들어 본격적인 반대 운동을 시작했다. 그러면서 그들은 이 마을 주민들과 이웃 마을 주민들에게도 더 이상의 어떠한 땅도 원전 측에 넘겨주지 말 것을 요구하고 나섰다.

그러나 이러한 요구가 땅을 가진 사람들에게 먹혀들 리가 없었다. 비싼 값에 땅을 팔려는 사람과 그 땅을 필요로 하는 원전 측의 이해가 맞물려 암암리에 땅은 원전 측에 넘어갔다. 바로 이 무렵에 아버지가 아랫마을로 이르는 길 입구의 과수원 모퉁이 땅을 팔아 버렸다는 사실이 알려지면서 마을 사람들의 감정이 격앙되었다.

뒤늦게 이 사실을 안 아랫마을 사람들이 아버지를 찾아와 온갖 욕설과 악담을 퍼부으면서 멱살을 잡고 흔들어 대는가 하면 밤사이에 대문 앞에 똥물을 뿌려 놓고 가는 일까지 일어나고 말았다.

아버지는 격분했다. 아랫마을 사람들의 비인간적인 행동에 치를 떨면서 분을 삭이지 못했다.

사실 아버지는 무조건 원자력 발전소가 추가로 건설되는 것을 찬성하거나 거기에 앞서서 땅을 내놓을 사람은 아니었다. 아버지의 생각은 원자력 발전소가 더 들어서지 않는 것이 가장 바람직하지만 부득이 들어서야 한다면 어쩔 수 없이 협조해야 되지 않겠느냐는 입장이었다. 과수원 땅을 매도한 것도 실은 발전소 추가 건설이 공론화되기 이전이었고, 그것도 연수원을 짓는다는 말에 땅을 넘긴 것이었다. 그러나 뒤늦게 그 사실을 안 아랫마을 사람들이 그 땅의 판매를 취소해야 한다고 주장하면서 집단으로 따돌리기 시작했다.

마을 사람들에게 우리 집에 출입을 못하게 한 것은 물론이고, 과수원에 품을 팔거나 심지어 말을 하는 것조차 못하게 했고, 그것을 어기는 사람에게는 오만 원씩 벌금을 물리기로 했다는 말까지 들려왔다.

그들의 말로는 바닷가 아랫마을로 통하는 진입로가 확보됨으로써 원전 측에서 발전소 추가 건설을 본격적으로 추진할 수 있게 되었으며, 그래서 그들의 마을은 이제 숨도 쉴 수 없을 정도로 원자력 발전소에 포위당하게 되었다는 것이었다.

삼촌도 찾아와서 그 땅은 원전 측에 팔아서는 안 된다고 했지만 이미 땅은 그들의 손에 넘어가고 난 뒤였다. 그 일로 두 형제분이 언성을 높이면서 싸웠다. 두 분이 그렇게 싸우는 것을 본 것은 그것이 처음이었다.

아버지는 홧김에 "해골 같은 몰골을 해 가지고 반대 투쟁은 무슨 반대 투쟁이냐, 늙어가면서 점잖지 못하게 그게 무슨 꼴이냐? 그놈의 반대 투쟁인가 뭔가를 당장 집어 치워라!"라고 고함을 쳤고, 삼촌은 삼촌대로 "어찌 그리 고지식하고 답답하시냐?"며 언성을 높여 손으로 마룻바닥을 쳤다.

"그놈의 투쟁인가 뭔가를 하다가 죽든 살든 마음대로 해라. 니는 니고 나는 나다. 다시는 형이라고 부르지도 마라!"

비칠거리며 마당을 나서는 삼촌의 등에 대고 아버지는 비수 같은 말을 뱉으며 마루에 있던 물 주전자를 집어 던졌다. 삼촌은 물을 뒤집어 쓴 채 대문 밖으로 나갔다.

집 앞 과수원 길을 돌아가면서 삼촌은 섭섭한 기분을 감추지 못한 채 몇 번이나 돌아보며 눈물을 흘렸다. 아버지도 그날 밤 내내 잠을 이루지 못하였다. 동생이 안쓰럽고 만만해서 홧김에 내뱉은 말이 동생의 마음을 아프게 한 것 같아서 잠을 이루지 못하는 것 같았다. 어린애도 아니고 이미 외손주까지 둔 동생에게 몹쓸 짓을 한 것 같아서 마음이 아픈 모양이었다.

날이 갈수록 원전 추가 건설을 반대하는 주민들의 목소리는 더 거칠어졌고 찬성하는 쪽과 반대하는 쪽의 감정적 대립과 불신은 더 커져 갔다. 아랫마을 주민들의 반대 투쟁에 크게 힘을 실어 준 것은 지역 환경 단체와 시의회, 그리고 학생 및 시민 단체들의 반대 운동이었다.

　이들 단체들은 하나같이, 원자력 선진국인 영국이나 프랑스 같은 대부분의 나라에선 원자로를 폐기해 가고 있는데, 원자력 발전소를 새로 세운다는 것은 시대 모순적인 발상이며, 백 보를 양보해서 원자력이 꼭 필요하고 절대 안전하다고 하더라도 어느 한 지역에 집중시킬 것이 아니라 다른 곳에 분산해서 건설해야 한다고 주장하고 나섰다.

　그들은 또 기존 원자로에 알게 모르게 몇 번이나 가동이 중단되는 사고가 있었는데도 쉬쉬하며 숨겨 왔다고 주장했다. 더구나 지질학적으로 양산 단층대에 속해 지진 피해 위험이 있는 지역에 원자력 발전소를 추가로 건설하는 것은 미래를 포기하는 집단 자살 행위와 같은 것으로 그것은 결국 이 지역을 황폐화시킬 것이 불을 보듯 뻔하다고 주장했다.

　삼촌은 적지 않은 나이에 성치 않은 몸으로 사생결단 반대 운동에 매달렸다. 삼촌은 원자력 발전소 추가 건설 저지 투쟁 위원회 주민 대표로서 무거운 책임감을 느끼고 있는 듯했다. 허연 머리에 걸음걸이도 불편한 초로의 삼촌이 머리에 붉은 띠를 두르고 시위 대열의 선두에 서 있는 모습은 마치 노인이 어린아이의 옷을 입고 있는 것처럼 어색하게 보였다.

　시민 단체들과 시의회 그리고 골매마을 주민들이 태화강 둔치에서 대규모 원전 반대 집회를 열고 가두시위를 할 때 시위 대열 선두에서 비실거리며 걸어가는 삼촌의 모습이 텔레비전 저녁 뉴스 화면에 잠시

비친 적이 있었는데, 그때 아버지는 마치 못 볼 것을 본 것처럼 매우 곤혹스러운 표정을 지었다. 뼈만 앙상히 남은 성치 않은 몸으로 거리 시위를 한다고 젊고 성한 사람들 사이에 끼어 절룩거리며 걸어가는 삼촌의 모습을 도저히 볼 수 없다는 듯 아버지는 참담한 표정을 지었다. 그리고는 지그시 눈을 감은 채 고개를 돌렸다.

"저게 뭐가 씌었거나 죽을라고 환장을 한 거지…."

신음하듯 말을 흘리며 담배를 찾아 입에 물었다.

평소에도 아버지는 걸핏하면 머리에 띠를 두르고 반대 투쟁을 해대는 사람들의 행동을 곱잖게 보고 있었는데, 그런 시위대에 자기 동생이 섞여 설쳐대는 모습을 지켜보기가 참으로 곤혹스러웠던 모양이다.

"대체 자기 땅을 자기가 팔고 사는데 지것들이 뭔데 팔아라 말아라 한단 말인가, 일이란 매사 사리와 사정에 따라 처리되는 것이지 막무가내로 그저 투쟁만 해댄다면 나라와 사회 꼴이 어떻게 되겠는가, 작금의 무슨무슨 투쟁이니 하는 것들이 해방 전후에 우익 좌익하며 패싸움을 해대던 모습과 어찌 그리 비슷하냐?"

시위대에 대한 아버지의 태도는 분명했다. 아버지는 자신이 일군 농토를 팔아 마을을 떠나고 싶어서가 아니라, 발전소가 꼭 들어서야 한다면 어쩔 수 없는 일 아니냐는 입장이었다.

'자꾸 반대만 한다면 전깃불은 뭐로 켜며 공장은 또 뭐로 돌린단 말인가, 발전소 측에서 마을 주민들에게 전기도 무료로 공급해 주고, 집집마다 한 사람씩 취직도 시켜 주고, 심지어 학생들의 학비도 지원해 주고 얼마나 많은 혜택을 베풀어 왔는데 어떻게 그렇게 매정하게 등을 돌릴 수 있느냐.'는 것이 아버지의 생각이었다. 아버지의 생각은 또한 이미 짜여질 대로 다 짜여져서 일이 진행되고 있는데 반대한다고 들어올 것이 안 들어오겠느냐는 것이었다.

당숙의 사건이 있었을 때도 아버지는 모든 것이 원전 때문이라며 몇 날 며칠을 두고 욕을 해대다가도 결국 운명으로 받아들였듯이 원전 추가 건설도 대세로 받아들이고 있는 눈치였다.

반대 운동을 하는 사람들에 대해서도 그랬다. 아버지는 때로는 그들의 사정을 이해하는 듯하다가도 결국은 그들의 모순적인 모습이나 비합리적인 태도를 들춰내곤 했다.

아버지는 한마디로 그들 중에는 그 동기가 순수하지 못하거나 사물을 보는 태도가 통합적이지 못하고, 어느 한쪽만 파고드는 편향된 시각을 가진 사람이 많이 있다는 것이었다. 개중에는 발전소 측에서 자신을 좀 매수해 주기를 바라는 마을에서 더 극렬히 설쳐대는 사람이 있는가 하면, 환경 운동을 구실 삼아 뒷전에서 자신의 잇속이나 채우려는 사람도 있다는 것이었다.

그 좋은 예로 대나무 집 큰아들 윤수를 들곤 했다. 군에서 탈영한 전과가 있는 윤수란 놈이 그 전과를 숨기고 발전소 경비 요원으로 취직하려다 뜻대로 되지 않자, 그 앙갚음으로 환경 운동인가 뭔가를 한답시고 원전 반대 운동에 앞장서서 생사람을 잡고 있다며 역정을 내곤 했다.

십여 년 전에 아무도 눈여겨보지 않는 산밑의 묵정밭을 구입해서 배나무를 심어 벌써 5년째 배를 생산해 내고 있는데, 그놈이 난데없이, 보상금을 노려 과수원이 될 수 없는 논에 과수를 심어 부당한 보상을 받으려 한다는 중상모략을 하는가 하면, 죽은 당숙의 과거 행적까지 들먹이며 아버지를 씹고 다닌다는 말이 들렸을 때 아버지는 불같이 화를 냈다.

"혀를 빼놓을 놈! 감히 죽은 사람의 이름까지 들먹이다니."

아버지는 격한 말을 내뱉으며 분을 삭이지 못했다.

그러나 반대 운동을 하는 사람들에 대한 아버지의 생각이 어떻든 상관없이 반대 운동은 더 가열되어 갔다. 지금까지 반대 여론을 무시한 채, 세수 증대를 위해 원전 추가 건설이 필요하다는 군수의 말이 보도되면서 아랫마을은 마치 마른 섶에 불을 던져 놓은 꼴이 되고 말았다.

시민 단체들의 반대 운동은 더 격렬해졌고 주민들은 격분해서 생존권 사수 원전 결사반대 투쟁에 돌입했다. 주민들이 관까지 매고 시위를 벌였는가 하면 텔레비전에 나와 원전 유치를 운운하는 사람을 군수로 뽑은 자신의 손가락을 잘라 버리고 싶다고 말하는 할머니도 있었다.

이러한 가운데서도 한 가지 특이한 현상은 행세깨나 하는 사람들의 태도였다. 이들의 태도는 대개가 어중간한 자세였다. 반대하면서도 나서서 말하기를 꺼리는 사람, 그저 눈치만 보고 있는 사람, 자신의 이익에 따라서 찬성과 반대의 표현을 뒤바꾸는 사람, 민감한 현실이라서 말하기 곤란하다며 자신의 입장을 얼버무리는 사람 등, 이들의 태도는 십인십색이었다.

적어도 남들 앞에서 원전에 대한 나의 입장은 제일 후자, 즉 민감한 현실론이었다. 내가 몸담고 있는 직장이 바로 그곳 원자력발전소이다 보니까 반대하고 싶어도 반대할 수도 없는 입장이었지만, 솔직히 말해 어떻게 일이 좀 잘 되어서 비싸게 땅이 팔리면 부산이나 울산 같은 대도시로 나가 큰 건물이나 하나 사서 편안히 지냈으면 좋겠다는 생각이 들 때도 있었다. 그러나 나의 이러한 바람은 삼촌만 생각하면 주눅이 들었다. 들리는 말로는 함께 반대 운동을 하던 사람이 자신의 잇속을 챙기고는 등을 돌린 것에 삼촌이 매우 분개하고 있다고 했다.

원전 추가 건설 부지에 자신의 땅이 제외되어 반대 투쟁에 앞장섰던 전직 조합장 한 사람이 어떻게 해서 건설 예정 부지에 자신의 땅을 편입시켜 놓고는, 태도를 바꾸어 원전 추가 건설을 찬성하는 쪽에 가 붙는 일이 있었는데, 삼촌은 그 일에 매우 분개했다고 한다.

원자력 발전소 추가 건설을 반대하기 위해 재래식 화장실에서 똥물까지 퍼지고 발전소 정문 앞으로 가서 주민 생존권 수호를 외치면서 극렬히 반대하던 사람이 자신의 잇속을 채웠다고 어떻게 그렇게 태도를 바꿀 수 있느냐며, 분개하다가 실신했다는 소문도 들렸다.

들리는 말로는 삼촌이 또 하나 분개했던 것은 함께 잘 살자고 하는 반핵 운동을 마치 강너머 불구경하듯 하는 이웃 지역 주민들이라고 했다. 그들은 원전 추가 건설을 묵인하는 대가로 그들 쪽으로 정문을 내 달라, 그린벨트를 풀어 달라는 등의 뒷거래를 하고 있다는 것이었다.

이런저런 이유로 사람과 사람들 사이엔 불신이 팽배해졌다. 마을은 찬성과 반대로 갈리고 윗마을과 아랫마을 사람들은 서로 왕래를 끊었다. 삼촌과 아버지 사이도 왕래가 끊겼다.

아버지는 "내가 홧김에 좀 지나친 소리를 했기로서니 지가 어떻게 그럴 수 있는가, 마을 사람이 다 발을 끊어도 지가 어떻게 나에게 발을 끊을 수 있단 말인가"라며 분개했고, 삼촌은 삼촌대로 아버지에 대한 섭섭한 마음을 삭이지 못했다.

나도 자연적으로 아버지와 한 패가 되어 아랫마을 쪽으로 발을 들여놓기가 어려웠다. 그들은 아랫마을 진입로 입구 땅을 내주어 결국 원전 추가 건설의 길을 열어 주었다며 우리 부자를 범법자 취급하듯 했다. 심지어 어린 시절부터 친하게 지내던 친구들조차도 얼굴을 돌려버리는 일이 일어났다.

나는 마을의 이런 분위기가 지겹고 숨이 막힐 것 같아서 어떻게든 일이 해결되었으면 하고 바랐지만 해결은커녕 더 꼬여갔다. 그래서 민심은 더 흉흉해지고 감정의 골만 깊어 갈 뿐 해결의 실마리는 보이지 않았다. 밤에 마을 사람 몰래 삼촌의 집을 찾아가 볼까 하는 생각도 해 보았지만 마을 사람들과 한 배를 탄 삼촌이 쉬 태도를 바꿀 것 같지 않아서 포기하고 말았다.

삼촌은 설날에도, 그리고 이번 추석에도 차례에 참석하지 않았다. 무엇 때문에 삼촌은 발길을 끊었을까. 아버지에 대한 섭섭한 마음 때문이었을까, 핵을 반대하는 확고한 신념 때문이었을까, 마을 사람들과의 공생 공존의 의식 때문이었을까, 조상에 대한 경애심마저도 묶어 버린 것은 과연 무엇이었을까?

 방에 누워 이리저리 몸을 굴리며 아무리 짚어 보아도 착잡한 생각들만 빗소리에 실려 떠돌 뿐 머리는 쉬 정리되지 않았다. 온몸에 가득 빗물이 고여 드는 것 같았다. 비는 마당을 채우고 집을 채우고 다시 내 몸뚱이마저 채워서 어디론가 나를 끌고 가는 것 같았다.

 나의 기억에 추석날 이렇게 비바람이 몰아쳐서 쓸쓸하고 무료하게 방에 뒹군 적은 없었다. 그러나 다행히 정오를 넘기면서 빗줄기는 약해지기 시작했다. 한나절은 좋게 사랑채 방문을 열어 두고 밖을 내다보며 아픈 마음에 이리저리 뒤척이던 아버지는 오후가 되자 문을 닫고는 기척이 없었다. 철없는 아이들만 민속씨름인가 뭔가를 본다고 텔레비전 앞에 옹기종기 모여 앉아 떠들어 대고 있었다.

 오후 3시가 좀 넘어서 비가 멎었다. 하늘은 언제 그랬느냐는 듯 곧 구름이 열어지더니 멀쩡하게 개었다. 문을 열고 밖으로 나가니 집 앞 과수원에 배나무들이 빗물을 뒤집어쓴 채 힘없이 가지를 늘어뜨리고 있었다. 다 익은 배들은 바람에 떨어져 처참한 몰골로 여기저기 나뒹그라져 있었다. 여름 동안 정열을 다해 탐스럽게 자신을 가꾸어 터질 듯이 탱탱하게 물오른 배들이 깨어져 허옇게 살점을 드러낸 채 흩어져 있는 모습이 가슴을 찔렀다.

 아랫마을 회관 확성기에서 마을 사람들에게 전하는 안내 방송이 들려왔다. 그 전말은 알 수 없었으나 비가 그쳤으니 마을의 행사를 예정대로 거행한다는 내용이었다.

 얼마 동안 그렇게 있었는지 모르겠지만 과수원 입구에 서서 속수무책으로 멍하니 떨어진 배들을 바라보고 있는데, 아내가 술병과 과일, 포가 든 바구니를 들고 왔다. 산소에 가 보라고 했다. 과연 그 시아버지에 그 며느리였다.

이 집의 장손인 나는 비 때문에 깜박하고 있었는데 아내는 십오여 년 동안이나 그렇게 해 왔던 것처럼 술과 과일, 포를 챙겨 와서 추석날 나의 의무 중 하나인 선산 성묘를 일러 주었다. 추석 차례를 지내고 나서 조상 산소를 둘러보고 추석 성묘를 하는 것이 우리 집의 오랜 관례였으니 비가 그친 것을 보고 술과 포, 과일을 준비해 온 것은 어쩜 당연한 일이었다.

아버지의 아버지 때부터 그랬던 것처럼 추석 차례가 끝나면 아버지와 삼촌 그리고 내가 선영에 성묘를 하러 가곤 했다. 그러나 이번 추석엔 태풍으로 개울물이 많이 불어났고 삼촌도 차례에 참석하지 않았기 때문인지 아버지는 성묘에 대한 말을 한 마디도 하지 않은 채 방에 누워 있었다. 그래서 나도 그것을 잠시 잊고 있었던 것이다.

태풍 뒤에 선산으로 가는 길이 험해졌을 것 같아서 아버지를 깨우지 않고 혼자 집을 나섰다. 선산은 마을에서 오른쪽으로 십리는 좋게 가야 하는 굴암산 자락에 자리 잡고 있었기 때문에 좋든 싫든 아랫마을을 지나지 않을 수 없었다.

과수원의 탱자나무 울타리가 끝나고 국도 가에 이르렀을 때 아랫마을이 보였다. 마을 앞 바닷가에는 풍파가 할퀴고 간 상처를 말해 주듯 무너진 방파제 사이로 아직도 여파가 하얗게 혀를 빼문 채 밀려오고 있었다.

여기저기에 현수막이 어지럽게 걸려 있는 마을 입구에 접어들자 징과 꽹과리 소리가 들려왔다. 현수막은 하나같이 원자력 발전소 추가 건설을 반대한다는 내용들이었다. 마을 입구에서 마을 회관으로 연결되는 길가의 전신주와 담에도 덕지덕지 벽보가 붙어 있었다. 손과 발이 녹아버린 원폭 피해자, 앙상하게 뼈만 남은 원전 사고 피해자들이 비에 젖어 흐늘흐늘한 벽보 속에서 고개를 내밀고 있었다.

죽은 당숙이 살던 집도 보였다. 지금은 누가 사는지 대문이 꽁꽁 잠긴 그 집엔 사람의 모습이 보이지 않았다. 마을 사람들은 빨리 회관으로 모여 달라는 마을 이장의 목소리를 확성기를 통해 들으며 나는 마을 옆으로 우회하는 길을 택해 오른쪽 언덕으로 발을 옮겼다.

마을 안으로 들어가 오랜만에 집들도 둘러보고 회관에서 마을 사람들의 동정도 살펴보고 싶었지만 그럴 용기가 나지 않았다. 마치 늦가을 고슴도치 대하듯 경멸적인 태도로 나를 쳐다볼 마을 사람들을 대면할 용기도 생기지 않았고, 또 그래야 할 필요성도 느끼지 못했다. 그래서 나는 길을 우회했다.

언덕을 오르다 다시 회관 쪽으로 내려다보았다. 회관 빈터에는 제법 많은 사람들이 모여 삼삼오오 이야기를 나누는가 하면 젊은 사람들은 무엇인가를 분주히 준비하고 있었다. 나는 다시 이장의 방송을 듣고서야 그들이 준비하고 있는 것이 무엇인지를 알 수 있었다. '골매 마을 생존권 사수 원전 반대 추석 맞이 풍물놀이'라는 내용이 확성기의 금속음을 타고 두 번이나 울려 퍼졌다. 마을 사람들로 구성된 농악패들이 회관 앞 빈터에서 빙빙 돌면서 발을 맞추고 있었다.

삼촌의 모습을 찾아보았다. 틀림없이 거기에 있을 거라는 생각에서 빈터에 모인 사람들을 하나하나씩 짚어갔으나 삼촌의 모습은 보이지 않았다. 조상을 모시는 추석 차례에는 참석하지 않고 마을 행사에는 나와 있을 이율배반적인 삼촌의 모습을 보고 싶었는지도 모른다. 과연 어떤 모습으로 그 자리에 나와 있을까, 하는 궁금한 마음에서 광장을 뒤졌으나 삼촌의 모습은 보이지 않았다.

그래, 아직은 회관 안에 있을 것이다. 좀 더 판이 무르익으면 삼촌의 모습이 보이겠지, 하는 기대감에서 그대로 서서 삼촌이 나타나기를 기다렸다. 판은 점점 무르익어 갔다. 모처럼 큰집이나 고향을 찾은 젊은 사람들, 그리고 그들이 데리고 온 아이들까지 주변에 모여들어 사람 수는 어림잡아도 백여 명은 좋게 되어 보였다.

30분을 좋게 기다렸으나 삼촌의 모습은 보이지 않았다. 분명히 거기 어디쯤에 있을 것 같은데 보이지 않으니 이상한 생각이 들었다. 혹시 몸이 더 불편해진 것은 아닐까, 아니면 차례에 참석하지 못한 조상에 대한 불효가 마음에 걸려 아버지처럼 아직 자리에 누워서 끙끙 앓고 있는 것은 아닐까. 딸을 셋이나 두었으나 다 출가하여 남의 집 식구가 되었기 때문에 명절이면 집은 더 적막하고 허전할 텐데…. 그 허전한 마음으로 인해서 기동을 않고 누워 있는 것은 아닐까 하는 생각이 머리를 때렸다.

철 지난 옥수수들이 힘없이 너풀거리는 언덕배기 밭길을 지나면서도 머리는 삼촌에 대한 생각으로 어지러웠다. 마음은 엉겅퀴 줄기가 할퀴듯 아팠다. 휩쓸고 간 비바람에 막 익어가던 벼들이 칼바람을 맞은 듯 꼬꾸라져 있는 처참한 풍경 속으로 삼촌의 허연 머리칼과 광대뼈가 불거진 앙상한 몰골이 자꾸만 겹쳐 왔다.

　태풍이 할퀴고 간 상처는 산길에도 마찬가지였다. 해묵은 거대한 노송들이 비스듬히 쓰러져 있는가 하면 뿌리째 뽑혀 나뒹구는 크고 작은 나무들이 여기저기 보였다. 길도 많이 패어 있었다. 아직 물기가 흥건한 웃자란 풀잎을 차며 헉헉 오르는 산길이 그날따라 더 깊고 가파르게 느껴졌다. 지난달 벌초를 하면서 잔가지를 쳐서 길을 넓혀 놓았지만 그사이 더 자란 나뭇가지들이 길을 막고 섰다. 더구나 빗물을 머금은 오리나무와 물푸레나무 가지들이 간간이 얼굴을 때렸다.

　고조부 산소 십여 미터 앞에 이르러 얼굴에 묻은 빗물을 훔쳐 내고 있을 때 산소 쪽에서 흰 물체가 어른거렸다. 순간 나도 모르게 몸을 움츠리며 숨을 죽였다. 삼촌이었다. 뒷모습을 보고도 삼촌임을 알 수 있었다. 발이 움직이지 않았다. 순간 어떻게 행동해야 할지 몰라서 잠시 엉거주춤 그대로 서 있어야 했다. 삼촌은 고개를 숙인 채 비스듬히 앉아 있었다. 마치 산소를 지키는 석물처럼 봉분을 등지고 앉아 있었다.

　삼촌이 차례에 참석하지 않았으니 산소에도 오지 않으리라 생각한 것이 나의 잘못이었다. 비록 지난 설날과 이번 추석 차례에 참사하지는 않았지만 삼촌도 아버지를 닮아서 평소 조상을 모시는 일에는 열성적이었다. 평소 삼촌의 성품으로 보아서 차례에는 참석하지 않았지만 성묘는 올지 모른다고 생각했어야 했는데 그러지 못했던 것이 나의 불찰이었다. 나는 마치 나쁜 생각을 하다가 들킨 사람처럼 얼굴이 뜨거워졌다.

헛기침을 몇 번 해서 인기척을 내면서 봉분 쪽으로 다가갔다. 삼촌은 고개를 들어 나를 쳐다보았다. 그리곤 엉거주춤 일어섰다. 콧날이 찡해졌다. 나는 애써 감정을 누르며 걸어가서 삼촌의 손을 잡았다. 결혼 전에 한 집에 살 때 나의 팔목을 잡고 팔씨름을 하곤 했던 바로 그 손이었다. 그러나 삼촌의 손은 차고 뼈만 앙상했다.

나는 목이 막혀 입을 열지 못하고 고개를 떨구었다. 삼촌은 울고 있었다. 눈물 방울이 맞잡은 손에 뚝뚝 떨어졌다.

"준수야…. 으흑!"

삼촌의 음성은 낮게 떨렸다. 삼촌은 감정에 북받쳐 잠시 말을 잇지 못했다. 가져간 포와 과일을 상석 위에 올리고 술잔을 올리면서 삼촌은 또 눈물을 흘렸다.

증조부 산소를 거쳐 조부 산소에서 술을 올리고 났을 때 벌써 날이 기울어지고 있는지 멀리 바다 위로 어둑한 기운이 번지고 있었다. 산소에 올리고 남은 술을 한 잔 따라 건네자 삼촌은 술잔을 받아 천천히 입으로 가져갔다. 삼촌은 술잔을 비우고 나에게 잔을 내밀었다. 넘칠 정도로 한 잔 가득 술을 따라 주고는 멀리 마을 쪽으로 눈을 던졌다. 산 아래로 바다와 그 바다를 베고 누운 마을, 그리고 그 옆으로 그로테스크한 원자력 발전소 1, 2호기의 위용이 눈에 들어왔다.

"준수야! 조상에게도 면목이 없고, 니한테도 면목이 없대이…."

삼촌은 다시 조용히 입을 열었다.

"내가 어찌 형님을 미워하고 니를 미워하겠노, 아이대이. 천부당

만부당하대이…. 내 자식이나 다름없는 니를 내가 와 미워한단 말이고? 정말이지 내가 미워하는 사람은 아무도 없대이. 사람을 해치고 죽이려 하는 것들이 미울 뿐이지…."

삼촌은 숨이 가쁜지 잠시 멈추었다가 다시 말을 이었다.

"보래이, 내가 왜 니 잘 살고 큰집 잘 사는 것을 시기하겠노? 그게 아이대이…. 저놈의 핵발전손가 뭔가 하는 것 때문에 생떼 같은 사람들이 얼마나 피해를 입었노. 니 당숙이 죽은 것도 따지고 보면 저놈의 발전소 때문 아이가…. 그런데 이게 또 뭐꼬, 핵발전소를 더 짓는다고 살던 사람들 쫓아내면 그 사람들은 어디 가서 살란 말이고…. 따지고 보면 다 같은 거대이, 내가 이 꼴이 된 거나 저놈의 발전소가 이 살기 좋던 땅을 이 꼴로 만든 것이나 다 같은 것이 아니고 뭐꼬? 니는 모를까. 그놈의 고엽젠가 뭔가 하는 것 말이다."

삼촌은 차오르는 감정에 잠시 멈추었다가 다시 말을 이었다.

"말도 마래이, 허연 밀가루 같은 에이전트 오렌진가 뭐가 하는 것을 미군 비행기들이 뿌리고 가면 그 울창하던 밀림들이 꼭 저 모양 같았대이. 저기 태풍에 꼬꾸라진 벼 포기 마냥 잎들이 허옇게 시들어 벼락을 맞은 것 같았다카이…. 숨이 콱콱 막혔다카이. 손으로 코를 감싸 쥐고 그 시들시들한 숲 속을 헤치며 적을 찾아 헤맨 것이 어찌 열 손가락으로 다 셀 수 있겠노. 그땐 누가 알았겠노, 그놈의 고엽제가 생떼 같은 사람들을 이렇게 시들시들 죽게 할 줄을…. 그때는 다 안전하다고 했대이. 사람에는 해가 없다고 입만 열면 떠들어 대길래 우린 다 그런 줄로 믿었지. 그런데 이게 뭐꼬, 사람을 이 꼴로 맨

들어 놓다니 말이다. 따지고 보면 저놈의 핵이나 고엽제나 다른 게 뭐 있겠노? 입만 열면 다 안전하다고 떠들어 대지만 누가 안단 말이고, 저놈의 핵발전소가 내처럼 또 많은 사람들을 시들시들 죽게 할지를 누가 안단 말이고? 때로는 원자로가 균열되고 중수 누출인가 뭔가 하는 위험한 사고가 일어나도 지놈들끼리 쉬쉬하면서 숨겨 버리고는 늘 안전하다고 앵무새처럼 떠들어 대고 있으니, 불장난치고는 보통 불장난이 아닌기라."

충격적인 말이었다. 말 한 마디 한 마디가 마치 폐부를 찌르듯이 충격적이라 나는 그저 멍하니 삼촌의 입만 바라보고 있었다. 삼촌이 그동안 시름시름 앓아 온 것이 고엽제의 후유증이란 것을 생각조차 못한 내 자신이 부끄러웠다.

삼촌은 자신의 고통을 홀로 겪으면서도 아버지나 나에게 한 번도 말한 적이 없었으니 그 사실을 알 수는 없었지만, 그래도 한 번쯤은 짐작해 볼 수 있었던 것을 무관심하게 그냥 지나쳐 왔다는 것이 죄스러웠다. 나는 그제서야 삼촌이 불편한 몸을 이끌고서도 왜 그다지 결사적으로 원자력 발전소 추가 건설을 반대하고 나섰는지 알 수 있었다.

그동안 삼촌이 육신이 시들어 가면서 겪었을 고통을 생각하니 가슴이 미어지듯 아팠다. 부모와 마찬가지인 삼촌이 이 지경에 이르도록 그저 바라만 보고 있었다는 죄책감에 고개를 들 수 없었다.

"준수야…."

삼촌은 한참 만에 나의 이름을 부르더니 자리에서 일어섰다.

"이제 고만 가자. 어둡기 전에."

애써 미소를 지어 보이며 크고 움푹한 눈으로 나를 쳐다보았다. 그리고는 앞서서 산을 내려가기 시작했다. 삼촌은 마을 사람들이 볼지 모르니 먼저 가겠다고 했다. 아직 군데군데 물이 고여 있어 미끄러운 길을 걸어 내려가는 삼촌의 걸음걸이가 곧 쓰러질 듯 불안해 보였다.

산길을 내려와 마을 쪽으로 길이 갈라지는 지점에서 삼촌은 몸을 돌려 다시 한번 나를 쳐다보았다. 그러고는 말없이 돌아서서 농악대의 풍물 소리가 쟁쟁 울리는 마을 쪽으로 걸어가기 시작했다. 언덕을 등지고 걸어가는 꾸부정한 어깨 너머로 마을이 보였다.

팔월 보름달이 뜰 시간인데도 구름 때문에 사방은 어둑해져 멀리 거대한 원자로를 배경으로 스산하게 흩어져 있는 마을의 집들이 암전되듯 하나씩 지워지고 있었다.

(『월간문학』 2000년 2월호, 한국비평문학회 선정 '2000년을 대표하는 문제소설')

그 겨울의 비

비가 내렸다. 저녁 무렵부터 시작된 비는 밤에 천둥 번개까지 치더니 새벽녘이 되면서 빗방울은 더 굵어졌다. 진수라니왕은 빗소리에 잠을 설치다 새벽녘에 잠시 잠이 들었다 다시 깨었는데, 아직 온천지가 캄캄하였다. 그 캄캄한 하늘을 뚫고 창대 같은 빗줄기가 쏟아지고 있었다.

침전의 문을 열고 보니 궁성은 온통 빗줄기의 창살에 갇혀 버린 것 같았다. 그 창살의 빗줄기들은 성벽에 부딪혀 깨어지기도 하고 꺾이기도 하며 바닥에 쓰러지고 있었다. 그 모습이 처절했다. 칠흑 같고 그 캄캄한 허공을 뚫고 와서 성벽에 머리를 박고 쓰러지는 처절한 빗줄기의 최후를 바라보면서 전장에서 쓰러지는 처절한 병사들의 모습을 떠올렸다.

어쩌면 저 빗줄기는 전장에서 쓰러진 병사들의 처절한 절규이며 그 눈물일 수도 있겠구나. 내가 그들의 눈물이 될 수 있다면, 내가 그들의 눈물이 되어서 대신 울어 줄 수 있다면 좋으련만, 나는 그들의 눈물이 되지 못하고, 이 나라 만백성의 눈물이 되어 그들의 마음을 어루만져 주지도 못하고 애처롭게 저 빗줄기만 바라보고 있구나. 나는 그들의 눈물이 될 수 있는 길은 없을까, 내가 만백성의 눈물이 되어 그들의 눈물을 막아 줄 수는 없을까?

저 어둠 속에서도 해는 다시 떠오르는 것일까? 떠오르지 말아야 할 해는 다시 저 어둠 속에서도 떠오르는 것일까, 저 비의 창살을 맞고 쓰러졌어도 다시 일어설 수 있는 것일까? 비는 어디서 저렇게 몰려오는 것일까. 근원을 알 수 없는 수천 년의 세월을 건너와서 투신하는, 투신하여 산산이 깨어지는 빗줄기는 역사의 울부짖음과 다르지 않구나.

진수라니 국왕은 어두운 마음으로 빗줄기를 바라보았다. 문을 닫고 잠자리로 돌아와 앉았으나 어두운 마음은 가시지 않고 빗소리에 섞여 더 어두워졌다.

아침나절이 되니 빗줄기는 더 거칠어졌다. 그 빗속에 말 울음소리가 들렸다. 어디 먼 곳으로부터 달려온 듯한 숨 가쁜 말소리인 것 같았다. 누군가 말을 타고 궁성의 문 앞에 와서 내렸다. 꼭 삼 년 전 이맘때쯤 신라에 투항한 하한기 진파라였다.

"불초 진파라 전하께 문안드리옵니다. 불철주야 나라 일로에 번민하시는 그 세월 동안 옥체만강 하시나이까?"

진파라는 머리를 바닥에 박은 채 들지 않았다. 마치 박제된 토우처럼 움직이지 않았다. 비에 젖은 옷에서 떨어지는 빗물이 정전의 바닥을 적셨다.

"차마 고개 숙이기에도 황공하고, 죽어 마땅하오나 전하를 찾아오게 되었습니다."

진파라의 말을 듣고도 진수라니왕은 아무런 말도 하지 않았다. 침묵이 흘렀다. 침묵은 싸늘했다. 마치 살 속을 파고드는 비수처럼 싸늘했다. 진파라는 자신에게 떨어지는 어떤 가혹한 말보다도 그 침묵이 더 가혹했다. 침묵은 그 시간이 길수록 더 가혹했다.

"이 나라를 떠난 것도 다 나의 업이었다면 이렇게 찾아온 것도 또한 소인의 업이 아닌가 생각되옵니다. 소인이 이 나라를 떠날 때는 이 나라의 관리로서의 선택이었다면, 오늘 이렇게 전하를 배알한 것 또한 한 나라의 관리로서의 선택이옵니다."

스스로 가혹한 그 침묵의 늪 속에서 벗어나려는 듯 진파라는 다시 말을 이었다. 그러나 진수라니는 뚫어지게 그의 등을 바라볼 뿐 입을 열지 않았다. 당혹함일까, 믿었던 사람에게서 오는 배신감일까, 아니 그것보다는 한 인간에게서 느끼는 실망감이었을지 모른다.

관산성의 전쟁이 끝나고 영토 굳히기에 나선 신라는 이미 오래 전에 자국의 영토에 편입시켰던 옛 비사벌국에 비사벌주 설치하면서 낙동강 서쪽으로 진출의 의사를 들어냈다.

그리고 그 주의 핵심관리자로 다라국의 하한기였던 진파라를 임명했다. 거기에는 김무력의 건의가 크게 작용했다. 지금 진파라는 다라국의 하한기가 아니라 신라 비사벌(창녕)주의 관리가 되어 다라로 돌아왔다. 그러고는 정전에 꿇어앉은 것이었다.

빗소리가 등 뒤에 쏟아지는 화살처럼 저주스러운 소리가 되어 귀를 울렸다.

"무엇하러 왔느냐?"

진수라니왕이 무겁게 입을 열었다. 그리고 다시 침묵 흘렀다. 배석한 상수위와 이수위는 숨소리도 제대로 내지 못한 채 엎드려 있었다.

"무슨 용무가 아직 남아서 니가 버린 이 나라를 찾아왔느냐? 설마 니놈이 인간의 탈을 쓰고 이 나라의 수만 백성을 배반하고 다시 그들 앞에 와서 용서를 구하려고 하는 것은 아니겠지?"

진수라니의 말이 격해졌다.

"소인이 온 것은 개인의 선택이 아니옵니다."

"뭐라고, 개인의 선택이 아니라고? 그럼 누구의 선택이냐? 그럼 누구의 선택이냐 말이다!"

진수라니의 말이 벽력같은 소리를 냈다.

"한 나라의 국왕의 뜻을 받들어 온 것이옵니다."

격노한 절대자인 왕 앞에서도 두려워하지 않는 진파라의 용기는 어디에서 나온 것일까. 그의 눈에도 점점 힘이 들어가서 바닥을 내려다보는 시선이 빳빳해졌다.

"한 나라의 뜻을 배반하고 떠나간 놈이 또 한나라의 뜻을 받들어 왔다고? 네놈이 택한 그 나라, 그 나라의 뜻도 배반해 보지 그러냐."

"내가 이 나라를 떠난 것은 배반이 아닙니다. 그것은 나의 선택이며 결국은 이 나라를 위한 것이 될 것입니다."

"그 더러운 주둥아리 닥치지 못하겠느냐? 일천 명의 휘하의 병졸들을 전장에 남겨놓고 달아나 놈이 이 나라를 위한 길이었다고?"

왕의 목에서 칼이 부딪치는 것과 같은 쇳소리가 났다.

"일천 명의 군병을 사지로 몰아넣은 것이 이 나라 국왕이 전하의 결단이었지, 어찌 소인의 뜻이었습니까?"

진파라도 밀리지 않았다.

"그것이 너의 결단이 아니었다고? 나라의 뜻을 저버린 몸이 어찌 나라를 말하고 있느냐?"

"그래서 내가 오지 않았습니까. 이 나라를 구하려고 오지 않았습니까."

"이 나라를 구하려 왔다고? 나라를 신라에 가져다 바치고 구걸해 얻은 그 목숨으로 권력을 얻고, 가락국 개국의 시조이신 수로왕의 피를 나눈 그 연맹국의 군병들을 잔혹하게 몰살시킨 김무력이란 놈처럼, 네놈도 나라를 신라에 가져다 바치고 너 하나의 목숨과 너 하나의 부귀영화를 얻겠다고 신라의 개가 되어 여기에 오지 않았느냐? 그러고도 나라를 운운하다니, 찢어 죽여도 분이 풀리지 않을 이 무엄한 놈!"

진수라니의 눈에서 다시 불이 튀었다.

"결코 나를 죽일 수 없을 것입니다. 나를 죽인다는 것은 신라를 죽이는 것이나 마찬가지란 걸 모르고 하는 소리이오이까?"

"나는 너를 죽일 것이다. 분명히!"

진수라니왕이 부르르 몸을 떨었다.

"너를 죽여서 다시는 더러운 네놈의 발이 이 나라의 땅을 밟지 못하게 할 것이다."

"만약 나를 죽인다면 하루가 지나지 않아서 이 나라는 신라군의 창칼에 짓밟히게 될 것이며, 이 궁성도 불의 죽음을 면치 못할 것입니다. 어디 그래도 나를 죽인다는 말을 다시 하시겠습니까?"

"네놈이 신라의 개가 되어도 똑똑히 된 모양이구나. 어디 변절자의 변이나 핥아먹던 그 혓바닥을 함부로 놀리느냐."

진수라니왕은 서안에 놓여 있던 고배를 집어 진파라의 머리를 향해 던졌다. 고배는 빗나갔으나 그 속에 담겨 있던 물이 진파라의 얼굴에 쏟아졌다. 진파라는 물을 뒤집어쓰고도 표정의 변화가 없었다.

"분명히 알아라. 이 나라가 가야 할 길이 신라의 창칼이 무서워 달라진다면 그것이 나라이겠느냐?"

"통치자는 시대를 읽어야 하며 나라가 나아갈 길을 알아야 합니다. 신라가 바로 길입니다. 신라는 피해 갈 수 없는 길입니다."

"뭐라, 신라가 길이라고? 그 호전적인 폐륜의 집단이 길이란 말이야?"

"말을 삼가셔야 합니다. 그 말이 화를 불러올 수 있다는 것을 모르시옵니까?"

진파라의 음성도 높아졌다.

"한 나라의 국왕의 목을 참수하여 개나 돼지도 밟고 다니게 하는 그 폐륜의 집단들이 길이란 말인가?"

"이제 가라나 아라국도, 심지어 남부여마저도 신라에게 나라를 넘겨주지 않을 수 없는 때가 올 것입니다. 미리 신라와 화친하십시오."

"닫쳐라. 설령 하늘의 뜻에 의해 화친하더라도 네놈의 뜻을 따라서 화친하지는 않을 것이다."

진수라니왕의 계속되는 분노에 옆 자리에 앉은 상수위와 이수위가 안절부절못했다.

"신라와 화친하는 것이 피 흘리지 않는 길입니다. 한 인간에게도 흥망의 때가 있듯 나라에도 흥망성쇠의 때가 있습니다. 이제 신라의 융성을 받아들여야 합니다."

"듣기 싫다. 감히 네놈이 나를 설득하려 드느냐."

진수라니의 얼굴이 떨렸다.

"네놈이 저 강을 다 건너가기 전에 가야산신의 눈물 같은 강물이 너를 저승으로 데려갈 것이다. 아니면 이 나라의 군병들이 소리 소문도 없이 너를 죽여 강물에 흘러가 버리게 할 것이다."

"나를 죽이면 전하가 또한 죽음을 면치 못한다는 것을 어찌 모르십니까?"

진파라의 말이 극에 달했다. 차마 군왕 앞에서 해서는 안 될 말을 하고 말았다. 자신도 그 말에 스스로 놀랐지만 말은 이미 쏟아버린 물과 같았다.

"듣자듣자 하니 말이 지나치오. 감히 어느 안전이라고 그렇게 함부로 혀를 놀린단 말이오. 그 불경은 죽음으로도 모자란다는 것을 모르시오?"

상수위가 나무라듯 진파라를 쏘아 보았다.

"전하, 고정하시옵소서. 오늘의 노여움이 너무나 크시옵니다. 고정하시어 노기를 삭이시옵소서."

안절부절못하고 있던 이수위가 고개를 숙이며 말했다.

"이 서찰을 전하고 돌아가겠습니다."

진파라가 두 손으로 서계를 받쳐 들자 시종이 받아 국왕의 서계에 올려놓았다.

그 겨울의 비 323

"누가 보낸 것이란 말인가?"

한참 동안 노려보고 있던 진수라니가 물었다.

"김무력 장군께서 보낸 것이옵니다."

진파라의 말이 다시 공손해졌다. 그는 깊이 고개를 숙였다.

"김무력이 가야의 출신으로 그렇게 많은 가야인을 죽이고도 무슨 낯짝으로 서계를 보낸단 말인가? 제놈들처럼 순순히 나라를 신라에 갖다 바치란 그 말인가?"

진수라니의 시선이 서계를 쏘아보며 움직이지 않았다.

"전하, 제발 시대의 흐름을 양찰하시옵소서."

"그따위 서찰은 읽어볼 가치도 없다. 당장 가져다 버려라."

"전하, 그러나 읽어나 보시옵소서."

상수위가 떨리는 음성으로 끼어들었다. 상수위는 안절부절못하는 표정으로 진수라니를 올려다보았다.

"그 자의 서찰을 읽어서 뭘 하겠다는 말인가?"

"그러나 전하, 전후의 사정은 그렇지 않사옵니다."

"상수위의 뜻이 그렇다면 읽어나 보라. 분명히 말하지만 나는 신라에 나라를 갖다 바치지 않을 것이다."

진수라니의 말에는 비장함이 묻어났다.

상수위가 떨리는 손으로 서계를 펼쳐 읽기 시작했다.

    - 다라의 역사가 오래되고 그 나라 국왕과 신하가 하나 되어 굳건한 나라를 지켜 왔다는 것은 소인도 잘 알고 있소이다. 그

나라가 금관국토로 오래오래 보존되고 지켜지기를 소인도 바라고 있습니다만, 시하 사정은 그러하지 못하오이다. 수시로 고구려와 남부여의 세력이 준동하고 신라의 국토를 침범하는 일이 잦아지고 있소이다. 따라서 그들과의 싸움이 불가피하며 그들에 가담하는 나라들과의 싸움도 불가피하며, 더 큰 환란을 막기 위해 그 나라를 토벌하지 않을 수 없는 일이 생기게 될 것입니다. 생각건대 더 큰 전쟁의 환란을 자초하기보다는 현자의 혜안으로 피해 가는 것이 좋을 것으로 여겨집니다. 그러한 판단을 미루면 미룰수록 그 참혹함은 더 커지게 될 것입니다….

"그만 읽어라!"
진수라니왕의 명에 따라 상수위가 읽기를 멈추었다.
"그래, 뻔하지 않은가? 그들에게 나라를 순순히 가져다 바치란 그 말 아닌가."
진수라니의 시선이 다시 여러 얼굴을 훑고 갔다. 신료들의 표정이 다시 굳어졌다. 누구도 입을 열지 않았다. 이제 바람까지 동반한 빗줄기는 더 요란한 소리를 냈다. 빗속에서도 성첩을 순시하고 있는 군장의 목소리가 빗소리에 섞여 멀리서 들려왔다. 빗소리는 다시 요란해졌다.
"이제 돌아가 보겠습니다. 부디 통촉하시옵소서."
진파라가 예를 갖추고 일어섰다.
"그래, 가 보아라. 설령 니가 그 나라로 돌아가지 못하더라도 그것은 나의 뜻이 아니라 하늘의 뜻이며, 이 나라의 뜻인 줄 알아라."

진수라니는 돌아서 나가는 진파라의 등에 대고 마지막 말을 했다. 그 말이 냉랭하게 정전을 울리고 진파라를 따라 문밖으로 퍼져 나갔다.

(장편소설『제국의 칼』일부, 2019년 국제PEN 한국본부 'PEN문학상' 수상작품)

길은 영원하다

2003년 6월 28일은 한인 이민 100주년을 기념하는 날이었다.

1903년 제물포항에서 얇은 무명 바지저고리에 초라한 몰골로 화물선에 실려 짐짝처럼 바닥에 뒹굴거리며 도착했던 곳이 낯선 땅 하와이였다. 노예처럼 그곳 수수밭에서 하루 15시간 넘게 노동에 시달리며 삶의 뿌리를 내리기 시작했던 한인들의 첫 미국 이민이 100주년이 되었다.

그렇게 시작해서 미개척지 미국에서 이룬 한인 이민자들의 성취는 눈부실 정도로 놀라웠다. 세계 어느 민족, 어느 나라 사람도 보여 주지 못했던 기적적인 성취를 한국 이민자들은 보여 주었다. 그 100년 동안 그들이 미국의 발전에 기여한 공로와 헌신, 그리고 그들의 성취를 기념하기 위해서 한인 이민 100주년 기념행사가 마련되었다.

워싱턴 D·C 주최로 한 달 전부터 행사가 기획되고 준비되었다. 거리 곳곳에 화려한 기념탑이 세워지고 애드벌룬이 띄워졌다.

워싱턴시 의회와 시청은 이날을 기념하기 위해서 어느 행사보다도 그들의 할 수 있는 노력을 다했다. 윌리엄스 시장은 미리 성명서를 발표하고 이날을 '준 리의 날(Jhoon Rhee's Day)'로 선포한다고 밝혔다.

"한국인의 미국 이주는 우리 아메리카와 그분들의 삶에 새로운 역사를 열었습니다. 그분들이 이 땅에 와서 나라에 기여하고 스스로 뜻을 이룬 것은 어떤 수식어나 찬사로도 표현하기 어렵습니다. 오늘은 그 빛나는 이민 일백 주년을 기념한 날입니다. 미국에 와서 눈부신 성취와 상상할 수 없을 정도의 기여를 해 온 준 리 마스터를 한인 이민 백년사에서 대표적인 인물로 선정하여, 그것을 기념하기 위해서 준 리의 날로 선포합니다."

시장은 신문 방송의 기자들 앞에서 발표문을 읽었다. 한인 이민 100년사에서 가장 빛나는 공헌을 한 준 리에게 감사와 존경을 표하기 위해서라고 했다.

링컨 기념관에서 국회의사당까지 이어지는 워싱턴 광장에는 아침부터 사람들이 몰려들기 시작했다. 기념행사를 참관하기 위해서였다. 행사는 축하공연에서 절정을 이루었다. 코미디언 밥 호프가 사회를 보고 머라이어 캐리와 마돈나가 출연하여 자신들의 노래를 부르고, 바로 이곳 버지니아 출신 존 덴버의 '내 고향, 그 길로 나 데려다 줘(Take Me Home, Country Roads)'를 함께 부르며 춤을 출 때 사람들은 열광했다. 공연은 화려했고 몰려든 수만 명의 사람들은 목이 터지도록 환호했다.

윌리엄스 워싱턴 시장은 무대에 올라 한인들의 성취를 축하하고 경의를 표했다. 수천 개의 풍선이 하늘에 솟아오르고 축포가 터졌다. 성대하고 찬란했다.

이준구(준 리)에게 주어지는 연이은 영광이었다. 4년 전 1999년, 20세기를 마감하는 그해 '프로페셔널 마샬 아츠 매거진(Professional

Martial Arts Magazine)'에서 '라이프타임 어취브먼트 어워즈 (Lifetime Achievement Awards)'을 수상하고, 그해 12월에 다시 미국 정부에서 선정하는 '올해의 이민상' 8명 중에 한 명으로 선정되어 상을 받았다. 그리고 1년 뒤인 21세기 첫해인 2000년, 미국 정부는 '미국 역사상 가장 성공한 이민 203인' 중에 한 명으로 준 리를 선정했다. 아인슈타인, 그레험 벨 등과 함께 이준구가 선정되었다.

그때도 미국 전역에 퍼져 있는 제자들이 몰려와서 축하를 해 주었다. 도미니카와 캘리포니아, 펜실베니아에서 태권도장을 열고 있는 제자 사범들까지 몰려와서 축하 행사에 동참해 주었다. 그때 밥 리빙스톤 의원은 자신의 일보다 더 감격하고 기뻐했다. 킹그리치 하원의장은 축하의 표시로 준 리의 조국, 한국을 방문하겠다고 했다.

그는 그 4년 전에도 한국에 동행해 주었다.

"외환위기의 어려움을 겪고 있던 한국 정부에 도움을 주는 일을 하고 싶다."

그때 그는 그렇게 말했다. 그리고 청와대로 가서 김영삼 대통령을 만났을 때도 이준구를 그의 태권도 스승이라고 자랑스럽게 말했다.

"준 리 그랜드 마스터는 한국이 미국에 준 가장 훌륭한 선물입니다."

다부진 체격에 늘 남자다운 당당한 멋을 풍겼던 그는 환하게 웃으면서 말했다. 그는 10년 이상을 수련하여 가장 먼저 2단에 승단한 블랙벨트의 제자이자 친구였다.

"준 리 그랜드 마스터 같은 분이 몇 명만 더 있으면 한국 외환위기를 극복할 수 있을 것입니다. 내가 그의 제자이니 그의 조국을 도와야지요."

그 말은 조크에 가까운 말이었으나 그렇다고 농담만은 아닌 것 같았다. 대통령도 그 말에 크게 웃었지만 그가 한 말은 뜻 깊은 말이었다. 코리아게이트로 한국 외교가 최악의 위기에 처했을 때 성심을 다해 한국을 도와준 사람이었기에 그의 말이 의미 깊게 들렸는지도 모른다.

그는 오늘도 이 행사에 동참해 주었다. 그의 의리와 신의는 놀랍다. 태권도 기술 2단이 아니라 정신 2단이 된 듯하다.

하늘로 솟은 축하의 애드벌룬을 쳐다보는 이준구의 눈에 지난 세월이 주마등처럼 스쳐 간다.

1962년 워싱턴에 태권도장을 처음 열었을 때 문명자 특파원이 "대미 기술수출 1호"라는 기사를 조국에 전했고, 황재경 목사가 미국의 소리 방송으로 전 세계 교포들에게 알려 주었던 것이 장장 40년의 세월이 지났다.

이제 러시아와 우크라이나, 카자흐스탄 등 옛 소련 연방국가에 그가 다시 교육해서 태권도 도장 간판을 내건 곳이 85개소나 된다. 그들의 태권도장에 후원을 해 주고 승단심사가 있을 때는 그곳으로 날아간다. 그것은 그의 이익을 위한 것이 아니다. 태권도의 길을, 미개척지에다 새로운 태권도의 나무를 심어 주기 위해서다. 마치 그가 40년 전에 빈손으로 태권도 도장을 처음 열었던 것처럼 그곳에 새로운 나무를 심기 위해서다.

"태권도는 나의 길이었고 나의 철학이며 삶 자체였다. 나는 오직 그 길을 걸어왔을 뿐이다. 경제적 이익이나 명성은 그 길에 따라왔을 뿐이다. 적어도 나는 위선적이지 않았다. 이기적이지도 기만적이지도 않았다.

내가 미국의회에서 의원들을 가르치게 된 것은 하늘의 뜻이었는지도 모른다. 내가 어떤 다른 것을 의도하거나, 이익이나 명성을 얻기 위해서 기획한 것이 아니었다. 나는 거저 내가 할 수 있을 일을 하고 싶었는데 그것이 35년의 세월이 되었고, 그곳에서 태권도와 그 정신을 배우고 간 의원들만 4백여 명이 되었다."

그는 제자들에게 자주 그렇게 말했다.

미국이란 사회에서 국회의원 한 사람의 힘과 사회적 책무, 그리고 그들이 맡은 일은 일반인의 상상을 초월한다. 한 사람 한 사람이 세계를 움직이는 사람이다. 그곳에서 그는 그런 힘을 가진 의원들과 친구처럼 어울리고, 그들은 그를 깍듯이 스승으로 모셨다.

그러나 그는 한 번도 자신의 이익을 위해서 그들의 힘을 이용하려 하지 않았다. 그것은 그의 개인의 인격이기도 하였지만, 태권도의 정신이 그를 그렇게 이끌었기 때문이다.

오늘도 수많은 의원들이 바쁜 일정을 제쳐 두고 이곳에 와서 그를 축하해 주었다. 그들 한 사람 한 사람의 얼굴, 수없이 반복해서 치던 그 박수 소리가 무엇을 뜻하는 것인지를 그는 어렴풋이나마 알 수 있었다. 그것은 믿음이었을 것이다. 그들은 보았을지 모른다. 어리석을 정도를 자신의 것을 챙기지 않는 이 작은 체구의 그에게서 진실함이란 것이 무엇인가를 알고 그를 믿었기 때문일 것이다. 태권도 동작

하나 하나를 정성을 다해 가르치고, 그가 가진 것을 주려고만 했던 그 마음을 알았기 때문일 거라고 그는 생각했다.

홍콩의 유명 배우 견자단도 그랬었다. 어느 날 그가 찾아왔을 때 했던 말이다.

"내가 젊어서 미국에 있을 때 나를 나쁜 길로 빠지지 않게 해 준 것은 태권도입니다. 태권도가 발차기 기술뿐만 아니라, 무엇보다도 예절과 인생에서 명심해야 할 법도를 가르쳐 주었습니다. 예의와 인내를 강조하며 무술가 이전에 사람이 되는 길을 먼저 가르쳤던 그 정신이 나를 인간으로 만들었습니다. 그래서 내 아들에게 가르친 첫 번째 무술이 태권도입니다."

쿵푸 영화로 출세한 그가 쿵푸를 제쳐 두고 이 말을 했다는 것은 놀라운 고백이었다. 그는 태권도에 내재된 정신, 세상을 도리로써 가르친다는 재세이화(在世理化)의 정신, 겸양과 절제의 정신, 예의와 인격 형성을 가르치는 것이 태권도의 정신이란 것을 몸으로 깨닫고 한 말이었을 것이다.

이준구에게 와서 그러한 태권도의 덕목을 배우고 감복했던 거명할 수도 없을 정도로 수많은 사람들, 아까운 나이에 가버린 브루스 리. 무하마드 알리, 척 노리스, 영화배우 아놀드 슈워제너그도 다 그러했다. 세계 최고의 명성과 콧대를 자랑하던 그 사람들도 그에게 와서 태권도의 기술을 배우고 그 정신에 감복하여 돌아갔다. 그의 아들을 태권도 도장에 보내 2년 동안이나 교육받게 했던 워싱턴 주재 소련 대사 빅터 컴프레크도브도 태권도 교육에 대해서 얼마나 고마워했던

가를 생각하면 지금도 이준구의 가슴이 뜨거워진다.

충청남도 아산군 염티면 산양리 작은 마을에서 태어나 지구 반 바퀴 저쪽의 워싱턴에 이르기까지 앞만 보고 달려왔던 길, 곧고 바른 길, 그것이 그가 왔던 길이고 또 가야 할 길이라는 것을 그는 알고 있다.

어려서부터 심장판막증이 있어 몸이 허약했던 것이 어머니는 오매불망 걱정이었다. 그가 약관의 나이에 이곳 미국으로 건너올 때도 그것을 매우 걱정하였다. 그러나 그것도 다 하늘이 준 운명으로 생각하며 그는 꿋꿋이 걸어왔다. 체구가 작은 것에 대해서도 실망하거나 아쉽게 생각하지 않았다.

어쩌면 그 모자람을 채우기 위해서 그는 더 열심히 노력하며, 개척해 가야 할 길을 더 중요하게 생각했는지도 모른다. 허약하면 허약한 대로, 작으면 작은 대로 다 하늘의 뜻일 거라고 여겼다. 그의 모든 것이, 그의 목숨조차도 하늘에 있을 것이라고 믿었기에 어떤 순간에도 주저하지 않았다.

이익을 먼저 생각하고 일을 하지 않았다. 일을 하다 보니 하고자 하는 목적을 달성하고 이익도 생기게 되었다. 어린 시절 서당에 갔다 오면 할아버지는 그에게 무언 실행을 가르쳤다. 그것이 바로 태권도의 정신과 일치되는 가르침이었다. 그는 그 가르침을 지표로 삼아 살아왔다. 좌면우고하지 않았다. 다만 말없이 행동하였을 뿐이다.

이제 축제의 분위기는 더 절정으로 치닫고 있다. 미국에서의 축제는 불꽃놀이가 절정의 시간이다. 해가 지면서 도시는 더 아름다워졌다. 바둑판처럼 잘 정비된 거리에 불이 켜지고 고색창연한 건물들은 화려한 밤 옷으로 갈아입는다. 포토맥 강변 배이슨 호숫가에서 먼저 폭죽이 솟아오른다.

　이제 집으로 돌아가는 시간이다. 차를 몰아 집으로 돌아가는 길에서 보는 불꽃은 더 아름답다. 그 화려한 불꽃들이 오늘 그에게 보내는 축하라는 것을 그는 잘 안다. 그 축하의 불꽃만큼 그의 마음속에는 지나온 길들이 아득히 뒤돌아 보인다.

　오늘 저렇게 아름답게 솟아오르는 저 불꽃은 누군가가 나에게 보내는 축하의 인사이기도 하겠지만, 그것은 나에게 보내는 축하라기보다는 나의 조국, 나의 동포들에게 보내는 찬사일 것이다. 무에서 유를 만들어 왔던 위대한 동포들, 그분들에게 나는 무슨 말로 감사해야 할까?

　아직은 더 가야 할 길이 있겠지만 이 밤에 저 휘황하게 쏟아지는 파이어 워크의 섬광 속에서도 내가 가야 할 길은 뜻을 잃지 않을 것이다. 나에게 길의 의미를 가르치고, 그 어떠한 순간에도 삶의 준엄한 태도를 가르쳤던 무도의 정신과 그 길은 영원할 것이다.

　이 도시의 상징, 저 포토맥강은 얼마나 유유하고 말없이 흐르는가. 지나간 역사의 상처와 영광을 몸에 안고도 이 땅을 찾아온 한낱 이방인이었던 나에게 새날의 희망을 가져다주었던 저 강, 그리고 이 나라에 나는 감사하지 않을 수 없다.

　전무의 상태에서 오늘에 이르게 해 준 이 나라에서 나의 길은 태권도의 길이었다. 나에게 등불과 같았던 태권도, 나를 있게 해 주고 그 태권도를 있게 해 준 나의 조국에 내가 바칠 수 있는 헌사는 없다. 천금의 말로도 내가 바칠 수 있는 헌사는 없다.

　나의 길은 지나온 시간이고, 또 가야 할 시간이다. 비록 이 세상에 나의 시간이 끝난다 하더라도, 내가 걸어온 그 길은 지나간 시간 속에서 영원할 것이기에 나는 돌아서서 그 길에 나만의 박수를 보낸다.

　태권이 품은 뜻은 무극(無極)의 길이다. 끝이 없는 길이다. 그러기에 그 길은 저 강물같이 미래 시간 속으로 유유하게 흘러갈 것이다.

　아, 오늘 밤 포토맥 강변, 한인 이민 100년의 자랑스러운 역사를 안은 저 강변에 솟아오른 불꽃들이 내 마음의 폭주처럼 찬란하구나. 아 아름다운 밤이여.

　하늘을 쳐다보는 이준구의 눈에 이슬이 맺힌다.

(장편소설『태권, 그 무극의 길』일부, 2022년 무예소설문학상 대상 수상작품)

바다의 전설

자기 전에 마신 술 때문이었을까, 강만수 포장(포수)은 평시보다 일찍 잠을 깼다. 그는 손을 더듬어 머리맡에 벗어 둔 시계를 찾았다. 시계는 다섯 시 5분 전을 가리키고 있었다. 선장 천성태의 무례한 언행에 화가 치밀어 마신 술이 좀은 지나쳤던 모양이다. 갈증에 타는 몸속으로 으스스 새벽의 한기가 번져 왔다.

바다는 아직 어둠에 젖어 있었다. 그는 습관적으로 담배를 찾아 입에 물었다. 따깍, 라이터 불이 켜졌다 꺼지자 잠시 드러났던 침상의 어지러운 내부가 눈앞에서 사라졌다. 불이 담배의 속살을 파고들면서 시원한 연기가 폐부를 찔렀다. 벌써 삼십 년째 피워 온 새벽 담배다. 이 한 개비의 새벽 담배는 그의 의식에서 어제와 오늘을 갈라놓는 시간의 분기점이자, 구석구석 짓이겨진 육신을 다시 일으켜 세우는 새날의 채찍과도 같았다.

연기가 달다. 가슴속에 파고든 연기가 온몸에 퍼져오면서 이완된 신경의 올을 더듬어 세운다. 그는 길게 연기를 내뿜으며 브리지로 나아가 프론트 글라스 앞에 섰다. 뷰크리너 창 너머로 동녘 하늘이 희붐히 밝아 오고 있었다. 그는 칵칵 몇 번의 기침을 하고는 조타륜 앞에 놓인 재떨이에 담뱃불을 눌러 껐다.

강만수는 최근 몇 해 동안에 자신이 부쩍 늙었다는 생각이 들 때가 많아졌다. 한창때 며칠 낮 밤을 새우고도 칡 줄기처럼 싱싱하던 그의 몸이 이제 조그만 과로나 과음에도 쉬 허물어지는 기분이 들 때가 많았다. 더구나 선장 천성태의 무례한 말투나 거만한 행동을 대할 때는 자신이 늙었음을 절감하게 되었다. 천성태의 무례한 언행이 늙은 자신을 얕보는 데서 비롯된다는 것을 그는 너무나 잘 알고 있었기 때문이다.

어제저녁만 해도 그랬다.

"이러다간 어디 멸치 한 마리라도 건지겠어? 차라리 산에 가서 포를 쏘는 것이 낫지!"

시큰둥한 표정으로 식당 문 앞에 서서 구시렁거리던 천성태의 말은 분명 어로장이자 포장인 강만수를 겨냥한 것이었다. 다시 말해 그것은, 거 보아라 내가 뭐라고 했느냐, 고래가 없다고 하지 않았느냐, 고 반문하는 말처럼 들렸다. 불과 이 삼 미터도 안 되는 거리에서 이 말을 듣는 순간 강만수는 등 뒤에 비수가 꽂히는 것 같은 섬뜩함을 느꼈다.

'저 건방진 놈, 감히 누구에게….'

가슴에 불덩이가 치솟는 것처럼 얼굴이 달아오르면서 부르르 손끝이 떨려 왔다. 당장 작살이라도 집어 들어 내리치고 싶은 분노를 느꼈지만 그는 지그시 어금니를 물었다.

'이래선 안 된다. 이제 나의 시대는 지났다. 나는 이제 한창때의 명포수 강만수가 아니다. 자칫 나의 섣부른 행동이 도리어 그에게 어떤 빌미를 만들어 줄지도 모른다.'

그는 이렇게 생각하며 몇 번이나 자신의 감정을 억눌렀다. 그는 못 들은 척, 자신의 감정을 감추기 위해선 무엇인가 말이 필요하다는 생각이 들었다. 그래서 그만 돌아서서 엉뚱한 말을 해버렸다.

"이봐, 준영이, 오늘 밤에 술 한 잔 어때? 내일 삼수갑산에 가더라도 어디 한잔하고 보자구."

그렇게 해서 시작된 술이 자정을 훨씬 넘겼던 것 같다.

브리지의 문은 그에게 늘 육중한 감을 준다. 방한모를 집어들고 갑판으로 나왔을 때 동해바다엔 2월 16일 새벽바람이 매섭게 살을 팠다. 부-웅. 어디쯤일까, 새벽 바다의 고요를 깨뜨리며 지나가는 배의 고동소리가 들렸다. 아마 가까운 어느 항구를 찾아가는 화물선인 듯 해 보였다.

삼라 만상의 모든 잠든 고뇌와 밤의 침묵을 깨고 바다는 저렇게 다시 밝아 오는 것일까. 어둡고 탁한 껍질을 한 겹씩 벗고 바다는 무엇을 위해 풀잎처럼 저렇게 다시 태어나는 것일까….

뱃사람이 되어 보낸 삼십 년 세월. 그 절반 이상은 바다에서 맞아 온 아침이지만, 바다는 볼 때마다 더 새롭고 신비스런 보습으로 그의 눈앞에 다가왔다. 이 순간 바다는 실체라기보다는 근접할 수 없는 어떤 영적 영역처럼 천지를 가득 메웠던 어둠의 입자들이 서서히 걷어내며 풋풋한 아침의 신호를 물결마다 희미하게 띄워 놓고 있었다. 그는 밝아 오는 바다를 보며 뒤 갑판 쪽으로 발을 옮겼다. 작업화 바닥이 갑판에 닿아 둔탁한 소리를 낸다. 선원실에 인기척이 없는 걸 보아 아직 다들 새벽의 단잠에 빠져 있는 모양이다.

언제 보아도 닻줄이 팽팽한 긴장감으로 연결되어 있는 양묘기, 그 모서리를 돌아 다시 앞 갑판으로, 그러고는 또다시 몇 번인가 앞뒤 갑판을 거닐었다. 동녘 하늘에 붉은 기운이 짙어지면서 바다는 점점 더 밝아 오고 있었다. 하지만 그의 가슴은 물 젖은 솜처럼 무겁고 우울하기만 했다.

장생포를 떠난 지가 오늘로써 꼭 일주일째다. 그런데도 그동안 번번이 허탕만 치고 고래라고는 흔적조차 발견하지 못했다. 바다에 나와서 일주일 동안이나 고래를 발견하지 못했던 적은 없었다. 간혹 시기를 잘못 잡아 이삼일 동안 고래를 만나지 못했던 적은 있었지만, 이번처럼 일주일씩이나 허탕친 적은 한 번도 없었다. 때문에 그의 마음은 착잡할 수밖에 없었다.

'천성태의 말대로, 과연 동해에서 고래가 사라져가고 있는 것일까? 선장 천성태는 그런 이유를 들어 처음부터 동해 출어를 반대하고 나서지 않았던가….'

그의 귀엔 다시 천성태의 말이 왕왕 울려 왔다.

"이제 동해엔 고래가 멸종돼 가고 있습니다. 밍크라면 몰라도 나가수는 기대할 수 없습니다. 이제 새로운 방법을 써 보아야지. 옛날 방식을 늘 그대로 답습한다는 건 어리석기 짝이 없는 일입니다. 그리고 그 결과도 뻔한 일 아니겠습니까?"

천성태의 주장은 지금까지 거의 전형적인 형태로 굳어져 왔던 2월-동해라는 포경 방식에서 벗어나자는 것이었다.

"2월 동해가 뭐 대단한 보물단지나 된다고 그리 연연하십니까. 이제 동해바다엔 해류의 흐름이 옛날과는 달라졌습니다. 때문에 당연히 고래잡이 코스도 달라져야 합니다. 동해보다는 제주도 근해가 훨씬 가능성이 큽니다."

이월과 삼월엔 동해에 바람이 많다. 근래에 와서 동해에서 재미 본 사람이 없다는 등의 이유를 들어, 그는 동해 출어를 반대하고 나섰다. 그러나 강만수의 생각은 달랐다. 2월-동해라는 것은 우리나라 포경업 초창기부터 오늘날까지 거의 백년 동안이나 불문율로 지켜져 온 방식이고, 2월이나 3월에 서해에서 고래를 잡아 본 적이 없기 때문에 오히려 실패할 가능성이 훨씬 크다는 것이 강만수의 주장이었다. 갑판장이나 선원들의 의사도 자연히 첫출발은 동해여야 한다는 데 일치되었다.

그러나 천성태는 자신의 뜻을 좀처럼 굽히려 들지 않았다. 선주의 아들 백민석도 천성태의 주장을 동조하고 나섰다. 이렇게 이견이 팽팽해지자 마침내 선주가 나서서 동해 출어를 결정하게 되었다.

천성태는 자신의 주장이 받아들여지지 않은 것을 매우 못마땅하게 생각하는 눈치였다. 그러다가 그는 느닷없이 2월 초 출어를 주장하고 나섰다. 그래서 2월 9일, 다시 말해 1982년 2월 9일 아침 8시 출항하게 되었다.

매년 음력 1월 20일께를 출어일로 잡던 기준으로 볼 때, 일주일 정도나 앞당겨진 출항이었다. 강만수는 절기상으로 보아 예년보다 칠일이나 빠른 출항이 마음에 걸렸으나 그것마저 반대할 수 없어 그렇게 따르고 말았다.

그러나 날이 갈수록 강만수의 마음은 초조해졌다. 출어일은 그렇다 치더라도, 선장의 뜻을 꺾고 자신의 주장대로 출어한 동해에서 일주일 동안이나 고래의 흔적조차 찾지 못했다는 것이 여간 마음에 짐이 되는 것이 아니었다. 어쩌다 마주치면 어디 두고 보자는 듯이 부루퉁하고 싸늘한 천성태의 표정이 마치 등 뒤에서 먹이를 노려보고 있는 뱀처럼 섬뜩하게 느껴졌다.

"고래는 결국 그림의 떡이 되고 말 거야…."

어젯밤 그가 그런 말을 했을 때도 못 들은 척할 수밖에 없었던 것은, 천성태의 말이 어쩌면 현실로 나타날지도 모른다는 희미한 불안감 때문이었다.

강만수는 마음이 괴로웠다. 그러다가도 다시 생각해 보면, 천성태의 태도야말로 건방지고 불쾌하기 짝이 없었다.

'이건 순전히 저놈 때문이다. 날짜도 위치도 잘못 잡았기 때문이다. 건방진 놈, 제 놈이 알면 얼마나 안다고 저 지랄이야. 제 놈이 무슨 전가의 보물단지처럼 모시는 그 개뼈다귀 같은 어느 항해일지를 읽고 저 지랄인데, 참 가관이야. 제 놈이 뭐라고 지껄여대도 동해엔 아직 수많은 고래가 살아 있다는 이 강만수의 믿음엔 변함이 없어. 어디 두고 보자. 내가 기필코 니놈의 코를 납작하게 만들어 놓고야 말 테니….'

여기까지 생각이 미치자 그의 속은 다시 열탕처럼 부글부글 끓어오르기 시작했다.

2월 말이 되면 동해에는 해안선을 따라 조밀한 수온전선이 형성되는데, 울산에서 축산에 이르는 연안과 울릉도 주변 해역에는 냉수역이 각각 발달되고, 대화퇴 쪽으로 갈수록 수온 약층이 뚜렷하게 형성된다. 4월 이후 울릉도를 중심으로 대화퇴 남단에 걸쳐 대체로 한랭한 수온전선이 발달하고 대화퇴보다 연안해역에서 수온 약층이 조밀하게 형성된다.

이와 같은 현상으로 2월 이후 난류 세력은 약하지만, 어떤 해는 난류 세력의 강화로 수온 약층이 북상하게 된다. 그것은 또한 오징어나 고래의 주 먹이가 되는 플랑크톤이나 새우 등의 영양원인 영양염의 밀도가 이동하게 되는 원인이 된다. 따라서 겨울철엔 연안쪽에 이 밀도가 더 높기 때문에 고래 잡이도 당연히 연안 가까이에서 이루어져야 한다는 것이 천성태의 주장이었다.

그의 주장이 어느 정도 이론적 타당성은 있으나, 상당 부분이 사실과 다르다는 것이 강만수의 생각이었다.

고래는 회유 동물이다. 고래가 회유하는 이유는 먹이나 번식 때문이다. 고래잡이는 이 회유 시기에 맞추지 않으면 안 된다.

겨울철 한류의 남방 한계선이 영일 앞 바다까지이고, 여름철 난류의 북방 한계선은 영흥 앞 바다까지다. 1월에 영일 앞 바다에서 한류와 난류가 서로 만나 조경수역이 형성되고, 8월이면 난류는 북방 한계선인 영흥 앞 바다까지 이르게 된다. 플랑크톤이나 새우가 주식인 고래는 그러한 먹이들이 많이 서식하는 한류에 주로 습생하게 되는데, 그러한 조건으로 본다면, 2월 말경에 고래를 포획하기가 가장 좋은 곳이 바로 울릉도 일대가 된다. 그리고 지난 날 이 해역에서 한

해에도 수백 마리씩 고래를 포획함으로써 그것이 입증되어 왔다는 것이 강만수의 경험론적 주장이었다.

이제 바다는 홍련을 뿌려 놓은 듯 붉어져 있었다.

이윽고 해가 뜰 것이다. 그래서 바다는 다시 싱싱한 짙푸른 파도를 출렁이며 또 하루의 삶을 건져 올리게 될 것이다.

강만수는 어떤 비장한 각오라도 한 듯 진홍색 동녘 바다를 바라보는 눈에 힘을 주었다.

'그래, 산다는 것은 결국 모든 것이 저렇게 소멸되어 가는 것인지 모른다. 인간도 물질도 다 마찬가지로. 흘러가면 그만인 인생의 바다엔 저렇게 바람도 불고 허탕 치는 일도 있기 마련이겠지. 이 세상에서 인간의 힘만으로 이룰 수 있는 것이 어딨겠어. 더구나 원대 무궁한 저 바다에서 말이야. 바다 앞에서 인간은 한낱 포말에 지나지 않는 거야…'

강만수의 머리는 다시 복잡해졌다. 복잡한 사념이 얽히는 바다 위로 해가 떴다. 해가 뜨자 바다는 거대한 원형의 입체로 변했다. 바다는 마치 아침 식사를 위해 마련된 신의 원탁처럼 거대한 모습으로 보이지 않는 먼 곳으로부터 물결을 불러와 너울거리고 있었다.

선장 천성태가 브리지에서 내려왔을 때는 해가 뜨고 나서도 십여 분이 좋게 지나서였다.

앞 갑판으로 걸어오는 그의 어깨엔 여느 때와 마찬가지로 꼿꼿이 힘이 들어 있었다. 개기름이 낀 얼굴에 뭔가 불만에 찬 듯한 표정,

게다가 조소를 머금은 듯 가늘게 뜬눈으로 훑어보는 그의 얼굴을 대하는 순간, 강만수는 마치 등 뒤에 송충이가 기어가는 것 같은 기분을 느꼈다.

그가 선주의 아들 백민석의 소개로 진양호의 선장으로 처음 왔을 때, 강만수는 그의 첫인상부터가 마음에 들지 않았다.

사사건건 물고 늘어질 것 같아 보이는 각이 진 얼굴, 끝이 뾰족한 콧날 위로 움푹 팬 눈자위나, 그 속에서 대굴거리는 눈알이 사납게 보였다. 몇 개 지역 사투리를 섞어 놓은 듯 억양이 강하고 어투가 유들유들한 말씨도 마음에 걸렸다. 그는 어떤 땐, 선주의 아들 백민석이 군에서 자신의 쫄병이었다고 했다가, 또 어떤 땐 월남전 참전 전우라고도 하면서, 선원들에게 백민석과의 관계를 은근히 과시하곤 했는데, 그것은 그가 마치 백만석을 마음대로 움직일 수 있어서, 때에 따라선 선원들을 자신의 마음대로 할 수 있다는 말처럼 들렸다.

그중에서 강만수가 가장 참을 수 없었던 것은 실눈을 뜨고 사람을 훑어 보는 그의 음습한 태도였다.

'도대체 저자의 실체가 무엇일까? 이 진양호에서 저자가 노리는 것이 대체 무어란 말인가. 제 눈엣가시 같을 나를 몰아내고, 그리고 또 몇 사람을 더 몰아내고 이 배를 자신이 혼자 차지하겠다는 건가? 그래서 결국 이 배의 운명마저도 제 놈이 좌지우지하겠다는 말인가? 아니야. 그럴 수는 없어. 내가 눈뜨고 있는 한 그것은 턱도 없는 수작이야.'

강만수는 고개를 저었다. 이것이 바로 쫓기는 자의 자격지심이라는 걸까? 하는 생각이 들어, 순간적이나마 옹졸했던 자신을 탓하며 다시 한번 자신의 마음을 가다듬어 세웠다.

그는 선수루 계단을 오르려다 말고 성큼성큼 발걸음을 옮겨 천성태에게로 다가섰다. 윈치의 롤러를 살피고 있던 천성태가 고개를 들고 돌아보았다.

"천 선장, 오늘은 경탐 지역을 현 위치에서 동쪽으로 이동해 보는 것이 어떻겠소?"

"동쪽이라면, 독도 근해로 말입니까? 글쎄요…. 정 원하신다면 그럴 수도 있겠지만, 거기에 간다고 별다른 걸 기대할 수 있겠습니까?"

연안해역에서 고래를 더 이상 기대할 수 없다고 판단했기 때문인지, 천성태는 별다른 말없이 강만수의 제의를 받아들였다. 그것은 어찌 보면, 그 특유의 잘해 보라는 식의 태도에서 비롯된 것인지 모른다. 그러나 그도 선장으로서 책임 있고, 이유야 어떻든 고래를 잡지 못할 경우엔 선주를 대할 면목이 없었다. 그렇다면 그가 그냥 방관자적 자세로 강만수의 의사를 따랐다고 만은 볼 수 없는 일이었다.

어쨌든 천성태는 여느 날보다 밝은 음성으로 선원들을 불러 모았다.

"다름 아니고, 오늘은 독도 근해로 방향을 바꾸어 볼 생각이다. 빨리 식사를 하고 각자 자신의 위치로 가 주기 바란다."

천성태의 말이 끝나자, 몇 사람은 식당으로 가고 먼저 식사를 끝낸 사람은 자신의 자리로 돌아갔다. 위-잉 모터 소리와 더불어 윈치 돌아가는 소리가 나고, 닻이 올려졌다. 기관실에서 엔진 돌아가는 소리가 나면서 다시 배는 살아 움직이기 시작했다.

바다의 전설 345

배가 서서히 발진했다. 물살을 가르며 움직일 때 배는 비로소 잃었던 생명을 되찾은 것 같았다. 멈춰 선 배가 바위덩이나 섬과 같다면, 움직이는 배는 거대한 고래나 살아 숨 쉬는 바다 생명체와 같았다. 시계를 보았다. 7시 15분. 정확히 배가 움직이기 시작한 시간이다.

이 해역은 거의 백 년 동안 서구열강의 포경선들이 치열하게 고래잡이 경쟁을 벌였던 곳이다. 강만수의 머리에 수많은 포경의 이름과 일본인 선장 '이노무라의 항해일지'가 떠올랐다.

이노무라의 항해일지엔 동해 바다에서의 고래잡이 역사가 잘 기록되어 있었다. 거기엔 자신의 항해 기록뿐만 아니라 한국해역에 대한 여러 가지 사실들이 기록되어 있었다. 심지어 서양의 포경선이 동해에 와서 조업했던 시기까지도 기록되어 있었다. 그것은 아마도 관련 문헌이나 다른 사람의 항해일지를 보고 참고하기 위해서 기록해 둔 것 같았다.

이노무라 선장은 일본 동양포경회사의 포경선 선장이었다. 1909년 5월에 설립된 동양포경회사는 1934년 7월 1일 니혼수산에 통합될 때까지 25년 동안 한국연해의 포경업을 독점하였다. 그가 처음 탔던 포경선은 동양포경 소속인 넥스호였는데 이 배는 노르웨이식 최신형 포경선으로 포수는 욘손이라는 노르웨이 사람이었다고 한다.

동양포경은 7개의 사업소를 한국에 두고 있었다. 그곳이 바로 장생포와 장전, 그리고 신포, 유진, 대흑산도, 대청도, 서귀포 사업장이었다. 그의 항해일지엔 1934년 동양포경이 해체되어 니혼수산에 통합될 때까지 한국 해역에서 6천 1백 3마리의 고래를 잡아갔다고 기록되어 있었다.

1899년 2월 동해에 들어와서 조업 중인 러시아 포경선을 대한제국 함선이 나포한 것 때문에 양국 간의 마찰과 외교 문제가 생겼다. 결국 러시아의 요청으로 1899년 3월 29일 대한제국 외부교섭국장 이응익과 러시아 해군 장교 출신으로 극동포경의 개척자였던 께이제를링그 백작에 의해서 포경기지 조차(租借)에 관한 약정서가 조인되면서 장생포에 러시아 포경기지가 설치되었다는 기록도 들어 있었다. 그가 어떻게 이러한 자료들을 입수하여 기록했는지는 알 수 없었지만 마치 자신이 목격한 것처럼 상세히 기록되어 있었다.

1840년대 동해에 왔던 서구 포경선 이름들도 상세히 기록되어 있었는데, 그것은 미국인 포경선피닉스호 선장이 쓴 항해일지를 옮겨 적었다고 부기되어 있었다. 1849년 3월에 미국 포경선 '막티주우머'호가 왔고, 그 뒤를 이어 '이어리' '제퍼슨' '줄리언' '리버풀' '파이어니어'호가 동해에 들어왔고, 한창때는 120척이나 되는 서구열강의 포경선이 동해에 몰려 왔다는 기록에 놀라지 않을 수 없었다. 이러한 기록들은 그가 얼마나 세세하게 한국해역 포경의 역사를 꿰뚫고 있었는가를 말해 주는 것들이었다.

강만수는 성큼성큼 계단을 건너뛰어 선수루에 올랐다. 그리고는 발사대에 설치되어 있는 포경포 앞으로 가서 섰다. 해풍과 습기로부터 포를 보호하기 위해서 군용 담요로 만들어 씌운 덮개를 벗기자,

70mm 노르웨이식 포의 위용이 허공에 드러났다.

그 길이만 해도 1m가 넘는 막강한 포신이 허공을 향해 머리를 쳐들고 있었다. 그는 무언의 인사라도 나누듯 온 바다를 제압할 것 같은 당당한 위세로 앞을 노려보고 있는 포경포에서 눈을 떼지 않았다.

언제나 그랬듯이 포경포를 보는 순간 반구대 암각화의 남근상이 떠올랐다. 처음 암각화를 보았을 때 그를 놀라게 했던 기이한 남자의 그 모습. 향유고래, 혹등고래, 긴수염고래 등의 그 많은 유형의 고래 그림이 있고 여자와, 배와, 물개와, 거북의 그림이 있는 그 위에 뻣뻣이 남근을 세운 남자 형상의 그림을 처음 보는 순간, 헉헉 숨이 막힐 것만 같았던 그 기억. 누가, 무엇 때문에 이곳 바위 벼랑에 이 놀라운 형상을 새겨 놓았단 말인가. 주술적 의미였을까? 아니면 생식과 번식의 상징, 또는 풍성한 수렵을 기원하는 표현이었을까? 하는 끝없는 의문 속으로 그를 몰아넣었던 그 기억이 다시 떠올랐다.

그 뒤 언젠가 다시 한번 그 그림을 보게 되었을 때 그는, 아 바로 저것이다. 시원을 알 수 없는 수많은 세월의 역사를 꿰고 있는 실체가 바로 저것이다, 는 생각이 들었던 기억도 떠올랐다. 생명의 시원과 번식, 그리고 삶의 실체를 거기에서 보았던 것이다.

포경포야 말로 포경선의 핵이다. 그러면서도 그것은 늘 육감적으로 느껴졌다. 바다에서 여자의 몸이 그리운 날이면 시도 때도 없이 불끈불끈 부풀어 오르던 젊은 날 자신의 남성처럼, 포신엔 탱탱하게 힘이 모여 곧이라도 발사대를 박차고 나갈 것처럼 느껴졌다. 그 둔중한 금속의 표피에 손이 닿으면 그것은 살아 숨쉬는 육신의 일부가 되어 그 속으로 자신의 피가 쭉쭉 흘러들 것만 같았다.

강만수는 포를 잡을 때 자신의 삶 앞에 엄숙해진다. 포 앞에 서면 비로소 자신에게 맡겨진 포수라는 책임과 의무, 심지어 자신의 삶의 정체성마저도 확인할 수 있었기 때문이다.

"넘버 원, 작살을 꽂아라."

그가 화약을 장전하고, 조기장을 시켜 길게 밧줄이 달린 작살을 포문에 꽂았다.

그는 결전의 의지에 불타는 위풍당당한 전사의 모습과 같았다. 포의 손잡이를 잡고 선수루에 선 강만수의 모습이 아침 햇빛을 받아 석상처럼 우뚝했다.

말할 것도 없이 포경선의 꽃은 포수다. 직책상 포수는 어로장으로서, 선장보다 높은 위치에 있다. 그래서 모든 포경선원들의 꿈은 포수가 되는 것이다.

그러나 포수가 된다는 것이 결코 쉬운 일이 아니다. 포수가 되기 위해선, 선원으로서의 기초 자질인 담력과 판단력, 그리고 선원을 다룰 수 있는 통솔력이 필요하다. 그리고 선주의 두터운 신임이 있어야 한다. 그러나 무엇보다 중요한 것은 포를 다루는 기술이다. 그것이 바로 포수로서의 기초 자질이자 생명이기 때문이다.

포가 개발되기 전 고래잡이는 작살에 의해서 주로 이루어졌다. 작살잡이의 기술이 곧 고래잡이 성패와 직결되었다. 그러다 보니 작살잡이는 선장과 동등하거나 선장보다 더 높은 위치에 있게 되었.

그들은 포경 모선에서 다시 보트를 타고 고래를 추격해야 했기 때문에 대단한 힘과 용기가 필요했다. 때로는 고래와 쫓고 쫓기는 사투에서 목숨마저 내놓지 않으면 안 되었다. 고래가 보트를 뒤집어 버리거나 작살에 맞은 고래가 도망하기 시작할 때 배가 뒤집히는 경우가 많았기 때문이다.

포경선에 근대식 포가 개발되면서 이 작살잡이들은 작살 대신 포를 잡게 되었고, 이제 작살잡이란 명칭 대신에 포수란 명칭으로 포경선에서 여전히 가장 높은 자리를 차지하게 되었다.

그는 다시 한번 발사대 위에 놓인 포의 핸들을 잡고 좌우로 돌려 보았다. 그리곤 손잡이를 복부 쪽으로 끌어당겼다.

그렇게 얼마를 갔을 때였다.

전방에 어떤 물체들이 꺼멓게 몰려오는 것이 보였다. 오징어 떼였다. 마치 겨울 들녘에 흩어지는 갈가마귀 떼같이 엄청나게 많은 오징어 떼가 이동하고 있었다. 어림잡아 그 폭이 오십여 미터, 길이는 수백 미터는 좋게 될 것 같아 보였다.

"와. 저게 뭐죠?"

젊은 선원들 사이에서 탄성이 터져 나왔다. 준영도 놀랍다는 듯 입을 다물지 못했다.

여기저기서 오징어잡이 어선들이 눈에 띄었다. 집어등이 줄줄이 달린 오징어 잡이 배들이 서너 척씩 무리를 지어 조업하고 있었다.

'이 지역에서 오징어군의 발견은 예년에 비해 이른 편이야. 이는 난류가 상당히 북상했다는 말이 아닌가. 아니면 해류의 이변 때문일까?'

강만수가 이렇게 생각하고 있을 때 우현 100m 지점에 배 한 척이 지나갔다. '후포2호'라고 쓰인 글씨가 선명하게 드러났다. 선적지가 울진 어디인 것 같아 보였다.

"인간이든 물고기든 무리를 이룬다는 것이 삶을 수월하게 하는 수단이기 때문일까요?"

"그런 면에선 고래도 마찬가지지. 고래의 경우는 대개 가족 단위로 집단생활을 하거든. 그것이 많은 경우엔 삼사십 마리가 되기도 하지. 거 뭐라고 해야 할까, 가부장제적이랄까, 아니면 수놈 중심의 사회라 해야 할까. 어떻든 그것들의 사회에선 보통 한 마리의 수놈이 여러 마리의 암컷을 거느리는 경우가 허다하지."

"그런데 포장님, 고래 같은 바다 동물이 일부다처제를 유지한다는 것이 믿어지지 않는데요."

"고래라고 다 일부다처제인 것은 아니야. 향유고래와 같이 오징어를 주식으로 하는 것들은 일부다처제인 반면, 긴수염고래와 같이 플랑크톤을 주식으로 하는 것들은 일부일처제를 유지하지. 그리고 흑고래는 난봉꾼이야."

"그러한 무리의 크기는 어느 정도나 되나요?"

"어떤 기준이 있는 게 아니야. 불과 몇 마리가 모여 한 무리를 이루는가 하면, 많을 경운 수백 마리가 하나의 무리를 이루기도 하지."

"말도 안 되는 소리야. 무리에서 쫓겨난 수놈은 대개 늙은 허수아비들이지. 늙어서 암컷의 무리를 거느릴 수 없게 된 경우가 많다구."

"하렘이란 것이 결국 암놈의 수가 수놈의 수보다 많기 때문에 생겨난 것이 아닐까요? 이를테면 성의 수요와 공급의 불일치 같은 데서 생겨난 것 말입니다."

"야, 준영이, 너 새롭게 보아야겠는데… 오늘 상당히 유식한 말을 많이 하고 말이야."

"저야 그저 주위들은 말들에 지나지 않습니다만, 포장님 말씀은 상당히 깊은 데가 있는 것 같습니다."

"난들 특별나게 아는 게 있겠냐만. 다만 삼십여 년 동안 바다에서 고래만 쫓고 살았으니 남들보다 조금 더 알 수밖에…."

"암컷의 수가 수컷보다 더 많은 이유가 무엇일까요?"

"글쎄, 그 이유는 나도 모르겠네만, 실제 잡힌 고래의 수를 보더라도 암놈이 훨씬 많았던 것은 사실이야."

강 포장은 들고 있던 담배를 입에 가져갔다. 그리고 다시 몇 번 빡빡 담배를 빨아 들여서 후-우 하고 연기를 뱉어낸다. 준영은 찬찬히 바다를 훑어 본다. 언제 보아도 바다는 신비롭고 불가사의하게만 느껴졌다. 무궁무진. 변화무상. 그것이 바로 바다일까. 잠시 침묵이 흘렀다. 갈매기 한 쌍이 지나가며 소리를 낸다. 그리고 그 소리는 침묵을 파고든다.

그는 자신도 모르게 씁쓸히 물리는 웃음을 삼키며 바람에 날리는 머리를 쓸어 올렸다. 천성태의 뒤에 추연식과 기관장 양덕칠이 뭔가 이야기를 나누고 있었다. 천성태의 수족이나 다를 바 없는 사람들이다. 그들은 다들 강만수 밑에서 뱃일을 익힌 사람들이다. 그러나 그들은 언제부턴가 저렇게 천성태의 등에 가 붙어서 알랑방귀를 끼고 있는 것이다.

　강만수는 그들을 보고 있으면 괘씸한 생각도 들고 인간의 간사한 속성을 보고 있는 것 같아서 얼굴이 찡그러졌다. 무슨 이유 때문인지 준영을 다그치는 천성태의 음성이 날카롭게 들렸다. 준영은 매우 난처한 표정을 짓고 있었다. 그러한 준영의 모습 뒤에 강만수 자신의 젊은 날의 모습이 희미하게 묻어 있는 것 같아서 마음이 아팠다.

　'저만한 나이였을까. 내가 이 바다에서 악몽을 겪었던 때가….'

　그는 지그시 눈을 감았다. 하시모토 선장의 얼굴이 떠올랐다. 자그마한 키에 잘 닦은 유리알처럼 반들거리는 눈알이 유난히도 푹 꺼져 있던 하시모토 선장. 그의 표독스런 눈이 아직도 자신을 쏘아보고 있는 것 같았다.

　1943년 겨울 열일곱 나이로 때 부산에 있는 동아수산 선원 양성소에서 6개월 과정을 마치고 처음 배치된 곳이 후지모리 호였다. 그 배는 고베항을 거점으로 호카이토와 중국 상해 그리고 한국의 청진항으로 전쟁 물자를 수송하는 화물선이었다.

　그렇게 시작한 선상에서 생활이 삼십 년에 가까운 세월은 흘러가 버렸다. 낮과 밤이 바뀌듯 삶의 희비가 뒤섞이면서 세월은 덧없이 흘러갔다. 바다는 저렇게 예나 지금이나 짙푸른데 나의 인생은 어느새 저만큼 흘러가 버렸다.

　'아마 그때 김일겸이 몸을 던졌던 곳이 바로 이 인근 어디일 거야…'

　그는 고개를 들어 먼바다로 눈을 던졌다. 하늘 높이 솟아오르다 다시 손살같이 낙하하는 갈매기 한 쌍이 보였다. 종잇장같이 흘러가는 구름 몇 조각을 등지고 김동만이 망루 사다리를 내려오고 있었다. 갑판장과 교대를 할 모양이다. 망루에서 고래를 찾아내는 일이 쉬운 일이 아니다. 그래서 자주 교대를 해야 한다. 사다리를 엉금엉금 내려오고 있는 김동만의 몸체가 줄사다리를 따라서 출렁거린다.

'고래는 나타날 것이다. 인간의 세계에 사람이 있는 것이 이치이듯 바다에 고래가 있는 것은 또한 자연의 이치다. 그래서 바다는 형성되는 것이다. 바다의 질서란 것이 스스로 죽음을 찾아가는 것은 아니리라. 산다는 것은 죽음의 질서가 아니라 살기 위해 노력하는 과정일 것이다. 그래서 바다의 질서가 형성되는 것이리라. 그래, 바다에 고래가 있고 내가 작살을 쏘아 고래를 잡는 것도 이 삼라만상의 서로 맞물려 살아가고 있는 하나의 이치일 텐데….'

강 포장은 포의 손잡이를 잡은 손에 다시 한번 힘을 주었다. 그리고 그 손잡이를 자신의 앞으로 당겨 보았다. 바로 그때였다. 부-웅 브리지에서 두 번의 고동이 울렸다. 섬이 나타났다는 신호였다.

(장편소설『그 바다에 노을이 지다』일부, 2002년 제6회 한국해양문학상 대상 수상작품)

| 작품 세계 |

시대사의 갈등과 응전의 방식
−이충호 소설집『그 어두운 밤의 우수』

김종회(문학평론가, 전 경희대 교수)

1. 왜 작가 이충호와 그의 소설인가

 이충호는 울산 출신으로 대학과 대학원에서 영문학을 전공했으며, 시·소설·수필·평론 등 전 장르에 걸쳐 당선 등 문단 등단 절차를 거친 특이한 이력을 갖고 있다. 그동안 상재(上梓)한 책으로 시집, 소설집과 장편소설, 산문집, 시사 평론집, 동서양 비교문학서, 영어학습서 등이 즐비하니 그 제목만 일별해 보아도 그가 범상한 문인이 아니라는 사실을 쉽게 짐작할 수 있다. 이는 단순히 문학적 글쓰기의 여러 부면에 관심과 기량을 보여 준다는 의미를 넘어선다. 그의 세계를 검색해 볼수록 한 작가가 그토록 유연하고 또 수준 있게 여러 창작 형식을 감당해 왔다는 객관적 평가를 도출하게 하는 것이다. 그러기에 이 글을 위한 준비 과정에서, 필자는 오랜만에 준척(準尺)을 만난 듯한 긴장감을 느낄 수 있었다.
 이 소설집에는 1부 8편, 2부 7편으로 모두 15편의 작품이 수록되어 있다. 1부는 신작이 위주이되 그 가운데 4편은 문학상 수상 작품이다. 2부 또한 기존의 문학상 수상 작품 4편과, 자신의 장편소설에서 일부를 차용하여 단편의 모형으로 수록한 작품 3편으로 구성되어 있다. 이렇게 보면 이 소설집 자체가 곧 이충호의 문학상 수상 작품집이 된 형국이다. 상황이 이러할진대 그의 이 의욕적인 출간의 기반이 사뭇 튼실할 수밖에 없으며, 실제로 작품의 실제를 탐색해 볼 때 만만한 태작(駄作)을 발견할 수 없었다. 전반적으로 그의 소설은 시대사의 음영(陰影)과 반추, 삶의 근본적인 난관과 갈등에 대한 응전력으로 충일해 있다. 이제 그 구체적 형상을 작품으로 만나볼 차례다.

2. 이국의 땅에 펼쳐진 시대사의 아픔

자기 삶의 터전을 떠나는 일은 삶의 고난을 말하는 것과 다르지 않다. 그러기에 성경에서도 믿음의 조상 아브라함이 '본토 친척 아비'의 집을 떠나는 장면이 있으며, 그 숱한 디아스포라 문학이 이 주제에 연동되어 있다. 이는 대체로 정체성의 균열 또는 상실로 이어지며, 그로써 매우 효용성 있는 소설의 재료가 되기도 한다. 이충호의 소설에 있어 본원(本源) 이탈의 방식과 의미는 위에서 예거한 전제들과는 좀 다르다. 그의 주인공들은 러시아, 이집트, 베트남 등 타국에서 오히려 자기 현실의 가장 첨예한 문제와 마주친다. 그러한 공간 환경이 당착한 문제의 깊이와 심각성을 더 선명하게 확보하는 까닭에서다. 그러자니 거기에 행복한 결말을 가져다 두기는 어렵다. 그야말로 '그 어두운 밤의 우수'인 터이다.

    아버지의 추측대로라면 할머니는 홀로 마을에 남겨져서 숨을 거두었을 것이다. 아버지의 아내와 누이는 중앙아시아로 이주 되었을 것이 뻔하다. 거기에서 새로운 남자를 만나 가정을 이루고 아이를 낳았는데, 그 아이가 바로 고탄야 여인이란 말이 된다. 연도나 여러 정황을 분석해 볼 때 그랬을 가능성이 충분해 보인다. 그러나 그것은 어설픈 추측일지도 모른다. 믿을만한 단 한 줄의 기록이나 흔적도 확인하지 못한 상황에서 그런 추측을 믿어 버린다면 저승의 아버지는 어떻게 생각하실까….

                                                 –「그 어두운 밤의 우수」

    예문의 작품은 화자가 러시아의 연해주를 찾아가서, 아버지의 혈육을 추적하는 이야기로 구성되어 있다. 우리가 익히 알고 있는 러시아 및 중앙아시아 고려인에 관한 이야기이며, 그 척박했던 삶과 자유시 참변 그리고 강제 이주 등 온갖 역사적 격랑의 현장이었던 곳을 무대로 한다. 그러나 궁극적인 화자의 관점은 혈육의 소재를 찾아내는 것보다, 일생을 뜬구름처럼 살아야 했던 아버지의 심경을 이해하는 데 있다. 체제의 장벽과 세월의 위력에 무너진 아버지는, 끝내 한국에서 새로 생성된 가족에게 마음을 두지 못했다. "자신이 거의 평생을 살았던 나라보다 태어난 나라를 더 사랑했던 사람, 자신을 지켜준 아내보다 첫 아내를 더 못 잊어 했던 아버지"의 초상(肖像)이 거기에 있다.

내가 그 열사의 공사 현장으로 자원해 왔던 것은 가족의 힘이었다. 아내와 아이들은 나를 움직이는 동력이었고, 내가 살아가는 가장 큰 기쁨의 근원이었다. (중략)

그러나 아내가 변해 버렸을 때 나는 외로웠다. 아내가 나를 버린 것도 아니며 다른 사람과 사랑에 빠진 것도 아니었다. 그러나 아내는 변해 있었다. 아내의 마음속에 내가 없다는 것을 알았을 때 찾아온 외로움은 컸다. 관심 밖의 사람이 되어 있다는 데서 오는 외로움은 상실의 외로움보다 더 컸다.

- 「사하라」

이 소설은 이집트의 사하라 사막으로 그 배경을 옮겨 갔다. 화자는 사하라의 공사 현장에서 오랜 기간을 보냈고, 그렇게 해서 가족을 부양했다. 그러나 아이들의 교육을 위해 미국으로 간 아내는 몰몬교 교도가 되어, 화자와는 접점이 없는 먼 거리로 분리되었다. 이러한 경우에 정작 힘든 것은, 현실적인 삶의 어려움보다 심정적인 박탈감과 절망감이다. 화자가 굳이 힘겨웠던 시절의 기억과 더불어 사하라를 찾아가는 사유이기도 하다. 화자에게는 그 사막에서 살던 시기의 예기치 않은 수형(受刑)을 비롯해서 많은 동통(疼痛)이 있고, 도니아 사미르라는 여성과의 사건도 있다. 그러나 그 모든 항목을 동원해도, 아내와의 간격을 좁힐 수 없다는 비극적 운명에 당착해 있다.

내가 참전 용사라서 그런 것이 아니라 베트남에 대한 나의 생각은 달랐다. 베트남 전쟁은 단지 미국을 등에 업은 남베트남과 북베트남의 전쟁이 아니었다는 것이 나의 생각이었다. 소련과 중국 등 공산 진영을 등에 업은 하노이 정권과 미국을 비롯한 서방 자유 진영을 등에 업은 사이공 정권의 싸움이었다. 그것은 어찌 보면 민주와 반민주, 자유와 반자유, 자본주의와 공산주의의 이념의 싸움이었다.

-「메콩강에 지다」

이 소설의 화자가 베트남행을 선택한 것은 '한·베트남 작가들의 행사'에 참여하기 위함이었지만, 베트남 매니아이자 호치민대학 교수로 있는 동생을 만나기 위한 길이기도 했다. 더욱이 화자는 베트남전쟁의 참전 용사였다. 소설은 베트남의 상징인 메콩강을 뒷그림으로 펼쳐 두고 한국과 베트남의 남북 관계, 화자와 동생의 서로 다른 생각의 유형을 대립적 구도로 보여 준다. 같은 명제를 바라보는 서로 다른 인식의 골이 얼마나 깊을 수 있는가를 증명한 소설이다. 미상불 '내가 살아서 다시 이 나라의 땅을 밟게 되다니….'라고 탄식할 만큼 그 참전 체험은 격렬했다. 그런데 평화 시대에 이른 지금, 남북의 충돌은 고사하고 아우와의 견해 차이를 극복할 가능성도 없다. 거기에 한국전쟁 중 아버지의 참살까지 떠오른다. 해외 험지를 배경으로 한 이제까지의 세 소설이 모두 비극적 세계관에 의거해 있는 이유다.

3. '어머니 바다'로의 귀촌과 생명력

바다! 바다는 인류의 생명이 시작된 원초적 터전이며, 동시에 모든 생명을 품어 다시 순환하게 하는 대자연의 이름이다. 그래서 '어머니 그 바다'라는 소설의 제목이 가능하다. 귀향 또는 귀촌이라는 말은, 대개 오래 살아온 객지에서의 생활을 청산하고 삶의 질적 향상이나 자연 친화적 여생을 도모한다는 데 뜻이 있다. 이충호 소설에 있어 '바다'는 그와 같은, 의미의 충족에 모자람이 없으며, '귀촌'에 있어서도 사정은 크게 다르지 않다. 「어머니 그 바다」와 「말도, 아버지의 그 섬으로」 등 두 작품에 나타난 소설적 담론은 결국 현실적 어려움을 풀어낼 공간이 바다 고향으로의 귀촌이고, 거기에 어머니와 아버지의 후광이 서려 있다는 결론에 도달한다.

옛집에 들어설 때 가슴이 뭉클해지면서 눈 밑이 젖어 왔다. 바다도 그대로고 집도 그대로였다. 거기에 어머니가 계시고 아버지가 계시는 것 같았다. 아직도 어머니와 아버지가 이승에 살아서 물질을 하고 고기를 잡는 그 바다로 출렁이고 있었다. 그러했다. 그때나 지금이나 바다는 나에게 어머니고 아버지였다.
(중략) 아내가 반대하고 친구들도 말리고, 자잘한 세속적인 계산들도 나의 발을 잡았지만 나는 돌아와야 했다. 여기에 내 삶의 마지막 해야 할 일이 있다고 믿었기 때문이다.
―「어머니 그 바다」

화자가 '돌산도 끝자락 성두리'로 돌아온 것은, 선장 퇴임 후의 삶을 새롭게 감당해 보려는 의지에서 비롯되었다. 세상 모든 아내가 그렇듯이 그의 아내도 반대했지만, 마침내 반승낙을 받고 서울을 떠나게 되었다. 아버지는 원양어선 선원이었고 어머니는 제주 출신으로 물질하는 해녀였다. 화자의 귀환이 마을 사람들의 입초사에 오르내리는 것은 당연한 일이지만, 나는 이 귀촌으로 새 삶의 지경(地境)과 가족애의 회복 그리고 어린 날의 추억 소환이라는 여러 개의 탑을 한꺼번에 쌓았다. 더 나아가 '해양 바이오산업'에의 의견까지 제출할 만큼, 모처럼 화창한 분위기를 살려낸 작품이다.

 섬으로 돌아와서 맞던 그날 밤과 새날의 아침을 잊을 수 없다. 어머니의 품속으로 돌아온 듯 아늑한 기분에 싸여 잠이 오지 않았다. 거의 뜬눈으로 밤을 지새우고 맞던 새벽 바다에 고요를 깨뜨리며 지나가는 뱃고동 소리가 들렸다. 아마 제주도나 남해안의 어느 항구로 가는 화물선인 듯해 보였다. (중략)
 그날 나는 비로소 바다를 보았다. 아버지를 닮은 바다였다. 달고 쓴 것, 고통과 비애도 거저 묵묵히 받아 내던 바로 아버지의 그 모습을 닮은 바다였다. 지금까지 보아 온 바다가 자연으로서의 바다였다면 그날의 바다는 마음의 바다였다.
 - 「말도, 아버지의 그 섬으로」

인용의 작품은 직전에 논거한 작품과 유사한 구조적 얼개 아래에 있다. 자동차 정비공에서 기계공장 생산직으로 일하다가 귀촌한 나는, '아버지를 닮은 바다'와 함께 새로운 생활의 영역을 가꾸어 나간다. 어머니가 돌아가시고 빈집으로 방치된 옛집을 손보는 일, 어구와 작은 목선 한 척을 마련하는 일 등이 그 세항이다. 화자의 아버지와 어머니는 일생을 두고 바다를 의지하여 살았다. 작은 섬의 어부였던 아버지와 그 아버지를 받들며 산 어머니에로의 귀향은, 곧 '타향을 떠돌았던 나의 삶'이 근원 회귀의 결미를 찾은 모양이 된다. 해외를 소설 환경으로 하여 막막하고 암울한 이야기를 형성했던 작품들에 비하면, 이 두 소설은 그야말로 유암(柳暗)하고 화명(花明)한 경계를 열었다 할 것이다.

4. 삶의 근원적 갈등에 대응하는 힘

우리가 이 땅에서 생명을 누리는 동안에 감당해야 하는 삶과 죽음, 자유와 구속, 욕망과 도덕, 개인과 사회, 의미와 무의미 등 모든 조건은 누구나 겪게 되는 근원적인 갈등에 해당한다. 이는 피할 수 없는 실존의 조건들이며 이와 같은 갈등의 현상을 두고 하이데거는 '불안'을, 그리고 키엘케골은 절망을 강조했다. 문학은 그 시점(視點)이 철학의 그것과는 사뭇 다르다. 문학은 여기에 작가에 의해 작성된 구체적 답안을 내놓을 수 있다. 작가에게 있어 근원적 갈등은 창의력의 원천이 될 수 있다. 그 문제에 대한 자각과 그렇게 깨달음으로 전환된 고통은 더 이상 고통이 아닐 수 있다. 지금 우리가 공들여 살펴보고 있는 작가 이충호에게 있어서는 어떠할까. 그는 이를 시대사의 차원에서 접근하면서, 네 개의 새로운 관점을 우리에게 공여했다.

어머니가 들었다는 그 종소리는 정말 어머니의 마음을 어루만져 주는 부처님의 소리와 다르지 않았던 것일까. 그래서 어머니는 그 소리를 다시 듣고 싶었던 것일까. 순심이 이모가 산속에 암자를 짓고 염불을 하면서 듣고 싶었던 것도 마음속의 그 종소리였을 것이다.
 이리 뒤척 저리 뒤척 잠을 이루지 못하다가 새벽이 다 되어 설핏 잠이 들었는데, 꿈인지 현실인지 알 수 없는 어느 순간에 울리는 그 소리를 들은 것 같다.

-「종소리를 찾아서」

 인용된 작품의 화자는 김한도 선생의 봉길리 펜션에 5일째 묵으면서, 이 소설의 서사를 추동한다. 봉길리는 화자가 태어난 외가 구길리 바로 앞마을이다. 전래의 옛이야기를 불러내는 데 꼭 알맞은 시·공간의 조합이며, 실제로 작가는 여기에 설화적 상상력을 동원하여 종소리의 상징과 실재를 펼쳐 보인다. 외할아버지가 데려와서 어머니와 함께 자란 '순심이 이모'는, 어쩌면 종소리를 따라가 버렸는지도 모른다는 어머니의 추론을 동반한다. 이 이모는 처녀의 몸으로 출가해서 법문에 귀의했다고 한다. 문제는 그 전설 같은 종소리가 화자에게 육박하는 영향력과 그것이 환기하는바 존재의 근원에 대한 의식에 있다. 그 소리에 화자의 어머니에 대한 그리움이 은은하게 배어 있는 연유에서다.

 외환위기가 닥치고 몇 개월 만에 다니던 회사에서 정리해고를 당한 것은 젊은 나에게 절망과 같았다. 갈 곳도 없고 오라는 곳도 없어서 실의에 빠져 있었다. 마흔둘이란 나이에 우울증까지 겹쳐 할 일 없이 거리를 배회하며 술이나 마시고 신세타령을 하고 있을 때였다. 거의 반 폐인이 되다시피 한 나의 이런 모습을 안타깝게 지켜보던 아버지가 어

느 날 나를 불렀다. (중략)

"바다로 나가 보아라. 바다만큼 희망적인 곳은 없다."

아버지의 말엔 확신이 차 있었지만 나에겐 공허하게 들렸다.

"선원이 되라고요?"

─「등대, 내 마음에 아버지」

왜 이 소설집에 등장하는 바닷가 출신의 아들들에게, 바다에 삶을 걸었던 아버지가 그토록 절실한 존재감을 가지고 있는 것일까. 서둘러 결론부터 말하자면 삶이 어느 한계에 부딪혔을 때 그에 대한 근본적인 해법을 학습할 수 있는 계기가 되기 때문이다. 아버지의 권유에 따라, 또 예외적으로 '착한' 아내의 응원에 따라 화자는 북태평양 명태 어선을 탄다. 여러 위험을 거치는 동안 장생포의 포경선 선원이었던 아버지 박등명(朴燈明)은, 유용한 나침반이요 지침서로 기능한다. 아버지의 이름 그대로 할아버지에서부터 3대로 이어지는 '등대' 이야기가 소설의 문면(文面)을 채운다. 이러한 이어받기 또는 따라 배우기는, 앞서 살펴본 귀촌의 작품들과 형용이 유사한 순방향의 이야기를 가졌다.

늦게나마 내가 마을 사람들을 일으켜 문제점을 지적하며 탄원서를 보내고 하니 마지못해 그들은 부지의 일부를 내어 철 기념공원을 만들겠다느니, 쇠부리 놀이 공연장을 짓겠다느니 하면서 문제를 피해 가려고 했다. (중략) 힘없는 자에게 허세를 부리며 위풍당당하던 그 언론이라는 것들은 무슨 못 먹을 것을 먹었기에 이렇게 꿀 먹은 벙어리가 되어 입을 다물고 있는지, 그 유치한 음성으로 언론의 사명 운운하던 그

자들은 대체 어디서 뭘 하고 있으며, 전통문화 운운하며 변죽만 울리던 문화계 인사들은 대체 어디서 무엇을 하고 있단 말인가? 인근 땅 어디에선가 비소가 나왔다고 거품을 물던 환경단체들은 비소를 캐던 바로 그 땅에 아파트를 짓는다는데 왜 말이 없단 말인가?
—「아버지의 산」

이번에는 광산으로 간다. '아버지의 산'이 있는 곳이다. '한·일 철문화의 시원지'라고 할 만한 이곳에 아파트가 공사가 시작된다는 것이다. 거기에 생전의 아버지에게 친자식 같은 고임을 받았던 상구가 앞장서서 반대편의 앞잡이가 되어 있다. 이 가족사 또한 다른 작품에서와 마찬가지로 고단하기 이를 데 없다. 이웃 사람들의 변심, 교묘한 위장 수단, 인륜을 배반하는 막장 행태 등이 시전되면서 이 소설은 있을 수 있는 인생사의 여러 굴곡을 한꺼번에 드러낸다. 여기에서도 아버지는 바다의 아버지와 마찬가지로, 화자가 가는 길의 이정표이자 눈앞의 갈등에 맞서게 하는 대응력으로 제시된다. 항차 시대를 더 거슬러 올라가 할아버지에서 아버지로 이어지는, 목전의 사태에 대한 판단의 확증으로서 '비망록'도 있다.

삼촌이 차례에 참석하지 않은 것도 바로 마을의 이런 갈등 때문이었다. 삼촌이 선두에 서서 원자력 발전소 추가 건설을 반대하고 나선 것이 아버지에겐 충격적인 일이었다. 어업에 종사하며 살아가는 아랫마을 사람들과 삼촌의 입장을 이해할 수 없는 것은 아니었지만, 아랫마을 사람들이 마치 자신을 원자력 발전소 추가 건설의 앞잡이인 양 취급하며 적대시하는 것에 아버지는 분개했다. 그런데 삼촌이 그들과 한

패가 되어 설쳐 대니 그것이 매우 못마땅하고 실망스러운 모양이었다. 더구나 조상을 모시는 명절 차례에조차 참석하지 않은 삼촌의 처사가 가문 의식이 강한 아버지에겐 괘씸하게 여겨졌을 것이 뻔했다.

-「풍파」

이렇게 곤고한 시대사와 세상살이의 소재로 원자력 발전소까지 등장했다. 인용의 작품에서 화자는 아버지와 삼촌의 첨예한 갈등을 바라보는 관찰자다. 이 시골 마을에 어쩌면 이렇게 풍파가 많을까. 당숙 일가의 처참한 죽음이 있는가 하면, 발전소 부지를 위한 땅 매입을 두고 마을 사람들의 반목이 공동체의 질서를 무너뜨리는 지경이다. 그럼에도 불구하고 아버지는 삼촌의 집안 제례 참여를 기다린다. 삼촌은 오지 않는다. 화자가 삼촌의 고통스러운 내면을 직접적으로 목격한 것은 고조부 산소에 엎드려 있는 뒷모습을 보고서다. 인간다운 삶을 가늠하는 동일한 정서를 마음의 바탕에 두고 있으면서도 그 방법이 달라 이 판국에 이른 형편이다. 삼촌은 월남전에서 고엽제의 밀림 훼손을 직접 겪은 체험도 있다. 이 우울한 삶의 모습을 되살리는 소설의 목표는, 어떤 모양으로든 그것의 극복을 추구하는 데 있다. 왜 일찍이 에밀 졸라가 말하지 않았던가. 악의 묘사는 그 극복을 위한 것이라고.

5. 고립과 소외의 깊이에 이른 담론

인간사의 여러 국면에서 혼자 고립되고 다중(多衆)으로부터 소외된 경험이 없는 이는 없을 것이다. 기실 이 주제는 철학·사회학·문학 등 인간의 본질을 탐구하는 거의 모든 분야에서 존재론의 핵심적인 문제로 부각되어 왔다. 사르트르에게 있어 고립은 자유 추구의 필연적 결과였고, 마르크스에게 있어 소외는 노동이 자본에 종속될 때 발생하는 것이었다. 이처럼 다층적 뉘앙스를 가진 이 한 쌍의 어휘는 한국문학에서 황순원의 『카인의 후예』, 손창섭의 「잉여인간」, 최인훈의 『광장』, 이청준의 「소문의 벽」, 김승옥의 「무진기행」, 은희경의 『새의 선물』, 한강의 「채식주의자」 등 여러 소설에서 지속적인 그림자를 드리우고 있었다. 이충호의 소설에 있어서는 장애인 문제와 노인 문제를 통해 이 개념에 웅숭깊게 다가선다.

> 이런 자책감으로 인해서 나는 장애인의 성에 대해서 눈뜨게 되었습니다. 장애인들에게 성이란 무엇인가를 생각하면서 그들의 성적 문제를 해결하는 데 관심을 가지기 시작했습니다. 장애인에게 성적 욕구는 바로 그들에겐 고통이라는 것을 알게 된 것입니다. 내가 돌보던 그 사람도 그 고통이 얼마나 심했으면 죽음을 택했을까 하는 측은한 생각이 들었습니다.
>
> ―「타인의 손」

인용의 작품에서 화자는 중증 장애인을 위한 자원봉사를 하다가, 마침내 장애인을 위한 '성 자원봉사'에까지 그 도움의 손길을 넓힌 인물이다. 남편에게 다른 여자가 생기면서 별거와 이혼의 과정을 거쳤고, '나를 이기기 위해서, 나의 무기력과 마음의 공허함을 극복하기 위해서' 봉사활동을 시작한 전력(前歷)이 있다. 거동이 어려운 장애인이면서 성적 욕망을 해소할 수 없는 이중적 어려움에 봉착한 이들을 돕는 '성 도우미'의 일은, 그러나 그 가족은 물론 사회적 통념에 있어서도 부당한 편견과 비난의 표적이요 공격 대상이 된다. 나환자 여성들을 위해 '육보시(肉布施)'를 했던 만공선사의 선례가 있지만, 이 사태는 인간에게 주어진 고립과 소외의 정황을 가장 절박하게 표현한 하나의 범례가 아닐 수 없다.

박봉술 노인은 이제 자신의 죽음을 생각하는 날이 많아졌다. 날이 갈수록 점점 더 그의 자유로움은 무료함 바뀌었다. 그리고 그 무료함은 무기력으로 바뀌었다. 길거리에 나가서도 오고 가는 사람들을 멍하니 바라보고 있어야 하는 그 무료함에 그는 아무런 것도 할 수 없었다. 어쩌면 오늘의 이 무료함이 내일에도 있을 거라는 생각이 그를 더 절망적으로 만들었다.

이제 어떻게 죽어야 하는가? 그러나 스스로 목숨을 끊는 것은 배부른 선택이 아닌가. 내가 참으로 절박했을 때는 생각하지도 못했던 일이 아닌가. 어쩌면 그것은 여유에서 오는 또 하나의 일탈은 아닐까. 진정 내가 죽으려 한다면 그 이유가 무엇인가?

-「기타줄을 매다」

소외의 극한을 말하는 데 있어 그 천장을 치는 다른 하나의 주제는 고령의 노인 문제다. 한국 사회는 OECD 국가 중 가장 **빠르게** 고령화 사회로 접어들었으며, 이미 65세 이상의 인구가 전체의 25%를 넘었다는 통계가 나와 있다. 이제 노인 문제는 인간의 존엄과 공동체의 미래에 관한 질문과 동격이 되었다. 경제적 빈곤이나 사회적 고립보다 더 심각한 것은 심리적·정서적 소외이며, 인용의 작품이 바로 이 문제에 대해 정색하고 발화하는 소설이다. 소설의 중심인물은 박봉술 노인. 그와 친분이 있는 장만식 영감이 아내를 죽이고 자신도 죽으려다 미수에 그치고 병원에 실려 갔다. 이러한 노인 문제에는 가족과의 갈등과 관계 파탄이 중요한 몫을 차지한다. 박 노인의 마지막 또한 기타 줄을 풀어 자기 목에 거는 극단적인 행위를 보인다. 암담한 현실에 치열한 사회고발의 이야기다.

> 나는 밤새워 칼을 잡고 나의 용기를 빌었다. 어릴 적 선친께서 어린 나에게 칼을 쥐여 주며 했던 말이 생각났다. 칼은 정의로 말한다. 너의 마음이 올바를 때 칼을 잡아라. 불의에 떠는 칼은 칼이 아니며, 믿음이 없는 칼 또한 칼이 아니다. 믿음이 굳건할 때 칼은 용맹해질 것이다. 너의 마음이 사특할 때 칼은 모반을 꿈꿀 것이다. 백성을 위해, 나라를 위해 가장 절실할 때 칼을 잡아라. 아버지는 그렇게 말씀하셨다. 나는 그날 밤 칼을 잡고 아버지의 말씀을 다시 가슴에 새겼다.
> 내가 홍의를 입고 백마를 타는 것도 나의 마음에 충정을 더 굳게 다지기 위해서였다. 홍의는 충정의 붉은 마음이었다.
> ―「칼을 향하여」

소설적 소재의 공간을 이동하여, 인용의 작품은 임진왜란 시기의 의병장 곽재우를 화자로 한다. 그는 임란 당시 최초로 의병을 일으킨 인물로 '의병의 선구자'나 '홍의장군' 또는 '낙동강의 붉은 승려'라 불렸으며 조선의 독립정신과 자주적 저항의 상징으로 평가받는다. 전쟁 후 조정에서 벼슬을 내렸으나 "백성의 고통을 함께 느낀 사람으로서, 다시 벼슬에 오를 수 없다"라며 응하지 않았다. 그 곽재우가 세상을 떠난 지 405년, 나라의 존망이 걱정되어 잠시 혼령을 일으켜 지난날 산성에 홀로 섰다. 그의 역사 복기(復棋)와 회고에는 외롭고 힘겹게 싸워야 했던 그 시기의 실상이 고스란히 담겨 있다. 그러기에 '마음과 몸이 함께 우는 칼의 예민함'을 말할 수 있다. 사정이 그렇다면 작가가 보기에 이 고립과 소외의 감정은 시공을 넘어서서 한결같은 속성을 지닌 것에 틀림이 없다.

6. 풀어 말하기 – 줄여 보이기의 범례

이 소설의 2부에는 작가의 장편소설 가운데 일부를 발췌하여, 단편 분량으로 수록한 세 작품이 있다. 장편 일부로서의 기능과 단편의 완결성을 갖춘 기능이 함께 있기에 가능한 편집일 터이다. 장편은 길이가 길다고 해서, 단편은 길이가 짧다고 해서 그 이름으로 불리는 것이 아니다. 장편의 규모에 맞는 이야기의 부피가 있고, 단편의 규모에 맞는 이야기의 압축이 있다. 「그 겨울의 비」는 가야의 신라 투항 언저리의 이야기로, 역사적 사실성을 다룬 장편 『제국의 칼』의 일부다. 「길은 영원하다」는 미국 이민자로서 전설적인 태권도 사범 이준구를 그린 『태권, 그 무극의 길』의 일부다. 그리고 「바다의 전설」은

이 작가가 천착해 온 해양소설 중에 한 편인 『그 바다에 노을이 지다』의 일부다. 인생의 전체적인 궤적을 풀어 말하는 장편과 이를 축약하여 제유법적 표현법으로 제시하는 단편의, 서로 변별되는 특성과 그 묘미를 동시에 음미해 볼 만한 독서 체험이다.

이제까지 우리는 성실한 독자의 포즈를 놓치지 않은 채, 이충호 소설집에 수록된 15편의 작품을 탐독했다. 무엇보다도 여기에는 소설의 가장 큰 특징이라 할 이야기의 재미가 흔연했다. 동시에 그 주제의식에 있어서도 우리가 단락을 구분하여 살펴본 바와 마찬가지로 시대적 갈등과 아픔, 귀촌의 생명력, 삶의 갈등에 대한 대응, 고립과 소외에 대한 저항 등 다채로운 면모들을 확인할 수 있었다. 이 작가에게 그렇게 많은 문학상이 수여된 것이, 결코 우연이거나 행운이 아니었음을 확인한 셈이다. 이충호의 소설 세계는 진중(鎭重)하고 유장(悠長)하다. 바라기로는 그가 더 깊고 넓은 서사의 지평을 개척해 나감으로써, 우리가 지속적으로 좋은 소설을 만나는 기쁨을 누리게 해주었으면 한다.

그 어두운 밤의 우수

ⓒ 이충호, 2025

초판 1쇄 발행 2025년 12월 5일

지은이	이충호
펴낸이	이기봉
편집	좋은땅 편집팀
펴낸곳	도서출판 좋은땅
주소	서울특별시 마포구 양화로12길 26 지월드빌딩 (서교동 395-7)
전화	02)374-8616~7
팩스	02)374-8614
이메일	gworldbook@naver.com
홈페이지	www.g-world.co.kr

ISBN 979-11-388-5036-0 (03810)

- 가격은 뒤표지에 있습니다.
- 이 책은 저작권법에 의하여 보호를 받는 저작물이므로 무단 전재와 복제를 금합니다.
- 파본은 구입하신 서점에서 교환해 드립니다.

※ 본 도서는 울산광역시, 울산문화관광재단에서
 '2025년 예술창작활동(문학)'의 지원을 받아 발간되었습니다.